ÁRVORE INEXPLICÁVEL

# ÁRVORE INEXPLICÁVEL

CAROL CHIOVATTO

SUMA

Copyright © 2022 by Carol Chiovatto

Grafia atualizada segundo o Acordo Ortográfico da Língua Portuguesa de 1990, que entrou em vigor no Brasil em 2009.

Capa e ilustrações
Bruno Romão

Preparação
Sérgio Motta

Revisão
Marise Leal
Márcia Moura

Os personagens e as situações desta obra são reais apenas no universo da ficção; não se referem a pessoas e fatos concretos, e não emitem opinião sobre eles.

Dados Internacionais de Catalogação na Publicação (CIP)
(Câmara Brasileira do Livro, SP, Brasil)

Chiovatto, Carol
    Árvore Inexplicável / Carol Chiovatto. — 1ª ed. — Rio de Janeiro : Suma, 2022.

    ISBN 978-85-5651-155-3

    1. Ficção brasileira 2. Ficção de fantasia I. Título.

22-115950   CDD-B869.3

Índice para catálogo sistemático:
1. Ficção : Literatura brasileira   B869.3

Cibele Maria Dias – Bibliotecária – CRB-8/9427

[2022]
Todos os direitos desta edição reservados à
EDITORA SCHWARCZ S.A.
Praça Floriano, 19, sala 3001 — Cinelândia
20031-050 — Rio de Janeiro — RJ
Telefone: (21) 3993-7510
www.companhiadasletras.com.br
www.blogdacompanhia.com.br
facebook.com/editorasuma
instagram.com/editorasuma
twitter.com/editorasuma

A Bruno Anselmi Matangrano e a Natália Couto Azevedo, que compartilham do meu amor por conhecimentos nem sempre fáceis de conciliar.

1

Se eu tomasse café àquela hora, não conseguiria dormir quando chegasse em casa e daí me atrasaria para o trabalho na manhã seguinte. Se levasse mais uma advertência por atraso, *rua!* Mas, embora fosse uma péssima ideia, era pior não ter noção de nada do que o professor de História Contemporânea II havia acabado de dizer.

O quiosque da tia Bia, grudado na parede do prédio de ciências sociais e filosofia, ainda estava aberto. No entanto, como nem tudo na vida podia ser fácil, a fila quase alcançava o de letras, a uns dez metros de distância.

Graças a Deus Tiago estava anotando a aula, de acordo com sua elaborada classificação de cores. Eu precisaria tirar uma foto de seu caderno outra vez. Para minha sorte, ele era complacente, ou eu não teria sobrevivido àqueles quatro anos de faculdade.

Tentei afastar os pernilongos, sacudindo a mão diante do rosto e perto da orelha. Não adiantava; eles voltavam no instante em que eu parava de abanar. Enrolei o cabelo e o joguei para um lado, como se isso fosse me poupar do calor. Se o fim da primavera já estava nesse nível, imagina o inferno que o verão seria?

Uma nuvem de mosquitinhos pairava mais ou menos próxima, bem nítida sob a iluminação elétrica. Alguns se emaranharam na gigantesca teia entre duas árvores. Não consegui desgrudar os olhos; era uma das maiores que eu já vira ali. Uma das aranhas avançou até a presa numa lentidão calculada. Dava para enxergar o fio à luz amarelada do poste. Um repentino brilho esverdeado lampejou em algum ponto atrás da teia, perto da árvore maior, e o aracnídeo *interagiu* com o fenômeno, como se abraçasse a estranha névoa e a engolisse. Eu me sobressaltei. Uma ocorrência!

Um movimento atraiu meu olhar para a figura recostada à parede externa do prédio de letras, isolada da rodinha de fumantes, mais próximos da entrada. Com aquela altura, devia ser um rapaz. Não deu para ter certeza, entretanto; apesar do calor, ele vestia um moletom preto, com um bonito padrão de folhagens que provavelmente era verde durante o dia. A teia e a memória daquele fenômeno estavam entre nós, mas nem sinal do brilho enevoado.

Cocei a cabeça. Já era quase minha vez na fila. Voltei a olhar a teia, à procura de algum resquício da ocorrência e... O rapaz tinha sumido.

— Próximo! — chamou uma das quatro atendentes espremidas no espaço minúsculo.

— Um suco de manga — pedi.

O café era mesmo uma má ideia, e agora eu estava desperta o suficiente. Olhei o relógio: 20h13. A atendente me deu a lata de suco gelada. Prossegui na fila, rumo ao caixa. Com a cabeça a mil, catei as moedinhas na carteira e comecei a contá-las.

Abri a nota "Ocorrências" no celular, coloquei a data e o horário no topo e descrevi o brilho esquisito, além da curiosa participação da aranha na cena.

— *Só o suco?* — A julgar pelo tom, a caixa estava repetindo a pergunta pela terceira vez, no mínimo.

— Ahã — respondi, entregando as moedas.

Com um resmungo, a moça as espalhou de maneira eficiente no balcão, passando duas por vez de um lado para o outro com os dedos indicador e médio enquanto contava. Abri a lata e tomei o primeiro gole. Eu não tinha culpa se era só dia 17, não me restava quase nada na conta e ainda faltava uma eternidade para o próximo quinto dia útil.

Quando ela assentiu para mim, agradeci e entrei no prédio de ciências sociais. Cruzei-o inteiro, subi as escadas do outro lado e atravessei o estacionamento pela calçada, acompanhando a área verde onde alguns gatos-pingados fumavam e conversavam. O ritmo dos meus pés acompanhava o turbilhão na minha cabeça.

Uma *ocorrência* na FFLCH! Eu já testemunhara algumas em outras partes da Cidade Universitária, mas nunca tão perto. E só prestes a me formar esbarrei no fenômeno que perseguia desde o começo da adolescência, bem ali, debaixo de meu nariz! Não sabia se comemorava ou xingava.

— Diana! — A voz de Tiago me despertou.

Eu estava quase na rampa do prédio de história e geografia. Ele a descia, trazendo minha mochila. Agradeci, pegando o peso de suas mãos, e perguntei se o professor havia falado do trabalho final e dispensado a turma mais cedo.

— Máximo de doze páginas, até 15 de dezembro. Já te mandei foto das minhas anotações de hoje.

— Meu Deus! Você é um homem ou um anjo?

— Puxa-saco interesseira — resmungou com uma risada. — Ele falou pra gente ir na palestra do professor visitante gringo agora. O de história antiga, sabe? Mas você vai preferir ir embora, né?

Com certeza. Se não fosse pela ocorrência, ter vindo para a faculdade depois do trabalho e sair tão cedo haveria sido um desperdício de tempo e energia. Porém, o fenômeno compensou o esforço, o trânsito, o trem lotado. Até o suor pegajoso e os mosquitos.

— Imaginei — continuou Tiago, alheio a meus pensamentos. — Por sorte, meu irmão chegou mais cedo pra me buscar. Quer carona pro metrô?

— Se não for atrapalhar... — Eu não tinha condições de recusar uma oferta dessas por educação. — Achei que seu irmão não morasse mais em São Paulo. Ele voltou?

— Hã... tá de férias.

— E dirigiu de Interlagos até aqui a essa hora? — Ri. O bairro, situado entre as duas represas, a origem do nome, ficava nos confins da zona sul, a cerca de trinta quilômetros da USP. — Isso que é amor.

Tiago revirou os olhos. Tomei um gole do suco. Lamentava o gasto, agora que não precisaria me manter acordada para a última aula. Ao mesmo tempo, estava aliviada; teria uma horinha a mais de sono.

Juntos, voltamos quase todo o caminho que eu havia acabado de percorrer, exceto que ao final do prédio de filosofia e ciências sociais, seguimos na direção da biblioteca em vez de descer as escadas. O irmão de Tiago — como se chamava mesmo? — esperava no estacionamento daquela área. Atravessando a passarela que levava ao prédio de letras, espiei o andar de baixo, onde estava a teia. Não dava para ver nada.

— Você tá meio quieta — comentou Tiago, erguendo uma sobrancelha. — Preocupada?

— Hum? Não, não. Meio aérea, só. — Queria conseguir pensar em outro assunto. Por que às vezes o brilho era azulado e outras esverdeado? E outras laranja, ou rosa, ou amarelo? — O dia no colégio foi bem cansativo. Qual é o carro do seu irmão?

Tiago respondeu, mas a informação foi irrelevante. Eu só saberia discernir um Fusca. Ao perguntar qual o carro, minha real indagação era:

— ... de qual cor?

Meus pensamentos só tinham espaço para cores naquele momento.

— Azul. Ali.

Avançamos até o veículo em questão, estacionado numa vaga poucos metros abaixo. Estava ligado, com a porta do motorista aberta. Esperei mais para trás enquanto Tiago abria a do passageiro. Eu sempre ficava meio sem jeito de pegar carona ofertada por alguém que não era, de fato, quem iria dirigindo.

— Miguel, deixa a minha amiga no Butantã? — perguntou. — Ela mora em Guarulhos.

— Claro.

Voz grave, meio mal-humorada. Tiago gesticulou para eu entrar no banco de trás. Miguel me olhou pelo espelho, uma faixa de olhos escuros arqueando uma sobrancelha ligeiramente mais grossa, mas de algum modo idêntica à do irmão.

— Oi... Eu sou a Diana. Tudo bem?

— Tudo. — Ele pôs o pé que estivera no asfalto para dentro do carro e bateu a porta de leve. — Butantã, né?

— É, valeu.

— Imagina — respondeu Miguel, me espiando pelo retrovisor. — Não custa nada.

Agradeci de novo. Sem precisar esperar o Circular para o metrô nem ir a pé, economizaria meia hora. Talvez pegasse o ônibus das 21h15 no terminal da estação Armênia. Claro, teria de correr. E, se não lavasse o cabelo, pouparia mais meia hora, entre o tempo de lavar e o de secar. Tudo dando certo, conseguiria dormir não apenas uma, mas duas horas a mais!

Pensar nas linhas de trem e metrô me levou de volta às cores. Peguei o celular e rolei a barra da nota "Ocorrências". Andavam mais frequentes ou eu finalmente aprendera a encontrá-las? Tinha registrado cinco só em outubro (e ainda era dia 17!): uma na raia olímpica, numa das árvores mais antigas da arborizada calçada central; duas no Ibirapuera, na árvore inexplicável; uma no Parque do Carmo, numa cerejeira. Naquelas que consegui ver mais de perto, alguma aranha interagia de um modo muito curioso com a tal névoa brilhante.

Precisava descobrir o que eram esses fenômenos. Nos seis anos desde que tinha começado a registrá-los, não encontrei padrão algum, a não ser a proximidade de árvores grandes e antigas. Nem sempre era uma névoa, nem sempre brilhante. Em algumas das ocasiões, havia só certa *mudança* difícil de descrever.

— Diana? — perguntou Tiago.

— Oi?

— Mas você tá na lua hoje, hein? — Ele riu. — Perguntei se você não tem um absorvente. Acabei de menstruar.

— Eita. Comecei a usar coletor mês retrasado, esqueceu? Miguel, para ali na esquina da farmácia, que eu compro.

— Não precisa — volveu Tiago. — Senão você vai perder o seu ônibus, e a carona não vai ter adiantado nada.

— Mas sujou a calça?

— Não sei. Aff, nem lembrava mais como era isso. Desce tão de vez em quando hoje em dia...

— Pega a minha blusa pra ele. — Miguel me olhou pelo retrovisor.

Tateei o banco à procura da peça até meus dedos agarrarem um moletom preto que, iluminado, revelou um desenho de folhagens. Meus olhos se arregalaram, procurando os de Miguel no espelho. E lá estava a sobrancelha arqueada, como se em desafio. Silêncio. Passei a blusa a Tiago, sem desviar o olhar, incapaz de articular uma palavra.

— Valeu, Di. — Meu amigo bufou, rindo. — Não tava com saudade nenhuma dessa sensação, credo.

— Né? — balbuciei, estarrecida demais para produzir um comentário melhor.

Miguel parou na frente da farmácia. Havia uma entrada para o metrô a poucos metros.

— Certeza que não quer que eu compre pra você, Ti? — ofereci de novo.

— De boa. Valeu.

— Até amanhã, então. Obrigada, Miguel.

— Tchau — os irmãos disseram quase juntos.

Meio anestesiada pela surpresa, mergulhei no metrô.

Era ele. Era Miguel a figura atrás da teia de aranha, de moletom naquela noite quente.

E ele tinha visto.

2

Eu pisquei os olhos e o despertador tocou. Agarrei o celular para conferir a hora: 5h30. Não, não era um pesadelo, embora a realidade tivesse o sabor de um. A força de Hércules queria me obrigar a ficar na cama depois de desligar o alarme, mas resisti e me sentei, vencendo o semideus. Meus membros pesavam como se amarrados ao colchão. Quis chorar.

Eu tinha chegado em casa duas horas mais cedo do que o normal, às 22h03. Nati estava saindo do banho e me lançou um olhar resignado antes de entrar no nosso quarto. Da soleira, enquanto trocava os tênis por chinelos, escutei os berros. Meu pai e minha mãe discutiam. De novo.

Arrastei-me para a cozinha em busca do jantar. Restos insuficientes de arroz e feijão. Havia tido alguma carne, como indicava a terceira panela vazia. A geladeira estava depenada: nada de ovo, couve ou qualquer coisa que desse para preparar rápido. Secando os olhos, fui fuçar o armário. Todo dia era a mesma coisa. Todo santo dia.

Minha luz no fim do túnel foi um derradeiro pacote de miojo. Suspirei, coloquei a água para ferver e fui arrumar as coisas para o dia seguinte. Cada vez mais, a sensação de que mal havia chegado e logo teria de sair me engolia. Morar em Guarulhos e trabalhar e estudar em São Paulo era como bater pique ao brincar de pega-pega. Não dava nem para respirar nos intervalos.

— Por que você não se mexe, hein? — gritou minha mãe. — Mais de um ano desempregado e você não sai do sofá!

Eles trocaram ofensas que eu preferiria não ouvir. Entrei no quarto. Nati estava na cama, com a testa grudada nos joelhos dobrados, abraçando as pernas, com as mãos sob a sola dos pés.

— Que foi? — perguntei.

Minha irmã levantou a cabeça. Como eu, ela não era pequena, mas parecia minúscula naquela posição vulnerável.

— Não aguento mais — resmungou.
— Que horas começou?
— Quando a mamãe chegou.

Minha mãe voltava do trabalho às sete e meia, mais ou menos. Aquilo iria longe. Guardei na mochila a pasta com os trabalhos escolares que eu tinha corrigido no ônibus, ao longo dos primeiros dias daquela semana. Tirei o livro terminado e peguei o próximo da pilha. Um dos mais finos. Meus ombros andavam doendo por causa do peso, e ler um livro grosso em pé no transporte público exigia malabarismos. Quando conseguisse juntar um dinheirinho, compraria um *e-reader*, quem sabe para me dar de presente de aniversário. No Natal já seria inviável.

— Guardei pra você — disse Nati, indicando a escrivaninha, onde estudava todo dia ao voltar do cursinho, às seis da tarde.

Ali em cima, num canto, ladeado pelos cadernos e livros abertos, havia um prato coberto por outro. Uma porçãozinha de pernil desfiado.

— O papai ia comer tudo.
— Valeu, Nati.

Jantei sob os gritos cada vez mais altos, agora, e acabei decidindo lavar o cabelo, já que minhas esperanças de dormir cedo haviam ido pelo ralo.

— Qual o motivo da briga hoje? — perguntei.
— A mamãe cancelou a TV a cabo.
— Até que enfim.

Eu havia assumido as contas de água, luz e internet. Ajudava no condomínio e, às vezes, até mesmo no aluguel. Depois de pagar as contas, não sobrava quase nada para ninguém. Não tinha cabimento manter algo supérfluo como a TV a cabo com as coisas tão difíceis. E já assinávamos dois serviços de *streaming*, muito mais econômicos, de catálogo bem variado.

Além disso, meus pais brigariam por qualquer outro motivo, senão por esse. Já não se suportavam havia muitos anos e insistiam naquele casamento sem sentido, naquela convivência tóxica. Nem eu nem Nati conseguíamos entender por que os dois não se separavam logo.

Quando me levantei, Nati se remexeu em sua cama. De corpo moído pelo cansaço, me troquei no escuro e depois me arrastei para o banheiro. Uma rápida inspeção na cozinha confirmou minhas suspeitas: não havia nada para o café da manhã. De novo.

— Oi, filha — minha mãe me cumprimentou.

Tive o impulso de gritar com ela, mas me faltava energia até para isso.

— Oi. Tchau. Tô atrasada.

Saí sem dizer mais nada. A exaustão da semana e o sono frustrado impulsionavam meu ressentimento. A discussão havia adentrado a madrugada e só parado porque o porteiro anunciou uma multa via interfone. Seria um alívio, se o dinheiro para pagar não precisasse sair de algum lugar.

Eu mal via a hora de me formar e sair de casa. Alugaria um quarto qualquer. Se tudo desse certo, Nati passaria no vestibular e logo começaria a trabalhar. E então também poderia se livrar daquele pesadelo. Eu provavelmente conseguiria ajudá-la, dentro de alguns meses.

Encontrei Mayara diante de seu prédio, um quarteirão à frente.

— Bom dia! — saudei com um sorriso. — Tá melhor?

Minha amiga ajeitava a faixa colorida nos cabelos crespos.

— Aff, eu te odeio — disse ela com uma risada. — Qualquer pessoa com esse bom humor de manhã deve ser meio psicopata.

Ri também. Eu me sentia melhor fora de casa, mais livre para ser eu mesma, sem precisar ficar na defensiva o tempo todo. Descemos a rua rumo ao ponto de ônibus.

— O que você tinha ontem? — perguntei.

— Ai, comi alguma coisa zoada no almoço e terminei o dia vomitando — respondeu Mayara, fazendo careta. — Sem condições de ir pra USP.

— Eu tava quase dormindo na aula. Não sei o que ia ser de mim se tivesse mais um ano inteiro, igual você.

Pensar nisso me levou de volta à fila da tia Bia, ao estranho fenômeno e à figura de moletom que, por acaso, descobri ser o irmão do Tiago, Miguel. Tinha pensado na blusa e na ocorrência durante todo o caminho para casa. O mistério só deixou minha mente por causa da discussão idiota dos meus pais, mas já começava a se reavivar feito uma fagulha.

— Pra onde você foi? — perguntou Mayara. — Tá viajando, né?

— Não, tô pensando nas provas que eu vou ter que corrigir hoje — menti.

Se eu falasse a verdade, ela me acharia doida. Quando era pequena e apontava as ocorrências, todos diziam que era coisa da minha imaginação. Nas últimas vezes que tentei compartilhar isso com alguém, no início da adolescência, me chamaram de louca e esquizofrênica. Na época, fiquei até preocupada. Pesquisei na internet. Passei a me analisar em busca de outros sintomas da doença, mas nunca encontrei.

As ocorrências eram raras antes. Ou talvez eu saísse menos. Fosse como fosse, cheguei a passar um ano inteiro sem ver nada fora dos eixos. Na verdade, comecei a chamá-las assim quando resolvi registrá-las. Antes, eram apenas "a névoa colorida", lampejos esquisitos com uma espécie de brilho próprio e curtíssima duração, quase nunca chegando a dois segundos. Outra classe específica de fenômenos recebia a descrição de "uma fumaça esquisita perto de árvores".

Quando aconteciam, ninguém nunca estava prestando atenção. As pessoas ficavam com a cara enterrada no celular, ou ocupadas demais em evitar o olhar de estranhos e, com isso, perdiam os poucos instantes do fenômeno. Mesmo na noite anterior, com um mundaréu de gente nas imediações, ninguém parecia ter notado. Exceto Miguel.

Ele com certeza tinha visto. E, a julgar pela nossa troca de olhares no carro, sabia que eu vira também.

— Corre! — gritou Mayara, acenando com o telefone. — O Cleiton acabou de avisar que o 427 tá na Matriz.

A igreja do Centro ficava a quatro pontos de distância. Disparamos pela rua. O 427, uma linha especial que ia até a Paulista, dispensava a necessidade de pegar metrô — e por isso tinha a tarifa bem mais cara do que a dos demais ônibus intermunicipais. Fora a vantagem de ir direto, era um daqueles de viagem, com bancos mais confortáveis. E passava de meia em meia hora, então não podíamos perder o das 6h40, ou nos atrasaríamos.

Conhecemos Cleiton três anos antes, dentro de um. Um cara tinha se esfregado em mim e ficado agressivo com Mayara quando ela armou um escarcéu. Cleiton simplesmente se levantou e o botou para fora, sob aplausos efusivos de outros passageiros. Nós nos aproximamos dele desde então.

O ônibus cinza estava parado no ponto quando dobramos a esquina. Demos tudo de nós para alcançar o veículo, esbaforidas, desalinhando roupa e cabelo. Agradecemos ao motorista, outro velho conhecido, por ter nos esperado.

— Tem lugar pra sentar hoje, seu Toninho? — perguntou Mayara.

— Sei não, filha. — Ele espiou o retrovisor do meio. — Mas não tem ninguém de pé.

Nós duas tivemos a honra de ser as primeiras sem lugar. Procuramos Cleiton, mais para o fundo, no assento do corredor, e pusemos as mochilas no bagageiro acima dele.

— E aí, teve resposta da entrevista? — perguntei.

— Ligaram ontem. — Os olhos do rapaz brilharam. — Começo o estágio na segunda!

Mayara e eu fizemos festa, atraindo olhares de censura de um ou outro mal-humorado sonolento.

— Agora que você entrou na área, todo mundo vai te querer — disse ela. — Meu primo programador nunca ficou desempregado.

— Amém — respondeu Cleiton. — Não aguento mais essa vida de telemarketing. Tenho saúde pra isso, não. Mas tinha que pagar a facul, né?

Apesar de muito feliz pela conquista dele, minha atenção ia e vinha na conversa. Nunca tinha encontrado quem visse o fenômeno, mas nunca surpreendera alguém olhando para o lugar certo no exato momento da ocorrência. E agora havia Miguel.

Às vezes, eu me sentia meio criançona, procurando mistérios na cidade. Seria um tipo de escapismo? Já lera muito na internet sobre teias de aranha e vários tipos de árvores em busca de respostas. Nunca encontrei nenhuma referência a uma névoa colorida e brilhante, ou a uma fumaça diáfana sem propriedades visuais descritíveis, nem em textos de biologia, nem de física (um truque da luz?), nem de química (um tipo de reação?). Se bem que alguns gases poderiam causar o efeito esquisito que eu via perto das árvores, com ou sem as névoas coloridas. Talvez me faltasse vocabulário técnico para pesquisar isso direito.

Tinha a visão perfeita segundo todos os oftalmologistas com quem havia me consultado na vida, e minha cabeça estava em ordem. Eu não apresentava sintomas de nenhuma doença capaz de causar visões nem sofria da incapacidade de discernir uma ilusão da realidade, pelo menos não que eu percebesse. Além disso, ninguém do meu círculo social parecia achar algo errado em mim.

Então, minha ansiedade por encontrar outra pessoa que talvez houvesse visto se justificava. Eu teria coragem de perguntar? Miguel era irmão de Tiago. E se tirasse sarro, como eu conseguiria andar com meu amigo, que provavelmente ficaria sabendo e me acharia maluca?

Em casa, não podia aparecer uma teia que Nati caçoava, perguntando se não estava brilhando. Só de lembrar, eu sentia um mal-estar de vergonha, como um nó atrás do estômago. Era bobo pensar nisso, mas ao longo dos anos a mera curiosidade se tornou uma obsessão. Talvez a necessidade de manter segredo lhe desse fôlego. Ou seria isso um sintoma real de esquizofrenia?

Para descobrir, precisaria criar coragem e conversar com Miguel. Agora, se pedisse o contato dele a Tiago, teria de enfrentar zoações de outro tipo. E não havia alternativa: nenhum dos dois usava redes sociais.

Esse assunto assombraria meus pensamentos o dia todo, pelo visto.

3

Como monitora, eu costumava tirar dúvidas, ajudar a corrigir trabalhos e acompanhar exercícios em aula. Ou seja, enquanto os alunos faziam a prova final, eu só precisava manter a sala em ordem. Isso me dava tempo livre para rever o arquivo de notas das ocorrências.

Nem sempre a misteriosa névoa brilhante aparecia perto de teias, embora geralmente sim. Às vezes, surgia em meio às folhagens de uma árvore ou num tronco coberto por líquens. De vez em quando, não era nem uma névoa colorida, mas uma espécie de embaçamento no ar, como quando o asfalto está quente demais e vemos gases transparentes por causa da distorção que causam na vista.

Eu só vira o fenômeno mais de uma vez no Parque Ibirapuera, numa árvore que mais parecia um portal druida para um conto de fadas. Na verdade, não sabia se era só uma árvore ou várias interligadas. Havia um tronco central, espalhando galhos em todas as direções. Dos mais grossinhos entre estes, vinham sete ou oito árvores, ao redor daquela principal, decerto mais velha. Não parecia haver uma delimitação entre os galhos de uma e os troncos das outras; formavam um absurdo contínuo. Uma reentrância oca na árvore do meio do círculo fora palco de *seis* ocorrências. Qual seria a frequência quando eu não estava lá para ver?

Queria ter tempo para montar guarda e contabilizar melhor o que acontecia na árvore inexplicável. Não sabia se isso me levaria a algum lugar, mas gostava de ter algo em que pensar, além das preocupações de casa, do trabalho e da faculdade.

A vida *tinha* de ser mais do que um emprego meia-boca, trânsito, cansaço, choro no banho e contas a pagar. Embora o mistério não passasse de uma distração, ao menos investigá-lo me levaria a caminhar por lugares verdes da cidade cinza e a respirar um ar um pouco menos poluído.

Alguns alunos se ajeitaram e se espreguiçaram de um modo suspeito. Guardei o telefone e os fuzilei com o olhar. Eles se aquietaram. O professor tinha ido fazer sabia-se lá o quê na secretaria desde cedo e não voltava nunca.

Passei a tarde inteira corrigindo provas sozinha na sala. O professor só apareceu na hora de pôr as notas no sistema, sem nem se dar ao trabalho de conferir minhas correções. Igualzinho fez com os trabalhos que eu tinha trazido naquela manhã.

Por causa das provas, pude sair da escola às 16h22, o que me permitiu pegar o metrô menos abarrotado. Normalmente, ia tão em cima da hora para a USP, que tinha a experiência completa de integrar um rebanho tocado de um lado para o outro por bloqueios, cercas e faixas destinadas a guiar os usuários — eu entendia a necessidade de organizar o mar de gente, mas me sentia claustrofóbica em meio à multidão. Apostava que meus conterrâneos compartilhavam do sentimento. Tentava não pensar no que aconteceria se algo nos assustasse, como um tiro ou algo assim. Seria um estouro de manada igual ao do *Rei Leão*.

Meu caminho de todo dia: da estação Trianon à Consolação da linha verde; transferência à linha amarela, seguindo da Paulista ao Butantã; ônibus circular para a Cidade Universitária. Neste último, consegui até me sentar. E foram só cinquenta minutos de trajeto, uma espécie de recorde pessoal.

Àquela hora, havia pouca gente no complexo da FFLCH. Em geral, os pós-graduandos que faziam disciplinas e seus respectivos professores, algumas pessoas participando de eventos acadêmicos, além de outros funcionários. Fitei o quiosque da tia Bia, calculando se a minha conta bancária sobreviveria a mais um ataque. O dia todo, só havia comido um pão de queijo e um pacote de bolachas de uma bomboniere. Estava azul de fome. O ronco do meu estômago decidiu a questão: comprei um salgado de escarola e uma lata de Coca-Cola.

Meu olhar procurou o palco da ocorrência. A teia não estava mais lá. Dei uma mordida no salgado, me aproximando das árvores à procura de resquícios, mas não havia o menor sinal de ter existido nada ali, nada de fios brancos presos entre as irregularidades da casca e dos galhinhos.

De repente cansada daquele mistério sem solução — e do dia de trabalho —, fui para o prédio de história, arrumei um banco num canto e tirei um cochilo. Pelo menos, conseguiria assistir às aulas.

— Meninas, a Yoko e o Tadashi vão dormir lá em casa hoje — disse Tiago. — Daí o Miguel sugeriu de a gente ir tomar alguma coisa. Que tal?

Mayara, que acabava de se juntar a nós, fez uma careta bem-humorada, envesgando os olhos arregalados. Tiago corou.

— Ai, May, desculpa. Esqueço que você não bebe... Mas não tem culto hoje, né? Vai com a gente e toma suco ou refri.

— Ixi, nem dá. Combinei de ir amanhã cedo com a minha mãe na 25 de março, pra comprar umas coisinhas pra festa da minha irmã. — Ela deu de ombros. — Na próxima, avisa antes que eu vou, Zé.

Tiago murchou um pouco.

— A gente só pensou nisso agora à noite — ele se defendeu com um muxoxo. Então se virou para mim: — Você vai, Di?

— Eu viro abóbora, você sabe — respondi. — Mas, mesmo se não fosse pelo horário do metrô e do ônibus, ainda tô meio sem grana.

Meio sem grana era o eufemismo do século.

— Dorme em casa! — sugeriu Tiago.

Mayara tinha saído do prédio de veterinária e vindo à FFLCH para voltarmos juntas, e eu não teria coragem de deixá-la ir sozinha, depois de ela cruzar a Cidade Universitária inteira. Ela, entretanto, me encorajou, porque eu *sempre miava*. Aceitei; era a oportunidade perfeita para tentar descobrir se Miguel vira alguma coisa.

Nós o encontramos na mesma vaga da noite anterior e, dessa vez, Tiago pediu carona para Mayara. Quando me acomodei no banco de trás do carro, logo depois de minha amiga, espiei o retrovisor. Miguel me encarava. Alimentei uma fantasia em que ele também passara a vida acreditando ser o único a enxergar ocorrências e estava tão ansioso para conversar sobre aquilo quanto eu. Se fosse o caso, Tiago sabia? Caçoava como a minha irmã ou ficava curioso? Tiago não era o tipo de pessoa que zombava dos outros, mas todo mundo sempre toma liberdades com os irmãos.

— A Di vai dormir em casa — disse ele. — Fiquei pensando: por que em vez de pagar cerveja cara em bar a gente não compra um monte no mercado e vai pra lá direto?

Miguel considerou um instante.

— Liga pra eles, então.

Silêncio seguiu-se enquanto o celular chamava. Tiago anunciou a ideia à namorada e ao cunhado.

— Mês que vem o curso de vocês acaba — disse Mayara. — Empolgada?

— Nem imagino como vai ser ter tempo pra dormir — respondi com uma risada.

— Dormir? O que é isso? — Mayara riu. — Ah, consegui a vaga de estágio no zoológico! Me ligaram hoje. Vou ficar acordada é de ansiedade.

Fiz comentários sobre o quanto era romântico tanto ela quanto Cleiton iniciarem um estágio dos sonhos no mesmo dia. Os dois ficavam dando voltas um no outro e nunca se chamavam para sair.

— Parabéns, May! — falei mais a sério, deitando a cabeça em seu ombro. — Agora só falta torcer pra você ficar no setor de algum primata, pra alegria ser completa.

— Não é assim. Tenho que passar por todos os setores, mas vou aproveitar o dos mamíferos cada segundinho.

Eu não tinha a menor dúvida. Ela era fascinada por animais desde sempre, e a racionalidade aparente dos primatas a encantava mais do que qualquer outra coisa.

Chegamos rápido ao Butantã. Mayara me abraçou, beijou a bochecha de Tiago, acenou para Miguel e saltou do carro. Nós três aproveitamos o semáforo fechado para acompanhar com os olhos sua figura entrando no metrô. Estava escuro, apesar da iluminação pública.

— Preparada pra viajar até Interlagos? — perguntou Tiago, animado.

— Exagerado. — Miguel me olhou pelo retrovisor. — A essa hora dá no máximo uns quarenta minutos, Diana. Ignora o drama.

Ele soava mais amigável hoje. Sorri, sem saber o quanto de meu rosto ficava visível naquele ângulo.

— Não preguei o olho ontem — falei. — Então a minha bateria vai acabar cedo.

Isso me lembrou de mandar uma mensagem a Nati, avisando dos planos de dormir no Tiago. Minha irmã respondeu no mesmo instante com um "Ok". Se meus pais dessem pela minha falta em algum momento, perguntariam a ela.

— Se quiser tirar um cochilo, pode deitar — ofereceu Miguel. — A minha blusa deve tá por aí, pra você usar de travesseiro.

— Olha que eu aceito, hein? — Dei uma risadinha. — Sou especialista em dormir em qualquer canto.

— Fica à vontade.

— Melhor não, faz mil anos que não vejo a Yoko e o Tadashi. Preciso aproveitar.

— Você não foi no níver de nenhum dos dois — volveu Tiago. — Nem no meu, aliás.

Sem dinheiro e sem ter como voltar para casa, nos três casos. Tiago falara na brincadeira; ele não tinha como imaginar o quanto isso me deixava mal. Por nunca ir a festas e encontros casuais à noite, eu não conseguia estreitar relações com as pessoas. Muitos de meus amigos e colegas do passado interpretaram minhas ausências como descaso ou falta de interesse e foram se afastando. Eu esperava que isso não acontecesse com Tiago, que se tornou tão próximo de mim quanto Mayara.

Paramos no Extra da Marginal Pinheiros para comprar alguns petiscos e bebidas. Ao descer do carro, cumprimentei Miguel de verdade pela primeira vez.

Ele era bonito, ainda mais alto do que Tiago, mas com uma estrutura longilínea, diferente do irmão bombadinho. Tinha um nariz ligeiramente aquilino, quase idêntico ao de Tiago, a barba por fazer e um pomo de adão igual a um caroço de pêssego entalado. Ao me cumprimentar, também demonstrou ser um cara decente: não me abraçou demais, não me apertou contra o corpo, não me deu um beijo direto na bochecha nem pôs a mão na parte de trás da minha cabeça. Gostei dele.

— Meu Deus, vocês são muito parecidos!

Tiago revirou os olhos e torceu o nariz numa careta bem-humorada, misto de orgulho e indignação.

— Ele é o rascunho e eu sou a versão melhorada — declarou.

— Vai sonhando — replicou Miguel, mas sem soar ofendido.

Na entrada do supermercado, encontramos os dois irmãos Shimura, que nos esperavam com um ar entediado. Yoko e Tiago se agarraram como se não se encontrassem havia meses — fazia só uma semana. Se eu não os conhecesse, jamais diria que namoravam desde os quinze anos.

— Nem acreditei quando o Ti falou que você vinha! — disse Tadashi. — Você tá bem, bonita? Tá com uma carinha cansada...

— Porra, Tadashi, vai ser indelicado assim na casa do caralho — resmungou Yoko, enfiando-se entre nós dois e me abraçando. — Você tá linda, como sempre, Di.

— Quando eu falei que ela tava feia? — Tadashi resmungou, virando-se para abraçar Miguel. — Cara, você ia pirar no laboratório novo! Passa lá um dia.

Isso atraiu a minha atenção. Tadashi era doutorando na biologia. Pesquisava alguma coisa em genética.

— Vocês estudaram juntos? — perguntei.

— Algumas disciplinas da graduação — respondeu Tadashi, dando de ombros. — Duas do mestrado, se não me engano.

Tiago tinha abraçado Yoko por trás e apoiado o queixo no alto da sua cabeça, mas, apesar da pose confortável, demonstrava impaciência.

— Que tal bater papo em movimento?

No mercado, havia mais grupos como o nosso: universitários ou trabalhadores jovens comprando coisas pra comer e beber sexta à noite. Risadas altas e um ou outro grito pontilhavam os corredores e o caminho para os caixas, demarcando as áreas ocupadas por adolescentes.

Minha preocupação com o valor da compra se provou desnecessária: no final, deu quinze reais para cada um. Consegui até voltar a respirar depois de ler "transação aprovada" na maquininha.

Tanto Miguel quanto Tiago pagaram em dinheiro, embora eu houvesse notado mais de um cartão em suas carteiras. Perguntei-me se seria um hábito familiar;

meu amigo sempre pagava as coisas em dinheiro, desde que eu o conhecia. Dizia ser uma boa maneira de controlar gastos.

— Eu quero ir com a Yoko — anunciou Tiago. — Tudo bem se eu te abandonar no carro com o Miguel, Di?

O que mais eu poderia dizer? *Ah, não, não quero?* Segui Miguel, meio sem jeito. Colocamos as sacolas no porta-malas e entramos no carro. Fiquei pensando em algum assunto para não deixar o caminho desconfortável, sem ser afoita demais com o que *realmente* queria perguntar.

— Não sabia que você era biólogo — comentei. — Qual a sua especialidade?

— Aracnologia.

Ah. Isso mudava as coisas. Ou será que não? Era a deixa perfeita, afinal de contas.

— Que legal... Tava de olho naquela teia imensa da FFLCH ontem?

— Força do hábito. Ia comer na tia Bia, mas fiquei com preguiça da fila.

Por um lado, fiquei feliz com sua pronta admissão de ter me visto e saber exatamente do que eu estava falando. Por outro, hesitei. Não queria dar uma de tonta, mas se formulasse a pergunta como uma curiosidade casual...

— Então você pode me tirar uma dúvida?

Ele me olhou de esguelha, arqueando uma sobrancelha, antes de voltar a atenção à marginal.

— Claro.

— Já vi umas vezes um tipo de névoa brilhante... ou um pó colorido, sei lá... perto de umas teias. O que é?

Prendi a respiração, incapaz de desviar o olhar de seu rosto. Se ele começasse a rir ou debochar, eu abriria a porta e pularia do carro em movimento. Até imaginei a cena. Em vez disso, Miguel franziu o cenho.

— Nunca vi nada assim... — Surgiu um vinco entre suas sobrancelhas. — Uma névoa? Tipo, ao redor da teia?

Murchei um pouco. Se bem que foi um alívio não virar alvo de chacota logo de cara.

— Não. Do tamanho de um melão, mais ou menos. Tipo... Sabe quando a gente vê o sol entrando por uma janela e só naquele facho de luz enxerga a poeira? É tipo isso. Mas teia de aranha não solta poeira, né? Eu pesquisei.

— Engraçado. Você por acaso saberia se a teia é sempre de uma aranha específica? Ou seria demais perguntar qual a espécie?

Mordendo o lábio, segurei uma risadinha autodepreciativa. Miguel sorriu, sem dúvida consciente de minha ignorância.

— Pra você ter noção, quando eu era pequena, assistia àquelas reportagens sobre os perigos da aranha-marrom e morria de medo dessas aranhas de casa!

Porque são marrons! — admiti. Nós dois caímos na gargalhada. — Esse nome é péssimo.

— Olha, acho que *Loxosceles* não é muito amigável pro grande público. E as aranhas de casa mais comuns são as *Pholcus phalandioides*, as de perninhas compridas. Deve ser essa que você confunde, né? Porque as saltadoras têm menos a ver ainda.

Digitei os nomes de qualquer jeito na barra de pesquisas e deixei o Google sugerir a grafia correta.

— Essa mesma! — Comparando uma e outra, torci o nariz. — Credo. Elas são tão diferentes que dá até vergonha.

— Você não deve chegar perto o suficiente de aranha nenhuma pra apreciar as diferenças.

Ele me arranjara a saída ideal para um assunto de potencial embaraçoso: a conversa havia se voltado para gracinhas inofensivas. Eu me senti muito estúpida por continuar pensando em maneiras de abordar a questão. Devia estar mesmo enlouquecendo.

— Qual espécie de aranha fez a teia de ontem? — acabei perguntando. — Aconteceu ontem mesmo, na hora que te vi.

A testa dele se enrugou.

— Caramba. — As duas mãos no volante desviaram o carro para a pista da esquerda. Um apressadinho irresponsável estava tentando ultrapassar pela direita. — Aquelas eram aranhas-do-fio-de-ouro. Nada na teia delas solta pó.

— Você não viu?

— Não. Você que tava contra a luz, né? Vai ver foi isso.

— Talvez.

Mal disfarcei a decepção. E me senti muito idiota.

4

Interlagos, como Tiago fazia questão de frisar, era uns cinco graus mais frio do que o resto da cidade, decerto por ficar entre as represas Billings e Guarapiranga — inclusive daí vinha o nome do bairro. Atravessar a ponte era como chegar a uma cidade do interior, mas sem os pastos cheios de cupinzeiros no caminho. De repente, avenidas e prédios cediam espaço a calçadas tomadas por árvores imensas e jardinzinhos, muros dominados por tipos variados de trepadeiras e casas enormes, uma ao lado da outra. Tudo contava com iluminação pública e guaritas de vigias noturnos em esquinas e praças — e, fora estes, o bairro estava deserto. Era área de zoneamento cem por cento residencial. Tive calafrios só de me imaginar andando sozinha por aquelas ruas à noite.

Um portão inteiriço de madeira, desses automáticos que funcionavam por rolagem, se abriu depressa numa das casas com muros cobertos por trepadeiras quando Miguel embicou o carro. Tadashi entrou junto e parou na vaga ao lado. O eficiente duplo motor fechou o portão sem demora.

Eu e Miguel ainda ríamos de sua história sobre uma tarântula fugitiva numa visita guiada ao Instituto Butantan quando nos juntamos aos demais. Tiago trocou um olhar significativo com o irmão, que só deu de ombros. Fiquei tentando identificar a motivação por trás do gesto.

— Vocês vão se pegar? — perguntou Tadashi, estreitando os olhos para o amigo. — Se forem, já me avisa pra eu entrar com o computador e os fones e assistir meu 3%.

Meu rosto ardeu. Para não dar muito na vista, tratei de ajudar Yoko a descarregar as compras, fingindo não ter escutado. Seria possível os irmãos Floresta estarem sinalizando algo a respeito *disso*? Lamentei não ouvir a resposta de Miguel, que deveria ter acontecido à meia-voz com bastante gestual quando dei as costas.

Eu e Yoko pegamos um engradado de cerveja cada uma.

— A gente vai no laguinho de manhã — disse ela. — Aproveita que já tá aqui mesmo e vem com a gente, daí você conhece mais do bairro.

— Onde é?

— No quarteirão de cima. — Ao cruzarmos a porta para a sala, Yoko sorriu para a mulher de meia-idade descendo as escadas de pijama. — Oi, Marta! Já conhecia a Diana? Ela é aquela amiga do Ti.

— Ainda não, mas já ouvi falar tanto que parece que sim. — A mulher se adiantou para nos cumprimentar. Era quase uma cabeça mais alta do que eu. — Já deixei tudo arrumado pra vocês. Maneirem no barulho, tá?

— Pode deixar, Marta — disse Tiago, entrando e a abraçando, apesar de trazer uma sacola de mercado em cada mão. — A mamãe já foi dormir?

— Uhum — respondeu ela, ficando na ponta dos pés para abraçar Tadashi e depois Miguel, que também carregavam uma cota das nossas compras. — Eu vou também. Tem umas cervejas na geladeira. Podem ir tomando enquanto a de vocês gela. Só não quero ver vômito de ninguém quando acordar, hein? Tem pano de chão lá no lavabo. Nem adianta fingir que não é com você, dr. Shimura.

Tadashi encolheu os ombros, dando um sorriso angelical.

— Ainda não defendi o doutorado — retrucou. — Até lá, dr. Shimura é só meu pai.

— Não se faz de sonso, mocinho. — Marta sorriu, diminuindo o peso da quase-bronca, e subiu as escadas devagar. — Boa noite. E *nada de barulho*.

Eu nunca havia ido à casa de Tiago, mas também a conhecia de nome, apesar de não ter dito nada. Era a "boadrasta", como meu amigo a chamava. Tinha uma voz musical, nem grave nem aguda, perfeita para dublar a princesa Jasmine ou Elizabeth Bennet.

A sala era enorme, com uma porta para a garagem e outra para o jardim dos fundos. Deviam ser ricos para morar num lugar assim. Seguindo o exemplo de Yoko e Tadashi, depois de entregar meu engradado de cerveja a Miguel, eu me sentei num dos três sofás largos — desses que, se puxados de um jeito e de outro, como os irmãos fizeram, deixavam espaço até para deitar. Eu só vira algo do gênero em lojas e na novela que assistia aos sábados, quando ia à casa da minha avó.

Tanto Yoko quanto Tadashi tiraram os sapatos e puseram os pés no assento, ela de pernas dobradas como para meditar, ele as esticando e cruzando nos calcanhares. A julgar por tamanha familiaridade, eram visitas frequentes. Algum dia eu teria esse nível de proximidade com alguém? Não conseguia agir assim nem mesmo na casa de Mayara, minha amiga desde o ensino fundamental. Nem na do meu ex, com quem havia namorado por dois anos.

Tiago e Miguel se moviam num balé coreografado pelo hábito, indo e vindo entre a sala e outro cômodo que só poderia ser a cozinha. Providenciaram tigelas, já servindo os amendoins e as batatas chips, depois copos e suportes para as bebidas não deixarem marcas nos móveis.

— Seria tão engraçado se vocês dois namorassem — Yoko sussurrou ao irmão, quando os anfitriões estavam na cozinha discutindo sobre alguma coisa. — Melhor do que você ficar correndo atrás daquele idiota do Benjamim.

O comentário atraiu minha atenção. Tadashi espreguiçou o corpo esguio, fazendo a camiseta se erguer um pouco e mostrar a barriga definida por um instante. Depois se endireitou.

— O Miguel não faz o meu tipo — resmungou, olhando para a porta da cozinha. — Além do mais, não gosto de pegar amigo. Sempre dá merda.

Yoko estreitou os olhos e se virou para mim.

— O meu irmão tem umas ideias idiotas sobre relacionamento.

— Que ideias? — perguntou Miguel, trazendo algumas cervejas, com Tiago logo atrás.

— Eu só acho que nem todo mundo encontra o amor da vida aos quinze anos — respondeu Tadashi, me dando uma piscadela. Segurei o riso. — Mas então, Diana... o meu amigo te contou que ele é especialista em *aranhas*? E até faz carinho nelas?

Yoko tinha acabado de dar uma golada — o primeiro copo servido por Tiago —, e a repentina gargalhada chocada transformou suas narinas num chafariz de cerveja. Isso arrancou risadas de todos, principalmente de Tadashi, que se retorceu no sofá. Devia ser divertido ter um irmão assim. Não se *eu* fosse o alvo, claro.

Miguel despencou no assento ao meu lado, me oferecendo uma lata.

— Ignora.

— Não, pera. Você pega *mesmo* aranhas na mão?

Fingi não entender a piadinha, fazendo uma careta de nojo. Tadashi encheu a boca de batatas chips ante o olhar sério do amigo em sua direção.

— Depende — Miguel começou a responder, e Tadashi teve outra crise de riso. — Meu Deus, você pode parar de fazer piada de tiozão? Sério, Diana, só dá pra achar isso engraçado da primeira vez. Ou da segunda. Mas eu convivo com ele há... uns dez anos? Depois de um tempo, enche o saco.

— Credo, que mau humor — disse Tiago.

Miguel se recostou no sofá e deu uma golada longa na cerveja. O pomo de adão subia e descia, um movimento fascinante. A parte de mim decepcionada por ele não saber nada das ocorrências cedeu lugar a outra — àquela que não ficava com ninguém fazia quase um ano, desde meu término traumático. Miguel era um cara bonito, inteligente, aparentemente disponível e não parecia desinteressado. Se bem que, a julgar pelo comentário de Yoko, poderia ser impressão minha. Tentei não criar expectativas, embora minha mente já as projetasse como castelos.

— Em um mês, vocês dois vão ser historiadores. — Tadashi olhou para mim e para o cunhado, segurando o copo de cerveja como se contivesse uísque. — Preparados pra tentar explicar nossa política pras gerações futuras?

— Falando nisso, acredita que passaram uma circular lá na escola onde faço o estágio, dizendo que não era pra dar nenhum conteúdo *ideológico*? — Só de me lembrar, meu sangue fervia. Isso tinha acontecido na semana anterior. — Não sei de onde esse povo tirou que qualquer coisa existe sozinha, sem uma ideologia por trás.

— Do cu ideológico deles. — Yoko deu um sorriso fofo ao falar.

O contraste da expressão com suas palavras nos arrancou risos. Eu sentira saudades desse jeito dela.

— E eu me pergunto se quem prega uma total falta de ideologia em qualquer comunicação humana tá sendo só burro ou mau caráter — resmungou Tiago. — Um pouco dos dois, talvez. Acho que convém pra esse povo semear um pouquinho de obscurantismo. Afinal, se o obscurantismo conseguiu corroer o Império Romano por dentro, imagina o poder que não ia ter nesse nosso arremedo de democracia.

— Eu sei lá o que esse país vai virar — disse Yoko. — A minha área já tá fodida por princípio, né? Agora imagina com essa direitona no poder.

Yoko estava terminando o penúltimo ano de produção editorial — a infiltrada de humanas numa família de biológicas. Tadashi tinha comprado a briga por ela, mas sua irmã chegou a morar na casa de Tiago por dois meses antes do vestibular.

— A sua área tá na merda, a minha também, dona Maria — disse Tadashi. — Imagina trabalhar com pesquisa *e* meio ambiente...

— Nossa, sim! — exclamou Tiago, de repente exaltado. — Outro dia aquele deputado escroto propôs um projeto de lei pra diminuir ainda mais as áreas de preservação ambiental. Qual o nome dele mesmo? O Flávio Macedo, sabe? Adivinha? Latifundiário do interior de São Paulo, exportador de laranja. Vamos ver em quatro, cinco anos onde isso vai parar. E as notícias importantes sobre isso... e sobre política em geral, né, tão tudo atrás de *paywall*.

— Ah, é foda — disse Yoko, com uma careta. — Eu acho uma merda obrigar as pessoas a assinarem o jornal quando as notícias são importantes, você sabe... Mas, por outro lado, como você garante a independência da mídia que vive de anunciantes?

A polêmica do *paywall* criou uma comoção. Todos concordavam até certo ponto, mas precisavam expressar suas múltiplas indignações de algum modo. Eu me virei para Miguel, o único calado. Ele franzia o cenho.

— Você tá tão quieto... — sussurrei. — Tudo bem?

Ele deu um sorrisinho.

— Meio cansado, só — respondeu. — Acho que vou lá fora tomar um ar.

Isso era um convite ou um pedido para ser deixado em paz? Repensei a cena da FFLCH sob outra ótica, agora que sabia que ele não vira a ocorrência. A desafiadora sobrancelha arqueada no retrovisor, em retrospecto, devia sinalizar interesse. Por acaso ele estivera me encarando antes mesmo de eu o notar?

— Posso ir com você? — perguntei de uma vez, para não perder a coragem.

— Claro.

Nós nos levantamos, silenciando os outros três. Por um segundo, temi algum comentário de Tadashi, apesar de uma hora antes ter sido ele o responsável por me abrir os olhos para enxergar Miguel *desse jeito*. No entanto, Tiago logo voltou a falar acaloradamente contra a imprensa e os Shimura retomaram o debate na mesma toada. Eu e Miguel saímos para o jardim.

Ele inspirou fundo, olhando o céu estrelado, como se só quisesse "tomar um ar" mesmo. Quem falava assim?

— Tá mais fresco aqui — disse ele. Soava aliviado.

— Meio frio...

— Sério? — Seu olhar desceu para minha blusa de alcinha. — Quer um casaco?

— Não precisa. — Cruzei os braços. Ele voltou a olhar para o alto. — A Yoko... hã... falou de um laguinho?

Os olhos escuros de Miguel encontraram os meus por um momento.

— É um viveiro. — Ele esticou a mão e puxou a folha de uma amoreira, num galho que eu não havia calculado ser possível alcançar. — Se você der sorte, um dos jacarés-de-papo-amarelo aparece pra te dar um oi.

— Eu não sabia que tinha um desses aqui em São Paulo. Não fora do zoológico, pelo menos.

— Um cara trouxe o primeiro há anos pra controlar a população de piranhas... que um maluco tinha trazido antes — contou ele, me olhando de esguelha. — Agora é um centro de preservação dessa espécie e de outras. Mas não tem muito espaço, então levam os filhotes para outro lugar depois. Só ficam uns quatro jacarés por vez.

Era engraçado imaginar algo assim na mesma São Paulo dos carros que entupiam todas as vias. Eu me percebi interessada de verdade no tal laguinho, não só como desculpa para puxar assunto.

— O que mais tem lá?

— Pica-paus, tucanos, saguis, garças, papagaios, frangos d'água... *Ah.* — Ele sorriu, apontando algo na amoreira. — Olha ali. Uma aranha-do-fio-de-ouro.

Franzi o cenho.

— Onde?

Miguel pousou uma mão no meu ombro, parando atrás de mim, e apontou com a outra. Estremeci.

— Ali, ó — disse, na maior naturalidade.

Alinhando-me contra a luz, avistei os fios simétricos, algumas folhas suspensas na seda fina. Não seria incrível se acontecesse uma ocorrência ali mesmo? Se ele não visse nada, eu procuraria um psiquiatra no dia seguinte.

— Não tô achando a tecedeira.

— No cantinho, perto do galho de cima.

Era *imensa*, com as pernas compridas formando um "x" engraçado.

— Eu nunca vou catar amora aí, credo.

Ele deu risada. O som me arrepiou inteira. Fosse culpa da cerveja, da proximidade ou do hiato, olhei-o por cima do ombro. Seu olhar desceu um instante para minha boca antes de encontrar o meu. *Isso* eu não tinha imaginado. Virei-me devagar, subindo as mãos por seus braços. Ele segurou minha cabeça delicadamente e nossos lábios se encontraram no meio do caminho.

Tinha tudo para ser um beijo desajeitado: eu estava fora de forma e meio insegura; ele era irmão de meu amigo; ambos tínhamos bebido cerveja, que não deixava o melhor dos hálitos. Mas foi surpreendentemente bom. Era como se nós nos encaixássemos, como se nossas línguas já se conhecessem. Cravei as unhas em seus ombros meio que por reflexo, e uma de suas mãos se emaranhou em meus cabelos, enquanto o outro braço envolvia a minha cintura e me puxava para mais perto. Gemi com o contato inesperado, libertando alguma fome dentro dele.

Miguel me prensou contra a pilastra do alpendre, insinuando uma perna entre as minhas. Estremeci. Infelizmente, a diferença de altura forçava meu pescoço num ângulo ruim. Eu me desvencilhei para procurar uma posição mais confortável. No segundo seguinte, ele tinha recuado um passo.

— Desculpa, eu não quis forçar a barra. — Ele passou as mãos pelos cabelos, bagunçando-os um pouco.

Fitei-o. Ao menor sinal de desconforto, ele havia parado. *E pedido desculpas*. Eu mal conseguia acreditar na minha sorte.

— Não é isso — tranquilizei-o. — Você é muito alto. Meu pescoço ficou doendo.

Os olhos de Miguel se iluminaram. Ele coçou a nuca, meio sem jeito, olhando ao redor.

— Acho que se você ficar em pé no degrau ali... ou sentar no parapeito da janela...

— Onde essa janela dá?

— No escritório da minha mãe. Não tem ninguém lá agora.

— Então eu prefiro sentar... — Eu me interrompi, arregalando os olhos. Miguel riu baixinho.

— Vê se não me dá ideias.

Fomos para a bendita janela, que era relativamente baixa e tinha um parapeito largo o suficiente para acomodar minha bunda. Miguel me ajudou a subir ali e arqueou uma sobrancelha ao se colocar no vão entre as minhas pernas.

— Tudo bem assim...? — perguntou ele.

Assenti e o agarrei pela camiseta, trazendo-o para um beijo. Meus pensamentos se dissiparam. Era bom estar sentada quando meus joelhos pareciam de gelatina. Adorei o toque de suas mãos em meu rosto, minha nuca, minha cintura. Adorei o toque de seus lábios descendo pelo meu pescoço até a junção dos ombros. Adorei o palavrão que escapou contra minha pele quando cruzei as pernas atrás de seus quadris, puxando-o para mais perto. Não me sentia desejada havia meses. Não, *anos*. As mãos grandes acariciavam minhas pernas de leve, e ele voltava a meus lábios quando berros de aves rasgaram a noite silenciosa.

Miguel congelou. O burburinho contínuo da conversa na sala parou.

— Que foi? — perguntei.

— São as araras da Angélica, minha vizinha. — Ele apoiou a testa em meu ombro e deu um suspiro resignado. — Ai, inferno. Desculpa. Eu preciso ir ver.

— É algum problema? — Pulei para o chão e o segui.

— Normalmente, não — respondeu ele. — Mas a casa dela tem alguns animais resgatados. Às vezes, alguém entra lá pra tentar matar as araras por causa do barulho. E a Angélica é uma senhora de setenta anos...

Ele explicava tudo em tom de desculpas.

— Relaxa, vai lá. — Hesitei. — Mas não é perigoso?

— Não, não. — Ele me olhou, tomando ar, então desistiu do que quer que estivesse prestes a dizer. Abaixou a cabeça, então. — Desculpa.

— Pelo quê? Imagina!

Ele só pôs meio tronco dentro da sala e avisou ao irmão que ia à Angélica. Pela reação despreocupada de Tiago, aquilo parecia ser frequente. Eu me sentei no sofá e abri outra cerveja, sentindo o peso de todos os olhares. Meu rosto ardeu em brasas.

— Eu não sabia que dava pra ter araras em casa — falei, quase naturalmente, talvez por estar de fato curiosa.

— A Angélica é especial — disse Tiago. — O pai dela era dono disso tudo, incluindo o laguinho. Ele que doou a propriedade pra prefeitura fazer a área de preservação. A vida deles é toda ambientalista. — Ele inclinou a cabeça. — Agora, Diana, você deve saber que a sua roupa e o seu cabelo tão uma zona... E a sua boca tá igual à da Angelina Jolie de batom vermelho, então nem adianta disfarçar. Poxa, achei que você tinha finalmente aceitado vir pra ficar com a gente, não só pra pegar meu irmão.

— Aff, cala a boca — rosnei com uma risada.

5

Eu me revirei. Estranhava o colchão diferente, o travesseiro. Havia cochilado no sofá em algum momento, e Tiago me acordara para eu ir me deitar na cama. Contudo, no caminho entre a sala, o banheiro e o quarto dele — onde eu e Yoko passaríamos a noite —, meu sono se perdeu.

Estava agitada e com calor, e minha mente não perdeu a chance de vagar direto para a questão das ocorrências. Eu dava importância demais a algo que provavelmente não passava de um truque da luz. Ridícula. O que esperava? Ter descoberto um fenômeno científico? Deveria ter prestado outro curso para isso. E não o fizera porque — se fosse honesta comigo mesma — gostava das hipóteses que formulava sem fatos precisos. A verdade seria uma decepção.

Como tudo na vida.

A verdade era o ônibus lotado de manhã, um homem me encoxando no metrô abarrotado a caminho da faculdade, o sono que me impedia de prestar atenção na aula. A verdade era o cansaço, aquele cansaço profundo que eu exalava pelos poros, me envolvendo numa aura emburrada difícil de dispersar. Ser simpática e sorridente às vezes exigia todas as minhas forças.

Esfreguei os olhos no escuro, me perguntando se era normal sentir esse eterno impulso de chorar quando pensava na vida. Cansada da autopiedade, eu me levantei do colchão inflável no chão do quarto impecável de Tiago e entreabri a porta devagar para não acordar Yoko. Uma luz acesa lá embaixo iluminava o fim do corredor. Hesitei. Se fosse a mãe ou a madrasta de meu amigo, acabaria me sentindo enxerida ou invasiva. Por outro lado, algumas palavras educadas e um copo d'água me distrairiam das reflexões deprimentes.

Encontrei Tiago no sofá, com as pernas cruzadas em cima do assento, escrevendo num caderno. Ele ergueu a cabeça ao sentir minha presença.

— Tudo bem? — perguntou, franzindo a testa.

— Tudo. — Eu me aproximei, ainda tentando acostumar os olhos à claridade. — Sempre pego no sono na hora errada. Aí agora meu corpo se recusa a dormir.

Tiago deu um sorrisinho compreensivo, fechando a caderneta elegante e a deixando de lado, com a caneta presa à alcinha elástica.

Os copos, suportes e tigelas de salgadinhos tinham sido recolhidos. Havia planejado oferecer ajuda na arrumação da bagunça pela manhã, mas vendo tudo em ordem eu me sentia uma visita mal-educada. Devia tê-lo ajudado a pôr as coisas no lugar antes de ir para a cama.

— Não me diga que você tava escrevendo algum dos trabalhos finais, seu nerd.

Ele abriu um sorriso de orelha a orelha.

— A gente aproveita a insônia pra fazer algo útil.

Balancei a cabeça.

— Quem me dera ter essa energia toda...

Tiago deu de ombros.

— Depois de lavar a louça eu não sabia mais o que fazer pra me distrair. Ficar à toa esperando cansa mais do que trabalhar.

— O que você tá esperando?

— O Miguel.

Conferiu o celular, resmungando um *tsc* aborrecido. Jamais me ocorreria que "ir à Angélica" levaria horas. Antes de adormecer no sofá, havia me perguntado se ele não estaria me evitando.

— Ele ainda não voltou?

— Não, mas relaxa. Ele me mandou mensagem. A última faz uma hora, mas não tô preocupado, porque provavelmente ficou sem sinal. Esse bairro é um buraco negro, às vezes.

— Mas o que aconteceu?

— Um caminhão da prefeitura agitou as araras da Angélica. — Tiago cerrou o maxilar, passando uma mão pelos cabelos, uma mania que, descobri naquela noite, compartilhava com o irmão. — Às vezes eles vêm jogar lixo no laguinho.

Eu devia ter ouvido errado.

— A prefeitura?

— Pois é. Algum político desgraçado fazendo merda por baixo dos panos. Estão assoreando o laguinho. Já acabaram com várias nascentes.

— Que horror!

Eu me senti meio idiota por fazer um comentário tão trivial. Só não sabia o que dizer. Em geral, minha preocupação com questões ambientais era meio frágil; ficava revoltada ao ler sobre incêndios criminosos na Amazônia ou no Pantanal, ou notícias sobre o governo cedendo à bancada ruralista. Aí vinha a vida e me atropelava, e eu me esquecia. Só voltava a pensar no assunto quando ressurgia na imprensa.

Agora ver algo assim ali, no bairro do meu amigo, mudava as coisas. Tornava-as *reais*.

Uma chave no portão e depois na porta anunciou a entrada de Miguel. Ele parecia arrastar consigo a exaustão do mundo. Não demonstrou surpresa ao ver Tiago, mas minha presença nitidamente o desconcertou.

— Não precisavam ter me esperado...

— Acabei de descer — eu disse, sentindo o rosto queimar. Odiaria deixá-lo pensar que eu o estava esperando, como se não tivesse mais o que fazer da vida. Especialmente após sua reação ao me ver. — Eu nem sabia que você ainda não tinha voltado até o Tiago me contar...

O alívio de sua expressão me incomodou. Alheio a isso, Miguel se largou no sofá com um suspiro cansado.

— Tá tudo bem — disse ele, de olhos fechados.

A protuberância em sua laringe subiu e desceu devagar, os olhos contraídos como se sentisse dor. O que mais havia acontecido para ele parecer tão perturbado? Ou eu estava imaginando coisas, e seu estado resultava pura e simplesmente de cansaço? Deus sabia que eu ficava bem pior depois de um longo dia de trânsito, trabalho, metrô lotado, faculdade e trânsito.

Tiago foi até a cozinha e voltou com um copo d'água.

— Ó — ofereceu ao irmão. Este agradeceu e drenou a bebida numa golada.

— Se tá tudo bem, vai dormir e amanhã você conta a história toda. A mamãe e a Marta vão querer saber mesmo.

— Hum... — gemeu Miguel de olhos fechados. — Já vou.

— O Tadashi deve tá dormindo. Melhor a gente entrar no quarto junto pra fazer barulho uma vez só.

— Hum...

Eu me levantei, sem graça.

— Bom, vou voltar pra cama. Boa noite, gente.

— Boa noite — responderam.

Nenhum dos dois se mexeu. Eu já estava na frente da porta do quarto quando os murmúrios indistintos dos dois rapazes me alcançaram.

Entrei em silêncio e me deitei. Continuava sem sono, mas pelo menos tinha algo para me distrair dos pensamentos anteriores. Fiquei imaginando um caminhão enorme despejando lixo dentro do lago do Parque Ibirapuera. O laguinho não devia ser tão grande — era conhecido no diminutivo pelos moradores, afinal —, o que tornava a ideia de usá-lo como aterro mais absurda ainda.

E pensar nisso não me fazia odiar a minha vida; me dava certo senso de propósito. Imaginei araras sobrevoando a casa, pousando na janela e informando Tiago sobre uma operação secreta da prefeitura para assorear o lago. Do nada, uma legião de aranhas começou a tecer teias enormes para impedir o lixo de entrar em contato com a água, e então árvores centenárias emergiram como *ents* de *O Senhor dos Anéis* e agarraram o caminhão e o comeram.

6

O leve ranger da porta me despertou. Yoko saía. Pelo calor e pela cor da luz do outro lado da janela fechada, transbordando pelas frestas da madeira e inundando o quarto, devia ser tarde. Bem-te-vis e outros passarinhos que eu não sabia identificar cantavam numa sinfonia tal como eu raras vezes tinha escutado.

Eu vestia um pijama de Yoko. Troquei-o pela minha roupa do dia anterior. Quando desci, penteada e de cara lavada, me sentia um pouco melhor. Não muito. Só poderia tomar banho ao chegar em casa, e isso demoraria umas duas horas. Tinha visto no Google Maps (com o wi-fi do Tiago, já que meu 4G estava morto): dava mais de sessenta quilômetros até lá.

Encontrei os outros no alpendre, onde haviam juntado duas mesinhas de madeira para tomar o café da manhã ao ar livre. De um dos lados de Marta, estava uma mulher mais alta ainda, de cabelo castanho comprido e escorrido, magrinha, com os dois braços fechados em tatuagens, numa explosão de diversos tons de verde. Só podia ser Rosa, a mãe de Tiago e Miguel. Além da altura, tinha os mesmos olhos grandes dos meninos, traços da ascendência árabe da família, e o mesmo nariz fino, ligeiramente aquilino, só que menor.

— Oi, Di! — Tiago indicou a cadeira vazia ao seu lado.

Acenei para todo mundo ao me sentar. Fiquei aliviada por não estar diretamente em frente a Miguel.

— Bom dia.

— Oi, Diana — cumprimentou Rosa com um sorriso simpático. — Se divertiu ontem?

Tadashi, Yoko e Tiago abafaram risinhos. Miguel ficou quieto, mexendo o café e ignorando a conversa, com a testa franzida e um olhar distante. Sorri para a dona da casa e respondi:

— Muito. O jardim é lindo. E eu amei suas tatuagens. Que árvore é essa?

Rosa estendeu o braço esquerdo, todo tatuado, como se ele mesmo fosse o tronco da árvore habilmente pintada por toda a pele.

— Uma falsa-seringueira — respondeu. — É uma das mais comuns na cidade.

— Eu adoro essas... — Apontei as franjonas múltiplas do tronco, sem saber como chamá-las.

— Raízes aéreas — Marta completou, benévola. — Eu também adoro. Tem uma linda no jardim da Pinacoteca, já viu?

Assenti. Nunca tinha tempo para visitar a Pinacoteca, mas sabia direitinho de qual árvore ela estava falando: eu a via todo dia, quando meu ônibus estava preso no engarrafamento da Tiradentes. Era mais alta do que o próprio prédio do museu, com uma copa frondosa lançando sombras sobre tudo ao redor. Muitas vezes imaginei me sentar sob ela para ler, mas nunca consegui ir. A ideia de pegar um ônibus num fim de semana me causava arrepios.

Arrisquei um olhar na direção de Miguel. Continuava de cabeça baixa, fitando sua xícara com um vinco entre as sobrancelhas. Tiago cochichava alguma coisa com Yoko, que tinha deitado a cabeça no ombro dele.

— Vamos andar cedo, antes que esquente demais? — propôs meu amigo.

— Preciso escrever um relatório urgente — disse Rosa. — Vão vocês. Mais tarde eu vou com a Marta.

— Viram as notícias? — perguntou Tadashi, com uma careta para o celular. — Vão cortar mais bolsas de mestrado e doutorado. E as de pós-doc já eram. Essa verba era igual ao dinheiro da mala daquele deputado lá, não lembro o nome. Cambada de ladrão...

— É, eu recebi o link num grupo de pesquisadores — resmungou Miguel. — E você tentando me convencer a entrar no doutorado. Só se abrir concurso de pesquisador no Instituto Butantan... ou no Adolfo Lutz. Sem condição de largar o meu trabalho pra contar com bolsa.

A carreira acadêmica era como andar vendada numa corda bamba. A uns cinco metros de altura. Às vezes, eu até considerava a possibilidade, mas ver o povo de biológicas tão derrotado me desanimava. A aplicabilidade das bioexatas, óbvia ao grande público, garantia à área algum respeito; fora da academia, eram vistas como *úteis*. Tadashi se mostrava cabisbaixo. Eu nem imaginava a sensação de estar prestes a terminar um doutorado naquela conjuntura política. Concluir a graduação já não trazia muitas perspectivas.

Miguel não olhava em minha direção nem nas poucas vezes que falava. Céus, será que eu nunca mais poderia vir para não deixar o clima pesado? Por que tinha parecido uma boa ideia beijar o irmão do meu amigo?

— Mas pelo menos as bolsas em andamento estão garantidas, né? — perguntei, tentando animar Tadashi.

Ele suspirou com um ar derrotista e torceu o nariz.

— Não tenho certeza. Li uma coisa meio preocupante. — Ele procurava a notícia no celular. — Ai, inferno, o sinal tá ruim de novo.

Rosa sugeriu que se conectasse ao wi-fi, e naturalmente a conversa fluiu no sentido de xingar todas as operadoras de serviços de telefonia do país. Em dado momento, Tiago anunciou que ia pôr os tênis para saírem e Yoko se levantou com ele, me chamando com um gesto. Segui-os sala adentro.

— O povo daqui tem adoração pelo laguinho — disse ela, quando Tiago subiu para buscar os calçados. — Então deixa eu te avisar: ele é pequeno e fica numa área cercada. A gente só anda em volta. Eu amo aquele lugar, mas a primeira vez que vi, pensei: é só isso?

Miguel entrou com uma cara blasé, sentando-se no sofá para pôr os tênis que deixara ao lado da porta na madrugada anterior. O irmão logo se juntou a nós, e então Tadashi, resmungando a respeito dos cortes nas bolsas.

— Vou correr pra desanuviar a cabeça — anunciou, quando saíamos. — Eu não posso pensar demais no que tá acontecendo com a pesquisa nesse país, senão dou uma pirada. Se continuar do jeito que tá, vou acabar tendo que trabalhar pra um *laboratório farmacêutico.*

Ele disse as últimas palavras como se estivesse descrevendo aquele catarro verde-amarelado que às vezes vemos um velho meio bêbado cuspir na rua.

— Vou com você — disse Tiago. — Até já.

Os dois dispararam rua acima.

— Se eu acelerar um pouquinho, caio morta — falei. Só faltava Yoko arranjar uma desculpa para me deixar sozinha com Miguel, como se a gente estivesse no sexto ano do ensino fundamental. Pelo menos *ele* não tinha aproveitado a oportunidade para se afastar. — Podem ir, se quiserem. Não precisam ficar pra trás por minha causa.

— Eu não corro — declarou Yoko. — É contra os meus princípios.

Soltei uma risada involuntária, igual a um latido. Yoko tinha esse dom de criar humor ao dizer com uma cara coisas que todo mundo diria com outra. Desta vez, falara num tom muito sério, feito uma palestrante.

— Não consigo correr debaixo de sol — disse Miguel. — No verão, só corro à noite, senão o calor me mata.

Ufa, ele estava falando normalmente.

— Mas aí tem os pernilongos — lembrei.

— Desculpas sólidas — comentou Yoko, assentindo com um ar aprovador.

— Vou adotar essa no futuro.

— Essa é a casa da Angélica. — Miguel apontava a enorme propriedade de esquina. — As araras dormem ali, ó.

Ele estava retomando a noite anterior. Pela tangente, mas estava. Perto do muro, via-se a grade treliçada de um viveiro de aves. Uma plumagem azul despontava nos trinta centímetros visíveis acima do muro.

— Esse espaço não é muito pequeno? Quantas tem aí dentro?

— Elas ficavam soltas, mas algum vizinho idiota envenenou a Maria — contou Miguel. — São seis araras-canindé agora.

— Elas que tavam gritando ontem à noite? — perguntei.

Ele não pareceu nada constrangido com a menção ao episódio do berro das araras; confirmou sem hesitações. Talvez não lhe passasse pela cabeça o que estávamos fazendo quando ocorreu, ou só levasse o assunto na esportiva.

Da esquina onde ficava a casa, surgia um calçadão à direita, e em frente havia grades de um verde descascado e enferrujado em alguns pontos, apenas perceptíveis quando se chegava bem perto. De longe, a pintura parecia uniforme. O gradil nos separava da área do Parque Jacques Cousteau, o laguinho. Graças ao aviso de Yoko, não fiquei muito surpresa com o tamanho em si, cerca de metade da área arredondada do lago no Ibirapuera. O que me surpreendeu foi o quanto era raso. Tive a impressão de dar pé mesmo lá no meio.

O lugar consistia basicamente numa área verde cercando a água. Em alguns trechos, o lago quase alcançava a mureta da grade; noutros, a vegetação o ocultava de vista. A circunferência da calçada na qual dávamos a volta, Yoko informou, totalizava um quilômetro e duzentos.

Enquanto caminhávamos no sentido anti-horário, observei casais passeando com cachorros de tamanhos variados, famílias com crianças em bicicletas de rodinhas, ciclistas e corredores. Havia uma pontezinha em arco, linda na paisagem. Curiosamente, o único portão por onde passaria um caminhão não ficava muito perto da casa de Angélica e, portanto, situava-se fora do campo de visão ou audição das araras.

Eu pretendia perguntar a Miguel sobre isso, mas me distraí quando Yoko deu um pulinho e apontou uma família de saguis subindo num galho e atravessando a rua por um fio elétrico. Era fascinante como se apoderavam da estrutura urbana. Um deles, o maior, parou no alto da cerca e emitiu alguns sons agudos engraçados, olhando diretamente para Miguel.

— Olá, amigo.

O sagui fez mais sons, quase como se falasse.

— Ai, que fofinho — eu disse. — Ele gostou de você.

Miguel franziu o cenho, sorrindo de lado, quase sem jeito. A criaturinha emitiu mais uma torrente de vocalizações e se juntou aos outros. Atravessou o fio numa velocidade impressionante, sem nunca perder o equilíbrio.

Tadashi e Tiago despontaram na esquina e reduziram a velocidade para nos encontrar. Ambos suavam de dar dó e, mesmo assim, Yoko abraçou o namorado. Se isso não era prova de amor verdadeiro, eu não sabia o que seria.

— Ei, a gente tava pensando — disse Tiago. — Vamos na Paulista amanhã?

Ela aceitou na hora. Miguel disse que precisava trabalhar e não tinha certeza. Por isso, acabei concordando, apesar de ter planejado não pegar transporte público no domingo. Não queria ouvir de novo, nem de brincadeira, que só iria a algum lugar por causa dele.

— Passou a raiva com o corte das bolsas? — perguntou Yoko ao irmão.

Ele gesticulou um *mais ou menos* e saiu correndo de novo. Tiago ensaiou segui-lo, porém a namorada entrelaçou os dedos nos seus e deitou a cabeça em seu ombro, fazendo bico. Ele riu e a abraçou, beijando-lhe o alto da cabeça.

Miguel acenou para que eu o acompanhasse. Voltamos a caminhar.

— Ainda não me conformo com a quantidade de eucaliptos aqui. — Ele apontou uma das árvores altas de casca lisa. — São de origem australiana. Drenam toda a água do solo... Plantam esse monte porque crescem rápido, daí dá pra fingir que não teve desmatamento.

Fiquei aliviada por ele não parecer desconfortável ao se dirigir a mim. Por mais que a ideia me decepcionasse, se ele preferisse, talvez desse para a gente ignorar o episódio da noite anterior para sempre e pronto.

— Aprendi sobre elas nas aulas de geografia no colégio, mas já faz tempo — falei. — Não lembro mais nada direito...

— Falando em colégio, você quer ser professora?

— É. O pessoal da escola onde faço estágio supervisionado vai me contratar. Só pra dar aula de reforço no começo, mas pelo menos garanti um emprego. Vou tentar arranjar outra escola pra fechar a grade.

— Já tá procurando?

— Tô de olho, mas só deve abrir vaga em janeiro — respondi. — Agora em dezembro vou arranjar um temporário lá no shopping perto de casa.

Era isso ou passar quase dois meses sem salário, já que minha escola só me contrataria em fevereiro. Miguel andava com as mãos nos bolsos da bermuda, em ritmo de passeio. Um feito impressionante para alguém de pernas tão compridas.

— Você vai prestar concurso? — perguntou.

— Só se abrir da Prefeitura. O valor da hora-aula no Estado é ofensivo. Nem se eu enchesse as grades de manhã, tarde e noite conseguiria um salário bom.

— E isso não é vida.

— Além do mais, quando eu ia preparar as aulas? Fim de semana? Feriado? Da meia-noite às seis? — Balancei a cabeça. — Fora de São Paulo, alguns estados pagam melhor pra professores das escolas estaduais, mas não sei se quero sair daqui. — Eu o olhei de esguelha. — Ai, tô tagarelando, né?

— Imagina! Eu perguntei.

— Você morava onde mesmo? O Tiago me falou uma vez, mas não lembro agora.

— Morei dois anos na Bahia e um ano no Paraná — respondeu Miguel. — Voltei há três meses. Trabalho com espécies nativas da Mata Atlântica, então ficava nas reservas mais do que em casa.

— Você não sentia saudades daqui?

— Da família e dos amigos, sim. Da poluição e do barulho, não. Vim pra casa da minha mãe porque Interlagos me dá menos problemas respiratórios do que outras partes da cidade... — Ele deu de ombros. — Tem seus inconvenientes, mas não tenho dinheiro pra morar aqui sozinho.

— Esse bairro parece caro.

— Muito. Mas a minha mãe mora aqui desde criança, e não precisava ser rico pra vir pra cá naquela época.

— Um legítimo caso de "quando cheguei, isso aqui era tudo mato".

Miguel riu baixinho.

— Olha, quando *eu* era criança, aqui quase não tinha rua asfaltada. E perto da minha casa tinha nascente com sapo e peixe.

— Tipo morar na roça, mas a meia hora da Paulista.

— Meia hora? — Ele meio bufou, meio riu. — Que horas? Duas da manhã de quarta-feira? Você não tem noção de quanto tempo leva só daqui até Santo Amaro nos horários de pico. É um pesadelo.

De novo, eu me surpreendi com o quanto a conversa fluía naturalmente entre nós. Fiquei feliz por isso não ter mudado, como achei que aconteceria. Pensando bem, era incrível ele sequer se dar ao trabalho de conversar comigo depois daquela minha pergunta ridícula sobre névoas brilhantes e teias de aranha. Nunca mais falaria disso com ninguém. Não até conseguir gravar alguma ocorrência em vídeo.

— Calma aí, apressados — Tiago falou, pouco atrás. Nós dois paramos e nos viramos. Ele se aproximou com Yoko. — A mamãe mandou mensagem pedindo pra gente comprar umas coisas pro almoço. Você não olha o celular?

— Não quando tô andando e conversando. — Miguel tirou o aparelho do bolso e o encarou.

— Você vai ficar pro almoço, né, Di? — perguntou Tiago.

— Hum... melhor não — murmurei. — Vou demorar pra chegar em casa e tenho um monte de coisa pra fazer, se quiser sair amanhã.

— Eu vou levar a Marta no aeroporto depois do almoço — disse Miguel, num tom casual. — Come com a gente e eu te deixo em casa.

A oferta era tentadora, mas me senti na obrigação moral de avisar que não morava perto do aeroporto. Quando as pessoas ouviam "Guarulhos", só conseguiam pensar em Cumbica, embora a cidade fosse a segunda maior do estado e a primeira dentre as não capitais do país.

— Qualquer lugar entre Interlagos e Cumbica é caminho. Dá o quê, uns oitenta, noventa quilômetros? — Tiago fez uma careta bem-humorada. — Para de tentar ser educada e aceita. Você já vai pegar ônibus e metrô pra ver a gente amanhã.

Agradeci, meio constrangida, embora, por dentro, pulasse de alegria.

Encontramos Tadashi, vermelho e suado, e fomos todos a um mercadinho numa rua de vários comércios, uma espécie de centrinho do bairro. Depois, voltamos sem pressa. Eu não poderia ter imaginado uma manhã de sábado mais tranquila e agradável.

7

— Um bando de saguizinhos atravessou a rua pelos fios elétricos — disse Yoko, à mesa do almoço. — Tinha um tão pequenininho... até pensei que ele fosse cair, mas passou correndo igual os outros.

— Foi engraçado quando um deles parou pra conversar com o Miguel — comentei com uma risada. — Parecia uma pessoinha falando com guinchos.

A mesa toda ficou um segundo em silêncio, então Marta perguntou se Miguel lhes dera banana escondido *de novo* e Rosa, ao mesmo tempo, proclamou que os animais gostavam dele desde criança.

Todos pareciam compartilhar o desconforto de algum segredo que não me contaram. De repente, era como se uma espécie de bolha invisível me separasse deles, e eu não podia entrar porque desconhecia a senha. Devia ser coisa da minha cabeça, pois o papo continuou fluindo normalmente, entre histórias e risos bem-humorados.

Enquanto eu os ajudava a tirar a mesa, a amoreira no jardim atraiu meu olhar. Não dava para ver a teia de onde eu estava. Se a vigiasse, quanto tempo levaria para algum dos estranhos fenômenos ocorrer? Quase fiquei tentada a pedir para Miguel botar uma câmera virada naquela direção. Só não fiz isso porque não queria parecer doida.

— Ah, gostei que a gente vai se ver de novo amanhã — disse Tiago. — Já tô com saudades antecipadas, Di. Depois de fazer quase todas as matérias junto com você, mês que vem acaba. É estranho pensar nisso.

Eu evitava imaginar esse momento, cada um indo para um lado, como já tinha acontecido tantas vezes. Tiago seria como Mayara: apesar de eu ter escolhido história e ela, medicina veterinária, continuávamos amigas bem próximas. Porém, éramos vizinhas, pegávamos o mesmo ônibus todo dia e estudávamos na USP, de onde voltávamos juntas para casa. E quando eu terminasse a faculdade? E quando me mudasse? Sem a rotina e a comodidade nos aproximando, ainda encontraríamos motivos para nos ver? Eu não tinha nada de especial para valer o esforço deles.

— Ih, que cara é essa, Di? — perguntou Tiago.

Eu o havia deixado falando sozinho enquanto viajava na maionese? Balancei a cabeça, esboçando um sorriso e murmurando alguma desculpa sobre minha nostalgia antecipada com o fim da faculdade.

Miguel colocou uma bagagem no porta-malas e entrou no carro. Marta se despediu de Rosa com um beijo e acenou para os demais antes de tomar o banco da frente. Eu entrei no de trás, depois de um abraço rápido em cada um, lutando contra aquela melancolia desnecessária por coisas que só existiam na minha cabeça.

Ele pediu meu endereço e colocou no Google Maps. Perguntei se não preferia levar Marta primeiro, para não correr o risco de perder o voo.

— Não se preocupa — disse Miguel. — A gente sempre sai bem adiantado e hoje o trânsito deve estar tranquilo.

Olhei a amoreira uma última vez. Com o movimento do carro deixando a garagem, a teia ficou contra a luz e não consegui enxergar.

— Nossa, deve ser cansativo morar em Guarulhos e ir pra USP todo dia — comentou ela.

— E trabalhar na região da Paulista — acrescentei. — Muito cansativo. Eu preciso apertar um botão dentro de mim de vez em quando pra não pensar muito, ligar o piloto automático. Mas nem sempre dá certo.

Falando assim, parecia simples. O nó na garganta veio, alimentando o cansaço acumulado, ameaçando crescer e me consumir. No dia seguinte, eu sairia e depois a semana começaria outra vez, implacável. Eu sempre torcia para o fim de semana chegar logo e, pensando bem, isso significava torcer para a vida passar mais rápido. *Deprimente.*

— Ah, quando eu trabalhava em Guarulhos, ia o caminho inteiro xingando o maldito trânsito, e olha que a partir do centro era contrafluxo — contou Marta com uma risada. — Isso porque nunca fui de ônibus. Deus me livre. Daqui pra lá daria umas três horas.

— Onde você trabalhava? — perguntei.

— Tava prestando uma consultoria pra Prefeitura. Faz tempo, sabe? Foi antes de entrar no banco. — Marta suspirou, recostando a cabeça. — Não sei se os meninos te falaram; trabalho com segurança de sistema.

TI! Na idade dela, devia ter sido uma das pioneiras na área.

— Eu me lembro daquela época — disse Miguel, sem tirar os olhos da avenida. — Você chegava acabada e não queria brincar com a gente. E daí *eu* tinha que inventar brincadeiras mirabolantes pro Tiago não reparar.

Marta fez um carinho no braço dele, com um sorriso melancólico.

— Pena que, depois de anos de faculdade com o Ti, a gente só foi te conhecer agora no final — Marta disse depois de um longo silêncio. Miguel me olhou pelo retrovisor com uma expressão que eu não soube interpretar. — Ele costumava dar trabalho na escola quando era pequeno.

— Nossa, o Ti é o maior nerd — contei com uma risada. — Nunca pega o celular durante a aula. Eu sempre tiro foto do caderno dele pra estudar. Ele é muito mais organizado do que eu; parece que nasceu sabendo fazer fichamento.

— É por causa da minha mãe. — Miguel me espiou pelo retrovisor com olhos sorridentes dessa vez. — Ela ensinou a gente a fichar textos no fundamental.

— Caramba. Vocês não achavam um saco?

— Não. Ela fazia parecer a coisa mais legal do mundo.

— Agora vou ter que pedir pra sua mãe me ensinar a fichar. Com certeza aprendi errado.

— Mas, se for pedir, se prepara pra se comprometer — disse Marta. — A Rosa é obstinada.

— Até aí tudo bem, porque eu também sou. — Sorri para Miguel, que me olhou de novo pelo espelho. — Nossa, imagina como a faculdade teria sido mais fácil se eu me divertisse com fichamentos! Eu só teria que adaptar o método pra conseguir fazer isso em pé no ônibus.

— Você vai sempre em pé? — perguntou Marta, arqueando as sobrancelhas.

— Geralmente. Tô sempre no fluxo e no horário de pico, né?

A conversa se voltou para o trânsito tranquilo naquele dia e o cheiro desagradável da Marginal, e depois morreu. Ficamos um tempo calados. Minha mão puxou o celular por vontade própria e, quando percebi, encarava na tela desbloqueada uma foto da árvore inexplicável do Ibirapuera.

Abri a nota "Ocorrências" e procurei alguma referência a amoreiras. Não havia. Eu não sabia o nome de muitas plantas, então nunca detalhava isso. De repente compreendi meu erro: e se os fenômenos acontecessem sempre no mesmo tipo de árvore? Ou em árvores da mesma família? Depois de tanto tempo, só naquele instante me ocorria algo tão óbvio. Eu saberia voltar a vários locais, mas não a todos.

— Você parece compenetrada... — comentou Marta, dando uma olhada para trás.

Eu me sobressaltei, largando o celular, que quicou no meu joelho, caiu perto do meu pé e foi parar embaixo do banco de Miguel à minha frente. Soltei um palavrão entre dentes e me abaixei para tatear o vão.

— Aff — resmunguei. — Não sei onde foi parar.

— Quando a gente chegar, eu procuro — disse Miguel.

Ainda bem que eu tinha bloqueio de tela, ou ele veria a nota e me acharia uma lunática. Comecei a inventar uma história elaboradíssima para explicar aquelas anotações, caso precisasse. Mas por que precisaria? Estava ficando paranoica.

Não atentei muito ao restante da conversa, dessa vez iniciada por Miguel. Respondia quando se dirigiam a mim e nada além. Paranoia *era* um sintoma...

Fiquei até surpresa quando paramos na frente do meu prédio.

— Nossa, a gente chegou rápido — comentei.

Miguel soltou o cinto e dobrou o corpo para tatear embaixo do banco em busca do meu celular. Encontrou-o logo e, antes de devolvê-lo, abriu o teclado das chamadas de emergência e digitou um número.

— Salva aí nos seus contatos — disse, entregando o aparelho na maior casualidade.

Apenas sorri, agradeci a carona e desejei boa viagem a Marta, mais satisfeita do que jamais admitiria em voz alta por Miguel ter me passado seu celular assim, sem eu pedir.

Esperando o elevador no saguão, mandei uma mensagem:

Aqui é a Diana.

Boa volta pra casa :D

Avisa quando chegar!

8

Galguei os degraus das escadas rolantes pela esquerda, geralmente livre durante a semana. No entanto, como era domingo, tinha que ter uma dupla estacionada fechando a passagem. Sem dúvida, motoristas que só trocavam o volante pelo transporte público quando estavam se sentindo exóticos e resolviam visitar a Paulista Aberta. Aos domingos, desviavam o trânsito de veículos, deixando a avenida apenas para a circulação a pé. Esse povo não costumava ter noção de como ser pedestre. Inclusive, tendia a chamar a abertura da avenida aos domingos de Paulista *Fechada*.

Enquanto esperava o patamar da escada engolir os degraus metálicos, fiquei imaginando as engrenagens da mente de alguém que se enxergava como carro. Até para sair da frente a duplinha se arrastava. Apesar de não estar atrasada para nada, não conseguia me livrar daquela raiva instintiva pela lerdeza. Bufei e os contornei tão logo pisei no chão firme e apressei o passo a fim de ultrapassá-los e subir as escadas seguintes.

A lendária pressa paulistana tem classe social. A irritação com a morosidade alheia derivava da necessidade da maioria das pessoas de cruzar uma cidade inteira congestionada, saindo dos bairros pagáveis das periferias até aqueles onde as empresas se concentravam. Milhões de pessoas em direção centrípeta, enchendo todo o caminho até algumas regiões em horários concentrados.

Os irmãos Floresta aguardavam nas catracas. Tiago eu já esperava, mas Miguel? Ficamos conversando por mensagem até altas horas sobre a vida, o universo e tudo mais, e ele não tinha dado o menor sinal de que apareceria hoje. Os dois estavam com suas bicicletas, bem desgastadas, provavelmente antigas, mas de boa qualidade.

— E a Yoko e o Tadashi? — perguntei, cumprimentando Tiago primeiro.
— Chegando. — Miguel guardou o celular e se virou para mim, hesitante.

Não havíamos falado nada sobre continuar ficando. No entanto, se ele demonstrava dúvida, era porque queria e deixara espaço para eu decidir. Dei-lhe um beijo nos lábios e o abracei. Senti um calorzinho inesperado no peito com o abraço demorado e apertado no qual me envolveu, que se intensificou quando nos separamos e vi o sorriso e o brilho em seus olhos. Será que eu finalmente teria um relacionamento fácil e gostosinho, sem a tortura psicológica e o constante receio de falar algo errado que arruinaria tudo?

— Seu ônibus veio rápido hoje? — perguntou Tiago.

— Esperei uns quinze minutos. Até que veio.

— Você vai pegar a *bike* do aplicativo? — indagou Miguel.

— Se ainda tiver alguma disponível a essa hora. Ia trazer a minha, mas se eu voltar tarde pra casa vão me roubar. Não consigo subir a minha rua pedalando.

— Acho que só o Ti sobe uma ladeira daquelas. — Miguel olhou de relance o irmão, que deu um sorrisinho cheio de si. — É cedo ainda. Vai ter várias de aplicativo.

— Tomara. Pensei que você não vinha, Miguel! — Apontei minha mochila. — Fiz cookies hoje cedinho e trouxe dois pra cada um. Você vai ter que se contentar com um dos meus. E o seu trabalho?

Tiago soltou uma risadinha. Miguel o fuzilou com o olhar antes de se virar de volta para mim.

— Adiantei um pouco ontem à noite e corri pra fechar cedo. Faz tempo que não venho pra cá. E você não precisa dividir os seus cookies comigo.

— Não, você vai ter que carregar essa culpa — retruquei com um sorriso. — Aí da próxima vez se lembra de me avisar.

Miguel alegou que não tinha certeza se conseguiria sair até em cima da hora. Tiago confirmou, e então os contornos de seu rosto mudaram completamente, como só faziam quando avistava Yoko. Eu me virei para as escadas rolantes, e lá estavam os irmãos Shimura, trazendo suas bicicletas. Como de costume, Yoko e Tiago se atracaram como se o mundo estivesse acabando e fôssemos todos morrer. Tadashi cumprimentou Miguel e me abraçou, ignorando-os. Sugeriu, então, que pegássemos a ciclovia até o Ibirapuera. O plano foi recebido com entusiasmo, e Tiago, muito sabiamente, deu a ideia de comprarmos tranqueiras num dos muitos mercadinhos nas travessas da Paulista. Qualquer carrinho de água de coco custava uma fortuna no parque. Yoko queria tirar fotos no Parque Trianon e, como era caminho, concordamos em ir lá primeiro.

Subimos as escadas para a rua, saímos na Consolação e dobramos a esquina na Paulista. Todos eles foram a pé, empurrando as bicicletas para me acompanhar, até encontrarmos um ponto para eu alugar uma para mim. Alguns casais caminhavam com crianças e/ou cachorros e vendedores ambulantes já começavam a surgir.

Entramos no fluxo sentido Brigadeiro, a estação que ficava praticamente na outra ponta da avenida, em meio a buzininhas de ciclistas mais profissionais e pedestres que, por alguma razão, mesmo com as calçadas e as ruas disponíveis, prefeririam caminhar no meio da ciclovia. Bicicletas de passeio corriam misturadas às dos entregadores de aplicativos.

Eu estava fora de forma. Fazia muito tempo que não pedalava, e os ossinhos da bunda já começavam a reclamar, bem mais do que as coxas, inclusive. Mesmo assim, o vento no rosto e a alegria de ter enfrentado o cansaço para passear com eles compensavam os músculos fracos.

O acampamento de pessoas em situação de rua devia ter sido removido desde a minha última visita ao lugar; não havia nada diante do parque além da base móvel da PM. Cruzamos os portões abertos como pedestres, empurrando as bicicletas. Yoko queria tirar fotos na ponte que cruzava a Alameda Santos, como se fosse uma turista.

Tadashi tentava entender mais sobre a árvore inexplicável da qual eu voltara a falar, empolgada com a perspectiva de irmos ao Ibirapuera. Como era possível ele nunca tê-la visto antes? Mostrar fotos estragaria a surpresa; seria melhor que ele testemunhasse a grandeza daquela criatura mágica ao vivo e em cores. Pelas minhas descrições, no entanto, ele apostava se tratar de uma figueira-bengalense.

Nenhum dos outros pareceu reconhecer minhas descrições da árvore em questão. Talvez eu fosse péssima em explicar. Não sabia os termos certos para falar daquela anomalia magnífica, então recorria a imagens vagas. Sério, *portal druida*? De onde havia tirado essa ideia, além de um punhado de referências de jogos de RPG e filmes de fantasia pseudomedievalistas?

— Ai, é uma pena que os fios elétricos atrapalhem a estética desse cenário lindo — lamentou Yoko, indicando a pontezinha do Trianon.

Havia uma imensa teia entre a fiação, o poste de iluminação mais próximo e o tronco encurvado de uma árvore velhíssima. E ali, bem diante de nós cinco, uma névoa laranja se espalhou feito gelo seco, alcançando o diâmetro de uma melancia (a maior que já vira), e se recolheu, desaparecendo como se engolida pela aranha agitada.

Sem pensar, apontei-a com um grito triunfante:

— Vocês viram isso?!

Houve um momento de pausa, em que meus amigos se entreolharam, Yoko de olhos arregalados, Tadashi arriscando um olhar a Miguel. Tiago franziu o cenho, com uma careta meio triste.

— Isso o quê? — perguntou Miguel, no tom mais gentil do mundo.

Um punho se fechou no meu peito. Para meu desespero, comecei a balbuciar, constrangida:

— A névoa laranja...

Yoko e Tadashi abaixaram a cabeça. Miguel fez que não, com um vinco entre as sobrancelhas, enquanto Tiago passou o braço pelo meu, largando a bicicleta com o irmão.

— Você tem enxaqueca com aura também? Quer se sentar um pouco?

Acolhi a explicação, vagamente grata, embora tivesse certeza de que eles me consideravam maluca. Com certeza estava. Os cinco *olhavam* naquela direção quando aconteceu. E ninguém além de mim tinha visto. Meu rosto ardia de vergonha. Lágrimas ameaçavam escorrer de puro constrangimento.

— Aff, eu não tinha percebido que tava com dor de cabeça até você falar, acredita? — arrisquei, forçando uma risadinha que soou histérica aos meus ouvidos. — Sou muito lesada, credo!

Não atentei aos comentários simpáticos, às ofertas de buscarem um remédio na farmácia. Tinha consciência de responder, de dispensar a preocupação. Mas os olhares de esguelha em minha direção, e o ar alarmado de um para o outro quando me julgavam distraída, gritavam com aquela parte de mim que ia ganhando volume: a consciência, cada vez mais sólida, de ter uma condição médica que passara *anos* negando.

Deveria ter aceitado a verdade antes. Se houvesse me tratado desde cedo, talvez não tivesse alimentado aquela fantasia durante tanto tempo. Não contei nada aos meus pais, mas sim a Natália, apesar de imaginá-la tirando sarro. Não podia lidar com isso sozinha. Minha mãe entraria em negação e tentaria, ela mesma, me dar um diagnóstico, embora fosse advogada. Depois transformaria o assunto em algo a respeito de si mesma. Meu pai não resolvia coisas; só gritava e acusava minha mãe de não fazer nada direito.

Nati me escutou sem piscar nem abrir a boca. Primeiro, perguntou se não podia ser um problema oftalmológico. Algumas pessoas viam sombras e vultos coloridos. No entanto, até ela precisou ceder quando lembrei que as ilusões apareciam em contextos muito específicos. Qual transtorno de visão só se manifestaria de vez em quando perto de árvores antigas, geralmente com grandes teias de aranha? Além disso, eu já havia ido vezes o suficiente a oftalmologistas para saber que meus olhos funcionavam dentro dos conformes.

Minha irmã abriu o computador e me ajudou a procurar psiquiatras. Não julgou, não fez piada, não ofereceu condolências. Só pegou o telefone e foi ligando, um por um, até achar alguém pagável com horário para aquela semana. Minha irmã, a pessoa mais avessa a falar ao telefone no mundo inteiro, *ligou* para todos.

No dia certo, Nati faltou ao cursinho para me acompanhar à consulta. A doutora Verônica era uma médica jovem e serena, com um sorriso tranquilizante. Não demonstrava pressa ou impaciência. Ela me ouviu o tempo todo com uma expressão calma, assentindo às vezes, fazendo perguntas e anotações no computador. Pediu para ver a nota das ocorrências. Leu-a inteira.

— Quando seus amigos falaram que não viram a névoa, o que você sentiu? — perguntou.

Tentei descrever o constrangimento, a vontade de sumir. A psiquiatra franziu a testa.

— Você não achou que eles tavam conspirando contra você?

Refleti por um momento. Não de imediato. No entanto, eu *quis* que sim, apenas para não estar louca. Mais anotações se seguiram. A dra. Verônica passou a indagar sobre meu cotidiano e meus sentimentos em relação às coisas. Nati não soltou minha mão durante a consulta toda e me ajudou a responder, principalmente quando eu ficava confusa ou nervosa demais.

Quando a dra. Verônica perguntou se eu tinha outros tipos de visão, neguei, mas Natália de repente se lembrou de uma vez em que fomos à praia. Senti o peso de pedras no estômago e um instinto de me encolher e me esconder numa caverna distante da civilização me tomou. Quando ficou claro que eu não diria nada, travada pelo desconcerto, Natália continuou numa voz neutra:

— A gente tava com a família de uma amiga da Diana, a Mayara. Numa parte da serra, depois de horas de trânsito, paramos pra fazer xixi numa espelunca sem nada em volta. A Di saiu do banheiro primeiro e foi entrando no mato pra olhar alguma coisa, e "viu" — ela fez aspas com os dedos feito uma millennial — uma árvore com um bando de macacos. *Azuis.*

A psiquiatra arqueou as sobrancelhas de leve, depois franziu a testa outra vez. Até para seus parâmetros, eu era uma aberração. Quis desaparecer.

— Daí fui chamar a Mayara pra perguntar qual espécie era aquela, que nunca vi nada igual — continuei, derrotada, engolindo em seco. — Essa amiga tem uma paixão por animais, então achei que ela ia saber... A árvore enorme ficava no alto de um barranco; não dava pra chegar mais perto. Mas vi uns dez macaquinhos do tamanho de um mico ou sei lá. Quando voltei com a Nati e a May, eles tinham ido embora. Só ficou o maior, escondido, olhando pra gente com cara de bravo. Mas aí elas não...

— Não tinha nada lá — Natália cortou, contundente.

A dra. Verônica assentia, ainda de testa enrugada. Eu não listaria esse episódio dentre minhas ocorrências... ou ilusões; fora caso único e eu não me convencera de não ter visto os animais, enquanto elas ficaram procurando igual duas tontas sem encontrar. Mas, dadas as circunstâncias, talvez Nati tivesse razão de trazê-lo à tona. *Macacos azuis.* E eu nunca tinha tomado LSD, como garanti à médica quando ela perguntou a respeito, nem nenhum outro tipo de substância psicotrópica.

Com a emersão dessa memória, lembrei-me de outros detalhes daquele dia, como a cara do atendente quando passamos para ir embora. Eu insistia que as duas estavam com algum problema na vista. Mayara vinha falando que, mesmo na possibilidade extremamente improvável de algum macaco haver escapado à sua atenção, teria uma coloração menos sui generis, e o atendente me olhara como se eu fosse de outro planeta. Analisando a situação racionalmente, o estranhamento se justificava.

O pior de tudo era a vergonha de me expor assim. Só me obrigava a fazer isso por imaginar as possíveis consequências de não me tratar.

— Olha, pelo que as duas estão contando, você não tem surtos psicóticos — disse a médica, batendo a caneta no bloco do receituário. — É só uma ideia fixa, né? Pelo menos, parece que existe um tema recorrente aí. Hum... vamos fazer o seguinte: vou te encaminhar pra uma psicóloga especializada, pra gente investigar. Pode ser que isso seja um sintoma psicossomático de outra coisa. Volta aqui em um mês pra gente ver se vai entrar com medicação, tá bom?

Ela escreveu no bloquinho — com uma letra bem legível! —, carimbou e assinou, depois me entregou a folha.

Tentei não me perguntar se meu caso viria a integrar o rol de anedotas dela. Depois concluí que tal receio fosse pura paranoia, um sintoma real. Acabei lhe contando isso, sentindo o rosto arder. Ela não se ofendeu; só me garantiu que tanto a identidade quanto as especificidades dos casos de cada paciente eram sigilo absoluto.

Ou seja, ela contaria algumas coisas da minha história por aí.

— Vamos no cinema? — sugeriu Nati, ao deixarmos o consultório. — Hoje é mais barato. E ainda tenho o dinheiro que a vovó me deu de aniversário.

Eu tinha prova e não podia fugir da USP naquele dia, mas ela procurou uma sessão cedo no site. Depois do que havia feito por mim, incluindo faltar ao cursinho a pouco mais de um mês para a Fuvest, recusar seria desonra para mim, para minha família e para minha vaca. Acabei concordando.

Nati não mudou o jeito habitual de falar comigo. Contou do rapaz com quem estava ficando. Falei de Miguel, das araras, dos saguis no laguinho. A tarde foi boa; me distraiu do peso daquela incerteza.

Quando entramos no metrô, já preparadas para cada uma seguir um caminho, Nati me perguntou se Mayara estaria na faculdade. Queria conhecer o prédio de veterinária. Como eu não tinha certeza, mandei mensagem. Era mesmo um absurdo minha melhor amiga ser exatamente do curso pretendido por minha irmã e nunca ter passado pela minha cabeça lhe pedir para apresentá-la às instalações do prédio.

Não levou dois minutos para Mayara ligar.

— Oiê! Tô no restaurante da biologia com o Tadashi e o Miguel! Dei de cara com os dois quando saí da optativa que faço aqui. Eles se ofereceram pra ir buscar vocês.

— *Aceita!* — exclamou Nati, que tinha grudado o ouvido do outro lado do celular.

Ela ficou em duplo êxtase: queria conhecer Miguel e encontrar Tadashi, por quem tinha um crush desde os quinze anos, quando o conheceu. Não, não lhe importava o fato de ele ser gay. O crush continuava firme e forte.

Quando chegamos ao Butantã, eles já nos esperavam. Apresentei Natália depois de nos acomodarmos no banco de trás do carro com Mayara.

— Eu me lembro dela — disse Tadashi, no banco do passageiro, virado para trás. — Tudo bem com você, bonita?

Nati ficou nas nuvens. Miguel, dando a partida, nos espiou pelo retrovisor. Um tanto aéreo, sorriu ao nos cumprimentar, embora eu tivesse respondido poucas de suas mensagens naqueles últimos dias, sempre muito reticente quando ele sugeria que nos encontrássemos.

— Como tá de tempo, Diana? — perguntou. — Dá pra ir lá na Vet primeiro?

— Dá, sim.

Nati me cutucou ao escutá-lo. Sabia o quanto eu era tarada por vozes graves. Mayara se virou para nós.

— Di, você não vai adivinhar o que aconteceu!

— Não mesmo. Dá uma pista, pelo menos.

— O Cleiton me chamou pra sair!

— *Quando?!*

— Hoje no ônibus.

— Meu Deus, que traidora! E você não me mandou *uma* mensagem?

— Olha quem fala! — retorquiu Mayara com uma risada. — Pegou o irmão do Ti e não deu *um pio*.

Miguel nos olhou de relance pelo retrovisor, mas voltou a atenção à rua em silêncio. Meu rosto queimou. Não tinha o menor direito de cobrar explicações dela. Fiquei feliz com a novidade. Apesar disso, não queria perder a discussão.

— Você tinha visto ele uma vez. A gente conhece o Cleiton há três anos.

— A gente conhece o Ti há quatro.

Ela estava certa e não havia insistência no mundo que fosse mudar isso. Só fiz um bico azedo.

— DR não, né? — Tadashi interveio. — Tenho um monte de gráfico pra fechar ainda hoje. Aguentar duas chatices numa noite só é demais pra mim.

Mayara deu de ombros, se virando para Nati.

— E por que você faltou no cursinho hoje, bebê?

O olhar de Natália procurou o meu, vagamente alarmado.

— Eu tava surtando por causa do vestibular. Aí a Di me levou no cinema.

— Ai, que fofa! — Mayara apertou meu braço. — Ainda se lembra do nosso sofrimento, né? Foi um ano horrível. O que vocês assistiram?

Nati desembestou a falar do filme. Não muito tempo depois, Miguel parou no prédio da medicina veterinária. O trânsito ainda estava razoável dentro do campus, embora logo fosse virar um inferno; no horário de pico, um monte de gente cortava caminho por dentro da Cidade Universitária e engarrafava todas as avenidas principais. Natália saltou do carro atrás de Mayara, praticamente aos pulos. Nós nos encontraríamos mais tarde na história, como de costume, para voltarmos juntas.

— E aí, bonita, a cabeça ficou bem depois de domingo? — perguntou Tadashi, voltando-se para mim.

O carro oscilou, talvez afetado pelo murro de gelo dentro do meu peito à menção do episódio. Miguel murmurou um pedido de desculpas sem desviar o olhar da rua em frente.

— Tô ótima — respondi, rápido demais. Então dei uma risadinha autodepreciativa. — Bom, fiquei me sentindo uma tonta por miar o passeio de todo mundo. Pelo menos deixei os cookies antes de ir embora.

— Nem é culpa sua, imagina! — disse Tadashi. — Os cookies tavam ótimos, aliás. Sonho com eles desde aquele dia.

— Eu faço mais na próxima vez.

Estava difícil não pensar naquele domingo. Minhas bochechas queimavam. Miguel devia saber que havia algo errado — já me ouvira falar em névoa e teias de aranha antes. Precisava lhe contar a verdade. Mas quando e como? Primeiro a Miguel ou a Tiago? Ou aos dois juntos? Nesse caso, a história chegaria aos ouvidos de Yoko e, por tabela, de Tadashi. E isso seria injusto com Mayara, então ela teria de saber.

E todos me olhariam com uma compaixão insuportável.

Isso era melhor ou pior do que me afastar dos meus amigos?

A reação de Nati havia sido melhor do que eu esperava, mas ela era minha irmãzinha, minha companheira de todas as horas. Minha mãe sempre contava — e eu até me lembrava de lampejos — que, durante a infância, eu sofria muito com dor de garganta e ficava de cama. Ela não queria deixar Natália comigo, embora fôssemos grudadas, porque minha irmã era só um bebê. Mas a questão é que Nati se enrolava em mim feito um gatinho, e chegava a ter febre e chorava sem parar se a minha mãe a tirasse de perto.

Nati era um caso especial e eu preferia manter segredo por enquanto. Contudo, Miguel tinha o direito de saber antes de se envolver de verdade comigo. E aí eu *teria* de falar aos outros. Conhecia-os havia muito mais tempo. Cortar aquele relacionamento pela raiz parecia a única alternativa. Pelo menos, até ter certeza de meu diagnóstico. Então precisaria informar as pessoas mais próximas. Se ele quisesse voltar mesmo assim, veríamos.

— Até a próxima, Diana! — Tadashi exclamou, me despertando das divagações. — Passa pra frente pra não deixar o Miguel de Uber, vai.

Assenti, abraçando-o ao sair do carro, antes de ele se despedir e entrar no prédio de biologia. Coloquei o cinto e fitei o painel, pensando em como falar.

— Tudo bem? — perguntou Miguel, ainda parado, num tom cauteloso.

— Uhum.

— Mesmo?

Seu ar prestativo encheu meus olhos de lágrimas. Virei o rosto para a janela. Era injusto conhecer um cara tão legal numa hora tão ruim.

— Só preocupada com a prova de hoje.

Não havia pensado *nada* na dita-cuja, e a consciência repentina disso me preocupou de verdade. Miguel deu a partida.

— Você andou um pouco distante nas últimas mensagens — comentou ele. — Eu fiz alguma coisa que te incomodou? Pode falar.

Meu Deus, eu não tinha *a menor* força de vontade para dispensá-lo. Sorri, me virando em sua direção.

— Tô nervosa com o fim da faculdade. E lá em casa a gente tá passando por uns apertos. Não tem nada a ver com você.

Miguel não respondeu. Ficamos em silêncio até o prédio da biblioteca da FFLCH, onde ele costumava estacionar. Cheguei a considerar terminar por mensagem, mas seria injusto. Nunca tinha ficado com um cara assim. E ele era irmão de Tiago. Senão por mais nada, merecia consideração por isso. Estava tomando ar para falar quando ele soltou o cinto e se virou para mim.

— O que acha de ir no Ibira sábado? — Seu olhar desceu para a minha boca, antes de voltar ao meu. — Só a gente?

Todos os meus pensamentos sobre certo e errado se dissiparam. Aquelas pálpebras pesadas não deixavam dúvidas de que sua mente estivera ocupada com ideias bem mais interessantes do que as minhas. Apoiando a mão atrás do câmbio, cruzei a distância entre nós e o beijei.

Foi um incêndio e uma represa arrebentando e as águas varrendo tudo em seu caminho, especialmente minha coerência. As sensações e ações se fundiam e eu não sabia mais quando uma coisa terminava e outra começava. Eu me sentia uma personagem de novela pensando nesses termos. Naquele momento, não estava nem aí para a dra. Verônica, teias de aranha, árvores antigas, névoas coloridas ou macacos azuis na Serra do Mar. Nem me lembrava da existência deles.

Quando nos desvencilhamos, depois de um longo tempo envolvendo mãos e corpos e línguas, e nos entreolhamos, ambos ofegantes, de lábios entreabertos e olhos semicerrados, eu quis ser corajosa e pedir para ele parar num lugar mais deserto. No entanto, àquela altura, carros estacionavam nas imediações, e fumantes se reuniam sob a marquise da biblioteca antes da aula.

— Até esqueci onde a gente tá... — Ele franziu o cenho para o lado de fora.

Não contive uma risada. Miguel estreitou os olhos para mim num pretenso ar de censura e abriu um pouco os vidros, que começavam a embaçar. Quase cedi ao impulso de deixar uma marca de mão na janela, à la Rose do *Titanic*.

— Não vou poder vir buscar o Ti pelo resto da semana — disse ele, como se pedisse desculpas. — Então, a gente vai no Ibira sábado?

Assenti, sorrindo, leve como uma pluma. Não deixaria a sombra de nada estragar aquele momento. Não por enquanto. Ele sorriu também e, quando me virei para abrir a porta do carro, me puxou de volta para mais um beijo, segurando a parte de trás da minha cabeça. Só então me desejou boa prova e recuou para me deixar sair.

10

Era sexta-feira e o tempo havia virado naqueles últimos dias. Eu e Tiago saímos da faculdade às 22h13 e, como o ponto do Circular estava apinhado de gente, falamos para Mayara nos encontrar direto no metrô. Seria um crime fazê-la descer de um ônibus onde provavelmente estava sentada apenas para se apinhar conosco em outro no ponto da FFLCH. Assim, concordei quando Tiago sugeriu irmos a pé para a estação Butantã. Dava só uns dois quilômetros. Eu nunca teria coragem de andar sozinha à noite, mas com ele nem pensei duas vezes.

— Vou passar o fim de semana na Yoko, então a gente vai junto até a Luz — ele disse.

— Ih, quando eu sentar no banco vou cochilar — respondi. — Mas você pode ficar conversando com a Mayara. Ela não é franga que nem eu.

— Quer descansar bem pra amanhã, é? — Tiago provocou.

— Ai, idiota. — Dei um tapa em seu braço, e ele só desatou a rir. — Não é estranho eu ficar com o seu irmão?

— Pra mim, não. Pra você é?

— Um pouquinho — confessei. — O que a Yoko acha? Aquele dia na sua casa ela falou que torcia pro Miguel e o Tadashi namorarem.

— Ah, impossível. Os dois até já ficaram umas vezes e se adoram, mas eles têm... hum... gostos incompatíveis. E o Tadashi tem um ex do tipo vai e vem. E tava torcendo pra você e o Miguel, né?

De certa forma, sim. Inclusive eu agradecia.

— Já a Yoko... — Tiago me olhou com um sorrisinho de lado. — Ela adora o seu rolo com o meu irmão, porque aí ela tem certeza de que você não tá a fim de *mim*.

— O quê?! Meu Deus, ela sabe que você grita aos quatro ventos que a sua orientação sexual é Maria Yoko Carneiro Shimura? Eu não alimentaria um crush tão sem futuro.

Um sorriso repuxou o canto dos lábios de Tiago.

— Ela acha que só falo isso na frente dela.

Mais ninguém estava fazendo o mesmo caminho a pé. Nenhum Circular passara por nós ainda; apenas um ou outro carro. O friozinho e o horário desestimulavam a caminhada. Levamos quase vinte minutos para alcançar o trecho plano perto da faculdade de educação e suas calçadas com árvores dos dois lados da rua.

Uns caras bêbados vinham em nossa direção, falando alto e gargalhando. Não entendi como os seguranças do portão 1 os haviam deixado passar, pois certamente não tinham saído de nenhuma das unidades próximas, a julgar pela rota que faziam. Ao percebê-los cutucarem uns aos outros e me indicarem, deslizei a mão para a de Tiago e grudei nele. Na maior naturalidade, ele envolveu meus ombros num abraço possessivo e me puxou um pouco para as árvores, cedendo a parte concretada da calçada.

Ele olhava feio para os caras e, por isso, não tinha como ver a imensa raiz no nosso caminho. Tentei avisá-lo, mas de repente a madeira *se moveu* um pouco para o lado, como se para nos abrir passagem. Eu me sobressaltei com um grito. Tiago parou e me olhou com uma interrogação estampada no rosto.

Busquei indícios de movimento, mas a raiz que eu julgara ter se mexido estava, é claro, parada. O escuro devia ter confundido meus sentidos.

— Achei que tinha visto um rato — murmurei.

De cenho franzido, os olhos de Tiago buscaram as imediações.

— Já deve ter escapulido.

Voltamos à calçada propriamente dita, onde a iluminação dos postes nos tocava na maior parte do trajeto. Alguns metros atrás de nós, um dos caras tropeçou e caiu com um baque. Os outros gargalharam feito hienas. Eu não ia olhar, porém...

— Caralho, de onde essa raiz surgiu?

Eu me virei, atônita. Lá estava a raiz de outra árvore, como um obstáculo de dez centímetros de altura *no meio* da calçada, onde não havia nada antes. Eu saberia; sempre ando olhando para o chão, temendo pisar num buraco e torcer o pé, igual quando eu tinha dez anos. Não queria sentir aquela dor nunca mais.

— Eita, de onde veio aquilo? — murmurei.

— Aquilo o quê?

— A raiz. A gente não passou por ela.

— Ai, lógico que passou, Di — volveu Tiago com uma risadinha. — Você anda mais no mundo da lua do que o normal, hein?

Meu primeiro impulso foi acusá-lo de estar mentindo, mas qual outra explicação lógica havia? *A raiz de uma árvore ter trocado de lugar?* Apertei os olhos com as almofadas da mão.

— Acho que preciso dormir.

Apesar do meu riso, só conseguia pensar na dra. Verônica indagando se achei que meus amigos conspiravam contra mim, e nas perguntas que a psicóloga me fez naquela semana sobre paranoia, mania de perseguição, incapacidade de discernir ilusão da realidade...

— Di? — Tiago me olhava com um ar preocupado. — Tá se sentindo bem?

— Tô, sim. — Esbocei um sorriso. — Me lembrei de um negócio que me esqueci de fazer.

A desculpa frágil poderia suscitar desconfiança, mas Tiago a aceitou. Passou a falar do estágio, na escola próxima à sua casa. Ao contrário de mim, ele não queria ser professor. Achava a convivência com os alunos muito desgastante.

Mas também não queria seguir carreira acadêmica, pelo menos não para docência no ensino superior nem para pesquisa. Seu objetivo era um tanto ambicioso: pretendia se tornar consultor de história em programas de divulgação científica — para televisão ou internet — e publicar livros desse mesmo teor, a fim de combater as falácias de não especialistas muito populares no mercado.

Isso era uma das coisas mais fascinantes em Tiago para mim: esse desembaraço, essa vontade de perseguir um ideal sem se deter de antemão com os possíveis percalços. Eu gostaria de ter tamanha energia e fé inabalável em mim mesma.

Ao alcançarmos o metrô e encontrarmos Mayara na catraca, já havia me distraído o suficiente com a conversa, guardando a sessão de autoanálise para mais tarde, quando estivesse sozinha. Acompanhada de meus amigos, nenhuma raiz se mexendo me perturbaria. Especialmente porque Mayara estava nas nuvens: participara de um procedimento cirúrgico de emergência em um bugio.

— A residente me elogiou *tanto*! E daí hoje eu também ajudei a fazer uns exames nos muriquis. — Ela abriu a galeria de fotos do celular e mostrou uns macaquinhos de pelagem clara e rosto escuro que pareciam de pelúcia. — O padrão comportamental deles geralmente é amigável. E não tem nenhum resgatado, igual aquele bando de bugios que tá de quarentena. Então não vou trabalhar com ninguém com problema de adaptação.

Havia um novo bando de bugios no zoológico, formado com alguns indivíduos resgatados da área arrasada pelo rompimento da barragem de Mariana. O recente aumento nas taxas de febre amarela se devia à proliferação do mosquito transmissor, após a destruição de boa parte de seus predadores naturais, como peixes e sapos do rio assassinado. Os bugios eram bastante vulneráveis à doença, e os moradores das regiões onde eles habitavam tendiam a matá-los, achando que estes aumentavam a probabilidade de contágio.

— O problema disso é que por causa dos bugios a gente sabe que tem foco de febre amarela numa região e consegue fazer campanhas preventivas — explicou

Mayara. — Sem eles lá, o Instituto Adolf Lutz só tem como identificar o problema quando a doença atinge seres humanos.

Mayara havia participado como estagiária de uma grande pesquisa referente ao assunto, comandada por sua orientadora de iniciação científica e uma doutoranda dela, pesquisadora do Instituto.

— Qual espécie é a mais inteligente? — perguntei, para prolongar o assunto.

Se a conversa não continuasse, eu corria o risco de voltar a pensar que vira uma *raiz se mexendo*.

Mayara franziu a testa, não como quem pensa numa resposta, e sim com aquela paciência de quem vai explicar algo óbvio a um leigo.

— A lógica da sua pergunta tá toda errada — proclamou.

Tiago se virou para ela com os olhos brilhando de interesse.

— Errada como? — indagou.

— Pra começo de conversa, esse tipo de valoração é coisa de humanos — respondeu Mayara. — Quando a gente discute nesses termos, tende a pensar que a inteligência superior é a mais próxima à nossa, e isso não é verdade. — Quando Tiago apenas assentiu com certo entusiasmo, ela prosseguiu: — Sempre reparei no olhar dos animais, desde pequena. Na escola dominical, ensinavam que eles não têm alma e daí não têm como ir pro céu, e por isso a gente tem que tratar eles bem aqui na Terra; porque essa é toda a vida que vão ter. Isso me marcou muito. Eu passava horas olhando os cachorros e os gatos de rua. Ficava impressionada com o quanto as expressões deles transmitiam consciência. De si, de mim, do mundo. Às vezes tinha a impressão de também estar sendo estudada durante essas observações. Eu queria entender as mentes deles, como interpretam o universo. Aí decidi prestar medicina veterinária.

Tivemos longas conversas sobre esse assunto ao longo dos anos, com graus diferentes de sofisticação. Eu gostava de observar as mudanças pelas quais as pessoas passavam, mesmo se mantivessem os interesses. A Mayara criança não tinha a desenvoltura da Mayara adulta, mas compartilhavam a mesma paixão.

A escolha de curso mudara muita coisa em sua vida; ela precisava entrar numa universidade pública, pois não conseguiria pagar uma particular. Por isso, dirigiu todo o ensino médio para esse fim, estudando com o material que conseguia achar em bibliotecas, entrando no cursinho comunitário. Teve diarreia de nervoso no dia da primeira fase da Fuvest. Segundo ela, não adiantava orar a Deus e cruzar os braços; se não fizesse o vestibular, não passaria, certo? Prestou a prova mesmo assim.

Uma de suas primeiras atitudes depois da matrícula foi se juntar ao movimento estudantil para pedir o aumento das cotas raciais e sociais nos cursos de biológicas, porque de nada adiantava abrir duzentas vagas dessas em letras e quase nenhuma em medicina. *Número para inglês ver numa tabela e achar que está tudo muito igualitário*, ela dizia.

— Nos estágios na clínica e no zoológico, eu fui percebendo isso melhor, sabe? — Mayara havia se virado para Tiago, cujo interesse no assunto, nem sempre vocalizado, tendia a se manifestar quando alguém lhe perguntava por que não comia carne. — Comecei a entender a variedade das mentes animais. Por exemplo, o Chico, o bugio resgatado, tá com depressão. *Depressão*. Falam disso como uma doença humana, como se ficar triste devido aos hormônios ou a condições adversas fosse uma coisa exclusiva da nossa complexidade psicológica. Não é. O Chico interpretou o viveiro no zoológico diferente dos bugios que nasceram lá, ou de outros animais resgatados. Quando olho bem nos olhos de cada um, identifico alguma coisa lá dentro... senão uma alma no sentido religioso, ao menos uma consciência, uma individualidade. Uma forma de vida não *mais* ou *menos* evoluída do que a nossa nem *mais* ou *menos* complexa, só diferente e sem a possibilidade de intercomunicação. Vários animais aprendem truques, e a gente usa isso como régua para medir a inteligência, mas na verdade só mede a proximidade desse animal com a gente. Acho que não estamos preparados para entender outros modelos de inteligência nos parâmetros deles próprios, porque não dá pra gente se comunicar direito.

Tiago sorria de lado, ouvindo quase sem piscar. Ao se calar, Mayara cobriu o rosto de vergonha, torcendo o nariz.

— Desculpa, eu tendo a discursar quando falo dessas coisas — murmurou. — Queria que todo mundo visse o que eu vejo.

Ainda sorrindo, ele balançou a cabeça.

— Mais gente vê o que você vê, May — afirmou. — Juro.

Só nos separamos de Tiago na Luz, de onde ele seguiria no sentido Jabaquara e nós, no Tucuruvi até a estação Armênia. Nosso ônibus saía de lá.

O episódio da raiz voltou a me atormentar quando ela ficou sonolenta e parou de falar. Eu teria adorado escutar mais sobre os animais de que ela cuidava, ou notícias sobre seu novo relacionamento com Cleiton.

Quando abri a porta de casa, todos já dormiam, então mergulhei sozinha na escuridão e me afundei naquela melancolia que tentava me engolir.

11

Passei a manhã conversando com Natália sobre as malditas raízes e seus deslocamentos. Ela me aconselhou a discutir isso com a psicóloga na semana seguinte e ver se ela me encaminhava de volta à psiquiatra. Perguntei se eu deveria contar a Miguel quando o encontrasse ou se deveria cancelar o passeio.

— Que cancelar, o quê! — Nati me olhou como se fosse a ideia mais estapafúrdia do mundo, tipo construir um muro separando os Estados Unidos do México. — Você não tá com nenhuma doença contagiosa e mortal, Di. Tudo bem você não falar nada até saber direitinho o que tem e as visões estarem controladas.

Minha irmã pirralha faria dezoito anos dia 12 de novembro e já dava os conselhos mais sábios. Pedi desculpas por só ficar falando de mim. Eu odiava quem fazia isso e lá ia eu pagar a língua. Nati apenas deu de ombros.

— Então, o que você vai vestir?

Pela benevolência de algum deus do clima, o tempo abriu, mas não para o calor fedido de semanas antes, que me deixaria suada e grudenta, e sim para um tempo fresco e ensolarado que dispensava o uso de casaco. Mesmo assim, eu trouxera um, caso a temperatura caísse no final da tarde. Não queria uma crise de sinusite.

Encontrei Miguel na catraca da estação Ana Rosa da linha verde, e percorremos a pé os quase dois quilômetros até o parque. Ele estava de mochila e tênis, porém mais bem-vestido do que já o vira, com uma calça de sarja preta e uma camiseta branca.

Motos e carros buzinavam enquanto descíamos a primeira quadra da Conselheiro Rodrigues Alves sentido Ibirapuera. Miguel piscava muitas vezes, de olhos marejados. Perguntei-lhe qual era o problema.

— Esse barulho me atordoa — respondeu. — E a poluição é impressionante. Dá pra sentir meus pulmões apodrecendo.

— Ai, que exagero.

Mas o termômetro de rua na avenida lá embaixo apontava a qualidade do ar como "moderada", o que costumava significar "você perdeu uns dois anos de vida por respirar aqui". Atravessando a passarela do antigo prédio do Detran, atual MAC-USP, por um momento pairamos sobre a correnteza de carros vertendo nos dois sentidos.

— É muita gente indo e vindo — comentou Miguel, acompanhando a movimentação com uma expressão perturbada.

E não só nos veículos como a pé: vinham pedestres e ciclistas pela passarela, se espremendo por entre os vendedores ambulantes: água mineral, salgadinho (olha o salgadinho, vai querer?), óculos de sol (com filtro UV garantido), picolés (o puro sabor da fruta), bonés *de marca*, brinquedos variados. Um grupo de rapazes passou por nós com uma bola de basquete que ficava trocando de mãos, e duas crianças os atravessaram correndo, seguidos por uma mãe aos berros e, mais atrás, por um pai bonachão que, de cara, devia regular idade com ela, embora a calvície e o passo arrastado o fizessem parecer muito mais velho.

Miguel, de olhos arregalados, parecia subjugado pela movimentação.

— Você não é um paulistano muito típico, né? Tá com uma cara de gente do interior.

Ele estreitou os olhos.

— Ó a xenofobia, que coisa feia.

— Não era um juízo de valor. Só acho engraçado alguém que nasceu e cresceu aqui ficar tão atarantado com a quantidade de gente.

— Eu costumo evitar multidões.

— Quer ir pra outro lugar?

— Não precisa. Dentro do parque deve melhorar.

Ele era como um turista na cidade. Em *qual planeta* dentro do Ibirapuera estaria tranquilo numa tarde ensolarada de sábado?

Ao fim da passarela, ele percebeu que estávamos para entrar num formigueiro recém-pisado por uma criança descuidada ou perversa. Sua respiração ofegante deu sinais de um potencial surto de pânico. Agarrei sua mão e o puxei para o portão, já nos desviando na direção do gramado à direita.

— Perto da árvore inexplicável é mais tranquilo — eu disse. — Até lá, foca nos passarinhos. Aqui é a parte da cidade onde tem mais cantoria... depois do seu bairro. Nunca tinha visto nada como Interlagos nesse quesito.

Evitei os locais do parque onde a concentração de gente tendia a ser maior, como o lago, a marquise e a Oca. Peguei o maior número possível de trilhas pela grama, a fim de evitar as bicicletas. Nada de MAM, prédio da Bienal, Observatório ou Pavilhão Japonês também. Os bem-te-vis batiam o maior papo, em pleno voo ou pousados nas árvores à nossa volta por todo o caminho.

— Nossa, como tá cheio — ele comentou, soando mais calmo.

Dei uma risada. Não passearíamos pelas áreas principais do parque antes do fim da tarde, pelo visto. A região aonde estávamos indo tinha espaço mais do que suficiente para abrir a minha canga em algum canto, mas havia certo movimento também. Foi como eu previa: menos atribulada do que as áreas mais turísticas do parque, embora fosse impossível encontrar uma área de fato vazia e isolada num sábado de sol no Ibirapuera. Isso só existiria depois do apocalipse.

— Ali! — Apontei a minha árvore querida, guiando-o para lá. — Antes da gente sentar, você tem que ver ela de perto.

— Com certeza tenho. Não é sempre que a gente vê uma urbaninha tão fascinada por uma *árvore*.

— Ha-ha. Só despreza árvores quem nunca precisou andar uma hora debaixo de sol.

E quando a alcançamos eu desembestei a falar e lembrei que Tadashi sugerira se tratar de uma figueira-bengalense e eu logo emendei que não podia ser, porque as supostas raízes aéreas não estavam perto do tronco, mas a metros dele — e, se não estivessem obviamente ligadas à do meio, as árvores em torno não pareceriam independentes?

Miguel me seguia com o olhar, recostado a uma das árvores-raízes-tornadas--troncos, de mãos nos bolsos e um sorrisinho torto. Congelei no lugar com a boca entreaberta, a frase interrompida prestes a deslizar para fora. Meu rosto queimou.

— Ai, tô tagarelando, né? Você tá me achando ridícula de ficar empolgada só por causa de uma árvore?

Ele inclinou a cabeça.

— Eu sou *biólogo*, Diana. Passei metade da minha vida adulta dentro de alguma floresta.

— Fazendo jus ao sobrenome.

— Pois é. Que farsa eu seria se te achasse ridícula. Na verdade — ele se desencostou e avançou devagar até mim, sem desviar o olhar —, tava tentando entender como te acho fofa e sexy ao mesmo tempo.

Ah. Sem mais preâmbulos, nós nos beijamos bem debaixo da árvore inexplicável, sob o canto de vários tipos de passarinhos diferentes. Porém, ele se desvencilhou logo.

— Que foi? — perguntei.

Sua mão pousou na minha nuca e a massageou. Ele franziu o cenho, olhando em torno.

— Não quero deixar seu pescoço doendo — disse, num tom displicente. Já fazia semanas e ele se lembrava daquela noite! — Acho que dá pra gente estender a canga ali.

Indicou um ipê a alguns metros, sem vizinhos nas imediações. Armamos o acampamento em cinco minutos e nos atracamos em seguida. Não tinha nenhuma posição confortável o suficiente a menos que eu montasse no colo dele, e eu não faria uma coisa dessas em público.

Passos correndo e o grito de uma criança me fizeram dar um pulo. Miguel acariciou a parte de trás da minha cabeça, torcendo o nariz para a rainha Elsa que passou correndo a um metro de nós, aparentemente alheia à nossa presença.

— Quer um suco? — ofereceu.

Assenti e ele se virou para pegar na mochila. Procurei a família inoportuna com o olhar. Um jovem pai tirava foto do marido com a filhinha de uns quatro anos no colo, com uma trança embutida, castanha, e não branca como a da personagem de *Frozen*.

— O da direita ou o da esquerda? — Miguel perguntou, me entregando a garrafinha de suco.

Levei um instante para entender a pergunta.

— Hum. Nenhum dos dois, pra ser bem sincera. Não fazem meu tipo.

— Ah, é? E qual o seu tipo?

— Esse moço que tá do meu lado.

Ele sorriu, então voltou a olhar para o casal. Imitei-o.

— E você? — perguntei, casualmente. Miguel se virou para mim, hesitante. — Não se preocupa. Eu sei que não concorro na mesma categoria.

Quase senti seu alívio emanando em ondas.

— O da direita. — Ele arqueou uma sobrancelha para mim. — O da esquerda tá paternal demais pro meu gosto.

— Ah, mas isso o da direita também. Olha pra cara dele batendo a foto, todo babão. Aposto que ficou *horas* vendo vídeo no YouTube pra aprender a fazer aquela trança. Dá um trabalhão, sabia?

Miguel respondeu alguma coisa, porém não o escutei.

Não.

Naquele instante, tudo embaçou, como a distorção do ar quando o asfalto está fervendo num dia muito quente. Toda a área ao redor da árvore inexplicável ficou assim, com uma espécie de brilho furta-cor muito tênue acompanhando as ondulações gasosas. Eu poderia achar que era um vazamento de alguma tubulação subterrânea, se não tivesse visto aquilo antes. Sem falar que não havia cheiro, ninguém engasgava, nada explodia. Aquele tipo de fenômeno era o mais raro dentre o rol das ocorrências que eu já observara, e nem os pais nem a menininha pareceram se dar conta. Continuaram exatamente como antes, ora olhando juntos a tela do celular, ora tirando selfies, ora fazendo novas poses.

Dois dias seguidos de alucinações. Guardar aquele segredo me sufocaria. Eu me virei para Miguel, decidida a despejar toda a verdade sobre ele.

Estava sozinha na canga.

Procurei ao redor. Meu coração palpitava. Será que eu o havia imaginado também? Alguns metros atrás, Miguel andava de um lado para o outro, ao telefone, com um vinco de preocupação entre as sobrancelhas. Levei a mão ao peito. Folhas e gravetinhos se esmagavam sob seus pés, sombras entrecortadas acariciavam seu rosto e camiseta a cada passada. Uma alucinação poderia ter tamanho grau de detalhamento?

Não. Tiago havia feito provocações a respeito desse passeio na noite anterior. Minha irmã me ajudara a escolher o vestido delicado que eu usava. A presença de Miguel *era* uma realidade.

— Minha mãe tá com uma crise aguda de asma — disse ele, se agachando ao meu lado e ajeitando a mochila com urgência. — Desculpa, Diana. Preciso ir pra casa. A Marta tá no banco e o Tiago tá na Yoko e eu tenho...

— Tudo bem — interrompi, dobrando a canga. — Não precisa se explicar. Eu te levo no portão onde fica mais fácil pegar um táxi pra sua casa.

Ele me deu um sorriso grato e acompanhou com facilidade minhas passadas rumo à saída.

— A gente pode vir na semana que vem... — Miguel soava desconcertado.

— Sério, não se preocupa. Nos próximos fins de semana vou precisar fazer trabalhos finais e estudar pras provas. Não tenho tempo pra isso durante a semana...

— Eu sei. A gente dá um jeito.

Eu era uma covarde. Jurei a mim mesma que desisti de contar por causa da urgência da situação com sua mãe, mas na verdade só estava aproveitando a interrupção e escolhendo interpretá-la como um sinal de que não deveria falar nada.

Nós nos despedimos com um beijo apressado quando ele acenou para o táxi parado no ponto. Eu o vi ir embora, me perguntando se dali a um mês e pouco, quando acabasse a faculdade, ele ainda teria interesse em mim. Se não tivesse, eu conseguiria sufocar meu interesse nele? Minha mente até projetou uma cena de estrangulamento: eu apertava o pescoço de um sentimento nascente que se debatia para sobreviver a todo custo.

Suspirei, dando meia-volta para entrar de novo no parque e me dirigir à saída certa para o transporte público. Uma pausa no banheiro me faria bem. E talvez eu esbanjasse e pegasse um ônibus em vez de subir a pé para a estação Ana Rosa. Eu merecia, depois de tudo dar tão errado.

Enquanto caminhava para a marquise, tive a impressão de ser observada. Busquei ao redor, mas ninguém reparava em mim. O Ibirapuera fervilhava. A sensação só piorou. Pinicava minha pele, me fazia querer correr.

Fui escolhendo as vias mais cheias. *Paranoia, mania de perseguição, alucinações...* Congelei no lugar e olhei para trás. Um homem me encarava. Branco, forte, cara genérica, roupa genérica (bermuda de sarja, camiseta lisa de algodão, tênis), corpo genérico.

Uma buzininha de bicicleta uivou, quase em cima de mim, e saltei para fora da ciclofaixa bem a tempo de evitar uma colisão. A fileira de ciclistas passou zunindo por mim.

— Quer morrer, sua *louca*?! — algum deles gritou.

Eu poderia ter gritado de volta que era uma irresponsabilidade andar àquela velocidade num parque lotado de crianças, mas aquele "louca" fisgou algo dentro do meu peito, dilacerando alguma parte vital para o funcionamento dos meus pulmões.

O Genérico não estava mais lá. Mesmo ofegante, corri para a marquise e entrei no banheiro, ignorando a fila imensa que se formava do lado de fora e indo direto para a pia. Lavei as mãos e o rosto e me olhei no espelho. Exceto pela expressão assustada, eu parecia normal.

Respirei fundo algumas vezes, tentando me acalmar. Eu não inventara aquele cara, mas ele bem poderia ter me olhado por acaso quando me virei em sua direção. Não estava necessariamente me seguindo.

Saí do banheiro, querendo ir logo para casa. O Genérico estava parado do lado de fora, de braços cruzados, como se fosse o marido de alguém. E seus olhos se estreitaram em reconhecimento ao encontrarem os meus. Soltei um berro e entrei correndo, procurando os boxes até achar um sem porta. Bônus: o vaso estava lacrado por um saco plástico preto, e um papel colado à parede informava "fora de serviço" em Comic Sans.

De pernas bambas, eu me sentei na privada interditada. Minhas mãos trêmulas apanharam o celular, derrubando-o uma vez. As lágrimas não paravam. Foi difícil achar o contato certo sem enxergar direito.

Minha irmã atendeu depois de vários toques.

— Di? — Havia surpresa em seu tom.

— Acho que tô tendo um surto psicótico, Nati.

Houve meio segundo de pausa, seguido por sons de movimentação.

— O Miguel tá com você? Contou tudo pra ele?

Expliquei que ele tivera de ir embora às pressas e o motivo, e em seguida relatei minha visão do fenômeno e o duplo encontro com o Genérico. O esforço de chorar em silêncio martelava minhas têmporas, latejava atrás de meus olhos. Enquanto falava, tive a impressão de ouvir meu pai perguntar aonde ela ia, e então os sons da rua ao fundo.

— O banheiro tá cheio? — perguntou ela.

— Muito.

— Fica um tempo aí. O cara pode não ter sido alucinação nenhuma. Volta e meia tem uns tarados no parque.

Concordei, pela primeira vez na vida torcendo para ser esse o caso. Nunca tinha me sentido perseguida antes e, se começasse, significava que eu estava piorando. E rápido.

Nati começou a me contar sobre o que vinha estudando para o vestibular — a Proclamação da República — depois disparou umas duzentas perguntas. Fui respondendo. Às vezes ela levava alguns instantes para continuar a conversa. Eu tinha a vaga impressão de escutar um ônibus ao fundo.

Aos poucos, falar do que eu sabia me acalmou. Meus conhecimentos de história eram sólidos, apesar de a Primeira República estar a léguas de ser a minha matéria preferida. *Saber* coisas com certeza trouxe de volta a solidez sob os meus pés, o abafamento malcheiroso do banheiro, o burburinho das mulheres na fila, sempre do mesmo tamanho.

Nati também tinha perguntas sobre a política do café com leite e a Era Vargas. Ao longe, buzinas, freios e o motor sofrido de ônibus irritavam, me distraindo e me forçando a parar e pensar sobre o que vinha falando. Apesar disso, a absoluta cotidianidade do barulho ambiente da cidade me confortou mesmo enquanto trazia o cansaço de pensar no transporte público quando eu enfim tivesse energia para me mexer e ir embora.

Então Natália brotou *na minha frente*, descabelada, de calça jeans e cropped. Eu me sobressaltei. Ela deu um sorrisinho, abaixando o celular e o desligando. Fiz o mesmo, sem entender minha surpresa — eu tinha ouvido os sons. Deveria imaginar que ela estava a caminho.

Minha vista embaçou. Pisquei algumas vezes. Nati me deu a mão e me puxou para eu ficar em pé.

— Vem. A gente precisa correr pra encontrar a dra. Verônica.

Alguma engrenagem se assentou na minha cabeça.

— Mas hoje é sábado...

— Por isso a gente tem que correr. Anda.

Saímos do banheiro de mãos dadas. O ar estava mais fresco. Já devia ser por volta de cinco horas, mas não olhei o relógio para confirmar.

— Quando você falou com ela?

— O tempo todo. Dã.

Pisquei duas vezes.

— Mas você tava conversando comigo.

— Por mensagem, né? Você achou que eu tive a ideia de perguntar coisa de história sozinha?

De repente, morri de vergonha. Eu tinha cinco anos a mais. Por que era eu a menininha indefesa e ela, a pessoa que sabia como reagir?

— Eu que devia cuidar de você, Nati, não o contrário — murmurei, humilhada.

Ela apertou minha mão, rindo.

— E o tanto de vezes que você apanhou do papai no meu lugar? E o tanto de vezes que faltou no trabalho pra me dar o VT quando a gente não tinha dinheiro pra eu ir pro cursinho? — Ela riu de novo, balançando a cabeça. — Eu não vou ser uma rocha pra você, Di. Vou ser a Muralha da China inteira. Olha, água de coco! Quer?

12

As semanas seguintes passaram rápido demais. Eu me obriguei a prestar atenção no trabalho e nas aulas, por mais que minha cabeça insistisse em se dispersar. Imaginava várias conversas diferentes com meus amigos. De algum modo, todas acabavam descambando para um fim doloroso — e a culpa era sempre minha. Mesmo em meus devaneios, eles continuavam sendo pessoas incríveis e eu me atropelava e fazia tudo errado.

Cada vez que eu entrava na sala de aula e avistava Tiago, vinha o impulso de me encolher e sumir. Pura idiotice. Então me forçava a me sentar com ele e agir naturalmente, ignorando as palpitações no peito que a bula dizia serem efeito colateral comum.

Aceitei todas as ofertas de carona até o metrô porque eram uma oportunidade de ver Miguel sem me comprometer a sair com ele de novo. Aparentemente Tiago não pegava o carro para ir à faculdade porque Miguel precisava dele durante o dia e não se incomodava de ir buscar o irmão. Era sempre gentil e amigável. Trocávamos mensagens às vezes, mas não como antes.

Num domingo mais para o fim de novembro, Mayara me chamou para passear no Bosque Maia. Aceitei porque não precisaria ficar muito tempo fora; o parque ficava em Guarulhos mesmo, a menos de três quilômetros de casa, e me distrairia da pressão dos trabalhos finais.

Estávamos duras. Portanto, fomos a pé (meia hora andando) e levamos nossos próprios lanches. Dava para comprar a bebida nas Americanas ali do lado.

No caminho, ela contou histórias novas sobre Chico, o bugio depressivo. Estar preso no espaço tão reduzido reservado a ele no zoológico fora um golpe brutal para seu anterior senso de liberdade.

— Seria legal você pegar uma vaga permanente no zoológico quando se formar. Ou até trabalhar no Adolfo Lutz com a Talita — comentei, mencionando a

doutoranda para quem Mayara ajudara a recolher dados na iniciação científica.
— Tem notícia de concurso pra abrir?

— Não. E não sei se quero. O trabalho do Lutz é importante e tal, mas gosto mais de lidar com bicho vivo. A Talita falou que lá tem isso também, só que eu acho mais interessante aprender sobre a psicologia dos animais junto com o resto. É tão bom ver os filhotes interagindo. Parece um bando de ser humaninhos peludos. E a inteligência no olhar deles é uma coisa fantástica. Posso passar horas observando pra tentar entender *como* eles pensam.

A imagem evocou a memória dos saguis do laguinho e daquele que interagiu de forma tão fofa com Miguel, além do modo de atravessarem os fios elétricos como se fossem uma via.

— Você devia ir no bairro do Tiago — falei. — Lá tem sagui na rua. E eles são muito pequenininhos. Dá vontade de apertar.

— Isso, aperta. — Mayara riu. — Vamos ver o que sobra da sua mão.

Àquela altura, enveredávamos pela trilha do bosque, supostamente um pedaço da Mata Atlântica preservado. Se fosse o caso, as construtoras deviam estar subornando a Prefeitura para construir aqueles quatro prédios de luxo comendo espaço do terreno.

— Cuidado, vai dar com a cara na teia! — Mayara me parou e apontou os octógonos de seda, então se virou para mim. — Que distração, Di. Você sempre viu todas de longe. Ia ficar com a roupa toda grudenta se eu não te parasse.

E, naquele exato instante, uma névoa azul néon lampejou bem na minha frente, e a aranha mexeu as patinhas como se a acariciasse e a pegasse, antes de o brilho sumir. Minha visão embaçou. Fechei os olhos, agarrando os cabelos.

— Di?

As mãos de Mayara tocaram meus ombros.

— Não acredito! Não tá adiantando, May... O que eu vou fazer?

— Calma, Di. Do que você tá falando?

Deixei que ela me arrastasse para o banco mais próximo e comecei a contar. *Tudo.*

Como minha irmã, Mayara me escutou. Ouviu meus anseios, minhas angústias, a lamúria toda. Lançou um olhar inquisitivo à teia, então pegou o celular no meu bolso e pôs nas minhas mãos.

— Registra na sua nota de ocorrências.

— O quê? Eu não...

— Você tá tomando o remédio direitinho. E viu mesmo assim. Então ou a dose tá baixa, ou precisa trocar de medicamento, ou o problema é outro. Você vai precisar contar isso pra dra. Verônica e pra sua psicóloga.

Hesitei só um momento antes de abrir a famigerada nota, que eu não tinha força de vontade para deletar. Olhei o relógio. Quanto tempo a minha ladainha havia durado? Chutei um horário aproximado, coisa que odiava fazer, e descrevi o fenômeno. Mayara leu por sobre o meu ombro.

— Pronto. — Guardei o celular e a encarei. — Você não vai dizer nada?

— O que tem pra dizer? — Ela deu de ombros. — É um diagnóstico incerto, não o fim do mundo. Eu podia dizer que não muda nada, mas muda. Você só não precisa ter medo nem vergonha. Eu tô aqui e vou continuar.

Engoli o choro, comprimindo os lábios.

— Você não tá brava por eu não ter contado antes?

— Um pouquinho. Mas pensando em todos os estigmas dos transtornos mentais, entendo. Você achou que eu ia ter preconceito porque você tem. Vai precisar trabalhar pra desconstruir isso.

Assenti, meio infeliz. Ela tinha razão. Metade da minha angústia era fruto de um preconceito *meu*.

Claro, ter consciência disso não significava a habilidade de mudar minha forma de pensar do dia para a noite. Marquei uma nova consulta, mas a dra. Verônica só tinha horário para dali a duas semanas, depois do fim do ano letivo.

Seguindo o conselho de Mayara, não parei de tomar o remédio para evitar reações adversas. E, conforme combinei com ela, decidi revelar a verdade aos meninos logo após a consulta seguinte.

13

— Nem acredito que acabou! — Tiago passou o braço ao redor de meus ombros enquanto descíamos a rampa do prédio de história e geografia, nossa casa naqueles últimos quatro anos. — Não sei se tô feliz ou triste.

Eu me sentia igual, embora um tanto sedada, com as pernas meio moles. Parei, apoiando a mão no corrimão e o quadril na mureta onde ficava pregado. Meu coração estava disparado de novo.

— Que foi? — perguntou Tiago, alarmado.

— Tontura — murmurei.

Efeitos colaterais do remédio, alguns dos mais comuns. Engoli em seco e voltei a andar.

— Tô com muito sono — expliquei. O que também era verdade.

— Nossa, mesmo depois de acabar o estágio você continua exausta, né? — comentou. — E parece até que piorou nas últimas semanas.

— É. Sei lá. Acho que preciso dormir um mês.

— A gente te leva até o metrô.

— Tá, valeu.

Chegamos ao fim da rampa. Parei outra vez, esfregando o peito. A taquicardia era ainda pior do que a tontura.

— A Nati passou pra segunda fase — contei, para distraí-lo.

— Eita, já saiu a lista?

— Não, né? A Fuvest liberou as notas de corte hoje. Ela ficou cinco pontos acima.

— Caramba, manda parabéns pra ela.

Voltamos a andar. Tiago me ofereceu o braço como se fôssemos um casal saído de uma história da Jane Austen. Aceitei e peguei o celular no bolso externo da mochila para ver a hora. A caixinha de remédio caiu quando puxei o aparelho.

Tiago se abaixou para apanhá-la, franzindo o cenho.

— O que é clozapina? Acho que já vi esse nome antes.

— Nada! — respondi, estendendo a mão num bote, a fim de tomá-la de volta. Afoita demais. Ele recuou, tirando-a de meu alcance, e digitou o nome do princípio ativo na barra de buscas do celular. Senti a humilhação me cobrir feito uma mortalha. Os olhos de Tiago se arregalaram ao se voltarem para mim, marejando com um ar terrível de compreensão. Dei de ombros, culpada.

— Eu ia contar...

— Fica aí — ele disse, sério, pondo o celular na orelha e enfiando a caixa de remédio no bolso, e me deu as costas.

Andou de um lado para o outro a alguns metros de distância, falando baixo. Não quis imaginar a razão da urgência por trás daquela ligação. Eu me recostei na parede e fui deslizando até o chão. Queria chorar. E dormir. E comer alguma coisa. E desaparecer.

Tiago desligou o celular, colocou-o no outro bolso e se virou para mim, de olhos úmidos e ainda arregalados. Aproximou-se e me estendeu a mão.

— A gente vai te levar em casa — disse.

Aceitei a mão para me levantar, porém recusei a oferta de carona.

— Tá doido? — murmurei. Então soltei uma risada histérica pela escolha vocabular, esfregando o peito. — Sério, não precisa. Não sou incapaz.

— Eu não disse que era — Tiago resmungou entre dentes. — A gente precisa conversar e não vamos te segurar aqui. Mais fácil aproveitar pra fazer isso no caminho.

— Conversar o quê? Devolve o meu remédio, por favor. Não posso esquecer.

— Não, de jeito nenhum. Você não precisa tomar isso.

Meu sangue ferveu.

— Ah, pronto, agora você é médico.

Tiago não se afetou com minha brusca alteração de tom. Na verdade, sua expressão se suavizou.

— Há quanto tempo você começou a tomar?

Não ia ter jeito. Além de tudo, precisaria enfrentar essa conversa *ali*, enquanto me sentia tão mal.

— Um mês.

Meu amigo cerrou os olhos, bufando um "tsc" irritado.

— Por causa daquele domingo no Trianon?

— Rá! Sabia que todo mundo tinha percebido. Pois é, tenho essas alucinações desde pequena, mas só fiz alguma coisa a respeito depois daquele dia. Você me acha horrível por ter continuado a ficar com o Miguel mesmo sem contar pra ele? Só queria ter certeza do meu diagnóstico antes...

Uma lágrima escorreu pelo rosto de Tiago. Ele balançou a cabeça.

— Di, não precisa... Não foi alucinação. Aquela fumacinha laranja tava lá, sim. E a aranha-do-fio-de-ouro comeu ela rapidinho. Aquilo aconteceu e nós vimos. Quer dizer, pelo menos o Miguel e eu. A Yoko e o Tadashi não conseguem.

Por um instante, só o encarei, boquiaberta. Aos poucos, um sorriso relutante repuxou o canto de meus lábios, misto de simpatia e escárnio.

— Olha, eu sei que você acha que tá ajudando, então obrigada. Mas levei *anos* pra aceitar que sou louca e não é legal você comprar minhas doideiras só pra eu me sentir bem. Isso vai me fazer mal depois.

— Em primeiro lugar, não fala assim. — O tom de Tiago saiu muito mais gentil. — Mais respeito com quem sofre mesmo de transtornos mentais. Em segundo lugar, eu *nunca* ia ser irresponsável de mentir numa situação dessas. — Seus ombros largos murcharam e ele desviou o olhar, mudando o peso de perna. — A gente *foi* irresponsável de mentir pra você naquele dia, mas era por uma boa causa... — Ele arriscou um olhar para mim, com as bochechas escarlates. — Ninguém nunca pensou que ia chegar a esse ponto...

Seu tom implorava perdão. A cada palavra, alguma engrenagem entrava no lugar em meu cérebro. Ele estava tentando *se justificar*, e com tanta ênfase... Ou seja, no dia em questão — aquele domingo terrível —, Tiago e seu irmão haviam testemunhado exatamente o mesmo que eu e *mentido*. A começar por Miguel, com seu fatídico "isso o quê?". Ele também teria visto o fenômeno na árvore inexplicável?

Uma parte de mim quis gritar, mas me faltava energia. Recuei um passo, o coração quase subindo pela garganta. Tiago se adiantou, estendendo a mão para tocar meu ombro.

— Di...

Eu me sobressaltei, saindo de seu alcance, e ergui as duas mãos num pedido silencioso por espaço. Sentia falta de ar. Para os dois terem mentido no Trianon, aquele assunto já havia sido pauta entre eles. E só existia um modo de isso ter acontecido.

— O Miguel também viu perto da tia Bia, né?

Tiago assentiu, engolindo em seco.

— Ele me disse que desconfiava que você tivesse visto o transbordamento naquela noite... e confirmou no dia que você foi lá em casa. Vocês conversaram sobre isso, né?

Esfreguei o rosto, enfiei as mãos no cabelo. Meus olhos vertiam lágrimas apesar de meus esforços para contê-las.

— Vocês combinaram de mentir...? — murmurei, sem entender.

— Não foi assim, Di! A gente...

— Vocês me fizeram duvidar da minha sanidade... — cortei, balançando a cabeça para ver se alguma peça entrava no lugar para aquilo fazer sentido. — Que bosta de amigo você é, hein? Meu Deus...!

Dei as costas e saí andando, aturdida. Não conseguia acreditar que Tiago havia me enganado assim. Ele veio atrás.

— Di, não quis...

Estacando, eu o fuzilei com o olhar, cerrando os punhos para resistir ao impulso de bater nele.

— Para de ser covarde. Você quis sim! Tanto é que fez. Assume seus erros. Você é um homem, não um moleque, pra ficar pondo a culpa das suas escolhas nos outros. Toma vergonha na cara.

Os olhos escuros de Tiago transbordaram. Cruzei os braços.

— *Por que* vocês combinaram de mentir pra mim?

Tiago engoliu em seco, abaixando a cabeça e cerrando os punhos.

— Não posso falar. Mas o Miguel vai vir encontrar a gente, e daí podemos tentar convencer ele...

Tentar convencer Miguel a contar. Depois de tudo, ele ainda ousava dizer que não podia me prometer uma explicação para aquela história *ridícula*.

Eu lhe dei as costas e apressei o passo. Ele havia chamado a ocorrência de transbordamento, mas do quê? Aquela parcela de mim que ainda não doía demais para sufocar a curiosidade queria parar e gritar até obter alguma explicação. Queria até mesmo perdoá-lo — ele claramente nem havia cogitado a possibilidade de sua mentira desaguar em consequências tão sérias.

Entretanto, a tontura e a taquicardia urravam que *ele* as havia causado. Efeitos colaterais ruins seriam aceitáveis, se significassem que o remédio estava contendo sintomas piores. Agora, tomar aquilo *à toa*?

— Di, por favor...

— Tiago, para! — gritei. Ignorei os olhares que minha explosão atraiu. — Me deixa em paz! Ou você me fala de uma vez o que foi aquilo e por que vocês acharam legal dizer que eu tava alucinando, ou não quero mais saber de você.

— Por favor, Di, você precisa entender...

Lá vinha ele de novo, tentando tocar meu ombro. Dei um tapa na mão dele por reflexo, berrando alguma coisa incoerente. Estávamos no estacionamento entre o prédio da história e o de ciências sociais, e a figura de Miguel se recortou na porta deste último. Eu não aguentaria *os dois* dizendo que eu "precisava entender" enquanto me recusavam qualquer justificativa.

Aproveitei quando Tiago se virou para o irmão e disparei escadaria abaixo, rumo à Praça do Relógio. Ele me alcançaria num segundo se me seguisse. Por isso não parei, não olhei para trás. Tiago gritou meu nome, e o celular vibrou em minha mão.

Atravessei pelo mato para não ser vista, tomando a direção da praça dos bancos — oposta à que costumava escolher. Em geral, pegava o Circular no ponto da história ou na Casa de Cultura Japonesa. Se me procurassem, iriam para aqueles lados. Eu pegaria o ônibus na frente da eca. Só precisava atravessar os duzentos ou trezentos metros de agências bancárias (àquele horário!). Parei, arfando, e apoiei as mãos nos joelhos. Meu peito ardia.

O celular voltou a tocar. Forcei-me a avançar, tateando as árvores e arrastando os pés com cautela para não tropeçar. Ouvi vozes mais acima, na Luciano Gualberto. Desliguei o aparelho inquieto e enxuguei o rosto. Queria ver as coisas pelo lado bom: não estava doente! Isso era uma ótima notícia.

Só não conseguia comemorar nada. Meus amigos haviam me traído. E para quê? O que raios era um transbordamento? Hesitei. A curiosidade formigava em minha cabeça, um mosquitinho insistente no oceano de indignação. *Tentar convencer* Miguel começava a parecer melhor do que não ouvir nenhuma explicação. Mas então me lembrei de que, quando ficamos pela primeira vez, ele já havia mentido. E quando estávamos no Trianon, mentiu pra mim de novo, na maior cara lavada. E depois ficamos em seu carro e no parque... Será que ele tinha visto o fenômeno do Ibirapuera também? Tinha saído correndo por causa dele e me deixado sozinha lá, acreditando que enfrentava meu primeiro surto? Um gosto amargo me subiu pela garganta.

Alcançando a rua, voltei a correr. O asfalto sob meus pés foi um alívio. Fácil de enfrentar se comparado ao mato. Tão previsível. O Circular estava na calçada da fea, na frente do ponto onde eu pretendia apanhá-lo. Acelerei e cheguei à eca bem quando o ônibus completava o U do retorno e parava ali.

Embarquei, cumprimentando o motorista com um "boa noite" ofegante. Não estava lotado, porém não havia lugar para me sentar. Eu me enfiei no canto vago destinado a cadeirantes e me apoiei na janela. Minhas coxas e panturrilhas tremiam, em parte por extenuação, mas principalmente por síndrome da perna inquieta.

Embora não quisesse conversar com ninguém, religuei o celular. Um milhão de notificações brotou na tela. Mais de trinta chamadas não atendidas, quase todas dos irmãos Floresta e algumas dos Shimura. Mais uma infinidade de mensagens. Estas, abri.

Tiago:

> Di, cadê você?

> Por favor, não vai embora sozinha. A gente te leva!

> Assim eu fico preocupado! Você sumiu

> Já pegou o circular??

> Pelo menos me avisa se você tá em segurança. Entendo você não querer falar comigo. Só me fala se tá tudo bem!

> Você desligou o celular!!! Meu Deus, andando sozinha a essa hora na USP sem celular! O que você tem na cabeça????

Passei às mensagens de Miguel:

> Oi, Diana. Quero dizer que sou o único responsável por tudo o que houve. O Tiago só cedeu porque nesse assunto tenho autoridade. Não posso falar mais. Tem a ver com meu trabalho. Vamos nos encontrar? Pode ser onde você quiser. Apenas nos dê a chance de conversar. Juro que não foi má-fé e eu tinha bons motivos.

Rosnei uma risada de ódio com a conclusão daquela mensagem.

Miguel:

> Para decidir se meus motivos são bons ou não, você precisa ouvi-los primeiro.

O cretino se atrevia a dar uma de dono da razão! Só não taquei o celular longe porque não tinha dinheiro para comprar outro. Passei às próximas:

Tadashi:

> Ei, bonita! Sério, atende o celular. Os meninos tão pirando.

Puxa, coitadinhos. Travei o maxilar.

Yoko:

> Oi, Di, tudo bem? O Ti acabou de me contar

> Olha, eu tbm ñ ia querer falar c ngm no seu lugar. Ngm nunca previu q vc ia surtar c aquilo. O Miguel tbm ñ queria mentir, mas ele ficou c medo desde q soube q vc reparava nos NEGÓCIOS LÁ. Sério, conversa com eles. A gnt convence o Miguel a te contar td

> Pf Di pelo menos avisa o Ti se vc já pegou o circular. Ele tá mto preocupado!

Eu ponderava se responderia ou não, e a quem, quando o celular tocou. O visor mostrava o nome de Miguel.

— Essa é a última vez que a gente se fala — atendi, seca. Ouvi o espanto do outro lado da linha e a voz de Tiago ao fundo com um esperançoso "é ela?!". Meu peito apertou. — Não abre a boca, que não quero ouvir a sua voz. Avisa o Tiago que já tô chegando no metrô. Para de me ligar e de me mandar mensagem. Para de encher a porra do meu saco. Eu tenho certeza que os seus motivos pra olhar pra minha cara e mentir antes de enfiar a língua na minha boca vão ser ótimos, mas não quero saber. Não vai mudar nada. Eu ainda tô sentindo os efeitos do antipsicótico que vocês me fizeram acreditar que eu precisava tomar. Tô passando mal há um mês e me sentindo um lixo por ter vergonha de falar do meu problema pra vocês. Gastei um dinheiro que não tinha com consulta, terapia, e teria gastado com remédio se não achasse no posto. Então não, não quero te ver, te ouvir, te ler. Só quero que você morra. Isso porque você não é ninguém pra mim. A minha raiva do Tiago tá muito pior. Vou trocar de celular e bloquear o e-mail de vocês e se alguém da sua corja surgir na minha casa eu vou morar na rua. Só esqueçam que eu existo. Não vou dizer que vocês morreram pra mim porque, se fosse o caso, eu ia sentir saudades. Vão pro inferno.

Depois disso, encerrei a chamada e desliguei o aparelho. Peguei um lenço com mãos trêmulas, enxuguei os olhos e assoei o nariz. Devia estar vermelha feito um pimentão maduro.

A verdade é que queria ouvi-los, entendê-los e me deixar apaziguar. Contudo, se o fizesse, ainda mais sem me explicarem a história toda, seria como varrer para baixo do tapete a angústia, os medos, a vergonha desnecessária, os efeitos colaterais do remédio. Não podia me reconciliar com isso, não logo. Ou perderia o respeito por mim mesma.

14

— Obrigada por virem comigo — disse eu a Mayara e a Natália, enquanto ajustava o tripé com o celular voltado para a árvore inexplicável.

— Ainda não acredito que você levou três meses pra criar coragem de pisar aqui de novo — resmungou Mayara.

— E só criei porque você botou pilha — falei, finalmente acionando o botão de gravar e jogando o peso do corpo dos joelhos para os pés, numa manobra desajeitada para me sentar de pernas cruzadas na grama.

Reparei nos homens de aparência genérica nas imediações, à procura de sinais. Sozinhos ou acompanhados, pareciam indiferentes a nós.

Eu temia o que o retorno ao Ibirapuera poderia despertar em mim, mas até o momento só emergiam ressentimento e raiva, nascidos das lembranças do ataque de pânico que eu tinha tomado por surto psicótico. O rancor acre era plenamente justificável, dadas as circunstâncias.

— Ainda acho que você devia ter batido o pé até eles contarem tudo — insistiu Nati, encarando o conjunto que formava a árvore inexplicável. Mal abri a boca para responder e ela emendou: — *Eu sei* que você não tava em condições.

— Nenhum dos meus colegas da bio, nem da botânica nem da zoologia já viu ou ouviu falar dessas... ocorrências. — Mayara franziu a testa. — Deve ser um fenômeno raro. Talvez o Miguel quisesse guardar segredo pra publicar sozinho sobre a descoberta.

Não era a primeira vez que ela levantava essa hipótese e, a cada repetição, mais plausível soava. Eu não tinha passado os últimos meses de braços cruzados: visitei os locais de ocorrências anteriores na tentativa de ver e gravar outras (não consegui) e pesquisei sobre "transbordamentos" na internet (nenhum resultado útil). Vi o fenômeno em duas ocasiões, em lugares diferentes, ao acaso, portanto sem a câmera a postos. Até que se tornou inevitável voltar ali. Era onde havia maiores chances de eu obter alguma pista.

— Se bem que não pode ser tão raro assim, se você viu tantas vezes... — Mayara acrescentou.

O contra-argumento também não era novidade. Havíamos reencenado aquela conversa sempre que o assunto das ocorrências surgia — e sempre chegávamos às mesmas não conclusões. O mistério virou uma obsessão compartilhada, a ponto de Mayara ter passado as semanas anteriores me pressionando para irmos ao Ibirapuera. Nati pediu para se juntar a nós. Eu me sentia grata pela companhia durante a vigília insólita; tornava a mágoa com Tiago um fardo mais leve.

Esperar naquele silêncio cheio de expectativa me dava nos nervos; perguntei a Mayara se sabia alguma coisa daquele vírus novo que vinha aparecendo cada vez mais nos jornais.

— Pessoal do Adolfo Lutz tá indo trabalhar de máscara, segundo a Talita — respondeu ela. — A galera da saúde tá enlouquecida implorando pro excelentíssimo fechar os aeroportos, e não só pra China; pra Europa também, que lá tá zoado.

— Esperança vã — resmunguei com uma careta. — Então esse vírus vai ser que nem a gripe A, você acha?

— Fora já tá muito pior. — Mayara balançou a cabeça. — E a Talita disse que a coisa vai ficar feia. O cara que positivou pro vírus tava no Carnaval...

— O papai falou que é alarmismo de idiota esquerdista — Nati contou, revirando os olhos. — E maconheiro gay da USP.

Mayara deu um sorriso condescendente.

— Claro que falou.

Suspirei, também não querendo pensar no meu pai, um estereótipo ambulante com alguns lampejos de profundidade psicológica. Eu me mudaria naquela semana para uma quitinete jeitosinha na região da Santa Cecília. Quando a vida ficasse mais leve, talvez eu tivesse paciência de conversar com ele.

— Ah, vi seu nome numa chamada lá da Vet — Nati disse a Mayara. — O bagulho das cotas. O que é?

— Tá rolando uma movimentação pra conseguir auxílio pros alunos de baixa renda — explicou minha amiga. — O horário do curso não favorece... e os estágios da nossa área não são remunerados. Uma amiga minha trabalha a semana toda no estágio e numa pizzaria nos fins de semana à noite pra ter dinheiro. Isso porque ela não precisa ajudar em casa.

— A Diana que paga minha condução — murmurou Nati. — E meus créditos do bandejão.

— E acho bom você tirar só nota alta — resmunguei, pretensamente rabugenta.

— Entra no coletivo — Mayara disse, quase ao mesmo tempo. — Tem reunião semana que vem.

Natália concordou, entusiasmada. Suas aulas haviam acabado de começar; era tudo novidade. Ela se cansaria logo da política universitária, como eu, ou se engajaria até o fim, igual a Mayara? Não importava o quanto eu concordasse com as pautas; quando as figurinhas carimbadas interrompiam uma aula com *outra* convocatória de greve, achava difícil não revirar os olhos. Talvez eu estivesse ficando amarga e desiludida. Ou mal-humorada depois dos dias intermináveis.

Apesar das muitas frustrações com a questão das benditas ocorrências, incluindo a perda de amigos traíras, eu não ficava mais tão à flor da pele, só tendo o trabalho como obrigação na minha rotina diária. E na semana seguinte, quando deixaria de enfrentar o trânsito caótico da Dutra e da marginal Tietê para pegar apenas o metrô, meu humor com certeza melhoraria mil por cento. Talvez eu até voltasse a acreditar que as coisas no país tinham jeito.

Mayara quis ir ao banheiro e Natália foi junto, depois de eu garantir que ficaria bem sozinha. Adoraria ver se a ocorrência apareceria em vídeo. Provavelmente não, lembrando da pequena Elsa e seus pais tirando foto, inabalados, durante uma.

— Bom dia. — Um homem branco baixo, de bermuda e camiseta, entrou em meu campo de visão. Devia ter uns trinta e poucos anos. — Licença. Eu tava perto e te ouvi mencionar um fenômeno que só você enxerga envolvendo a figueira. — Ele indicou a árvore inexplicável. — Desculpa a intromissão. Acabei ouvindo que você quer explicações e as pessoas que podem dar alguma se recusaram. Olha, trabalho pra um lugar que ia adorar resolver isso. — Ele me estendeu um cartão e o apanhei, meio no automático, incapaz de articular uma palavra. — Pouca gente consegue enxergar e estão tentando descobrir por quê. Seria legal você ligar pro dr. Rogério e conversar com ele.

— Doutor em quê? — perguntei.

— Medicina. Neurologia. É uma equipe multidisciplinar que também procura respostas. Vocês podem se ajudar.

— Eu... ajudar? Como?

— Algumas pessoas que veem transbordamentos têm contribuído com dados. Fazem alguns exames não invasivos, recebem um bom dinheiro em troca, além das informações já decifradas sobre o assunto. Tem só um contrato de confidencialidade enquanto os resultados não vêm a público, claro.

Refleti um instante, a mente um turbilhão. Se havia pagamento envolvido...

— Quem financia a pesquisa?

Vi em seu rosto que ele não esperava a pergunta.

— A iniciativa privada... Desconheço esse tipo de detalhes, mas se você ligar nesse número o dr. Rogério pode responder.

— Você vê os transbordamentos?

Ele balançou a cabeça.

— É uma capacidade muito rara. — Gesticulou na direção da árvore, com um sorriso bem-humorado. — É tão difícil encontrar que pagam uma equipe pra ficar se revezando aqui perto, na esperança da gente achar quem tem. Não é fácil, viu?

Retribuí o sorriso, olhando o cartão pela primeira vez. Era preto, com o nome dr. Rogério Costa e um número de celular com DDD área 11. O outro lado não tinha nada, nem um mísero logo.

O homem digitava alguma mensagem e, percebendo meu renovado interesse nele, guardou o aparelho.

— O dr. Rogério já tá no aguardo — avisou. — Sério, Diana, a grana é boa. Liga lá, que daí ele te fala da pesquisa, do financiador, até te manda a minuta do contrato pra te ajudar a decidir. Até mais!

Agradeci, assentindo com um sorriso, e o observei se afastar na direção do bambuzal. Voltei a fitar o número de coração disparado, depois apertei contra o peito a prova física de que não tinha sonhado aquela conversa. Dúvidas e dúvidas e dúvidas pululuaram em minha mente e resisti ao ímpeto de ligar imediatamente. Que tipo de exames não invasivos? Quantas pessoas da equipe enxergavam os fenômenos? Quais dados buscavam? Quais já haviam obtido com aquela iniciativa incomum? Quantas pessoas a tal equipe cercando a árvore inexplicável tinha abordado? Faziam isso havia quanto tempo? Além dessas, persistiam todas as perguntas que já me atormentavam antes desse encontro inusitado.

De repente, me ocorreu que o homem que eu vira da outra vez talvez integrasse a tal equipe. E pensar que eu poderia saber a verdade desde novembro! Guardei o cartão. Queria pensar com calma e, se Mayara e Natália soubessem, me pressionariam para ligar logo. Em casa, eu listaria minhas perguntas primeiro, para ter certeza de que era seguro, dentro dos limites éticos. Não confiava muito nas intenções de nada financiado inteiramente pela iniciativa privada.

Pensei na insistência de Tiago e Miguel em dizerem que haviam mentido para o meu "próprio bem". Será...? A abordagem daquele homem não fora inconveniente ou ameaçadora. Ele só me dera um cartão — e explicara mais do que qualquer um dos dois irmãos Floresta tinha feito.

Mayara estava certa, afinal; a questão era uma pesquisa secreta. Uma guerra para ver quem publicaria primeiro.

Mas os meninos nunca me pediram para fazer exames.

Se bem que *eles* enxergavam.

As possibilidades se tornaram infinitas, tudo por causa daquele cara, uma solução ex machina caindo no meu colo. Essa ideia me trouxe um sorriso azedo; Yoko costumava dizer que o único deus para quem ela rezava era o ex machina. Talvez eu devesse me ajoelhar e agradecer.

Não contei nada às meninas. Havia esperado meses — não, *anos*! Podia esperar mais algumas horas. A vigília à árvore inexplicável ficou quase secundária, embora me empenhasse nela para justificar meu silêncio. Não que precisasse de uma desculpa muito elaborada: Mayara e Nati engataram numa tagarelice empolgada sobre a profissão, e com tal profundidade que esta chamava pelo nome os animais com que aquela trabalhava no zoológico.

A ausência de referências a Chico, o bugio depressivo, saltava aos olhos o suficiente para me distrair da expectativa. Ela falou de outros bugios, dos macacos-prego — seus queridinhos —, do novo filhote de elefante indiano, contando do parto dele com uma riqueza de detalhes hilária e meio nojenta, do temperamento instável do hipopótamo macho. Eu não sabia se deveria perguntar. Mayara o evitava de propósito?

— E como tá o Chico, May? — indaguei, afinal.

Escolha errada. A expressão dela se fechou na hora, perdendo todo o brilho. Murmurei um pedido de desculpas desajeitado.

— Não, tudo bem. — Mayara soltou um suspiro resignado. — Ele começou a se automutilar de uns tempos pra cá. — Eu e minha irmã soltamos gemidos iguais ao ouvir essas palavras. — A gente não sabe mais o que tentar. Ele não se dá bem com os outros, não se importa com o viveiro maior, come de má vontade. Muito menos do que é saudável, aliás.

— E se soltarem ele? — Nati sugeriu.

— Não tem chance de sobreviver sozinho. — Mayara balançou a cabeça, suspirando de novo. — É uma droga, sabe? Você ver as coisas e não conseguir fazer nada. Eu me sinto uma inútil. — Ela fungou e nós a abraçamos, uma de cada lado. — Sei que não sou. É só... tudo tão maior que a gente e tem tanta coisa errada e eu me sinto uma formiga nadando contra a correnteza... Tipo, o Chico tá no viveiro do zoológico porque algum idiota entrou no pouco de matinho que ele tinha pra morar e tentou matar ele. O idiota, coitado, fez isso porque provavelmente tava com medo de febre amarela e não muito bem informado de que providências tomar... Mas enquanto a doença tá matando só bicho e pobre o governo e a imprensa não estão nem aí. Ninguém tá nem aí. Nossa, que ódio!

Pensando bem, foi bom ter perguntado. Ela precisava desabafar. Talvez a obsessão recente com o mistério dos transbordamentos fosse uma válvula de escape, um quebra-cabeça no qual tinha algum controle. Mesmo se falhássemos, ninguém morreria por isso.

Ela apontou a árvore inexplicável e forçou uma risadinha.

— Olho nela, ow! — mandou.

Sem reclamar, me virei naquela direção. O cara a havia chamado de figueira, seguindo a linha do palpite de Tadashi no fatídico dia do Trianon. Eu voltaria a pesquisar a espécie na internet; até então não encontrara nenhuma foto que se parecesse com aquela. No site do parque, não achei nada.

E, apesar de termos passado o dia inteiro ali, alternando nossos celulares para gravar e descarregar ou deletar vídeos, nada aconteceu. A árvore inexplicável — a figueira? — continuou indiferente a nossos olhares suplicantes e ansiosos.

Mas não fui embora frustrada. Eu tinha conseguido pisar de novo no Ibirapuera. Além disso, levava na bolsa uma promessa de respostas. A primeira coisa que fiz ao chegar em casa foi abrir a Plataforma Lattes e procurar o nome do cartão; qualquer pesquisador brasileiro estaria cadastrado.

Rogério Costa trouxe quatro páginas quando eu colocava só pessoas com doutorado e mais de trezentas quando incluía os demais pesquisadores. Vasculhei os resultados da primeira em busca de médicos. Nenhum neurologista. Procurei o nome direto no Google, junto com a especialidade, e estudei a enchente de resultados. Nada promissor. Voltei ao Lattes. Talvez o cara do parque houvesse se confundido — será que não tinha mencionado uma equipe multidisciplinar? E se a especialidade desse Rogério fosse, sei lá, radiologia, e o neurologista do grupo, outro cara?

Olhei currículo por currículo dentre os médicos, vendo bolsas, prêmios, publicações, bancas. Poderia ser qualquer um deles ou nenhum. Fitei o cartão com uma careta. Por que colocar só um sobrenome, sendo tão comum? Será que não tinha outro? E, se o tinha, deixara de colocá-lo de propósito? Para não ser achado, talvez? A pesquisa até poderia ser secreta, mas não o pesquisador. A menos que envolvesse algo ilegal. A iniciativa privada tinha como pagar mais do que as agências de fomento públicas, eu achava, então o líder da pesquisa devia ser um figurão gabaritado, não um iniciante.

— Quem é esse dr. Rogério? — Nati brotou atrás de mim, quase me matando de susto.

— Não sei.

Contei o episódio do parque, incluindo meus receios quanto a esse médico fugidio. Natália falou pouco, exceto para manifestar seu desprazer por eu não ter comentado o encontro antes, mas entendeu meus escrúpulos.

— É mesmo esquisito te abordarem assim no Ibira, e justo quando eu e a May saímos de perto — murmurou, sentada com as pernas cruzadas em sua cama. — E faz sentido você querer descobrir mais do cara antes de ligar pra ele... É bom saber onde tá se metendo. E, sendo uma capacidade tão rara assim, é lógico que quase ninguém que a gente conhece vê esses transbordamentos. — Ela arregalou os olhos, iluminando-se inteira de repente, como se uma ideia a tivesse eletrocutado. — Ei, e se você ligasse pro Tiago? Você tá preocupada por causa dos medos dele e tá desesperada pra não odiar ele, o que eu entendo. Eles não se explicaram antes pra te proteger e tal. Supondo que seja verdade... talvez saibam mais sobre essa pesquisa...

— Hum... pode ser interessante contrastar a visão dele com a desse tal Rogério...

Eu havia mudado de número e bloqueado o e-mail de Tiago, porém tinha sido incapaz de deletar seu contato. Minha relutância me causava autorrepulsa; eu ficava revivendo nossa última conversa, a sinceridade aparente de seu remorso, sempre em busca de elementos para eximi-lo de culpa e, com isso, amenizar a dor de minha mágoa.

Teria coragem de ligar?

15
Tiago

Yoko e Tadashi desceram do carro com mochilas enormes e, depois de cumprimentá-la, avancei para ajudá-lo a tirar as malas. O estorvo do meu irmão fez o mesmo, e só o percebi quando esbarrei nele. Seu perfunctório pedido de desculpas, mais um balbucio do que qualquer outra coisa, arrancou-me um rugido, e empurrei-o para o lado a fim de abrir espaço para alcançar o porta-malas.

— Nossa, mano, que desnecessário — disse Tadashi, largando a própria bagagem no piso frio do alpendre.

Miguel recuou, a cabeça baixa e os braços cruzados, bancando a vítima como virara seu hábito desde dezembro, para minha mãe e Marta ficarem com dó e me repreenderem. Nessas horas, a vontade de esmurrá-lo beirava o incontrolável.

— Ti! — Yoko rosnou entre os dentes, estapeando meu braço. — Para com isso. Tô preocupada com meus pais! Dá pra gente ficar de boa?

Suspirei, fulminando Miguel com o olhar, enquanto ele muito fingidamente se dispunha a ajudar Tadashi com a mala — como se houvesse necessidade — e inquiria-o acerca da situação no Hospital das Clínicas.

— Estão assustados — disse meu cunhado, depois de gesticular para suas bagagens como se constituíssem prova irrefutável daquele juízo. — Cada dia aumenta o número de entradas de pacientes testando positivo pra covid. Meus pais não querem saber da gente por perto enquanto não tiverem informações mais concretas sobre a doença. A taxa de contágio tá nas alturas. É tranquilo dividir o quarto comigo no próximo mês, Miguel?

Meu irmão puxava a mala para dentro.

— Você vai ficar sozinho lá — falou. — Vou morar na edícula, porque preciso continuar saindo e a minha mãe tem asma. Melhor não arriscar.

Embora eu torcesse para os relatos sobre a pandemia serem exagerados, o ar desenganado de Tadashi e seus pais, quando conversaram com minha mãe e Marta por vídeo, prenunciava as sete pragas do Egito. E Miguel andara lendo um artigo atrás do outro com expressões cada vez mais sombrias. Se eu conseguisse encará-lo sem ver o rosto devastado de Diana, talvez pedisse esclarecimentos a respeito.

— E a Marta? — perguntou Yoko. — Ela pode deixar de ir no banco? Dá pra fazer trabalho de segurança de sistema à distância, no caso dela?

— Vai ter que dar — respondi. — Mas ela já tá vendo de tirar férias e banco de horas, se precisar.

— Nossa, que sorte ela ter essa opção — comentou Tadashi.

— E o seu doutorado, como fica? — perguntou Miguel.

— Sei não, velho. A gente vai ter reunião essa semana pra ver. On-line, mesmo se o governo não decretar confinamento, como tá prometendo.

Meu celular tocou, e olhei a tela no automático. Número desconhecido. Provavelmente telemarketing. Desliguei.

— E os abaobis? — perguntou Yoko.

Miguel deu de ombros com um ar infeliz.

— Já era pra ter levado eles pro sítio do meu pai em Parelheiros, mas deu um problema no transformador e tá sem luz há um mês. Minha mãe tá numa guerra com a subprefeitura e a Enel pra ver se resolvem, mas, até lá, não dá pra ir.

Meu celular tocou de novo, o mesmo número. Atendi dessa vez depois de um suspiro e escutei uma voz que jamais teria esperado.

— Diana?

Todas as conversas cessaram e olhares estarrecidos voltaram-se para mim.

— Oi, desculpa ligar do nada...

— Você tá bem?

— Uhum. — Ela não disfarçava o nervosismo. — Então, queria conversar... sobre os transbordamentos.

Respirando fundo, coloquei a ligação no viva-voz, e os três fecharam um círculo claustrofóbico para poder escutar melhor.

— Claro, com certeza — eu disse. — Só não posso discutir esse assunto no telefone. Medida de segurança.

Ela bufou.

— Ótimo! — resmungou. — Só isso que eu precisava saber!

— Não desliga! — pedi. — Por favor, não desliga. Não tô recusando. A gente pode se encontrar. Hoje mesmo ou amanhã, se você quiser.

— Vai ter o confinamento — retrucou ela, exasperada.

— O quê, tá confirmado?

— Acabei de ver a notícia. — Diana voltou a bufar. — Por que você não pode falar por telefone mesmo? Segurança contra o quê?

Eu e Miguel entreolhamo-nos, creio que com receios espelhados.

— Depois de tudo, sei que é difícil, mas você vai ter que confiar em mim.

— Vou, é?

Aquilo gelou meu estômago.

— É um assunto longo e delicado. Precisa ser pessoalmente. Mas prometo que vou te contar tudo.

— Ah, agora seu irmão deixou?

— Por mim, ele pode ir se foder.

Ela não respondeu logo. Ignorei o olhar ressentido de Miguel.

— Engraçado essa sua insistência em não conversar por telefone — disse ela, mudando de tom. A nova abordagem foi um mau presságio. — Outro dia eu tava perto da árvore inexplicável e recebi o número de uma pessoa ansiosa pra falar comigo.

Miguel cerrou um punho na frente da boca, comprimindo os olhos e retesando a mandíbula, o rosto ficando subitamente vermelho. Busquei manter a calma. Não estava acostumado a vê-lo se desesperar assim.

— Diana, pelo amor de Deus, me diz que você não ligou.

— Ainda não.

Soltei a respiração.

— Não liga, por favor. A gente é amigo há quatro anos e *eu sei* que fiz merda com você, mas *nunca* ia mentir sem um bom motivo. Por favor, Di. Vou te contar tudo, mas precisa ser pessoalmente. É uma questão de vida ou morte, e não é uma hipérbole.

Novo silêncio estendeu-se do outro lado da linha. Miguel mal piscava, os olhos cravados na tela do meu celular, os segundos da chamada gotejando infinitamente.

— Se eu prometer não ligar pro dr. Rogério *por enquanto*, você me encontra depois do confinamento? — ela perguntou. — O governador decretou quinze dias.

— Com certeza. Posso ir até Guarulhos, se ficar mais fácil e...

— Não tô em Guarulhos — ela interrompeu friamente. — A gente combina.

Sem mais, desligou. Cambaleei para trás e despenquei no sofá, as pernas instáveis e as mãos trêmulas. Miguel andava de um lado para o outro qual um animal enjaulado.

— Satisfeito? — vociferei. Ele parou, estreitou os olhos para mim e voltou a andar, não se dignando a responder. Espumei. — Depois de tudo, agora vão atrás dela! Tá feliz? E ela, sem saber de nada, sem confiar na gente, obcecada por causa de uma curiosidade boba! Eu devia ir lá agora... ou amanhã mesmo...

— Já devem estar seguindo ela — Miguel volveu secamente. — É melhor eu, que já tô acostumado... — Ele balançou a cabeça. — Falar que a gente tem medo de ser seguido pode soar como desculpa, mas...

— Você não vai porcaria nenhuma — interrompi, esforçando-me para não gritar. — Sei me cuidar.

— E de responsabilidade, sabe alguma coisa? — rangeu Miguel. — Além de apontar dedos e reclamar, *o que você faz?*

Levantei-me de um salto e avancei nele de punhos cerrados. Tadashi interpôs-se em um reflexo, de frente para mim com as mãos espalmadas erguidas. Foi rápido o bastante para me deter; eu não bateria em meu cunhado, por mais que fosse tentador.

— A Diana não vai ligar.

Yoko nem alterara a voz e, entretanto, paramos e viramo-nos em sua direção. Fitava-nos com aquele seu ar superior de quem precisava de menos tempo do que o restante das pessoas para perceber A Verdade®. Eu normalmente achava-a sexy nessas ocasiões, mas não costumava ser o receptor daquele olhar. Vendo-se o centro das atenções, ela se sentou no sofá e encarou-nos.

— A Diana não vai ligar — repetiu, com igual placidez. — Ela recebeu o número do cara *outro dia*, conforme falou. Quando? Sábado ou domingo; ela trabalha fora durante a semana. Faz cinco dias. E não ligou ainda. Em vez disso, entrou em contato *com você*, Ti. Por quê?

Arrisquei um olhar a Miguel, irritando-me ao notar mais uma vez como meus instintos sempre buscavam nele cumplicidade, como se ainda fôssemos crianças. Ele, no entanto, continuou encarando Yoko em expectativa, com a mesma ruga entre as sobrancelhas. Voltei-me para ela, deixando minha impaciência dissolver-se no suspense. Ela parecia bastante satisfeita por ter esfriado os ânimos sem esforço. Recapitulei suas palavras, mastigando aquela lógica com um misto de esperança e descrença.

— Você acha...? — balbuciei, rei da eloquência.

— A Diana é inteligente e cautelosa — Yoko disse. — Deve no mínimo ter achado a abordagem esquisita. E relembrado da sua insistência de que vocês tinham bons motivos pra guardar segredo. Vai esperar pra te ouvir. Ela tá calculando os riscos, só não vai abrir mão da verdade. A tal da árvore inexplicável é a figueira do Burle Marx, pelo que você falou, né, Miguel?

— É.

— Então... a Diana tá voltando no Ibira pra tentar descobrir sozinha. Se expondo a essa gente. — Yoko hesitou. — Na verdade, é uma oportunidade boa pra conseguir mais informações sobre esses caras. A gente podia usar um pré-pago sem cadastro pra ligar. A Diana ajudaria, depois de ouvir a história inteira.

— *Fora de cogitação* — Miguel disse entre dentes. — Ninguém vai se envolver nisso, muito menos a Diana. Ir atrás deles é se expor, e já ficou claro que têm acesso ao governo e a vários órgãos públicos. A gente não tem como se defender...

— Lógico que tem! — Yoko protestou.

Miguel tomou ar para responder, fechou a boca e comprimiu os lábios, olhando-me de relance, então acomodou as mãos na cintura. Não se desentenderia com Yoko, por minha causa ou porque ela adorava tomar partido da postura não combativa dele.

— Se defender de uma agressão física é muito diferente de lidar com gente que pode mandar te grampear, bloquear suas contas, localizar seu celular. — Seu ar desgastado chegou perto de funcionar comigo. Quase senti pena. — Se você não entende a diferença, essa conversa não vai chegar a lugar nenhum, Yoko, porque não estamos falando do mesmo assunto. Não quero brigar. Já é ponto pacífico que caguei tudo com a Diana. Agora quero ver o que dá pra consertar disso. Vamos esperar esses quinze dias de confinamento.

Quinze dias. Não era tanto tempo assim.

16
Diana

A rua vazia era um cenário de filme pós-apocalíptico, mas não do tipo de uma hecatombe, e sim de *arrebatamento*, em que um monte de gente só desaparece, deixando a cidade às moscas.

Ajeitei o elástico da máscara atrás da orelha. Estava nervosa de ter saído após quase três meses fechada em casa, mas foi inevitável: o colégio exigiu minha presença para o treinamento do novo sistema de ensino à distância e eu dependia do emprego. Já fora um milagre não me demitirem, como acontecera a tantos colegas de profissão.

Tinha pelo menos algo pelo que ansiar; havia aproveitado a saída forçada para marcar *o encontro*. Depois da insistência reiterada para eu não ligar para o dr. Rogério, finalmente Tiago me daria respostas. Eu ainda não sabia se a aflição de estar na rua temperava minha ansiedade ou lhe dava vigor.

Avancei rumo ao parque Trianon. O marasmo daquela região normalmente conturbada, ainda mais às 17h32, já pleno horário de pico, me causava nervosismo. Se em fevereiro tivessem me dito que as ruas lotadas fariam falta, eu acusaria a pessoa de estar delirando. Já na atual conjuntura precisava admitir: embora detestasse as multidões, havia certo conforto nelas, no fluxo de gente apressada ignorando a minha existência.

Sem todo aquele caos dava para ouvir os passarinhos cantando aqui e ali, o que em outras circunstâncias seria legal. Agora, eu só pensava: *a que preço?* Milhares de vidas, dezenas de milhares. Quando os números parariam de subir?

Olhei para um lado e para o outro. Eu me sentia *vigiada*, mas nenhum dos transeuntes mostrava interesse em mim. Talvez algum morador dos prédios ao redor estivesse na janela, pegando um ar após o fim do expediente em home office forçado, e assistisse ao meu percurso lá do alto. Eu fazia isso vezes o suficiente para entender o apelo.

O alerta de mensagem me fez parar na esquina do Trianon, perto do portãozinho da Alameda Jaú, cuja existência quase ninguém conhece porque está sempre trancado. Ainda mais durante a pandemia, com todos os parques da cidade fechados.

Eu me agarrava ao celular como se ele fosse a janela para o mundo exterior. Na maior parte dos dias, era.

Mayara:

> Di, não vai rolar conversar hoje. O Chico morreu e tô muito mal. Desculpa.

> Aff, detesto trabalhar em zoológico.

Eu:

> Ele não se adaptou de jeito nenhum, né?

> Você sabe que não é culpa sua

> Se precisar desabafar, tô aqui

Não veio resposta. Precisei conter o impulso de ligar. Mayara claramente não queria falar sobre o assunto, ou não teria cancelado nosso papo. Considerei acrescentar alguma coisa, mas nada que me vinha à mente serviria de consolo. Depois de meses lutando pelo bugio, de quem ela conseguira se aproximar aos pouquinhos, perdê-lo assim devia ter sido um golpe. Ele havia parado de comer.

Enquanto mandava uma mensagem a Bianca, irmã mais nova de Mayara, pedindo para me avisar se minha amiga ficasse muito depressiva, acompanhei o gradeado do parque em direção à Consolação. Só subiria para a Paulista na outra esquina, onde não teria de ver a pontezinha que cruzava a Alameda Santos por dentro do Trianon. A memória da ocorrência e das mentiras que vieram depois ainda me causava calafrios, mesmo depois de todos aqueles meses. Não que o desvio bastasse para manter submersas as lembranças; a estação seca favorecia a proliferação de aranhas-do-fio-de-ouro. Em toda parte, havia teias enormes, entre galhos e postes de luz, e até entre árvores situadas de lados opostos do caminho concretado visível entre a folhagem, e todas atraíam meu olhar. Meus pensamentos seguiam uma correnteza caudalosa, me dragando para o vazio.

— Não, Marta, eu preciso recolher...

Estaquei. Pouco adiante, além da curva, lá dentro. *A voz de Miguel*. Não a ouvia fazia meses e, no entanto, a reconhecera como se fosse ontem. Eu havia marcado *com Tiago*, e na frente de casa...

— É, mas *eu* tô sobrecarregado — resmungou ele, com certeza ao telefone. — Não vai dar pra voltar aqui tão cedo. Se alguma ficar pra trás...

Ele andava ao falar, olhando para o lado com um ar aborrecido. Eu sabia disso porque, tão logo entrou em meu campo de visão, se interrompeu, congelando em meio ao movimento e arregalando os olhos. Apesar da máscara simples, daquele tipo usado por profissionais da saúde, eu apostaria que estava tão boquiaberto quanto eu. Seu cabelo havia crescido um bom tanto em relação à última vez em que o vira, ganhando ondas e um volume desgrenhado pelo vento.

— Desculpa, Marta, preciso ir.

Desligou o celular sem tirar os olhos de mim, engolindo em seco e o guardando no bolso. Chegou a dar um passo em direção à grade. Então, com um suspiro, abaixou a cabeça. Demorei a entender que, apesar de me reconhecer mesmo de máscara, ele estava saindo de cena, mergulhando outra vez naquele segredo. Desistiria de me contar a verdade? Daria mais desculpas?

Não soube o que senti. Por um lado, a curiosidade queria dominar a mágoa e se impor sobre as minhas ações. Ignorei o fato de que ainda não era o horário combinado com Tiago e quis cobrar as explicações que os dois haviam inventado mil pretextos para não dar. Minha segurança, uma ova. Por outro lado, *ele* bem tinha motivos para não me dirigir um "a". A dureza das minhas palavras naquela última ligação em dezembro ainda deixava um gosto amargo na minha boca. No entanto, *eu* não lhe devia desculpas e, se ele não queria falar comigo, eu não imploraria. Bufei e voltei a andar, apanhando o celular, pronta para ligar para Tiago e ver se ele já estava a caminho. Uma parte do meu coração ia ficando para trás, e me odiei por isso. Diminuí o passo. Talvez fosse melhor insistir, já que o acaso resolvera nos reunir, e forçar Miguel a me contar tudo imediatamente, para não correr o risco de deixá-lo mudar de ideia.

— Sabe, seria melhor deixar pra lá — a voz de Miguel soou grave. Parei. — Mas meu irmão tá muito mal desde aquele dia e você se pôs em risco.

Soltei uma risada rosnada pelo nariz.

— "Melhor"? Vai tomar no cu, Miguel. Não preciso de vocês.

Ele avançou, franzindo a testa e passando as mãos pelos cabelos com um olhar de desespero.

— Me ouve, por favor — pediu.

Cruzei os braços, inclinando a cabeça. Tentei não demonstrar o quanto a expectativa da conversa me desestabilizou. Sentimentos que eu vinha suprimindo por todo aquele tempo voltaram à tona como se os estivesse vivenciando pela primeira vez.

Miguel gesticulou na direção do portãozinho. Para minha surpresa, ele tinha a chave. Enquanto o abria, olhava de um lado para o outro, avaliando pessoas e carros da região com um ar cauteloso.

— Você tem autorização especial pra entrar aqui? — perguntei.

— Ajudo a controlar a população de aranhas — respondeu, baixo, e entreabriu o portão para eu passar.

Os músculos de seu pescoço trabalharam; ele engolia em seco. Meu próprio coração disparou em resposta ao seu nítido nervosismo, e as palavras angustiadas de Tiago no nosso último encontro me voltaram à mente, junto com seu desespero nas poucas e breves ligações, quando me suplicava para esperar o confinamento acabar. Quinze dias se estendiam a perder de vista. Embora ainda me revoltasse, os meses haviam embotado o pior do ressentimento, deixando espaço para a curiosidade voltar a reinar. E com o isolamento social eu me sentia tão, mas tão sozinha!

Miguel nos guiou pelo caminho até um banco onde uma mochila aberta repousava ao lado de uma prancheta com alguns papéis e uma caneta, longe das vistas da rua. Fora nós dois, o lugar estava deserto.

— Diana, eu... — Seu olhar encontrou o meu, a testa enrugada. — Mentir pra você foi uma das minhas piores escolhas, mas você precisa entender...

Lá vinha a enrolação.

— Eu não *preciso* nada! — cortei. — Era isso que você queria me falar? Insistir que sou incompreensiva e tenho que confiar em vocês sem ganhar nenhum voto de confiança em troca? Caramba, você não me respeita nem um pouquinho, hein?

Dei-lhe as costas, pronta para sumir dali, cortando caminho pelo mato mesmo, mas galhos começaram a estalar ao meu redor e, de repente, *a madeira se enrolou num dos meus pulsos*. Um suspiro e um "tsc" antecederam o som de passos atrás de mim. Eu me virei para Miguel, que havia cruzado as mãos às costas ao se aproximar. Parou bem à minha frente, cravando os olhos nos meus.

— Não, você não tá sonhando. Nem alucinando. Isso tá mesmo acontecendo. Seria melhor eu te deixar ir embora, mas você quer saber de qualquer jeito, não quer? O Ti ainda não se perdoou, então pode parar de culpar ele. Eu gostaria que você direcionasse todo o seu ressentimento pra mim e deixasse ele fora disso. No fim das contas, o maior escroto fui eu. — Gesticulou para meu pulso preso, torcendo o nariz. — E ainda tô sendo. Desculpa.

Pisquei várias vezes, puxando o braço a fim de libertá-lo. Meu olhar desceu para o galho enrolado ali como um tentáculo áspero. Acompanhei a madeira até a árvore de onde ela saía. Não importava o que fizesse, não conseguia mover um milímetro. A casca da árvore raspando minha pele era *real*.

Miguel recuou um passo. O galho que me prendia se desenrolou e retrocedeu, retornando a uma posição natural. Acompanhei a movimentação com os pés cravados no chão, consciente demais do contato para aquilo ser um sonho.

— Você quer saber como fiz isso. E quer saber dos transbordamentos e por que obriguei todo mundo a mentir pra você. — Miguel desviou o olhar para a teia mais próxima. Uma aranha descia devagar por um fio e pairou um instante entre nós até ele abrir a palma para deixá-la pousar. — Saber é perigoso, mas não mais do que duvidar da sua sanidade quando você tá sã. Queria me desculpar. Não quis fazer *gaslighting* nem nada do tipo... Agora, achar que perdeu a cabeça é um passeio na praia perto do que vai acontecer se você entrar em contato com esse dr. Rogério.

O tom sóbrio, em contraste com as palavras alarmantes, garantiu minha atenção e até mesmo minha devota paciência. Ele tirou da mochila um frasco cheio de furinhos, onde colocou a aranha, e rosqueou a tampa com cuidado.

— Aqui não é um bom lugar — continuou. — Mas tô disposto a contar tudo. Só me dá um tempo pra eu terminar isso.

17

A madeira tinha se enrolado num dos meus pulsos. Impossível! Como ele estava falando com tamanha calma depois de fazer... O que ele havia feito, afinal? Seu pedido de desculpas foi engolido pelo rugido do meu coração pulsando nos ouvidos. *Não, você não tá sonhando. Nem alucinando. Isso tá mesmo acontecendo.* Foram as últimas palavras que escutei direito e elas continuaram comigo como uma espécie angustiante de eco.

Como poderia estar mesmo acontecendo?!

Minha ansiedade criou... *tentáculos*?... e me envolveu até o limite do sufocamento.

— O que você precisa fazer? — perguntei, indicando o parque em torno. Minha voz quase saiu normal.

Eu esperaria *eras* sem arredar o pé dali. Se fosse para casa, ficaria olhando o teto e acabaria ligando para a psicóloga. Eu já estava batucando com a unha do dedão no celular, tentada a procurá-la na agenda.

— Recolher algumas aranhas-do-fio-de-ouro — respondeu, aparentemente alheio ao meu choque.

Voltou a olhar para cima, franzindo a testa. Sem dúvida inspecionava alguma coisa em meio às copas das árvores ou se esforçava para escutar algo.

— Pra quê?

— Eu vou dizer. *Não aqui.*

Após meses sem o menor contato, encontrá-lo me trazia um misto de sentimentos desencontrados, nem todos ruins. E a promessa de enfim saber a verdade me fazia praticamente tiritar de ansiedade, ainda mais depois da *demonstração*.

— O Ti não pôde vir?

Suas mãos se abriam e fechavam como se não soubesse o que fazer com elas.

— Eu precisava vir fazia semanas e, quando você ligou pra avisar que o colégio exigiu sua presença, pareceu a melhor oportunidade.

Bufei. Deveria ter imaginado que Miguel, o *control freak* por trás de todas as mentiras, desejaria estar no controle dessa conversa também.

Seu olhar voltou ao meu um instante, antes de se fixar em algum ponto atrás de mim.

— O Ti *queria* te encontrar. Foi difícil convencer ele de que seria má ideia. — Fez uma careta. — Não posso continuar falando aqui; teria de me concentrar demais no entorno pra conseguir conversar direito sobre esse assunto. Em outra época, eu te daria uma carona até em casa... Com a pandemia fica complicado dividir o espaço do carro. Quer ir primeiro e eu te encontro na frente da sua casa às sete, como você tinha combinado com meu irmão?

Troquei o peso de perna, talvez tão desconfortável quanto Miguel demonstrava estar, embora com certeza por motivos bem diferentes. Além de todo o resto, a estranheza de encontrar uma pessoa ao vivo persistia mesmo depois da minha visita ao trabalho, e era agravada pela imensidão de mágoa com ele em especial.

— Se você não se importar, a gente pode ir a pé — falei. Ele franziu a testa.
— É uma caminhada e tanto, mas não quero te dar a chance de mudar de ideia.

Piscou duas vezes. Surpreso? Como era difícil ler a expressão de uma pessoa só através dos olhos! E a falta de convivência presencial não me habituava a esse novo sistema de interação.

— É arriscado falar na rua — reiterou, desviando o olhar de novo. — Já não basta o risco de ir na sua casa no meio da pandemia. A nossa conversa real só começa quando a gente chegar, tá bom?

Assenti prontamente. Enquanto ele se afastava, murchei, baixando o olhar para a tela, desbloqueada sem eu ter me dado conta, o contato da dra. Verônica ao meu alcance. Era impossível um galho ter se enrolado no meu pulso.

— Eu me lembro da asma da sua mãe. Hoje foi a primeira vez que saí de casa desde o começo da quarentena. Se o vírus tiver em algum lugar, é em mim. Chego, tomo banho e fico longe de você.

Miguel concordou, então se voltou para onde tinha deixado a mochila. Eu me sentei na ponta do banco, querendo me distrair com o celular, mas incapaz de prestar atenção. A princípio, rolei o feed das redes sociais. No entanto, depois de ler a mesma frase três vezes e ainda não ter noção do que falava, desisti. Eu *queria* observá-lo e entender como raios estava fazendo aquilo. Bastava que ele parasse ao lado ou embaixo de uma teia e estendesse a mão aberta para a aranha vir até sua palma e entrar de bom grado no invólucro. Miguel parecia ter vários na mochila. Em seguida, destruía a teia inteira e acendia um isqueiro sob a seda emaranhada. Não sobrava resquício algum que eu pudesse identificar.

Qual a finalidade daquilo? Como ele decidia qual aranha recolher e qual deixar? E qual a razão de tanto suspense?

Acariciei o pulso. A memória do atrito áspero da madeira permanecia na minha pele. Nas costas da mão direita, um vergão vermelho se prestava a provar que não fora um delírio. Voltei a fitar o galho, não muito alto, de superfície irregular, com alguns brotinhos de folhas. Parecia firme naquela posição. Havia de fato *agarrado o meu braço?!* Acreditar nisso soava absurdo e, ainda assim, ali estava o vergão, inexistente até minutos antes.

— Desculpa por isso. — A voz de Miguel, muito baixa e próxima, me despertou das reflexões com um sobressalto. Ele fechava a mochila, me olhando com um ar consternado. Fitei o vergão, então o encarei outra vez. — Foi sem querer. Deve ter sido na hora de te soltar. E desculpa por te segurar daquele jeito.

— Aquilo aconteceu de verdade? — murmurei.

Um vinco profundo surgiu entre suas sobrancelhas. Ele baixou os olhos e bufou, exasperado, levando as duas mãos aos cabelos.

— Meu Deus do céu, eu fodi mesmo com a sua cabeça. Não é à toa que o meu irmão mal olha na minha cara. — Ele colocou uma alça da mochila sobre o ombro e a jogou para as costas. — Vem cá.

Eu o segui sem abrir a boca, como se caminhasse no limiar entre o sono e o despertar. Seu tom culpado não foi nem de longe o suficiente para me apaziguar, mas ao menos ele enxergava seus erros.

A menção ao irmão me causou um misto de sentimentos. Por um lado, tive pena de saber que os dois não estavam em bons termos. Por outro, me irritei um pouco com Tiago — era muito fácil jogar todo o peso nas costas de Miguel e sair daquela história no papel de baluarte da justiça, como se não tivesse compactuado com a mentira para começo de conversa.

Paramos no meio de um aglomerado de árvores, escondidos pela folhagem espessa. Meu coração deu um salto quando ergui os olhos e o peguei me encarando. Engoli em seco, desviando o olhar para sua mão comprida, que, devagar, agarrou um ramo ressequido na árvore mais próxima e o partiu. Então Miguel o segurou na altura do peito apenas com o polegar e o indicador, entre nós dois.

— Filma — sussurrou. Soava triste, derrotado. — Com a casca da árvore em segundo plano, sem pegar a minha mão. E, se a câmera do seu celular desfocar o fundo, melhor.

Configurei como Miguel pediu, deixando a tela visível para ele. Meu coração retumbava de expectativa. Ele assentiu.

— Não fala nada enquanto tiver gravando, tá? Para todos os efeitos, qualquer pessoa que vier a pegar seu celular e vir esse vídeo, é um *timelapse*. Mas *você* vai saber que não é. Entendeu?

Ele me esperou aquiescer para, ele mesmo, acionar o comando de gravação na tela. Como mágica, o graveto começou a brotar e folhinhas surgiram nas pontas e nos brotos de galhinhos adjacentes, aparecendo bem diante dos meus olhos, como num dos documentários do Discovery Channel a que meu pai nunca se cansava de assistir. Conforme prometido, não dei um pio — nem conseguiria, pois perdi a voz e o ar. A coisa toda durou uns quinze segundos, ao fim dos quais Miguel parou a gravação e me entregou o galhinho.

— Quando duvidar de novo, pega isso e assiste ao vídeo. Essa história fica entre nós, tá bom? É perigoso.

— Por quê?

— A gente conversa na sua casa.

Ele deixou o abrigo da folhagem e cruzou o mato de volta para a trilha concretada. Dessa vez, quando pousou a mochila em outro banco e se aproximou de novas teias para continuar o trabalho, limpei as mãos e os antebraços com álcool, além da tela do celular onde ele havia tocado, e passei a pegar os recipientes vazios e lhe entregar. E, enquanto Miguel guardava as aranhas, eu destruía as teias com um graveto comprido para, em seguida, ele apagar os resquícios com o isqueiro. Respeitamos o distanciamento social ao longo da curiosa atividade, o que só tornava aquela experiência ainda mais surreal.

Trabalhamos praticamente sem trocar uma palavra, além de pontuais monossílabos. Não sabia o que pensar.

Já estava escuro quando acabamos. Miguel indicou a saída da Paulista, para onde nos dirigimos.

— Meu carro tá no estacionamento do Conjunto Nacional. Não posso demorar, porque vou precisar subir pra ir embora.

— Você parou longe daqui, hein?

— É pra ter certeza de que não estão me seguindo.

Olhei para trás e para os lados no cruzamento. As poucas pessoas e carros circulando só pareciam preocupados com a própria vida. Seu receio não passou para mim — *quem* na vida real temia ser seguido, se não tivesse acabado de sacar dinheiro num caixa eletrônico?

Talvez alguém capaz de fazer uma planta crescer em segundos, o que levaria vários dias, o galhinho em minha mão me lembrou. Eu havia sublimado o choque; sobrava apenas uma necessidade quase física de saber o resto.

— Você se mudou antes da pandemia? — perguntou Miguel, após duas quadras de silêncio.

— Uma semana antes da coisa ficar feia — respondi.

Ele franziu a testa, me olhando de esguelha antes de voltar a vasculhar a calçada vazia e as lojas fechadas à nossa frente. Permanecia vigilante, embora disfarçasse bem para quem não o visse de perto.

— Como você tá lidando com tudo isso sozinha? Não deve ser fácil.

— No começo, achei ótimo — admiti, envergonhada. — Nunca tive um espaço só meu, nem silêncio quando precisava. Mas tenho muita saudade da minha irmã.

— E dos seus pais não?

Dei de ombros.

— Às vezes — murmurei. — É mais fácil gostar dos dois quando não preciso conviver com eles.

Miguel não comentou. Em dado momento, tirou o celular e abriu a câmera frontal, parando e posando como se fosse tirar uma selfie. Eu *nunca* o teria imaginado como alguém do tipo, até porque não o vira fazer isso em nenhuma das vezes que saímos juntos. Então percebi que ele o usava para espiar a rua atrás de nós. Vira para cá, a calçada da ciclovia, vira para lá, a travessa, vira de novo, a calçada do outro lado.

E eu havia me sentido maluca por ter achado que alguém me seguia no Parque Ibirapuera, naquele sábado fatídico. Certa revolta ferveu dentro de mim e, ao mesmo tempo, veio o frio na barriga de imaginar que havia uma motivação real para tamanha paranoia. Pensei no cara que me deu o cartão do dr. Rogério, seus modos afáveis, nada ameaçadores.

Quando se deu por satisfeito, guardou o celular e voltamos a caminhar sem pressa. Olhou-me de esguelha e engoliu em seco. Preparava-se para falar algo além da mesma ladainha de antes?

— Você nunca agiu assim — comentei. — Quando a gente saiu e tal...

— Quando a gente saiu eu não tava de serviço — explicou, arriscando um olhar para mim. — Desculpa, Diana. Por tudo. Proibi meu irmão de te contar, como falei aquele dia por mensagem. Era pra te proteger, juro. A gente tem sido caçado e já foi complicado quando a Yoko e o Tadashi se envolveram... Se bem que não tava tão ruim há uns anos, quando o Ti me encheu a paciência pra contar pros dois.

— Você não tá explicando nada, só tentando me convencer a desistir de saber. Não vai dar certo.

Miguel suspirou, passando o cabelo para trás da orelha e ajeitando a mochila nas costas. Pensei nas aranhas vivas que carregava ali dentro. Com qual finalidade?

— Primeiro queria me desculpar por ter mentido. E ficado com você depois de te enganar. Isso não me desce até hoje. Como fui baixo...

— Ficar comigo era parte do plano? — perguntei, tentando não cuspir fogo pelas ventas. Uma pontada no peito me fez questionar se tinha mesmo estrutura emocional para aquela conversa. — Você percebeu que eu te vi, lá na FFLCH, e aí fingiu que tava interessado em mim pra disfarçar o negócio das ocorrências?

— *Não*. — Miguel pareceu ultrajado, mas a reação foi como um fósforo riscado rápido demais, apagado antes de a chama se firmar. Ele encolheu os ombros. —

Eu não pensei... Já não tava me sentindo bem de ter mentido no carro. Sentado do seu lado no sofá... Quis sair pra me conciliar com a minha decisão. Mas aí...

— Eu pedi pra ir junto.

Seu olhar encontrou o meu um instante, então voltou para a rua.

— Eu não *gostei* de mentir pra você. Mas tinha o consolo de que era melhor assim, você ficaria a salvo... E então a gente tava lá no jardim, tão perto, e daí você me olhou daquele jeito... Não pensei em mais nada. Foi cretino da minha parte, eu sei.

Pelo menos meu ego frágil continuava intacto, por enquanto. Miguel parou outra vez e fez todo o teatro de fingir que tirava selfies. Sua cautela finalmente me afetou, instigando a minha.

— Quem persegue vocês?

— Empresas farmacêuticas. Agropecuaristas. Políticos. Gente grande e sem escrúpulos. Se soubessem quem somos, já estaríamos mortos. Ou num laboratório, servindo de cobaia.

— Se não sabem quem são vocês, por que o medo de ser seguido?

— Ficam de tocaia nos lugares onde os... os fenômenos que você observou costumam ocorrer. Tipo o cara que te abordou no Ibira. Não sei se isso mudou durante a pandemia, com as ruas tão vazias. Agora tá fácil perceber se tem alguém prestando atenção na gente. — Miguel meneou a cabeça quando indiquei a plantinha. — Tenho certeza de que não tinha ninguém dentro do Trianon; só não sei se não tavam vigiando o lado de fora. — Ele me olhou de lado. — Ainda dá tempo de esquecer tudo isso, Diana. Agora você sabe que viu mesmo... o que viu... e que não enlouqueceu nem sonhou. Te dei provas. Expliquei meus motivos pra mentir. Você não pode só deixar pra lá?

O tom da última pergunta, quase uma súplica, me fez hesitar.

— Se é tão horrível eu saber a verdade, por que você concordou em me contar?

Ele abaixou a cabeça, cerrando os punhos.

— Você não me deu escolha! — rangeu, exasperado, então balançou a cabeça e controlou o tom. — Te ofereceram dinheiro e respostas em troca da sua ajuda, né? Quem já caiu nessa não terminou bem.

Renunciar a uma explicação completa desafiava todos os meus instintos, enquanto desconsiderar seus avisos contrariava meu senso de autopreservação. Eu queria a verdade a ponto de ter de olhar sempre por sobre o ombro, temendo uma ameaça invisível que poderia nunca se concretizar?

Entretanto, eu acompanhava Miguel naquele instante, assim como meses antes. Se alguém nos houvesse visto e de algum modo descoberto suas habilidades, como saberia que eu desconhecia a história inteira? O Genérico, o homem que estivera me seguindo no Ibirapuera da primeira vez, e a forma como me olhou em reconhecimento na frente do banheiro voltaram à minha mente. No final das contas, se aquilo tudo não fosse um drama só para se livrar de mim, talvez eu já estivesse em risco.

Fiquei girando o galhinho verdejante nos meus dedos enquanto refletia, consciente de seu olhar sobre mim.

— Miguel, obrigada pelos avisos. Levei todos em consideração, juro. Mesmo assim, quero saber... *tudo*, incluindo como você fez isso. — Acenei com a planta na minha mão direita, o vergão ainda visível.

Comprimindo os lábios numa linha fina, ele assentiu.

18

Como é de praxe no centro histórico de São Paulo, o prédio onde eu morava era antigo, sem elevador, com uma fachada que não via uma pintura desde o Brasil Império. Minha quitinete ficava no quarto andar. Esse conjunto de fatores negativos me garantia a possibilidade de pagar o aluguel, então eu nem reclamava. E a parte de dentro do apartamento estava em excelentes condições, com banheiro de azulejo novo, piso laminado no resto e armários de cozinha bons.

Subimos os degraus intermináveis, outra vez em silêncio. O eco de nossos passos amplificava a ansiedade já ressonante dentro de mim. O raminho em minha mão tinha o peso de uma grande verdade oculta, cuja superfície eu acabava de tocar. De repente, me lembrei do episódio dos bêbados perto da faculdade de educação da USP. Então a raiz se movera *mesmo*?

— O Ti é igual a você, né? — sussurrei, esbaforida pelo esforço.

O sedentarismo compulsório tinha deixado minhas pernas moles depois da caminhada, e meu fôlego como o de uma fumante de setenta anos.

— É de família...

Chegando ao patamar, tirei a chave da bolsa e fui para a minha porta, a 401. Destranquei-a, tirei os sapatos e só pisei do lado de dentro de meia, levando-os direto para o tanque. Miguel também entrou de meia, porém abandonou os tênis do lado de fora, sobre o capacho.

A quitinete de trinta metros quadrados pareceu ainda menor com ele ali, parado à porta. Tranquei-a, puxando um banquinho para ele se sentar, e corri para tomar uma ducha rápida. Não era a atitude mais educada do mundo, mas não queria me trocar sem me lavar nem encostar na escrivaninha ou na cama com a roupa da rua.

Lavei a máscara e a calcinha no chuveiro e, fora isso, levei menos de quinze minutos debaixo da água, e cinco para me secar e me vestir. Quando voltei, Miguel continuava onde o tinha deixado, tentando ler à distância os títulos dos livros didáticos na minha mesa.

— Como tá dar aula em EaD? — indagou.

— Sob alguns aspectos, é melhor, e sob outros, bem ruim.

Eu me sentei na cama, enxugando o cabelo. Ele me contemplava com um ar indecifrável.

— Por exemplo?

— Não tenho que desperdiçar meia aula negociando com trinta pré-adolescentes pra eles ficarem quietos. Minha voz agradece.

— Por outro lado...?

— *Os pais* dessa molecada estão descobrindo como é fazer isso. Querem as aulas presenciais de volta a todo custo. Vários têm certeza de que a covid é uma grande conspiração.

Ele torceu o nariz.

— Essa grande conspiração tá mantendo os pais da Yoko em plantões de 72 horas por 24 de folga — disse.

Eu bem imaginava; tanto a dona Tânia quanto o seu Satoshi trabalhavam no Hospital das Clínicas. Lá devia estar um caos.

— Tomara que eles fiquem bem.

Miguel assentiu, baixando os olhos para as mãos unidas no colo. Observando melhor, ele parecia abatido. Exibia olheiras profundas e perdera uns bons cinco quilos, que já não tinha sobrando. A pandemia também não devia estar fácil para ele.

— Não tenho respostas satisfatórias pra tudo — começou, baixo. — A ciência atual não tem nem ferramenta pra estudar os transbordamentos. Sobre as minhas habilidades, a gente sabe que elas envolvem o sistema nervoso central, mas *como* a atividade elevada nessa área se traduz no que te mostrei continua um mistério. Você queria saber se isso é genético, certo? Sim. Nasci desse jeito. — Hesitou, me espiando de esguelha, e outra vez desviou o olhar para as mãos unidas no colo. O vinco fundo de sempre surgiu entre suas sobrancelhas. Dava para ler naquela faixa de rosto sua dificuldade em encontrar o melhor modo de prosseguir. — Os transbordamentos... Hã... As aranhas-do-fio-de-ouro, como algumas outras espécies, têm uma capacidade de... Não tenho um termo bom para isso. Elas se sentem atraídas pra lugares específicos onde existe um tipo de energia em abundância. Essa energia não é acessível pra gente, mas essas aranhas... É como se elas rompessem alguma coisa no... no tecido da materialidade, por assim dizer. — Miguel esfregou as costas da mão na testa. — Me dá água, por favor?

Eu me levantei num salto e voei para a geladeira, pedindo desculpas por não ter oferecido antes. Não tinha prática em ser anfitriã. Servi um copo para cada um e deixei a garrafa ao alcance de Miguel. Ele segurou o elástico de um dos lados da máscara e o tirou para beber de uma golada só. Parecia ter acabado de escapar de uma tempestade de areia no Saara ao meio-dia. Serviu-se outra vez e entornou tudo de novo, e em seguida devolveu a máscara ao lugar.

— Obrigado — repetiu, pousando o copo ao lado da garrafa. — Eu e meus pares temos tentado criar uma nomenclatura que pareça menos saída da ficção científica. — Seus olhos se enrugaram nos cantinhos, indicando que sorria. A seriedade logo voltou, entretanto. — Onde eu tava?

— Nas aranhas abrindo um portal pra roubar energia de outra dimensão — falei, concedendo um sorriso. — Estilo *Os próprios deuses*, do Asimov.

Miguel relaxou um pouco a postura tensa.

— Árvores produzem um tipo de energia que a ciência atual desconhece — explicou. — Além de respirar e fazer a fotossíntese, existem outros processos. Alguns, os cientistas conseguem identificar, apesar de ainda não estabelecerem as associações necessárias pra compreender direito o que acontece. Os botânicos da minha gente também não chegaram lá, mas ser capaz de enxergar os transbordamentos ajuda eles a avançar um pouco mais. O que eu sei: as nevoazinhas coloridas são um tipo menor de transbordamento, que as aranhas *comem*. Não é exatamente alimentação como entendemos, mas é o melhor que dá pra descrever sem termos adequados. Uma mistura de alimentação animal com fotossíntese, na verdade. — Hesitou, inclinando a cabeça como se para indicar que fazia uma concessão. — A maioria das pessoas não vê porque não consegue. Enxergariam, se soubessem que tá lá e prestassem atenção, mas só um brilho translúcido, muito tênue, algo fácil de atribuir a um truque da luz e depois nunca mais pensar no assunto.

— Por que eu consigo...? — perguntei.

— Não tenho certeza. — Ele pausou, franzindo a testa e desviando o olhar. — As aranhas que interagem com os transbordamentos ficam marcadas de um jeito... só identificável pra gente como eu.

— Essas que você recolheu hoje? — perguntei. Ele concordou com a cabeça. — E o tipo de transbordamento do Ibira aquele dia? — Miguel arqueou tanto as sobrancelhas que elas desapareceram sob seus cabelos. — Por isso você foi embora, né? Nada a ver com a asma da sua mãe.

— Caramba. — Sua testa continuava enrugada. — Descreve como você enxerga, por favor.

Falei da melhor maneira possível, embora sem grande eloquência. Miguel ficou nitidamente estarrecido. Seus dedos compridos tamborilavam o joelho coberto pela calça de sarja preta num ritmo cada vez mais rápido.

— Aquilo pra mim foi a prova de que eu tava louca. — Desviei o olhar, balançando a cabeça. — Na noite anterior, tinha visto uma raiz sair do lugar. Agora sei que foi o Tiago. Mas daí, na tarde seguinte... vi o transbordamento no parque e... Surtei.

— ... Surtou? — De novo o vinco entre as sobrancelhas, acompanhado de uma desarmonia frágil na voz grave.

Assenti, pondo os pés em cima da cama e abraçando os joelhos dobrados contra o peito.

— Depois que você foi embora... achei que tava sendo seguida — murmurei. Miguel se retesou. Contei o episódio inteiro envolvendo o Genérico, até quando Nati veio me buscar e fomos encontrar minha psiquiatra. — Comecei a tomar a clozapina naquele dia mesmo.

Miguel me encarava sem piscar. Então suspirou, passando as duas mãos no cabelo e as juntando na nuca.

— Meu Deus... — sussurrou. — Nunca imaginei. Entendo por que você cortou relações, Diana... Não existe nenhum modo adequado de te pedir desculpas por tudo isso... E esse homem, você viu ele de novo depois de sair do banheiro com a sua irmã? Foi ele que te deu o cartão daquele médico e insistiu pra você ligar?

— Não, foi outro cara.

Ele soltou um suspiro de alívio. Balançou a cabeça pela milésima vez, esfregando a testa e comprimindo os olhos, que brilhavam quando os abriu.

— Eu tinha tanto medo de te pôr em risco, e no fim...

— Pega essa culpa que você tá sentindo e converte ela em explicações — pedi. —Eu *preciso* entender. O que foi aquilo na árvore inexplicável?

— Outro tipo de transbordamento. Ali é uma das regiões de maior concentração dessa energia que eu tava falando, em toda a Grande São Paulo. Algumas árvores centenárias fazem isso periodicamente. — O vinco entre as sobrancelhas se aprofundou. Dava vontade de passar a ferro. — Nunca vi outro grupo de pessoas, fora de famílias como a minha, enxergar esse gênero de transbordamento...

Isso explicaria por que a princesa Elsa e seus pais continuaram sob a árvore tirando fotos como se nada houvesse mudado. E por que aparentemente a câmera que usavam não captou nenhuma anomalia. E pensar que eu não poderia contar nem a Mayara nem a Nati que nossa expedição ao Ibirapuera não adiantaria de nada, mesmo se eu tivesse visto naquele dia...

Então árvores produziam uma energia ainda desconhecida da ciência, e algumas centenárias transbordavam com regularidade. E em alguns lugares aranhas *comiam* essa energia especial e acabavam "marcadas". Se ele se dava ao trabalho de contar essa história toda, devia se relacionar de alguma maneira com seus poderes sobre plantas, mas como? E o que me separava deles? Por que eu via os fenômenos, mas não tinha essa habilidade mágica? Ante o olhar paciente de Miguel, resumi esses pensamentos e dúvidas. Ele balançou a cabeça; não sabia.

— Não são só pessoas como eu e minha família e algumas espécies de aranha que têm consciência e tiram proveito dessa energia resultante dos transbordamentos. — Miguel engoliu em seco, cravando os olhos em mim num misto de indecisão e desafio. — Sou o responsável por um bando de uma espécie de primatas neotropicais nativa da Mata Atlântica, em perigo crítico de extinção. A gente chama eles de abaobis. Tem trezentos e três indivíduos no mundo, todos no Brasil. Mas você nunca leu sobre eles e nem vai ler, porque, pra todos os efeitos, não existem. Nem têm nome científico. Eu e outras famílias iguais à minha protegemos esse segredo e, sempre que uma pessoa de fora é informada, todos são notificados. Desde que voltei pra São Paulo, eu decido quem pode saber, na nossa região. Por favor, Diana, não faz eu me arrepender de ter te contado. Eles são criaturas muito especiais. Os pesquisadores que querem entrar em contato com você... estão tentando pôr as mãos em espécimes há tempos.

Franzi o cenho.

— O que *macacos* têm a ver *comigo* e com os transbordamentos? Eu nunca nem vi... — Parei de falar. Uma imagem me veio à mente de súbito. — Eles são azuis?

As sobrancelhas de Miguel se arquearam e seu tronco inteiro se retesou a olhos vistos, quase como se estivesse preparado para fugir. Ou atacar.

— De onde... você tirou essa ideia? — Mal conseguiu disfarçar o estado alarmado na voz.

Resumi o episódio de anos antes, na serra, e o fato de tanto Mayara quanto Natália haverem zombado de minha insistência em ter visto um bando de macaquinhos de pelagem azulada. Os olhos de Miguel clarearam com imediato reconhecimento. Fiquei grata à minha irmã por trazer essa ocasião à tona naquela primeira consulta com a dra. Verônica, ou jamais me lembraria.

— Eu tava na faculdade ainda. — Miguel soltou o ar de um modo que soou meio como um suspiro, meio como um riso incrédulo. — O Igor me ligou nervoso porque alguém que não conhecia viu eles. Acho difícil ser outra pessoa, mas que coincidência bizarra...

— Então tem um bando desses abaobis na serra a caminho da praia? — perguntei.

Miguel torceu o nariz, assentindo a contragosto. Soltou o ar pesadamente e se voltou para a garrafa de água. Sua mão tremia. Uma espécie mantida em segredo e ele a revelou para mim. E um monte de gente saberia disso. Por mais fantástica que aquela história soasse, era difícil me manter cética, após o ter visto fazendo o raminho brotar. E o galho agarrar meu pulso. Além disso, seu tremor e suor de nervoso ajudavam a corroborar a narrativa.

— Tá com fome? — perguntei. — Fiz quiche de alho-poró ontem.

— Passei o dia inteiro fora de casa e não tive coragem de comer em lugar nenhum. Eu agradeceria.

Devia ter achado que eu tomava cuidado o suficiente, se estava disposto a comer em casa. Ou a fome o estava devorando. Eu me levantei e liguei o forno para esquentar a quiche.

— Hum... desculpa, mas não tem bacon não, né?

— Não, fica tranquilo. Não ia te oferecer nada com carne.

— Obrigado. Não lembrava se cheguei a falar que sou vegetariano.

— Conheço o Tiago há muito tempo e sei que a sua família toda é. — Apoiei o quadril na pia e cruzei os braços. — Então os aba...?

— Abaobis.

— Qual a relação entre eles e os transbordamentos? Eles são invisíveis? Por que só eu vi e as meninas não? Tinha um na árvore quando tentei mostrar...

Miguel torceu o nariz, semicerrando os olhos com um ar pensativo.

— Hum... Eles *não gostam* de humanos, entende, e costumam se afastar ou se esconder. As árvores transbordantes são importantes pra espécie por vários fatores: as aranhas marcadas constituem uma parte importante da dieta dos abaobis, e, quando eles estão com resquícios de uma no organismo e a energia excedente verte, se curam de ferimentos e doenças. Não imagino como. Além disso, quando estão na árvore eleita, não ficam visíveis a humanos comuns. Quando a figueira do Burle Marx que você chama de *árvore inexplicável* transborda, ficam agitados, porque ela faz todas as outras transbordarem. Se estão sofrendo de qualquer coisa, a cura é muito rápida, e aí sentem *dor*. Isso resulta em agressividade, o motivo de eu ter saído correndo do Ibira no meio do nosso encontro. Que fiasco. — Ele me olhou de viés, assentindo quando fiz uma careta. — Bom, mais alguma dúvida?

— Por que você mentiu pra mim? Como...? Entendo que não é uma história pra se espalhar aos quatro ventos, mas... era só me dizer que viu e não sabia o que era. Precisava me fazer achar que tava tendo alucinações?

Miguel desviou o olhar para as mãos, novamente unidas no colo.

— Quando te vi de olho na teia da FFLCH... achei que você era uma das pessoas que fica à espreita, sabe? — Balançou a cabeça. — E depois o Ti pediu pra eu te dar carona. Meu Deus, tive certeza que a gente tava ferrado... A sua ignorância sobre os transbordamentos na noite seguinte me aliviou de um jeito que você não faz ideia. Daí menti pra não te trazer pro meio disso. Parece muito legal, contando só a parte das energias das árvores e dos abaobis, mas a perseguição silenciosa que a gente sofre já matou pessoas...

Lembrei-me da ocorrência do dia quando nos conhecemos, de como ele tinha me olhado pelo retrovisor e feito questão de que eu visse sua blusa, de que eu soubesse que me reconhecera. Tentei enxergar tudo de seu ponto de vista. *Eu havia parecido uma ameaça potencial.* Justo eu, mais indefesa do que um gatinho bebê. Minha mente revirava aquelas informações tão fantásticas, as esmiuçava com avidez. Como aquelas histórias mataram pessoas?

Ele coçou o cabelo, suspirando.

— Não te conheço o suficiente. — Uma das suas pernas tremelicava. — Você é amiga do Ti desde o início da faculdade. Ouço seu nome há um tempão. Mesmo assim, se tivesse no meu lugar, não teria nenhum escrúpulo em revelar tudo isso...? Por favor, tenta me entender, Diana. Sei que fui babaca, mas o que você faria?

Aproveitei para tirar a quiche do forno e servir um pedaço para cada um, e assim, evitar responder; não sabia o que falar. Voltei para a cama, cruzei as pernas e coloquei o prato no colo antes de tirar a máscara. Ele pediu licença para jogar a sua no lixo, lavou as mãos e se acomodou, dando uma garfada.

— Nossa, você cozinha bem — comentou com um ar incerto, numa tentativa de fazer as pazes ainda tingida de arrependimento.

— A fome é o melhor tempero — retruquei. A quantidade de perguntas rondando minha mente tornava difícil escolher a seguinte. Acabei voltando ao assunto dos receios de Miguel: — O que o povo mau caráter quer com vocês, exatamente?

— Eu te mostrei uma das minhas habilidades. — Miguel estendeu o braço e apanhou o raminho. No mesmo instante, as folhas secaram e caíram, até só restar um graveto. — A gente pode fazer árvores crescerem em poucos dias. Morrerem, em minutos. Pode desmatar áreas inteiras pra abrir espaço pra pasto. Ou plantação de cana, soja, laranja, vá saber... Ou criar áreas grandes de reflorestamento, que sem dúvida alguém ia querer cortar pra vender madeira. Fazer crescer... maconha? Coca? Além disso, os abaobis em si são uma descoberta incrível. Consegue imaginar o quanto pagariam pra estudar o corpo deles e descobrir como se curam rápido? Ingerindo uma aranha? Esse tipo de gente não pensa em nada além de cifrões.

Miguel terminou de comer de cabeça baixa e ombros caídos, depois pediu para usar o banheiro, pondo uma máscara nova. Enquanto isso, lavei a louça, repassando a conversa e refletindo. Era informação demais para assimilar. E eu acreditava nele, pelo menos enquanto ainda não estava sozinha e não questionava minha percepção da realidade.

— Preciso ir — falou, meio sem graça, ao reaparecer. — Ainda tenho que pegar o carro.

— Tá bom. Obrigada por me contar. Não deve ter sido fácil... Posso pedir uma coisa? Tira uma selfie comigo? Só pra eu ter uma prova de que você veio aqui e essa conversa aconteceu mesmo.

Sua expressão induziria alguém de fora a acreditar que eu lhe dera um soco no estômago.

— Você ainda... tá duvidando da sua cabeça?

— Agora não, mas quando você for embora, não sei. — Troquei o peso de perna, desconfortável com sua atenção culpada. — É uma história surreal, né? Poderes mágicos, uma espécie secreta, aranhas que comem energia... — Balancei a cabeça. — Qualquer pessoa normal já ficaria com o pé atrás.

— Você é normal.

— Modo de falar. Mas tenho mesmo algumas condições neuroatípicas, agravadas com aquilo tudo em novembro e dezembro, e não consigo me tratar porque não tem jeito de convencer minha médica e minha psicóloga de que as ocorrências não eram fruto da minha imaginação... Só aumentariam a dose do remédio. Enfim, lido com isso como dá... Selfie?

Miguel concordou. Posicionei o celular de modo que a câmera pegasse minha cabeça e ele inteiro atrás. Agradeci.

— Passa seu número — pediu.

Sem sair do lugar, mandou mensagem:

Número desconhecido:

> Quiche incrível! Depois me passa a receita?

— Pronto. Mais uma prova de que vim aqui — disse ele, engolindo em seco. — Hã... a Gabriela, esposa do meu pai, é psicóloga... e uma de nós. Então se você quiser posso marcar um horário pra você com ela. Te levo lá, mas você vai precisar de uma máscara igual a minha pra gente dividir o carro. Essa de pano não adianta muito em ambientes fechados. O consultório fica na casa deles, no jardim durante a pandemia, então não tem perigo... Que tal?

Meus olhos queimaram.

— Puxa, obrigada! Aceito, sim.

Miguel aquiesceu, rígido.

— Ela vai entrar em contato.

Agradeci de novo. Durante minha infância, minha mãe havia me ensinado que pedir desculpas e não fazer nada para reparar o mal causado era vazio. Miguel devia ter recebido a mesma lição. Ele me fitava como se quisesse dizer alguma coisa e estivesse indeciso quanto ao melhor modo de fazer isso.

— A Gabriela é ótima — disse, por fim, tateando. — Só toma cuidado com o jeito de falar, porque, ao contrário de você, ela tem esquizofrenia *de verdade*. Um tipo mais leve que tá sendo tratado, então ela pode clinicar.

Tiago nunca me contara. Fiz uma careta ao me lembrar de minhas palavras na faculdade, uma mais preconceituosa do que a outra. Prometi não deixar minha língua idiota ofendê-la ou magoá-la e então perguntei quanto ela cobrava. Miguel arregalou os olhos e piscou duas vezes. Desconcertado?

— Não se preocupa com isso.

Se era falta de educação ou não, concordei sem insistir no assunto. Eu estava morando num lugar simples a fim de juntar dinheiro para alugar um apartamento de dois quartos com minha irmã. Não gastar com terapia seria ótimo.

— Avisa quando chegar no carro e depois em casa — pedi, destrancando a porta. — Obrigada... Queria que as coisas tivessem sido diferentes.

Miguel se deteve no capacho.

— Se te consola, não tem um dia que eu não me arrependa de ter mentido.

Calçou os tênis, depois se abaixou para amarrar os cadarços. Acompanhei seus movimentos com o olhar. Infelizmente, eu não era o tipo de pessoa que encontrava consolo no sofrimento alheio. Na verdade, seu estado só me entristecia e dava pena.

— Hã... você não tá pensando em ligar pro cara, tá? — indagou, me espiando de viés.

Balancei a cabeça e o assisti sumir nas escadas do meu prédio, antes de me fechar na quitinete vazia e borbulhante de pensamentos.

19
Tiago

Até minha mãe e Marta foram dragadas conosco para o jardim pelo som do portão, a penumbra esverdeada tomada pelo duplo facho amarelo dos faróis do carro de Miguel. Seus olhos correram para nós, o único movimento de seu corpo retesado no banco do motorista, as mãos no alto do volante. Ele permaneceu mais um segundo congelado nessa posição, então seus ombros subiram e desceram sutilmente, como em um suspiro. Puxou a chave da ignição já abrindo a porta com a outra mão, em uma série de pequenas ações automatizadas pelo hábito, e começou a falar quando ainda só pusera um pé no chão, o corpo dobrado no ato de sair do veículo:

— Ela reagiu bem. Não vai ligar pro cara. — Trouxe consigo para fora a mochila surrada e bateu a porta do carro. — Deixa eu guardar as aranhas e tomar uma ducha, que já conto tudo em detalhes. — Olhou-me marcadamente. — Pode ser?

— O que a Diana falou quando te viu? — perguntei.

— A gente acabou se encontrando antes, no Trianon — contou ele, dando-nos as costas e encaminhando-se para a edícula. — Ficou brava enquanto achava que eu ia mudar de ideia. Depois que desfiz o mal-entendido, foi a mesma de sempre... — Abriu a porta, acendeu a luz. — Até já.

Fechou-se lá dentro. A nós, restou voltar à sala e esperar. Minha mão coçava para pegar o celular e mandar mensagens para Diana, como estivera a tarde inteira, só para garantir que ela não se ofendera com nossa mudança de planos.

— Ele parecia meio abatido — comentou minha mãe. — Será que é fome?

— Você podia pedir pra Diana o telefone do cara — Yoko sugeriu. — Entendi que vocês acham arriscado demais ligar, mas a Marta e os outros hackers... aquele menino do Rio... não têm as manhas de descobrir quem é o dono da linha, a localização e tal? A gente não pode continuar nessa ignorância toda, senão a cada saída do Miguel vai ser esse poço de medo. Não sei como vocês conseguem viver assim.

Arrisquei um olhar inquisitivo a Marta, que assentiu.

— Vale tentar. Algum dos meninos deve conseguir alguma coisa.

Yoko sorriu, mas com os lábios comprimidos de contrariedade. Ela não diria que podíamos já ter *alguma* informação se houvéssemos lhe dado ouvidos meses antes, logo que Diana retomou o contato, mas nem precisava dizer; eu lia isso em seu rosto, estampado em letras garrafais rosa néon.

Tadashi batucava com uma caneta na perna, aparentemente alheio à conversa. Passara o dia às voltas com alelos irritantes, segundo suas palavras, e uma colega de laboratório vinha postergando a recontagem de alguma coisa. Ou foi o que apreendi de seus resmungos fragmentários.

— Quem vai fazer a janta amanhã? — disparou, de repente.

Yoko espichou-se para ver o quadro branco na cozinha.

— Você mesmo.

— Põe cogumelo na lista do mercado — pediu. — O Miguel vai de manhã, né?

Minha mãe confirmou, puxando o bloquinho de notas para acrescentar o ingrediente à lista de compras.

— Depois de passar pra ver os abaobis. — Ela anotou e ergueu o olhar para nós. — Mais alguma coisa?

Mencionaram-se alguns itens: papel higiênico, filtro de café, creme de leite, farinha de rosca. O momento de domesticidade coletiva entreteve-nos o suficiente até Miguel despontar no jardim, de pijama e cabelo molhado — para o delírio de minha mãe, que adorava essas oportunidades de alegar que seus filhos adultos não tinham noção alguma de como se cuidarem sozinhos. Tendia a repetir isso com uma vivacidade frenética particularmente quando meu irmão falava em levar os abaobis embora para a chácara de Parelheiros. A cachoeira de objeções virava Itaipu quando ele cogitava sair outra vez de São Paulo.

Ele se sentou na velha cadeira de praia deixada na edícula, de frente para as portas do alpendre, de modo a nos permitir continuar no sofá.

Conforme Miguel narrava seu encontro fortuito com Diana numa voz cuidadosamente neutra, mais do que seria natural, percebi o quanto o acontecimento o afetara. *O idiota*. Minha raiva desvaneceu ao compreender que, depois de todo aquele tempo, ele continuava gostando dela. E talvez tivesse gostado mais do que se sentira à vontade para me confessar.

As três mulheres chiaram quando, mortificado, admitiu ter segurado Diana com um galho durante o desentendimento inicial.

— Isso, criei filho pra segurar mulher igual um bárbaro — rosnou minha mãe. — O que ela vai pensar que você aprendeu em casa? Meu Deus...!

Miguel inclinou a cabeça, lançando-me um meio-sorriso cúmplice. Costumávamos nos divertir com essas idiossincrasias dela, e seu olhar era ao mesmo tempo uma alusão a isso e um pedido de trégua. Revirei os olhos com certo bom humor, cedendo.

— Mãe, considerando a situação, duvido que a Diana tenha pensado no seu desempenho de educadora — murmurei.

Com sua paciência característica, Miguel aguardou o resmungo de "hunf" e subsequentes comentários ininteligíveis, antes de voltar a contar os rumos da conversa tão aguardada. *Diana já vira abaobis uma vez!* Foi a parte mais surpreendente para todos nós.

Gostei que ele lhe ofereceu os serviços de Gabriela; queria ter sugerido isso antes. Não que fosse possível, sem selarmos a paz com as devidas explicações.

— Às vezes buga meu cérebro o quanto vocês são parecidos — Tadashi declarou, do nada.

Falava de mim e de meu irmão. Só então reparei que estávamos em posições idênticas: um pé sobre o assento, os dedos das mãos entrelaçados pouco abaixo do joelho. Ambos nos endireitamos com movimentos gêmeos ao nos dar conta disso. Ao mesmo tempo. Tadashi gargalhou e bagunçou meu cabelo como se eu fosse uma criança. Estapeei sua mão, uma mosca azucrinante.

— Ótimo que resolveram a questão da Diana. Ninguém mais aguentava vocês dois em pé de guerra. — Ele se espreguiçou. — Semana que vem, vou no laboratório. Sozinho, com acesso a todo o equipamento. Fiquei pensando: não querem conseguir um cuspezinho dela pra eu procurar alguma anomalia genética? É engraçado ela ver os transbordamentos, mas não ter as habilidades de vocês.

Eu e Miguel nos entreolhamos, um tanto desconfortáveis.

— Sei que você é cuidadoso, mas a ideia de ter amostras do nosso DNA num laboratório compartilhado me incomoda... — Meu irmão balançou a cabeça. — E você vai querer comparar o dela com o nosso, não?

Tadashi deu de ombros.

— É o mais eficiente. Pensem no assunto. Têm até quinta pra decidir. Acho difícil aparecer outra oportunidade de eu ficar sozinho lá.

Já passava da hora de investigarmos melhor nossas habilidades. No passado, não tínhamos nem geneticista nem laboratório adequado. Meu cunhado resolvia as duas questões; bastava confiar nele não só nosso segredo, como o de cinco centenas de pessoas no país.

— Acho que você pode ir comigo — sugeriu Tadashi, fitando meu irmão. — Mal não faz ter um par de mãos pra preparar soluções e lâminas.

Miguel ficou claramente tentado.

— Mergulhar nesse tipo de pesquisa pode ser interessante — disse minha mãe. — Não sei se vai explicar o que fazemos... ou como... mas não vejo problema em procurar o que nosso DNA tem de diferente. A gente só precisa dar um jeito de compartilhar as descobertas com o resto do pessoal. O filho da Norma e do Juliano vai prestar mestrado na Genética lá da UFRJ, sabia?

Atualmente, o medo de grampos telefônicos e *hacks* de origem incerta isolava-nos. Trocávamos informações importantes somente por meio das pessoas cujos trabalhos levavam a viajar; no que dizia respeito aos segredos de nossa gente, vivíamos como no século XIX. Esperávamos que Marta e seu grupo de nerds revertessem esse quadro e transformassem as tecnologias em nossas aliadas.

Separados, vocês ficam indefesos, dizia Yoko, quando estávamos a sós. Tinha razão. Esses medos atavam-nos as mãos e sujeitavam-nos ao ritmo de uma ameaça de contornos indefinidos.

Embora o veterinário com quem Miguel dividia os cuidados de seu bando de abaobis, na época do Paraná, tivesse acabado morto, isso não necessariamente significava que todos vivêssemos com sombras à espreita.

— Me passa o contato desse cara, o futuro geneticista — pediu Miguel. — É bom a gente se alinhar.

— Ai, já vai aterrorizar ele — acusou Yoko com um ar de irônica docilidade.

Meu irmão estreitou os olhos.

— Se o Tadashi for estudar o meu DNA, a gente precisa achar um jeito de conversar sobre isso — esclareceu. — Os botânicos têm códigos específicos pra usar nos e-mails. Os veterinários e zoólogos só discutem sobre os abaobis e aranhas marcadas ao vivo. O pessoal de TI faz... alguma coisa que a Marta sabe explicar melhor. Ainda não tem nada estabelecido sobre genética. Certo?

Yoko encolheu os ombros, corando. Abracei-a contra o peito, beijando o alto de sua cabeça. Sua desconfiança era mais do que justificada; Miguel não perdia uma oportunidade de lembrar a todos o quanto qualquer iniciativa nossa poderia provar-se perigosa. *Existir* ameaçava-nos, em sua concepção.

— Sobre analisar o DNA da Diana... — Miguel fez uma careta. — Vamos evitar trazer ela ainda mais pro meio disso?

Tadashi assentiu. Embora eu não dissesse nada, concordava com essa parte. Diana não precisava se enredar em nossos problemas; podia ter uma vida perfeitamente comum, longe das obrigações impostas por nossa condição.

20
Diana

Depois de passar a madrugada inteira e a manhã do dia seguinte incapaz de pensar em outra coisa, acabei usando meu horário do almoço para procurar "abaobi" no Google. Só encontrei referências a dicionários de tupi, teses de etimologia, sites de vocabulário. Nenhum deles trazia essa palavra; só aquelas que a compunham: *aba* significava "homem", e *obi*, "azul", "verde" ou "roxo". Aparentemente, não havia na língua uma distinção entre essas três cores. Embora a composição por justaposição não dissesse muito, parecia se referir à pelagem azulada dos macacos. E, se os antigos tomavam peixes-boi por sereias, chamar um símio de homem não era difícil.

Abri o vídeo de quinze segundos pela centésima vez e o reassisti. Era um *timelapse* perfeito, como esses que mostram as nuvens mudando rapidinho no céu para demarcar a passagem do tempo. Poderia ser um trecho de documentário, se eu não o tivesse gravado com o meu próprio celular nem testemunhado a transformação ao vivo.

Olhei o galhinho morto na mesa. Reassisti ao vídeo. O estado ressequido da outrora plantinha promissora me causava uma tristeza que eu preferia não entender. Mas entendia. Simbolizava laços rompidos, o início abortado de uma relação que tinha tudo para ser legal...

Bem, não tudo. Começou com uma mentira, afinal de contas. O lembrete me causou mal-estar. Sozinha naquele confinamento, me sentia enjaulada — presa com o galhinho morto e a memória de ser uma obsessiva idiota. E de ter sido enganada por meu melhor amigo e um cara de quem eu, precisava admitir, havia ficado muito a fim rápido e com pouco incentivo.

Joguei o celular na cama, irritada comigo mesma. *Não continuaria* obcecada com esse assunto no meio do expediente. Voltei ao computador, preparando o material para as turmas do período da tarde.

Foram algumas das piores horas dos meus últimos meses. Mal consegui me concentrar; confundi os atalhos do programa de videoconferência várias vezes, falei um tempão com o microfone mutado, sem ver as mensagens dos alunos me avisando no chat.

No intervalo entre a penúltima e a última aula, fui ao banheiro e lavei o rosto. Não estava pronta para aceitar na íntegra o pedido de desculpas de Miguel, mas também não conseguia desconsiderá-lo por completo. Suas razões para mentir tinham coerência, por mais que eu odiasse admitir. Quem sairia por aí contando a todos sobre poderes mágicos?

Como se para responder às minhas preces pagãs, veio uma mensagem:

Tiago:

> Oi, Diana, tudo bem? Desculpa não ter te escrito pra avisar que o Miguel ia te encontrar. Ele achou que você tinha bons motivos pra não querer ver ele nem pintado de ouro, e a gente tá em isolamento sério. Só ele tá saindo. Tem tempo pra uma videochamada? Mesmo a gente não podendo falar explicitamente, queria te ver.

Eu:

> Olha, pra ser sincera, depois de passar todos os dias dando aula on-line, não consigo lidar com mais uma videochamada. E não confio em mim para falar em meias palavras na internet. Que tal eu ir aí?

Não havia planejado sugerir uma visita, mas depois de enviar a mensagem senti que era justamente do que eu precisava para aquietar a mente. Ele levou menos de dois segundos para responder.

Tiago:

> Quando?

Eu:

> Minha última aula acaba às 16h. Acho que consigo chegar até umas 17h30. Sei que não posso entrar por causa da sua mãe, mas se até a Paulista tá às moscas, imagino que seu bairro esteja vazio. A gente pode andar pelas ruas e conversar. Mesmo não podendo falar DAS COISAS, um papo me faria bem.

Tiago:

> FECHOU! <3

Havia temido parecer afoita demais ao sugerir o encontro, mas lá estava ele, tão ansioso quanto eu. E nem poderíamos nos abraçar! Lacrimejei ao me lembrar disso. Quis sentir raiva de mim por ter essa preocupação justo em relação a alguém que havia olhado na minha cara e dito que eu estava com a cabeça na lua quando falei que não existia uma raiz no meio do caminho antes. Meu amor-próprio se rebelava contra todos os instintos de perdoá-lo.

Por outro lado, já não tínhamos sofrido o suficiente? Não era eu a pessoa mais isolada nessa história? Havia passado a noite em claro analisando a questão, por causa do calorzinho no peito que me ficou depois da partida de Miguel. No fim, concluí que não estava reavivando um relacionamento tóxico. Eles foram horríveis, sim, porém meu amigo contou a verdade no instante em que percebeu o quanto eu fora afetada pela mentira dele e do irmão. Isso merecia consideração. Embora eu não tivesse decidido se retomaria a amizade anterior, estava disposta a me reaproximar.

Antes de entrar no nono ano, a última turma do dia, arrumei a mochila para a expedição a Interlagos e fiquei pronta para sair. Isso me satisfez o suficiente para eu dar uma aula decente, sem contratempos tecnológicos.

O caminho para a estação Santa Cecília estava morto como num domingo ao fim da tarde. Eu escutava meus próprios passos, apesar da sola macia do tênis, e sentia olhares acompanhando meu progresso: nas janelas e nas varandas, pessoas tomavam um ar do jeito que dava.

Exatos cinquenta e três minutos depois, quando cheguei à estação Autódromo sem saber aonde ir, procurei o laguinho no Google Maps e segui a rota sugerida: três quilômetros, quarenta e um minutos a pé. Logo escureceria e, quando as avenidas que separavam a estação do bairro residencial ultra-arborizado de Interlagos foram substituídas pelas casas de muros altos encimados por arame farpado e cercas elétricas, ora cobertos de trepadeiras, ora apenas um obstáculo de alvenaria, minha primeira impressão do lugar, oito meses antes, se confirmou: era uma região muito macabra para se cruzar a pé, sozinha, àquele horário.

Apertei o passo. Começava a sentir calor, apesar do frio junino. Quando fui mandar mensagem para Tiago, avisando de minha chegada iminente, percebi não ter sinal. *Só faltava essa.* Felizmente, já avistava o laguinho ao longe, com sua cerca verde envolvendo aglomerados de eucaliptos imensos. Lá não estava vazio. Moradores da região de todas as idades caminhavam ou corriam à sua volta, a maioria sem máscara.

Estaquei, chocada com a cena. Era um bairro com muitos idosos, uma das populações mais vulneráveis ao novo coronavírus. Como podiam se empilhar num canto só sem a mínima proteção? Não querendo me arriscar mais do que já tinha feito ao pegar transporte público — quase vazio —, contornei o laguinho pela outra calçada, na ilha da avenida, onde não havia ninguém, em vez de entrar à direita na rua mais estreita.

Não me lembrava ao certo de *qual* era a de Tiago, mas julgava ser capaz de reconhecê-la quando a visse. Não ficava perto da avenida e havíamos subido uma ladeirinha para encontrar o laguinho à nossa direita, se não me falhava a memória. Fui descendo em sentido horário, olhando a área cercada da outra calçada. A quantidade de gente andando caía vertiginosamente, e o escuro iminente e o frio afastavam as pessoas de um modo que a pandemia havia falhado em conseguir.

O portão de veículos do laguinho estava aberto, sem um vigia sequer nas imediações. Parei. Uma silhueta esguia de agasalho preto e capuz imergiu entre as árvores. Segurei o impulso de gritar "Miguel!". Era possível que os abaobis ficassem ali, e eu não gostaria de chamar a atenção de ninguém naquela direção. Onde mais estariam, que ele pudesse chegar rápido? O berro das araras na noite em que ficamos pela primeira vez voltou à tona junto com a urgência dele em ver qual era o problema. Teria a ver com os bichinhos?

Os meses de silêncio entre nós alongaram os segundos que levei para decidir se deveria segui-lo. Meus pés atravessaram a rua e me conduziram portão adentro enquanto minha mente duvidava se aquilo era o melhor a fazer. Eu me enfiei entre as árvores na direção que ele havia tomado e avancei com cautela. O lago não chegava ali, na parte alta, então eu devia estar a salvo dos jacarés. O poste recém-aceso já não me iluminava e a réstia de luz natural não duraria.

— Miguel? — chamei, não querendo gritar, mas sem coragem de avançar muito em terreno desconhecido.

Ainda tinha boa noção de onde ficava a rua; não era uma mata densa, extensa ou profunda. Peguei o celular e acendi a lanterna, vasculhando os arredores com cuidado. Algo se movimentou nas folhagens mais adiante, um vulto.

— Miguel? — chamei, um pouco mais alto.

Se os abaobis de fato vivessem ali, não ficariam perto da cerca que dava para fora, nem das guaritas de vigia ou da casinha velha e fechada com madeiras, onde sem dúvida se localizava o banheiro dos funcionários. Nem perto do lago, quase todo visível da rua, inclusive a margem mais distante. Se meu palpite estivesse correto, o mínimo possível de gente devia saber da presença dos animais no local. Devia haver alguma árvore centenária onde eles pudessem se esconder com sua quase-invisibilidade mágica.

Eu virava a lanterna para todos os lados antes de dar um passo, buscando as copas na tentativa de adivinhar qual seria a eleita dos abaobis. À direita, berros repentinos me chamaram a atenção, como uma algazarra. Hesitei. Símios em geral não eram animais dóceis, como Mayara já me explicara, especialmente se irritados ou ameaçados. Não queria encontrar nenhum antes de chegar a Miguel.

Ao recuar um passo, pisei no ar. Gritei de susto, porém minha voz morreu no mesmo instante em que me dei conta de estar tombando para trás. Minhas mãos, desesperadas para agarrar alguma coisa, largaram o celular. Raspei o braço e a bunda, mas não caí por mais de dois segundos, fazendo *splash* ao aterrissar num fiozinho de água corrente.

O impacto me deixou desnorteada num primeiro momento. Como meus dedos, momentos antes, minha mente procurava algum ponto de apoio.

Inspirei fundo e soltei o ar devagar, tentando me acalmar e clarear a cabeça. Testei os movimentos dos braços e das pernas a fim de descobrir se quebrara ou torcera alguma coisa. Por sorte, parecia não ter sofrido nada além dos arranhões. Me endireitei, olhando ao redor.

Um pontinho fraco de luz entrecortada indicava a localização do meu celular uns metros adiante, em meio a mato e raízes que escapavam da pequena encosta de onde eu havia despencado feito uma jaca podre.

Tirei a bunda do chão, me pondo de joelhos na água. Devia estar numa das nascentes mencionadas por Yoko. Que belo modo de descobrir uma!

Uma sombra me congelou no meio do movimento. Aproximou-se em saltos pelas árvores acima, margeando o curso d'água. Senti seus olhos em mim, mesmo não conseguindo discerni-la. Fiquei imóvel, encarando sem piscar.

Parou no ipê próximo, me fitando do alto. A julgar pela silhueta, tinha uma cauda comprida e uns quarenta centímetros de altura. Inclinou bastante a cabeça para um lado ao me observar, então para o outro. Não parecia agressivo — porém, eu não moveria um músculo até me certificar de que não o assustaria. Macacos andavam em bando e aquele não devia estar sozinho.

Conforme meus olhos se acostumavam à claridade reduzida, eu distinguia mais elementos: a cauda comprida estava enrolada num galho acima, e só uma de suas mãos segurava outro. A livre coçava a barriga. A pelagem curta tinha uma coloração indistinta na escuridão, e a cara era cheia de pelos ao estilo dos micos.

O macaquinho parecia curioso, como se eu fosse tanto uma novidade para ele quanto ele para mim. Mais vultos se moviam à minha volta, todos no alto. Aos poucos, me cercaram. Então me lembrei de Miguel falando que eles não costumavam se aproximar de humanos, a não ser...

Folhas secas e gravetos estalaram sob passadas apressadas. Tanto eu quanto o macaquinho olhamos na direção do som, de onde surgiu uma lanterna potente.

Um praguejar. Galhos estalaram e, antes de eu me dar conta, estava em pé, com os braços e as pernas imobilizados pelo mesmo aperto áspero da tarde anterior. A luz na minha cara foi como uma facada nos olhos, e os comprimi com um gemido de protesto. A voz de Miguel, cuspida entre dentes, soou:
    — *O que você tá fazendo aqui?*

21

A indagação tinha sido retórica, pois ele não me deu a oportunidade de responder. Desceu o barranco com um pulo, aterrissando diante de mim no fio de água da nascente e provavelmente enlameando nossos tênis e as pernas de nossas calças.

— Você tá trabalhando pra eles? — acusou, de punhos cerrados.

Na hora, estava tão atarantada que não entendi a acusação implícita.

— Pra quem...? — balbuciei, estupidamente.

Miguel bufou, me contornando e parando às minhas costas, e tateou os bolsos da minha calça, tanto os falsos da frente quanto os quase tão inúteis de trás. Comecei a protestar e a me debater, me sentindo violada.

— Fica quieta — esbravejou. — Se você der mais um pio, vai terminar com um galho na boca.

Abriu minha mochila, ainda nas costas, e vasculhou, remexendo também bolsos internos e externos. O que procurava?

O macaquinho que me achou primeiro pulou para o chão e remexeu o mato, apanhando meu celular, se abaixou sobre uma das patas dianteiras e meio correu, meio saltou para o nosso lado. Estendeu o aparelho a Miguel como uma criança entregando um brinquedo quebrado para o pai consertar.

— Obrigado, Sabido — falou ele para o animal, que emitiu uma série de sons agudos e deu dois pulinhos no lugar, batendo as mãos. — Veremos.

Outros abaobis se aproximavam, descendo para a nossa altura sem abandonar as árvores. Miguel segurou minha mão direita e colocou meu indicador sobre o leitor de digital na tela a fim de desbloquear o celular.

— O que você pensa que tá fazendo? — protestei.

Um dos galhos que envolvia meu tronco estalou e subiu como uma serpente pelo meu pescoço até perto do queixo. Uma ameaça. Mordi a língua para não gritar de ódio.

Sem nenhuma cerimônia, Miguel revirou a galeria de imagens, meus e-mails, os aplicativos de mensagens, incluindo as privadas em redes sociais, os arquivos, as notas. Encontrou a das ocorrências, esquecida desde o Bosque Maia. Leu-a inteira, com um vinco cada vez mais profundo entre as sobrancelhas. Quando se deu por satisfeito, baixou o aparelho e me encarou, cheio de perplexidade.

— Se você *fosse* espiã dos caras, seria a mais incompetente — comentou, olhando em torno. — Pelo que tô vendo, só é burra mesmo.

— *Espiã?* — Mal pude conter um riso sarcástico, nervosa com a situação e sua reação à minha presença. — Você tá vendo filme demais, Miguel. Entrei aqui porque...

— *Isso é uma brincadeira pra você?* — rugiu.

Os galhos me soltaram de súbito. Sua mão se fechou no meu antebraço feito um torno e me arrastou pelo curso d'água, na direção de onde eu ouvira a primeira algazarra. Em cerca de dez passadas suas, que precisei correr para acompanhar, alcançamos uma lagoa diminuta, praticamente uma poça d'água envolta de barrancos.

— Ainda acha que tô vendo filme demais?

Virou a lanterna para um ponto a no máximo três metros de onde paramos. Eu me sobressaltei, recuando por reflexo, mas Miguel me segurou no lugar. Caído de bruços no raso, de olhos vítreos arregalados, jazia um homem branco e calvo de meia-idade.

— É o seu Geraldo, guarda do laguinho — Miguel rosnou. — Achei que você tivesse matado ele pra sequestrar um abaobi. Agora, se não foi, preciso me certificar de que todos estão aqui, mas em vez disso tô perdendo a porra do meu tempo com você.

Meus olhos não desgrudavam do senhor no meio da lama, daquela expressão assustada fixa em seu rosto no momento final. Eu o imaginei se levantando a qualquer momento e desatando a rir da minha credulidade.

Isso não aconteceu.

Não, o homem permaneceu daquele jeito indigno, estirado numa posição improvável, qual um incômodo afastado do caminho às pressas. Quis pelo menos fechar seus olhos e deitá-lo numa posição mais respeitosa. Não podia fazer isso, infelizmente. Atrapalharia o trabalho da polícia.

Voltamos aonde eu tinha caído. O seu Geraldo continuou na sujeira e no escuro. Abandonado ao choque da própria morte. Cambaleei atrás de Miguel, com a procissão de macaquinhos saltando nas árvores ao nosso redor.

— Você já ligou pra polícia? — perguntou minha voz, parecendo vir de outra dimensão e não das minhas próprias cordas vocais.

Miguel passou as duas mãos nos cabelos e entrelaçou os dedos na nuca, olhando para cima com um ar distante.

— Preciso esconder os abaobis — resmungou. — Quase todas as casas desse bairro maldito têm câmera... O jeito é levar eles pra dentro daquela casinha e esperar a polícia aqui. Assim deve diminuir a suspeita contra nós.

Ele indicava a construção abandonada dentro do perímetro do parque, com suas janelas e porta fechadas a tábuas. Um dos macaquinhos, vindo pelo chão, escalou Miguel com uma agilidade surpreendente, se agarrando às suas costas como uma mochila e emitindo uma série de sons, enquanto as mãos pequeninas lhe remexiam o cabelo.

— Não, vocês não vão poder ficar — falou num tom sombrio. — Tá todo mundo aí, né? Vocês iam ter me contado se não tivesse...

Outro abaobi emitiu guinchos agudos, e então um terceiro, na jaqueira do outro lado. Nova algazarra explodiu à nossa volta. Seria possível Miguel os compreender? Tratava-se de outra habilidade especial? Mayara ficaria nas nuvens se soubesse.

Ele pôs as mãos na cintura e se virou para mim. O abaobi às suas costas pulou como um vulto para a árvore vizinha. Por reflexo, soltei um grito e saltei para trás. Os animais responderam com sons ameaçadores, alguns exibindo os dentes.

— Desculpa — murmurei, abaixando a cabeça. — Eles... estão bem?

— Todos aqui. — Miguel suspirou como quem tivesse sido rendido da tarefa de segurar o céu, um Atlas contemporâneo. — O seu Geraldo deve ter distraído o invasor ou...

Calou-se, mas seu olhar dizia tudo. Talvez *eu* houvesse causado a comoção, e a morte do vigia não fosse um assassinato e sim um acidente. Se eu poderia ter quebrado o pescoço, quanto mais alguém caindo daquele barranco uns dois metros mais alto.

Só então reparei que Miguel vestia um *casaco bege de lã*. Cobri a boca com as mãos para conter um segundo grito.

— Achei que fosse você. — Minhas pernas fraquejaram, e me escorei na árvore mais próxima. — Te chamei *pelo nome*. Ai, meu Deus, desculpa! — Segurei a cabeça, piscando repetidamente para desembaçar a vista. — Eu tava sem sinal de celular e não lembrava direito onde fica a sua casa... Daí te vi. Vi *ele*. Tava de blusa preta, um agasalho igual aos que você usa. Por isso entrei aqui...

Miguel me fitava com a cabeça inclinada, como se avaliasse a veracidade daqueles murmúrios atropelados.

— Mais algum detalhe?

— Ele tava de capuz, jeans e tênis comuns. Era alto e magro igual a você. Não sei mais nada.

Miguel suspirou, voltando os olhos para o alto.

— A gente sabia que aqui seria um refúgio temporário. — Assobiou num ritmo específico, fazendo os vultos em torno se espicharem e se virarem para nós.

— Durou bem mais do que devia. Mas eles adoraram uma jaqueira que fica num trecho conveniente do terreno, treparam nela e começaram a limpar os parasitas como costumam fazer quando escolhem uma árvore... É complicado mudar eles de lugar depois disso.

— Se a árvore escolhida do bando deixa eles invisíveis...

— Sim, seria melhor se esconderem na jaqueira, mas ela fica onde tava o corpo do seu Geraldo. Vão ficar ainda mais agitados lá.

Os abaobis nos seguiram até a construção caindo aos pedaços, após alguns protestos de cunho óbvio: não queriam se esconder ali. A negociação envolveu a promessa de aranhas como recompensa pelo bom comportamento. *Miguel estava mesmo conversando com os animais.* Por fim, o maior deles, chamado Dengoso, emitiu uma sequência de sons e entrou primeiro. Os outros o imitaram.

Ajudei a pôr a tábua deslocada de volta, de modo a parecer que nunca saíra do lugar, e só então Miguel ligou para a polícia. Fomos para o portão, ainda destrancado e sem vigia, ele ao telefone e eu mancando em silêncio ao seu lado.

— Melhor a gente acertar nossa história — murmurei, engolindo em seco.

Um assassinato a poucos metros de mim. *Eu poderia virar suspeita.* A família do meu amigo da faculdade era *mágica*, manipulava plantas com a mente e se comunicava com os abaobis, uma espécie desconhecida. Esfreguei o rosto, tonta ante a convergência de todas aquelas informações que, em qualquer outro contexto, seriam disparatadas.

— A verdade funciona — ele replicou, alheio ao meu turbilhão interior. — Você não lembrava onde é a minha casa, viu um cara, achou que fosse eu e entrou atrás dele. Daí...

— Vi o corpo e te liguei, porque... aqui dentro o sinal pegou?

Ele deu de ombros.

— Serve.

Paramos sob a poça de luz fornecida pelo poste. Minha vista levou um tempo a se ajustar, ofuscada pelo brilho concentrado, embora a noite ainda estivesse caindo. Miguel se virou para mim, pedindo para guardar a lanterna na minha mochila, mas parou de falar no meio da frase, me olhando da cabeça aos pés e franzindo a testa.

— O que te aconteceu?

Inspecionei minha situação. Não estava apenas molhada como imunda, com rasgos na calça e áreas desfiadas no suéter, onde os galhos tinham se enrolado. Havia sangue em pontos da calça e foi só ao vê-lo que me dei conta do ardor que vinha me incomodando. Uma brisa gelada perpassou o parque, me fazendo estremecer. Se não tomasse um banho quente e pusesse roupas secas logo, acabaria resfriada.

— Pisei em falso e me estabaquei na nascente — respondi. Estava rouca.

— Não torceu nem quebrou nada? — perguntou Miguel secamente.

— Não que eu saiba. — Quase sem voz, pigarreei. — Parece que não.

Peguei a lanterna de sua mão e a guardei na mochila. Teria de lavar tudo e limpar com álcool quando chegasse em casa, mas esse era um problema para a Diana do futuro. Seria difícil explicar à polícia por que Miguel trouxera uma lanterna para vir me encontrar no laguinho; não soava espontâneo como usar a do celular. Pareceria um sinal de premeditação. Agora, se a lanterna fosse *minha* e me inquirissem a respeito, eu poderia dizer que planejávamos acampar no dia seguinte.

Eu me senti uma criminosa refletindo sobre tudo isso. A angústia da ansiedade brotou feito uma erva daninha no meu peito, dando um nó na minha garganta. Precisava pensar em outra coisa.

— Macacos não são sujeitos ao corona? — perguntei.

— Esses são imunes a infecções virais. E, se tivessem qualquer coisa, bastariam algumas semanas até a figueira do Burle Marx transbordar e desencadear a mesma reação na árvore deles. A jaqueira sozinha pode demorar meses pra ter um transbordamento espontâneo. — Ele suspirou. — Nossos botânicos estão doidos pra entender a origem desses fenômenos.

Miguel trocou o peso de perna, me fitando como se quisesse dizer alguma coisa. Eu tinha cruzado os braços e me encolhido para me proteger do vento.

— Põe meu casaco — ofereceu, fazendo menção de tirá-lo.

— Não quero.

Meu tom incisivo o congelou.

— Desculpa ter sido grosso com você — murmurou. — Não precisa recusar a blusa por isso. Passar frio pode ser meu castigo.

A última frase saiu à guisa de bom humor, mas nem eu estava disposta nem ele parecia bem o suficiente para dar a entonação certa.

— *Não quero.*

Obviamente ainda estava ofendida com seus modos minutos antes, mas nem conseguia lhe tirar a razão. Eu quisera saber a verdade a qualquer preço. Pela primeira vez, me ocorreu o quanto essa expressão, tão corriqueira, era exagerada. Ninguém, mas ninguém mesmo no mundo, se disporia a pagar *qualquer* preço, por mais que desejasse algo.

Depois de ver o cadáver em seu leito abjeto e o franco desespero de Miguel, me senti rasa, fútil, estúpida. *Valeu a pena desvendar o mistério da minha obstinação ao custo de tamanho risco?* Quis me convencer de que não tinha como saber e, no entanto, era mentira. Bastaria confiar em Tiago, meu amigo de anos. Bastaria ter acreditado que ele jamais me faria mal.

A viatura não levou quinze minutos para aparecer, tempo que passei amaldiçoando a ideia de vir naquele horário. Mesmo assim, não me arrependi de todo. Se tivesse permanecido em casa, estaria à beira de um ataque de ansiedade, imaginando coisas ruins, incapaz de trabalhar ou descansar. Se bem que eu *estava* à beira de um ataque de ansiedade; apenas o motivo disso havia mudado com a minha decisão de sair.

Miguel resumiu a história para os policiais e indicou a localização do corpo. Eu preferia não revisitar a cena se me dessem escolha; ela já ficaria impressa na minha memória enquanto eu vivesse. Eles chamaram colegas pelo rádio e tomaram um primeiro depoimento, desconfiados do nosso estado.

— Vocês moram perto? — perguntou o mais baixo, o cabo Machado.

Expliquei que tinha vindo encontrar o irmão de Miguel na casa deles, a cem metros do laguinho. Comecei a cogitar cenários ruins: os policiais achando os abaobis ou nos levando à delegacia e *alguém* aproveitando a deixa para procurar os animais. Imaginei um interrogatório de filme, no qual me enrolaria para não entregar o segredo dos Floresta, e eles suspeitariam que eu havia assassinado o seu Geraldo. Nesse caso, contaria a verdade para me livrar ou iria a julgamento? Meus amigos me ajudariam ou me matariam com medo de eu revelar tudo?

Quem precisava de inimigos, quando tinha a minha cabeça?

O cansaço e o frio me deprimiam e me sufocavam em perguntas idiotas. Voltei a me concentrar na conversa. Miguel indicava as casas vizinhas, apontando aquelas cujas câmeras de segurança ele sabia que gravavam vídeo. Eu preferia atentar ao ex-ficante ranzinza e aos dois policiais que com certeza me investigariam a continuar *pensando*. Pelo menos a companhia me obrigava a enfrentar apenas a realidade, muito mais administrável.

— A polícia científica tá a caminho também — disse o cabo Machado. — Vocês vêm com a gente pro IML, onde vão fazer um exame pericial, e depois vão depor na delegacia, tá bom? É o procedimento.

O policial chamado Castro atentava às câmeras existentes em boa parte das propriedades, mesmo as mais capengas, tomadas pelo mato e repletas de rachaduras nos muros e bolhas na pintura externa. Seus colegas bateriam em cada porta, perguntando se havia algum vídeo do horário aproximado do crime. Miguel teve razão de levar essa particularidade da vizinhança em conta ao decidir como agir.

Ele ligou para a mãe e explicou tudo diante do olhar atento dos policiais. Quando a outra viatura chegou, partimos com o cabo Machado e o policial Castro.

A noite mal havia começado e eu só queria que ela acabasse.

22

Nas duas horas entre a espera e o depoimento na delegacia, além do caminho de volta no carro, mal troquei uma palavra com Miguel, que ficou cabisbaixo o tempo inteiro. Quando finalmente cruzamos o portão da casa, Rosa, Marta, Tiago e — para minha surpresa — os irmãos Shimura apareceram no jardim.

— A Diana precisa de um banho quente — declarou Miguel.

Marta gesticulou na direção da edícula, dizendo haver separado roupas e uma toalha de banho para mim. Quase em tom de desculpas, explicou que, por causa da asma de Rosa, quem ia para a rua não pisava na casa.

O interior do lugar parecia um cativeiro. Havia um colchão num canto e uma pilha de roupas não muito bem dobradas numa cadeira, algumas simplesmente jogadas sobre o encosto. O banheiro simples estava bem limpo. Tanto a toalha quanto as roupas tinham sido deixadas em cima de umas gavetinhas de madeira que faziam as vezes de balcão sob a pia. A calcinha estava com etiqueta — um alívio, ou eu teria de ficar sem.

Eu me despi depressa e entrei debaixo da água fervendo, não só a fim de me aquecer e me limpar, como de lavar os pensamentos. Um homem morto. Abaobis. Polícia. De todas as coisas pelas quais me ressentia de Miguel, seu comportamento comigo naquela noite não era uma delas. Eu nem conhecia o seu Geraldo nem convivia com ameaças e já tinha ficado em choque. Quanto mais ele.

Você acha que isso é uma brincadeira?, sua voz ecoou na minha mente. Eu preferia não ter visto aquele cadáver, mas, se não fosse por ele, talvez continuasse não levando a sério os receios de Miguel e Tiago e os acusando de má-fé por conta das mentiras meses antes.

Quando deixei o banheiro, já conseguia pensar melhor e até me comunicar igual a um ser humano. Nesse meio-tempo, o quarto havia recebido o acréscimo de um colchão, encostado na parede oposta, já arrumado com lençol, travesseiro e cobertor. Tiago estava do lado de fora conversando com alguém. Ele se virou ao me ouvir, avançando até a soleira.

— Põe uma. — Indicou a cômoda com a cabeça. Em cima dela, havia uma caixa ainda lacrada de máscaras cirúrgicas. — Desculpa. Você não merecia esse estresse, depois de tudo que a gente te fez passar... — Sua voz estava embargada e os olhos, marejados. — O Miguel falou que você tá morando sozinha. Sua quarentena não deve estar fácil.

Pisquei algumas vezes, abraçando o corpo contra o ar gelado da noite, e me sentei no colchão, encolhendo as pernas contra o peito.

— No laguinho... Achei que fosse o seu irmão. E daí um *cadáver*... um corpo de verdade, de um homem assassinado... Nunca pensei que veria uma coisa dessas ao vivo.

Eu não conseguia tirar da cabeça aqueles olhos vidrados.

Tiago me fitou, sem ultrapassar a soleira. Seus punhos se cerraram com força. Eu teria preferido que ele entrasse e fechasse a porta — se não existisse uma *pandemia* para melhorar ainda mais nossa situação.

— Tô me sentindo culpado de ter te convidado. Não tinha encontrado o Miguel hoje e não escrevi pra contar da sua visita. Ele tomou um susto quando te encontrou lá... Me disse que foi um cavalo com você, o idiota.

Isso ajudava a explicar sua postura no laguinho e a insanidade temporária, quando desconfiou das minhas intenções e me julgou perigosa. Seria cômico, se não fosse tão trágico.

— Eu caí e fiquei imunda antes dele chegar.

— Você devia ter me ligado pra ir te encontrar no trem.

A ideia nem se passara pela minha cabeça. Ele não poderia ir me buscar de carro, então por que o fazer andar até lá? Tudo bem que, depois de rodar numa viatura da polícia, meus cuidados tinham ido para o espaço.

— Os abaobis são fofos, né? — perguntou Tiago, e escutei o sorriso conciliador em sua voz.

— Muito. Um deles... o Sabido... foi o que me achou primeiro.

— É um pestinha. — Tiago suspirou. — Caramba, não vejo nenhum há tanto tempo! Não só essa ameaça invisível... a pandemia, ainda por cima. Como você tá lidando com tudo isso? Me fala.

Dei de ombros. Era estranho. *Meses* sem encostar em ninguém. Nunca tinha pensado no quanto tocava as pessoas até ser impedida de fazer isso. Em qual mundo eu e Tiago não nos abraçaríamos depois de meses sem nos ver? Eu *queria* poder, percebi de repente.

— Às vezes parece que tô presa num sonho macabro, mas aí um dia é tão igual ao outro... Só a realidade consegue ser assim tão monótona.

— Desculpa, Di — murmurou, hesitante. — Não fui um bom amigo pra você. Tenho vergonha... Devia ter te falado a verdade desde o começo, quando o Miguel me contou que você viu o transbordamento. Não devia ter mentido na USP, no Trianon...

Balancei a cabeça, erguendo as duas mãos num pedido de silêncio.

— Se eu achasse que você tinha a intenção de me magoar ou me enlouquecer, não estaria aqui. Sendo bem sincera... uma parte desse mal-entendido foi culpa minha. Se eu não fosse preconceituosa e tivesse me aberto logo no começo... *Se*... São tantos "ses" na vida, né?

O vento gélido que entrava pela porta aberta estava me dando calafrios. Pensei no ar frio em contraste com o banho quente, no frio de um corpo largado na lama ao abrigo das árvores, testemunhas silenciosas do assassinato. Pensei na minha reação àquela visão e no descontrole de Miguel, traduzido em raiva.

— E por que a dona Maria Yoko e o senhor João Tadashi tão aqui? — perguntei, para mudar de assunto.

— O seu Satoshi ficou preocupado com a possibilidade de ele e a dona Tânia pegarem o vírus e passarem pros dois, daí a minha mãe sugeriu que eles morassem aqui até esse pesadelo acabar.

— Então vocês cinco estão respeitando rigorosamente a quarentena e o Miguel tá de faz-tudo da casa?

Tiago encolheu os ombros, meio culpado.

— Faz parte do trabalho dele andar pra cima e pra baixo. Por isso, também cuida do mercado e essas coisas.

Seu olhar percorreu a edícula, o cenho franzido. Talvez pensasse nas implicações de ser o único sempre em quarentena, impedido de abraçar os outros.

— E *você*, como tá? — perguntei. — Alguém que gosta tanto de sair, preso em casa...

Tiago se agachou, enrugando tanto os cantos dos olhos que quase divisei seu sorriso.

— Tenho feito exercícios todo dia no jardim, além das caminhadas nas ruas vazias do bairro. Mas agora posso te contar o que ocupa *mesmo* meu tempo! Tô trabalhando num livro sobre a história... das pessoas como eu. Faz mais de ano, já. A gente recolheu material com grupos do Brasil todo, juntando as peças e... — Ele franziu a testa. — Bom, eu não podia viajar por causa da faculdade...

Miguel tinha reunido para ele depoimentos, diários, cartas durante os anos anteriores. Morando cada hora num canto do país, havia tido condições de fazer isso sem precisar recorrer a nenhum método digital, passível de ser hackeado. Mas não só ele: Tiago comentou de outras pessoas como eles, que levavam informações a outras partes do Brasil quando viajavam.

— É pra vocês compartilharem esse conhecimento entre a sua turma? — indaguei. — Porque não pode publicar, né?

— Não, nada de publicação. É só um jeito de guardar a memória antes que ela se perca de vez. Um dos nossos tem uma gráfica. É o suficiente pra distribuir cópias pra todos.

— Eu ia adorar ler, se puder.

— Te mostro os capítulos prontos. A Yoko tá me ajudando a editar. Olha, não é porque é minha namorada, mas ela é boa nisso!

Marta apareceu à porta ao lado dele, me olhando de cenho franzido.

— Você tá bem?

Essa era a pergunta do ano, aparentemente. Aquiesci, agradecendo de novo as roupas e a recepção.

— Eu não tava planejando entrar aqui... Desculpa. Não imaginei... — Minha voz foi sumindo conforme o corpo do seu Geraldo voltava à tona. Meus olhos marejaram. — Não quis atrapalhar...

— Você não tinha como saber — Marta retrucou. — Hoje a janta ficou por conta do Tadashi. Gosta de nhoque de mandioquinha com molho funghi?

Sorri, apesar do mal-estar de continuar a vida como se nada tivesse acontecido. Não parecia certo discutir o jantar quando um trabalhador fora assassinado pelo crime de estar no lugar errado na hora errada.

E, entretanto, fazíamos isso todos os dias, não? Ler notícias ruins, nos sensibilizar um momento e seguir em frente. Para cuidar da saúde mental, era preciso boa dose de desapego. Acaso para nos afetarmos de verdade com uma tragédia, ela tinha de nos tocar diretamente? Deveríamos ter um interesse pessoal no assunto? Me senti egoísta.

— O Miguel falou que você se machucou — disse Marta. — Ali tem um kit de primeiros socorros pra fazer curativo.

Ela indicou uma caixinha de madeira sob um banquinho, também de madeira, que fazia as vezes de mesa de cabeceira. Eles não possuíam nada de plástico, até onde eu pudera observar.

Tinha lavado o corte da perna com água e sabão, porém nada se comparava à boa e velha água oxigenada. Quando ergui a barra da calça para revelar o corte, madrasta e enteado aspiraram ruidosamente entre dentes, um som empático com a dor alheia.

— Parece mais feio do que tá — declarei, e travei o maxilar para pagar a língua ao sentir a água oxigenada na ferida.

— Foi o meu irmão que te fez isso? — rugiu Tiago de punhos cerrados.

Balancei a cabeça, sem me distrair das bolhas esbranquiçadas se formando.

— Não. Me machuquei quando caí.

Meus pulsos estavam irritados por conta dos galhos, mas os mantive ocultos sob a manga do pijama para não alimentar animosidades fraternas. *Eu* conversaria a sério com Miguel. Perguntei sobre o destino dos abaobis, agora que o laguinho não era mais viável.

— Temos outro lugar em mente — respondeu Marta. — Não é o ideal, mas pelo menos lá eles têm espaço.

— Fica em Parelheiros — ajuntou Tiago. — Seria uma área ótima pra sempre, se não fossem as construtoras tentando espremer a Mata Atlântica ou cercar ela em empreendimentos imobiliários supostamente sustentáveis.

— O laguinho tem menos área, mas a quantidade de pessoas com acesso limitado à parte interna dele favorecia a gente — explicou Marta. — A região florestada perto da chácara é aberta...

Ou seja, Miguel iria com os abaobis para os confins da zona sul, na parte rural da cidade. Seria longe o suficiente para ocultá-los de quem quer que os houvesse descoberto? Aliás, a capital era mesmo um lugar adequado para animais silvestres? Não sendo, devia haver um motivo forte para os terem trazido. Acaso algum capítulo do projeto de Tiago abordava a história ultracontemporânea?

— Viu, você tá com o número daquele dr. Rogério? — perguntou Marta.

— Tô, mas vou deletar. Já devia ter feito isso.

— Não, me passa primeiro — pediu ela. — Vamos tentar descobrir alguma informação da linha.

Arregalei os olhos.

— Eita. Dá pra fazer isso?

— A Marta trabalha com segurança de sistemas — Tiago explicou. — Alguns dos nossos mexem com TI. *Alguém* deve conseguir descobrir pelo menos o dono da linha. E sei que tem como localizar o celular.

Isso me disse muita coisa sobre os motivos da insistência de Tiago e Miguel para que eu não telefonasse ao dr. Rogério. Ele teria meu número, se eu o fizesse, e talvez com isso me encontrasse. Agradeci ao cosmos por ter lhes dado ouvidos.

E fez mais sentido Marta trabalhar em banco. Sempre achei estranho, considerando a consciência ambiental e o estilo de vida dos Floresta. Deviam estar infiltrando o sistema para conseguir se defender.

Como Marta atendeu o celular, se afastando pelo jardim, passei o número para Tiago anotar em seu aparelho. Reprimi um calafrio ao apagar o contato. Ele se agachou na soleira da porta.

— Acho melhor esperar os quinze dias pra ter certeza de que você não foi exposta ao vírus, mas depois te mostro os capítulos prontos no meu computador.

Hesitei. Com essa oferta, ele demonstrava presumir que eu ficaria por lá.

— Dou aula amanhã cedo — falei. — Não trouxe o computador e preciso do meu material de aula.

Tiago se retesou com um ar alarmado. Um pressentimento ruim se instalou na boca do meu estômago.

— Seria bom você passar uns dias com a gente — disse meu amigo. — Pro caso do homem ter te visto, sabe?

Ele previa uma estadia *longa*. Balancei a cabeça, incapaz de conceber a ideia de pagar aluguel e não ocupar o apartamento. Seria jogar dinheiro no lixo. Além do mais, apesar de eu ter testemunhado do que o inimigo sem rosto era capaz, não consegui temer por mim, agora que não estava exposta na rua. Haviam me abordado num parque à luz do dia, mas o que mais poderiam fazer?

— Ele não tem como saber quem eu sou e onde moro — rebati. — E vocês? É fácil descobrir onde fica a sua casa a partir do laguinho.

Tiago balançou a cabeça.

— Vocês não vieram direto de lá para cá, então acho difícil terem sido seguidos. E o esconderijo dos abaobis não era conhecido há muito tempo, ou os caras já teriam tentado sequestrar algum.

— Mesmo assim, vou pra minha casa — falei. — Tenho um emprego, alunos esperando.

Os alunos em si provavelmente comemorariam se eu sumisse sem maiores explicações, mas nem o colégio nem os pais ficariam muito felizes comigo.

23

O burburinho contínuo de vozes irritadas me acordou e, desorientada, levei alguns instantes para entender onde estava e me lembrar de como tinha ido parar ali. Eu me sentei no colchão inflável, observando a iluminação fraca por baixo da porta. Os barítonos distintos dos dois irmãos Floresta se misturavam ao contralto agradável de Marta. Olhei o horário no celular: 2h46. Levantei-me e entreabri a porta. A luz fraca não vinha do jardim, mas da sala.

— Você não vai dirigir até lá a essa hora — rosnou Marta. — Quer matar a sua mãe de preocupação?

— Quanto tempo você acha que eles vão ficar quietos nesse aperto? — perguntou Miguel, dando duas passadas largas de um lado para o outro. Com meia dúzia ele cruzaria o jardim. — Arbustos novos não resolvem. Esse quintal minúsculo vai deprimir eles. É capaz de se automutilarem ou se recusarem a comer. Preciso de pelo menos uns três quilômetros quadrados *pra ontem*. Sem luz ou não, vou pra chácara e acabou.

Pensei no Chico, o bugio que havia feito Mayara se desencantar com o trabalho no zoológico. Animais selvagens não nasceram para permanecer confinados, não importava o quanto os espaços fossem bem planejados. Além disso, o laguinho estava longe de ter a área que Miguel citou, que dirá o jardim.

— Não é pra esperar de braços cruzados — volveu Marta num tom de forçada paciência. — Tô dizendo pra não ir pra lá sozinho de madrugada quando não dá pra ter certeza se acharam a gente e se estão vigiando a casa. Pressa demais a essa altura é suicídio e *você sabe disso*. Quer expor a localização da chácara, pra depois ser obrigado a mudar os abaobis de lugar *de novo*? Isso vai ser bom pra eles?

Miguel passou as duas mãos pelos cabelos, unindo-as na nuca e olhando para o alto. Um trejeito recorrente quando estava contrariado, mas enxergava razão no que ouvia.

— Vou com você — disse Tiago calmamente. O irmão o encarou, estupefato.

— Não faz sentido te deixar sozinho lá com os abaobis. Elas precisam ficar... lá é longe demais, se a mamãe precisar ir pro hospital.

— E a Yoko? — perguntou Miguel.

— Ela sugeriu a gente ir com você antes de eu dar a ideia. — Tiago trocou o peso de perna, com as mãos nos bolsos da calça do agasalho como se vestisse um terno completo. — Entendo sua preocupação, mas vamos pensar nisso com calma? Uma coisa é trazer os abaobis do laguinho pra cá amontoados no carro. Outra bem diferente é levar eles pra Parelheiros assim.

Miguel desviou o olhar para o canto do quintal atrás da casa, onde ficava a janela em que me sentei naquela noite... Só então reparei nos arbustos, antes inexistentes, e nas pequenas formas amontoadas abaixo e ao redor da vegetação nova.

— Dá pra segurar hoje, talvez amanhã, no máximo.

— Tempo suficiente pra alugar uma van, por exemplo — disse Marta, com um suspiro claramente aliviado.

Abri um pouco mais a porta e apareci na soleira, incapaz de esperar mais para saber o que me havia tirado o sono por horas antes de eu acabar cochilando. Os três se calaram e se viraram para mim, Tiago se adiantando na minha direção.

— Desculpa te acordar, Di — sussurrou. — Volta pra cama. Tá frio aqui fora.

Meu olhar procurou o de Miguel. Ainda vestia as roupas sujas da delegacia.

— E a polícia? — perguntei, apreensiva. — Não descobriram os abaobis na casinha?

— Levaram o corpo, já. Um dos moradores do outro lado do laguinho deve ter visto a movimentação das viaturas, porque foi falar com eles. Uma câmera pegou um cara de agasalho preto pulando a grade pra fora, bem no horário que a gente tava lá. Isso corrobora o seu depoimento.

Assenti, agradecendo a ele e aos deuses pela paz de espírito mais ou menos alcançada — se eu conseguisse manter submersa a imagem do corpo do seu Geraldo. Desejei-lhes boa noite e recuei para a edícula antes que a brisa fria me congelasse.

Voltei para baixo das cobertas, duvidando que dormiria logo. O burburinho prosseguiu durante mais alguns minutos, encerrando quando a porta da edícula se entreabriu e a figura esguia de Miguel entrou, fechando-a silenciosamente e passando direto para o banheiro. Fiquei escutando o chuveiro, cada vez mais desperta, até enfim desistir e acender a luz, me recostando à parede, encasulada no edredom.

De cabelo molhado e pijama de malha, Miguel pareceu surpreso ao sair do banho e me encontrar acordada.

— Tudo bem? — perguntou, franzindo a testa e lançando um olhar desconfortável ao seu colchão. — Hum... a gente fica de quarentena quando sai...

Te incomoda eu dormir aqui? — Coçou a nuca, meio sem jeito. — Tenho uma barraca em algum lugar. Posso montar lá fora...

— Até parece. Não, tô sem sono. Mas pode apagar a luz e dormir. Sinta-se em casa.

O canto de seus lábios se repuxou num sorriso, logo substituído por um ar melancólico de puro remorso. Ele colocou uma máscara de pano, sentando-se em seu colchão, de frente para mim.

— Desculpa. — Voltou os olhos avermelhados para o teto. — Fui horrível com você lá no laguinho. A essa altura, deve ter ficado impossível me perdoar. Queria dizer que não sou assim, mas nem te culpo se você não me der chance de provar.

Eu assentia enquanto escutava, satisfeita com sua abordagem.

— Ainda não sei direito como me sinto, pra falar a verdade... — murmurei. — Pelo menos, sobre meses atrás. O que aconteceu hoje... é complicado. Você foi grosso. Em qualquer outra circunstância, eu nunca mais ia olhar na fuça de um cara que saiu me arrastando pelo braço daquele jeito. Mas você tava apavorado por causa dos abaobis... e tinha um homem morto lá. Se você não pirasse um pouco com isso, eu ia desconfiar do seu caráter. — Levantei a cabeça e o encarei. Suas sobrancelhas estavam arqueadas de surpresa. — Dito isso, não tô com raiva. Agora, essa foi *a última vez* que você me segurou contra a minha vontade, com as plantas ou as mãos, me revistou ou olhou o meu celular sem permissão. *Ouviu?*

Ele assentiu, rígido.

— Obrigado. — Um suspiro aliviado se seguiu, e ele relaxou o corpo contra a parede ao lado do colchão. — Acho que você quase surpreendeu o cretino. Deve ter se assustado com a sua queda. Foi o suficiente pra dar tempo de eu chegar.

Acaso estava tentando me dizer que a tonta inofensiva havia *ajudado*?

— Como você sabia que tinha algo errado?

— A algazarra. Tavam me chamando. É uma sorte as vocalizações deles parecerem mais pássaros do que macacos pra ouvidos leigos. — Eu não tinha pensado nisso, mas de fato era um som mais fácil de associar a aves canoras. Miguel balançou a cabeça. — O cara não conseguiu levar nenhum... Graças a você, eu acho.

— Foi pura sorte.

— Foi. E isso é inadmissível. Preciso levar eles embora.

Segundo contou, jamais teria trazido aqueles abaobis para São Paulo se visse alternativa. O habitat deles fora comprometido, e outros locais ainda seguros já estavam ocupados. Embora não se tratasse de uma espécie territorialista, poderia haver conflitos se dois bandos distintos fossem introduzidos numa mesma área muito reduzida. Conviviam melhor com outros símios, como bugios e muriquis.

Não lhe faltava desenvoltura ao falar desses assuntos, e me perguntei como alguém ia de aracnólogo a primatólogo. Haveria quantos biólogos entre sua gente? E, aliás, como se autodenominavam?

— O Ti me falou que você quer voltar pra casa de manhã — Miguel disse, depois de um longo silêncio. — Não dá pra acessar a plataforma EaD de outro computador?

— Até dá, mas tô sem o material.

E roupas. E vontade de ficar. Miguel assentiu, talvez contrariado.

— Te levo. Preciso alugar uma van e já que vou sair de qualquer jeito...

Deu de ombros. Nitidamente preferia não abandonar os abaobis, mesmo havendo três outras pessoas como ele para mantê-los seguros. Outra evidência de que era controlador, querendo centralizar todas as tarefas.

— Você se lembra da primeira vez que me deu carona? — perguntei. — Eu tinha certeza de que você tinha visto a ocorrência e queria conversar comigo.

— Errada não tava.

— Quando você disse que não viu, e depois das gracinhas do Tadashi, passei a achar que você tava de olho em mim.

— Errada não tava — repetiu, então abaixou a cabeça. — Se previsse o futuro, nunca teria mentido. Queria que cada escolha não impactasse tanto o resto da nossa vida.

Eu também.

— Você cuida dos abaobis sozinho?

Seus ombros murcharam.

— Desde o ano passado.

A última frase, somada a sua postura, me esclareceu as entrelinhas. Se até algum momento do ano anterior ele dividira o trabalho com alguém, e isso tinha mudado... Melhor não pensar nesse assunto.

— Que cara...

Ergui o olhar. Miguel me fitava.

— Pensando na pandemia. — Melhor do que dizer que refletia sobre o destino da pessoa que antes o ajudava com os abaobis. Os olhos vítreos do seu Geraldo lampejaram atrás de minhas pálpebras. — Até quando será que vai durar isso?

— Pelos artigos científicos que andei lendo, até meio do ano que vem, no mínimo. Isso se sair a vacina. — Ele inclinou a cabeça. — Diana, se mudar de ideia, liga pra algum de nós te buscar, por favor.

24

Nem vi o tempo passar, com o dia inteiro em aula. À noite, li na internet sobre macacos brasileiros — ou neotropicais, como especialistas chamavam espécies nativas da América do Sul. Os mais parecidos fisicamente com os abaobis pareciam ser os macacos-prego.

No sábado de manhã, conversei com Mayara. Ela se encantaria com os abaobis, se pudesse saber de sua existência. Logo nos primeiros minutos, ficou claro que ela não queria falar do trabalho. Contou da irmã, dos pais, do quarto recém-pintado. Só comentei das minhas aulas.

Era a segunda vez que eu deixava um segredo monumental entre nós. A anterior — sobre o que eu até então imaginava ser um diagnóstico de esquizofrenia ou doença semelhante — fora uma decisão infeliz. Dessa vez, no entanto, não cabia a mim a escolha de compartilhar o que eu sabia dos abaobis, dos humanos que os mantinham longe dos holofotes, das névoas e energias inexplicáveis das árvores.

Perguntei do Cleiton. Eu sentia falta dos nossos papos no ônibus, nas manhãs dos dias úteis (mas não de pegar condução lotada em pé).

— Agora que tá de home office, a empresa abusa. E ele tá pegando uma quantidade absurda de freelas. Às vezes vira a noite trabalhando.

— Eita. Tá conseguindo falar com ele direito?

Algo em seu rosto derreteu, trazendo à superfície um sorriso apaixonado geralmente guardado a sete chaves.

— Ele me liga sempre na hora do almoço e à noite. Responde a todas as mensagens na hora e, quando não dá pra falar, me avisa antes.

Em outro lugar ou num futuro ideal, isso seria o mínimo a se esperar de alguém com quem se tem um relacionamento, porém, num mundo imperfeito, Cleiton foi alçado ao posto de *um achado*. Se bem que desde o começo ele se mostrou um cara legal. Fiquei feliz que continuasse assim como namorado.

— Não aguento mais não ver as pessoas — Mayara desabafou. — Mas vou pro zoológico três vezes por semana...

Ela se retesou à menção do trabalho. Já me preparava para falar de série da Netflix quando escutei um leve arranhar na porta. Eu normalmente desconsideraria um som tão débil, mas meu andar vivia num silêncio sepulcral. E eu havia ganhado razões suficientes para incitar minha tendência à paranoia.

— Só um minuto, May.

Na ponta dos pés, espiei o saguão pelo olho mágico, esperando ver alguma vizinha chegando com as compras. Recuei num sobressalto, tapando a boca para não gritar. O Genérico e outro homem estavam bem ali, e só uma madeira de três centímetros de espessura nos separava. O som se repetiu, muito leve, algo metálico na fechadura. Prendendo a respiração, voltei ao computador.

— May, tem alguém tentando abrir a minha porta — sussurrei. — Depois a gente se fala, tá?

Abaixei a tela, agarrando o celular e voando para a janela a fim de procurar uma saída. Havia algumas reentrâncias na face externa do prédio, e talvez uma pessoa habilidosa conseguisse se locomover ali.

O barulho soou um pouco mais alto. Corri para calçar o tênis e vestir um casaco com zíper no bolso, onde enfiei o celular. A julgar pelos estalidos metálicos, logo destrancariam a porta. Coloquei a cabeça para fora e olhei para baixo e para cima. Aquilo seria fazível num filme; na vida, a gente tem a clara noção de que vai morrer se tentar fugir pela janela do quarto andar de um prédio.

Ainda assim, a alternativa era esperar para descobrir o que dois homens invadindo meu apartamento queriam comigo. Pessoas com quem nunca falei, para quem nunca dei meu endereço. Apoiei as mãos no parapeito e me icei, passando uma perna para o outro lado. Não dava para acreditar que isso estava mesmo acontecendo.

A tranca tilintou de novo. O susto quase me custou o equilíbrio. Inspirei fundo, buscando não reparar no meu tremor, pior do que se eu houvesse pedalado um dia inteiro sem parar. Passei a outra perna, girando o corpo de modo a ficar de costas para a rua, de cara para o apartamento. Com as mãos fincadas no parapeito, desci os pés para a faixa protuberante de dez centímetros de largura. Impossível dizer se senti alívio ou pânico quando meus tênis a tocaram.

Se me esgueirasse para a esquerda por um metro e pouco, alcançaria a janela vizinha, mas para isso teria de soltar uma das mãos da minha. Não havia onde mais me segurar. Experimentei deslocar o pé um pouco para o lado.

Meus olhos marejavam. Meu coração pulsava na garganta. Não conseguiria. No máximo, morreria e levaria o segredo comigo. Ou seria pega e sabia-se lá o que se seguiria.

Continuei indo para o lado, me lembrando de minha infância e das árvores que eu escalava no parquinho perto de casa. Por que tinha abandonado esse hábito? Seria mais fácil se me restasse alguma prática em me equilibrar nas alturas. Não, nada de pensar na altura. Isso era uma brincadeira de criança, na verdade: eu estava no chão e só podia pisar bem rente à parede porque o resto era lava. Sim! E a lava voltaria a ser chão quando algum adulto me mandasse parar quieta.

Meus dedos roçaram o parapeito da vizinha. Imóvel, em forma de cruz, segurava a lateral da minha janela com a mão direita e a do outro apartamento com a esquerda. Para prosseguir, teria de soltar a primeira. Mas já fizera isso uma vez e continuava viva, por enquanto.

A porta da sala se abriu com um baque e uma voz praguejou alto, quase me desequilibrando. Olhariam pela janela? Faltavam esconderijos na quitinete.

Engoli em seco, tentando abstrair o som das minhas coisas sendo reviradas. Eu me forcei a continuar sem pressa, inspirando fundo pelo nariz e soltando o ar lentamente pela boca para me acalmar. Meu coração esmurrava as costelas, subia pela garganta, pulsava no estômago e nas pontas dos dedos. Sustentar o braço em ângulo reto com o corpo e permanecer tanto tempo nas pontas dos pés estava fazendo meus músculos urrarem.

Se sobrevivesse, começaria a praticar alguma atividade física.

Alguém gritava palavras indistintas no meu apartamento. Fiquei cantando Anitta na cabeça e respirando controladamente, até chegar à frente da janela vizinha. Trancada. A casa parecia vazia, a menos que o banheiro estivesse ocupado.

Lágrimas escorreram pelo meu rosto, não sabia se de extenuação, pânico ou resistência dos meus olhos ao vento gelado. Meu corpo inteiro tremia e não me sobrava mais força nas panturrilhas para me manter nas pontas dos pés. Eu iria cair.

Uma senhorinha apareceu, me encarando como se eu tivesse saído de uma história. Eu não duvidaria. Essas coisas não aconteciam de verdade. Em algum lugar, a escrota da autora da minha vida estava às gargalhadas.

Bati no vidro, aos prantos. Ela veio abrir.

— Meu namorado quer me matar — falei, meio atropelada. — Me ajuda, pelo amor de Deus!

A face preocupada de uma mãe anunciou sua resposta antes de ela avançar e me puxar para dentro com um movimento surpreendentemente forte.

— Vou ligar pra polícia — disse ela.

— Não posso esperar. — Corri para a porta e a destranquei. — Vou pra delegacia.

— *ELA TÁ AQUI!* — o brado soou como uma sentença, vindo do meu apartamento.

Eu já voava escadas abaixo. Quase despenquei. Meus joelhos fraquejavam e eu não podia me dar ao luxo de vacilar. Desci os degraus de dois em dois, sem pausa. Meu peito berrava para eu parar e respirar direito. Minha visão escurecia. Já era um milagre ter sobrevivido até ali. Talvez eu houvesse caído e estivesse vivendo meus delírios finais.

No térreo, telefonei para Miguel ao cruzar o saguão e o portão. Caixa direto. Liguei para Tiago, tomando o caminho da Consolação, o mais rente possível aos muros, para ninguém me enxergar lá do alto.

— Oi, Di! — A voz de Tiago parecia alegre. — Tava pensando em...

— Vocês podem me buscar? — Soei rouca, arfante, enrolada.

— Di? Que foi? O Miguel não tá e daí não posso deixar os bichinhos sozinh...

— Vieram na minha casa. Escapei por pouco, mas não... não tenho pra onde ir...

Então me lembrei de estar sem máscara e sem carteira. Não me deixariam entrar no metrô, mesmo se eu conseguisse passar a catraca sem pagar, algo bem improvável, considerando minha inexperiência. Desatei a chorar, dobrando a esquina. Àquela altura, mais me arrastava e cambaleava do que corria, mas não tinha coragem de parar.

— Diana, tô indo te buscar — a voz de Tadashi, serena, tomou o telefone. — Ainda tão te perseguindo?

— Não sei... — Olhei para trás. As ruas quase vazias me transformavam num para-raios. Então avistei um objeto voando, circulando. — Um drone! Meu Deus, isso não pode estar acontecendo...

Aquele virou meu mantra dos últimos minutos. Se me contassem uma história como a que eu havia acabado de viver, reclamaria da falta de verossimilhança. Mas esse era um problema geral do Brasil, naqueles últimos tempos.

— Vai pra um mercado ou um metrô. Chego em meia hora.

— *Meia hora?!* Daí até aqui?!

— Eu chego.

Dava uns trinta quilômetros, no mínimo. Por mais que ele gostasse de dirigir, soava improvável. Sua voz se tornou distante e abafada; devia ter conectado a ligação no rádio do carro.

— Você tá correndo pra estar ofegante assim?

Sua calma me confortava, porém não aliviava meu terror. Tentei permanecer oculta, embora meu corpo mole e a cara inchada de choro não me permitissem passar despercebida pelos poucos transeuntes. Eu devia parecer bêbada.

— Tô indo sentido Consolação... — murmurei. — Ou era melhor o Centro?

— Você tá perto da Praça Roosevelt?

— Ainda não.

Faltava cerca de um quilômetro.

— As árvores de lá devem te esconder. Ou a igreja, se tiver aberta.

— Nunca tá.

— Pega o metrô, então.

— Sem máscara nem dinheiro.

Ao dobrar a esquina, dei de cara com outro drone. Soltei um grito.

— Que foi?

— Me viram. Vou correr.

Tirando o telefone da orelha, disparei — pelo menos, tanto quanto minhas pernas frouxas permitiram. Aquele dispositivo infernal me acompanhou feito um marimbondo. Eu bamboleava. Meu corpo ameaçava entrar em greve a qualquer instante. Ele já havia feito mais por mim do que eu por ele; não tinha o direito de lhe exigir mais nada.

O campus do Mackenzie ficava ainda vários quarteirões para cima, pouco antes da Praça Roosevelt. O outro drone se juntou ao primeiro. Tropecei num buraco da calçada e quase me estabaquei no chão, mas consegui reverter a queda em impulso para continuar correndo.

Meu peito ardia. Nem todo ar era suficiente; meus pulmões não se enchiam. Uma dor intensa se espalhava, inundando costas, flancos e estômago. Eu já havia chegado ao meu limite e o ultrapassado várias vezes.

Virei a esquina da rua que desaguava na Consolação. Onde estavam *as pessoas*? Maldita pandemia. Num dia normal, eu me enfiaria na multidão e sumiria, tornada número, massa, fluxo. Os gatos-pingados com quem eu cruzava só encaravam a cena com um ar imbecilizado: um trapo de moça fugindo de dois drones. Talvez imaginassem que eu fosse a atriz de alguma série, gravando uma cena de perseguição. Seria mais plausível.

Mais atrás, o pneu de um carro cantou. Atravessando para a calçada do Mackenzie, trepei na grade. Era alta demais e eu estava tonta e minhas mãos doíam e escorregavam e meus joelhos cediam, mas cheguei ao alto. Com o apoio de uma árvore do outro lado, desci mais rápido do que subi. Disparei de novo, procurando uma forma de me livrar daqueles drones. Ou um segurança.

Apesar de o jardim e os prédios baixos de tijolinhos preservarem a perfeição milimétrica da única vez que eu visitara o campus, encontrei uma pá de jardinagem recostada à parede de um canteiro em obras. Agarrei-a e me arrastei para o abrigo de algumas árvores mais baixas.

Apurando os ouvidos, calculei a distância onde um dos malditos voava e parei de repente, girando e jogando todo o impulso para a pá. Por um milagre, acertei em cheio. O aparelho voou uns metros antes de se chocar com um muro. Dei a volta na árvore mais próxima e me recostei, arfando.

O outro drone zumbia fora do meu alcance. Peguei o celular, com a ligação ainda ativa, e resumi a situação para Tadashi. Minhas palavras saíam desconexas e atropeladas, a língua molenga como o restante do corpo.

— Não sei se vou escapar — murmurei, ao fim. — Viram onde eu tô...
— Para de se subestimar, Di. Aguenta só mais um pouquinho.
— Você não é mágico! O que vai fazer contra eles?
— Falei com o Miguel. A gente vai se encontrar no caminho.

O drone zumbia por perto, dando voltas a uma distância segura. Debochava de mim.

Continuar em movimento ou economizar energia para a próxima emergência? Qual seria mais efetivo, com aquela mosca infernal grudada em mim feito sombra? Mesmo parada, doía respirar; os arquejos sofridos não recuperavam meu fôlego.

Embora não quisesse arriscar chamarem a polícia, não sobreviveria sem ajuda. Onde ficavam os seguranças do campus? Engoli em seco, a garganta dolorida, e avancei por entre os canteiros floridos para o portão que conhecia melhor, o da Consolação. Se não me falhava a memória, havia uma guarita ali.

Enquanto corria — ou rastejava, mais precisamente —, tentava abater o maldito drone. O caminho entre os prédios parecidíssimos me confundiu, as escadarias de um lado, o desnível do outro. Tinha uma praça de alimentação por perto, não? Passos velozes ecoaram atrás de mim. O Genérico. Gemi e avancei para os degraus. A pá me atrasava, mas não quis largá-la. Sem ela, eu conseguiria fugir? Ele se aproximava rápido demais.

— Diana, se você não parar vai ser pior! — arfou.

Girei o corpo, dando impulso na pá. O Genérico aparou o golpe com o antebraço e a arrancou das minhas mãos, esfolando minhas palmas quando tentei segurar. Dei as costas e fugi. Não subi dois degraus; ele agarrou meus cabelos e casaco, caindo em cima de mim quando tropecei. Arrebentei a testa no chão.

— Desiste — bufou, o hálito fedido roçando meu rosto.

Vendo estrelas, gritei a plenos pulmões, até ele fechar o punho no meu pescoço de modo a pressionar a traqueia. Engasguei. Ele me puxou com um tranco violento e me arrastou, bufando de raiva dos meus esforços: eu fincava os pés no chão, obrigando-o a vencer o atrito das solas no concreto. Embora não tivesse forças, manter os membros rígidos e resistir era instintivo.

— Caralho, garota, qual é o seu problema? — vociferou, me estapeando com o dorso da mão.

Desmontei. Meu corpo cedeu como se implodisse. As imagens à minha frente se multiplicaram, dançando, com bordas pretas cada vez maiores, prontas para dominar meu campo de visão. Eu queria me sentar, me deitar, me encolher e chorar em posição fetal. Odiava ser tão fraca.

— Finalmente! — grunhiu entre arquejos. — Garota burra. Depois de sumir várias vezes, agora te peguei. Devia ter ligado *antes*. Você ia levar uma bolada, se viesse por bem.

— Ei!

Um segurança apareceu no alto das escadas, nos olhando com um ar confuso. Não precisava de nenhuma genialidade para perceber que eu era a inconteste vítima naquele cenário. A confiança do Genérico, entretanto, me desesperou. Ele estava *armado*, reparei sob sua roupa.

Aproveitei a distração causada pelo surgimento do vigia: dei uma joelhada no saco do Genérico e fugi na direção oposta por entre os prédios quando ele caiu, se contorcendo. Não queria que ninguém levasse um tiro por minha causa. O cadáver do seu Geraldo no laguinho lampejava sob minhas pálpebras a cada momento de paz.

Milagrosamente, a chamada continuava ativa no celular.

— Tadashi? — solucei.

— Tô aqui, Diana — respondeu sombriamente.

— Pelo amor de Deus, diz que já passou meia hora...

— Chegando — disse ele. — Onde te encontro?

— Mackenzie. Vou pular o portão na saída da Maria Antônia.

Passos e vozes se anunciavam mais atrás. Resmunguei um palavrão e corri aos tropeços, guardando o celular travado no bolso, sem desligar. Avistei o gradeado por onde entrei, procurando algum carro ou homem suspeito. O Genérico tinha pelo menos um parceiro nas imediações.

O portão e a árvore que eu havia escalado pareciam ter triplicado de altura. Meus membros se recusaram a subir, minha visão embaçada e cheia de estrelas piscantes. Grudei a testa na grade, comprimindo os olhos e obrigando meus pulmões a se encherem de ar. *Fraca*.

— Diana! — a voz de Tadashi, dessa vez sem o filtro da chamada telefônica, me trouxe de volta da fronteira da inconsciência.

Um carro esportivo havia estacionado na minha frente. Com uma mão ainda no volante, ele abriu a porta do passageiro.

— *Vem!*

— Ela *não pode* escapar! — trovejou o Genérico, pouco atrás de mim.

Cerrei os dentes, agarrei as grades e finquei um pé no primeiro apoio. Não adiantava nada ter nadado contra a tempestade inteira para morrer na praia. Usei a árvore como suporte. Um carro dobrou a esquina três quarteirões adiante, cantando pneu.

Passei para o outro lado, segurei o gradil com firmeza e deslizei para baixo, soltando o peso. As palmas já esfoladas deixaram rastros de sangue e, quando meus pés encontraram o chão, meus joelhos cederam e caí sobre eles com um berro. O Genérico alcançou o portão. Rastejei, meio engatinhando, e mergulhei no carro.

25

Tadashi agarrou minha blusa na altura da lombar e me puxou para dentro sem cerimônia, se debruçando em mim para fechar a porta, e arrancou com o carro. O motor aguentou a meia-volta brusca sem reclamar, mas eu quase voei.

— Cinto.

Tremendo, obedeci. Tadashi vigiava a rua pelos retrovisores. Eu nunca o vira com uma expressão tão séria, nem nunca me sentira tão protegida na presença de alguém.

Um carro virou à frente na contramão, vindo ao nosso encontro com propósito. O Genérico entrou nele. Tadashi dobrou na primeira direita, movendo somente os dois braços no volante. Sem sombra de pânico, de nervosismo, nada. Enquanto isso, eu arquejava respirações rasas demais, tentando recuperar o fôlego.

— Tira o celular do Ti do rádio e põe o meu.

Levei um segundo para entender: desconectar o bluetooth do aparelho de Tiago — no qual encerrei a ligação comigo — e conectar o de Tadashi — com Miguel na linha. Embora tivesse me atrapalhado um pouco com as configurações, consegui sem demora.

— Tô com ela — anunciou.

— Vai pros lados da USP Leste — disse a voz de Miguel, inflexível feito uma rocha.

Um silêncio longo se seguiu. Era longe, mas a região possuía grandes extensões de terreno com mato e apenas rodovias em torno. Devia ser uma localização ideal para Miguel operar sua mágica longe de olhos curiosos e câmeras de tráfego urbano que pudessem registrá-la. O que ele faria?

Não sabia se o drone ou o carro ainda nos perseguiam e, por alguns segundos, não quis descobrir. Recostei a cabeça, ainda tentando acalmar a respiração. Estrelas explodiram atrás dos meus olhos. Meu rosto latejava como se meu coração morasse sob a pele.

— Não dorme, Di — Tadashi pediu, num tom mais suave. — Você bateu a cabeça?

Assenti, gemendo. Sua evidente inquietação afastou um pouco meu sono. Tateei o lado direito da face e a testa até encontrar o centro daquela agonia. Estava inchado. Só então notei a sombra do galo na margem da visão.

— Você acha que tem risco de concussão? — perguntei.

Minha voz soara estranha, frágil como papel-filme. Eu era um castelo de areia se dissolvendo sob o ataque devotado da água do mar, perdendo a forma mesmo durante a calmaria.

— Por via das dúvidas, fica falando comigo.

— Por que o Ti tá sozinho com os ab... — Eu me interrompi, lembrando que estávamos em ligação. — ...*bichinhos*? E a Marta e a Rosa?

— Em casa. A gente tava... em outro lugar.

Na tal chácara de Parelheiros, então. Haviam transferido os abaobis para lá no dia anterior, enquanto eu dava minhas aulas como se não houvesse nada de errado no mundo. Nada além da pandemia e do desgoverno do Brasil, ao menos.

Ao esfregar os olhos, tomei repentina consciência do ardor nas mãos. Minhas palmas estavam em carne viva, uma visão nojenta que transformou a anterior queimação insistente num incêndio. Minha vista embaçou com lágrimas cansadas demais para se darem ao trabalho de cair.

— *Ai* — gemeu Tadashi com simpatia. — Como você fez isso?

— Um conjunto de coisas.

A adrenalina devia estar baixando; pontos de dor começavam a espetar todos os meus músculos. Apalpei as coxas e fui descendo. O joelho esquerdo latejava, e eu torcera o pé direito. As duas pernas tremiam como se eletrocutadas sem intervalo. Ligar o interruptor mental para perceber o estado do meu corpo fez mil dores rebentarem em cascata, uma pior do que a outra.

— Quebrou alguma coisa? — perguntou Tadashi.

— Não sei. — Comprimi os olhos. As lágrimas vieram, então. Meu suspiro saiu ofegante, entre lábios trêmulos. — Não acredito que tô viva...

Tadashi praguejou, de olhos fixos no retrovisor.

— A gente tá sendo seguido — disse sobriamente. — Dois carros.

— Vou te mandar um ponto de encontro — veio a voz de Miguel, entre dentes. — Você deve chegar lá antes de mim. O caminho é só estrada, então talvez dê pra despistar eles. Se não, faz teu jogo até eu chegar.

Tadashi sentou o pé no acelerador, ultrapassando um semáforo que acabava de fechar na avenida Tiradentes. *Como* já estávamos ali eu não fazia ideia. Não tinha memória do trajeto, de nada além do terror de ficar pendurada do lado de fora do meu prédio. Eu havia mesmo feito aquilo? *Eu?*

O celular dele vibrou.

— Abre pra mim o mapa que o Miguel mandou — pediu. — Daí põe no suporte, por favor.

Foi um milagre não derrubar o aparelho das minhas mãos instáveis. Ainda mais com Tadashi fazendo várias ultrapassagens perigosas, avançando faróis vermelhos e dobrando curvas no limite da sanidade, os pneus soltando um berro estridente no asfalto. O temor de ele perder o controle era um latejar no fundo do meu peito, sufocado pelas dores físicas.

Olhei para trás. Embora não discernisse quais dentre os carros eram os perseguidores, um drone me chamou a atenção. Diferia dos outros por ser menor e mais aerodinâmico, e voava poucos metros acima de nós, qual uma pipa presa ao vidro traseiro.

— Não vai dar pra escapar — arquejei. — Tem um drone atrás da gente.

— Cuido dele quando chegar — disse Miguel. — Não se preocupa com isso agora.

Mergulhamos na Marginal Tietê. Sem trânsito, Tadashi devorou o asfalto, deixando os outros carros para trás. O objeto voador identificado, por sua vez, continuou na nossa sombra.

— Di, se não for pedir demais, liga pra minha irmã e avisa que tá comigo. Senão os dois vão morrer de preocupação.

Yoko me atendeu no primeiro toque, como se estivesse esperando grudada no celular. Eu nem imaginava como ficaria no seu lugar. Também não conseguia pensar muito nisso; as palmas das minhas mãos pulsavam, a direita mais pelo modo que eu segurava o aparelho.

— Onde você tá? — a voz dela soou aguda, meio chorosa.

— No carro com o Tadashi.

— Tá tudo bem?

— Tô viva e ainda não acredito nisso. — Engoli o nó na garganta. — Estão seguindo a gente, mas o seu irmão deixou eles comendo poeira.

Distingui o timbre de Tiago ao fundo. Yoko lhe repassou minhas palavras.

Tadashi soltou um palavrão.

— Que foi? — perguntamos eu, Miguel e Yoko a um só tempo.

Descíamos o viaduto que desembocava na Dutra e, lá embaixo, dois SUVs pretos filmados vinham pelo acostamento, nos alcançando ao cairmos na rodovia. Mais drones do modelo veloz pairavam sobre eles. Tadashi descreveu o cenário para Miguel — e Yoko, por tabela — numa cadência controlada. Travando o maxilar, acelerou, jogando o carro para a esquerda com uma segurança que eu só podia invejar. Fiquei impressionada com sua capacidade de manter a frieza naquela situação, e grata por não estar no lugar dele, lidando com isso.

— Vão tentar te impedir de sair desse nó de estradas — avisou Miguel. — Talvez já imaginem que você tá indo encontrar um de nós.

— Em quanto tempo você chega?

— Uns quinze minutos ainda.

Os nós dos dedos de Tadashi, até então brancos pelo aperto no volante, afrouxaram quando ele inspirou fundo pelo nariz e soltou o ar devagar pela boca. Sua postura inteira relaxou. Seus olhos estreitados vasculharam os espelhos.

A simples velocidade não nos livraria daqueles novos carros, que também corriam bastante, ou dos três drones. Mesmo assim, Tadashi foi engolindo o asfalto pela esquerda, chegando a 160 quilômetros por hora, enquanto um dos SUVs nos seguia de perto e o outro, na faixa à nossa direita, tentava emparelhar conosco.

Os veículos próximos saíam da frente à nossa passagem. Alguns afundavam a mão na buzina em protesto ou piscavam o farol. Uma senhora chegou a aplaudir ironicamente, fula da vida, quando a ultrapassamos, e ficou bem para trás em questão de segundos. Aquela velocidade era sinônimo de morte ao menor erro de cálculo.

Um tranco súbito nos fez oscilar na pista. Acaso pretendiam nos fazer capotar? Engoli um ganido para não atrapalhar a concentração de Tadashi, por reflexo cravando as mãos nas laterais do meu assento. O movimento me causou um choque de dor que repuxou algo atrás do meu umbigo, transformando o medo de capotagem num frio na barriga durante os segundos que levou para o pior passar e a queimação voltar a ser apenas mais uma fisgada insistente. Comprimi os olhos, inspirei fundo e soltei o ar tão controladamente quanto possível, travando a mandíbula com a arrancada do carro.

Tadashi virou o volante com outro gesto seco; o veículo cortou para a direita, fazendo o SUV daquela faixa dar uma freada brusca, e entrou com tudo na frente de um caminhão imenso, daqueles muito lerdos que sempre têm uma placa avisando "veículo longo" na traseira. Imperturbável, Tadashi reduziu ao lado dele, passando para a faixa de conversão segundos antes de entrar num retorno que eu nem havia percebido.

Os perseguidores entenderam a manobra tarde demais e foram obrigados a seguir na Dutra pela imposição do fluxo, mesmo se modesto em relação a épocas normais. Os drones ainda nos seguiam, mas só de não ter mais ninguém tentando nos fazer rodar eu já conseguia voltar a respirar.

— Caramba, Tadashi — arquejei. — Você é maluco?

— Nah. Agora o caminho até o ponto de encontro é pior. Mais fácil de encurralar a gente.

Yoko me perguntou o que acabara de acontecer e resumi em menos de vinte palavras, depois me despedi. Deixá-la em suspense aumentava minha ansiedade também. Prometi notícias quando encontrássemos Miguel.

Nessa nova calmaria, percebi o latejar da minha cabeça ainda pior do que antes, reduzindo todas as demais dores a uma pulsação incômoda. Cada pontada vinha muito mais forte do que a anterior. Minha vista ficou embotada de lágrimas outra vez, cheia de halos iluminados, então começou a escurecer.

— *Diana!* — Tadashi gritou, me sacudindo com uma mão, a outra firme no volante.

Despertei no susto.

— Oi, oi. Tô acordada.

— Miguel, ela precisa de um hospital *pra ontem*.

— Imaginei quando vocês mencionaram uma concussão. Não se preocupa; a gente vai pra perto de alguém.

Agradeci, surpresa. No meio da perseguição, só queria sobreviver. Achei animador ele pensar no futuro; significava que tinha esperança de nos livrarmos daqueles homens.

— *Não acredito* — esbravejou Tadashi.

— Te acharam? — Miguel perguntou.

Xinguei os drones. A situação piorou um pouco em relação à anterior: um dos SUVs vinha ao nosso encontro, enquanto o outro fechava o caminho atrás. E não havia para onde fugir; de um lado, um muro sem fim e, do outro, um capão a perder de vista, em desnível com o asfalto.

— Tô te vendo — anunciou Miguel.

Aquelas foram as três palavras mais emocionantes que já ouvi. Um vulto cortou o ar atrás de nós. Só dois drones restavam. Outras duas sombras escuras se abateram sobre estes, e tive um segundo para as vislumbrar antes de sumirem: aves de rapina, algum falconídeo.

Do nada, Tadashi virou o volante e acelerou, fazendo o carro dar um salto rumo ao matagal, quase um metro abaixo da superfície da rua, e logo tocar o chão. O pouso, entretanto, foi quase suave, amortecido por uma relva tão alta e espessa que os airbags nem se abriram. Avançamos aos trancos e barrancos, Tadashi tentando frear. O mato em torno não parecia cheio o suficiente para segurar um carro, mas um caminho daquela relva mais encorpada se estendia diante de nós, auxiliando na desaceleração e facilitando uma parada acolchoada ao lado de Miguel, em pé com as mãos nos bolsos da calça. Seus olhos permaneciam fixos num ponto atrás de nós, a cabeça inclinada levemente para o lado, o sulco habitual entre as sobrancelhas. Eu me virei para ver. Os dois SUVs haviam tentado nos seguir e acabaram envoltos por um gigantesco emaranhado de coroa-de-cristo que não estivera ali até segundos antes, perto da beira da estrada. O pouso *deles* não fora gentil igual ao nosso, como provavam os amassos na lataria e o estado das rodas. Não consegui enxergar os homens lá dentro por causa do reflexo no vidro escuro.

Seria o fim ou só mais um respiro antecedendo novo vendaval?

Miguel pegou a mochila do chão, dando uma batidinha no meu vidro com o nó do indicador. Seus olhos, revelando cansaço, percorreram meu rosto quando abri a porta, o maxilar travado com tamanha força a ponto de eu distinguir músculos faciais.

— Vem comigo pra trás, Diana.

Arrisquei um olhar na direção dos suvs enrodilhados pelo espinheiro, uma versão mais modesta do labirinto da Malévola. Ainda havia dois carros em algum lugar, que poderiam surgir a qualquer momento.

— Eles não vão sair de lá — disse ele calmamente. — O espinheiro aguenta.

26

Poderia a conclusão daquele horror ser tão fácil? Era como acordar no susto e o pesadelo se desfazer no escuro dos contornos familiares do nosso quarto.

Abri a porta, meio pasma, e soltei o cinto. Miguel abriu a de trás, me esperando descer. Minhas pernas continuavam tremendo, à revelia da minha vontade. O pé direito estava dormente, os joelhos inchados e sem firmeza.

— Ela não levantou desde que caiu do gradil do Mackenzie — explicou Tadashi, ante meus esforços inúteis.

Miguel colocou a mochila no banco traseiro e gesticulou para mim.

— Posso...?

Assenti, estendendo um braço e erguendo um pouco a perna direita, tanto quanto conseguia. Ele se abaixou, envolvendo minha cintura com uma mão e passando a outra sob meus joelhos. Eu me retesei inteira. Como *tudo* doía? Devia ter gemido, porque ele me levantou devagar e me pôs atrás do banco do passageiro com mais cuidado ainda. Depois o puxou bem para a frente, fechou a porta, contornou o carro e entrou ao meu lado. Estava trêmulo e suava nas têmporas. Acaso fazer aquelas plantas crescerem do nada o tinha exaurido?

— Hospital Padre Bento, em Guarulhos — disse ele, tocando o ombro do amigo.

— Pode deixar.

Tadashi guiou o carro para o asfalto, abandonando a cama de relva que Miguel não queria desfazer com medo de os caras gravarem. O último se voltou para mim, as pálpebras pesadas de exaustão, erguendo um indicador comprido diante dos meus olhos.

— Acompanha meu dedo — pediu, e moveu a mão primeiro para um lado e depois para o outro. Aparentemente satisfeito, abriu a mochila e tirou dela alguns itens. — Você bateu o rosto?

— Não, foi aqui. — Toquei o ponto da cabeça. — Se minha cara tá inchada, é porque levei um tapa cheio de ódio.

Ante seu olhar estarrecido, somado ao de Tadashi no retrovisor, passei a narrar minha fuga. Soava fantasiosa mesmo aos meus ouvidos. Não os condenaria se julgassem que eu sonhara o episódio todo. Tadashi assobiou algumas vezes, e Miguel só travou mais ainda o maxilar e continuou sem abrir a boca, cuidando de minha testa e das palmas de minhas mãos.

— Caramba — comentou Tadashi —, no seu lugar, acho que ia tentar passar por eles pela porta mesmo.

— Mas você tem um metro e noventa, consegue correr e aposto que se sairia bem numa troca de socos — volvi, com um suspiro. — Não é meu caso. Sei lá o que tava pensando. Ou não tava, né. Surtei quando vi o Genérico na porta de casa.

Miguel enrijeceu. Seus olhos procuraram os meus.

— O cara do Ibira?

— Foi ele que me pegou no Mackenzie.

Ele balançou a cabeça, cerrando os punhos.

— Se te marcaram há tanto tempo assim... como a gente foi idiota, achando que tava seguro...

Meus pensamentos foram se dissolvendo, minha atenção se dispersando. Apesar das incertezas, estava livre de perigos iminentes. Relaxei contra o banco do carro.

— Nada disso, Diana. — Miguel tocou meu rosto com a maior delicadeza. — Você não fugiu pela janela pra desistir agora. A gente vai chegar logo no hospital. Aguenta mais um pouquinho.

Assenti, piscando devagar. Ele pegou um microverde ressecado de um saquinho de sementes na mochila. Em segundos, a planta brotou, se ramificou e verdejou. Embora tivesse acabado de passar por coisas que só vira em filmes e meu corpo apresentar todos os sinais disso, senti um sorrisinho repuxar os lábios ao testemunhar aquele milagre novamente. Existia magia *de verdade* no mundo.

Ele tirou com cuidado meia dúzia de folhas e me ofereceu, antes de guardar o galho restante de volta no lugar.

— Come isso.

Aceitei a oferta sem questionar e as coloquei na boca. Sabor de mato, meio desagradável, mas nada impossível de engolir. Não demorou muito para eu sentir os efeitos: o pior do latejar da minha cabeça, do meu joelho e do meu pé se amenizou, e minha respiração ficou mais fácil. Comecei a imaginar como aquelas habilidades eram práticas no cotidiano. Não à toa tinha gente querendo se apoderar delas.

Desbloqueei meu celular e entreguei-o a Miguel. Contar sobre minha fuga lembrou-me do que eu estivera fazendo *antes*. Quando ele arqueou as sobrancelhas de surpresa, expliquei:

— Digita pra mim uma mensagem pra May? — pedi. — Ela deve estar preocupada.

Franzindo a testa, Miguel passou os olhos pela tela, hesitando, então abriu o app.

— Tem umas dez mensagens dela aqui — declarou. — Chamou a polícia pro seu endereço, parece. Ela sabe...?

— Só que meu apartamento tava sendo invadido. Fala que eu escapei e tô indo pro hospital, porque arrebentei a cara fugindo.

Miguel digitou e me mostrou a tela para eu aprovar a linguagem. Assenti e ele a enviou, depois me devolveu o aparelho.

Do lado de fora, reconheci o caos estrangulado da má engenharia de tráfego guarulhense, a pista dupla da Avenida Emílio Ribas, quase sempre entupida de ônibus e carros, desaguando no fluxo que dava no Padre Bento. Eu passara muitas horas da minha vida na sala de espera daquele pronto-socorro, amaldiçoando todas, mas senti uma onda de carinho ao voltar ali.

— Deve estar lotado — murmurei.

— A Bibiana trabalha aqui — disse Miguel. Ante meu olhar curioso, esclareceu: — Ex-esposa da Marta.

— Nossa, todo mundo é parente?

— Mais ou menos. — Ele deu de ombros. — É ruim se relacionar com gente de fora. Guardar segredo, viver com essa ameaça...

— Mas o Tiago e a Yoko...

— O Ti tinha quinze anos e nenhuma responsabilidade. Ou noção das coisas. Ninguém achou que um namoro adolescente ia durar.

— Aí a dona Maria e o Ti foram ficando mais grudados a cada dia que passava. — Tadashi me sorriu por sobre o ombro. — E eu entrei na família, meio de gaiato no começo, só bancando o motorista da minha irmã.

Estacionamos numa ruela lateral. Miguel me deu uma máscara, me tirou do carro e me levou no colo pela calçada esburacada até a entrada da capela do complexo hospitalar, onde uma mulher de uns quarenta e poucos anos, alta e negra, com um jaleco branco bordado "Dra. Bibiana Silvestre", nos esperava com uma cadeira de rodas. Ela usava máscara, viseira plástica, o aparato completo.

— Olha o estado da guria! — exclamou, com a musicalidade típica que entregava um sotaque gaúcho. Miguel me colocou na cadeira e se moveu para empurrar, saudando-a com um sorriso exausto. — Tu e teu amigo vão ter que esperar no jardim.

Eles se despediram de nós na entrada do prédio. A dra. Bibiana me conduziu por vários corredores. Graças a alguma força benevolente e à agilidade daquela médica, passei pela sala de raio x e pelo aparelho de tomografia antes de terminar num consultório apertado, onde ela me examinou, refez meus curativos das mãos e da testa, enfaixou meu pé e meu joelho e ministrou uma injeção doída na minha bunda. Não chamou enfermeiros para ajudar com nada disso, nem nas etapas que médicos normalmente não realizavam.

A dra. Bibiana não falava muito, mas respondia a minhas perguntas com uma paciência de Jó. Seus olhos pesavam por trás da viseira.

Enquanto esperávamos o resultado dos exames de imagem, ela me entregou uma receita de quatro remédios diferentes, todos disponíveis no posto dentro do próprio complexo hospitalar, depois me empurrou na cadeira de rodas até o lado externo, reconhecendo meus renovados agradecimentos com um meneio da cabeça. Encontramos Miguel e Tadashi num pedaço mais afastado do jardim, onde provavelmente fora a área de circulação do antigo sanatório de leprosos — a função anterior do lugar, quando aquela parte da cidade ainda era remota, e não o formigueiro atual.

Miguel se levantou ao nos ver e estendeu uma marmita para a dra. Bibiana, que desatou a chorar ao pegá-la. Ele estendeu a mão, então cerrou os punhos ao lado do corpo, decerto se lembrando de que não a podia tocar.

— Tá há quanto tempo sem dormir, Bibs? — perguntou.

— Não sei — respondeu ela. Sua mão tremia, acariciando a tampa de alumínio. — Não para de chegar paciente. Nem no corredor tem leito. E tão falando em reabrir tudo e voltar às aulas presenciais... Um colega morreu ontem de covid. Mesmo quando consigo pegar no sono, não saio daqui. A minha cabeça não sai daqui. Acho que nunca vai sair daqui...

Meus olhos se encheram de lágrimas. Quis poder retribuir sua atenção de algum modo.

— Meu pai bateu o carro hoje cedo — murmurou Tadashi de ombros encolhidos, trocando o peso de perna. — Cochilou no volante.

— Ele tá bem? — perguntei.

— Tá, por sorte.

A dra. Bibiana balançou a cabeça, fungando.

— Tenho evitado dirigir e cozinhar, pra não causar acidentes — murmurou.

Ela gesticulou para recuarmos e, quando o fizemos, tirou a viseira e a máscara e as colocou numa sacola plástica trazida no bolso, deixando-a no banco ao seu lado. Depois passou álcool nas mãos ressecadas, com algumas feridas que as luvas haviam escondido, e abriu a marmita. Lançou um sorriso grato a Miguel.

Se as *minhas* mãos já não respondiam bem ao contato constante com álcool, eu não imaginava as de alguém trabalhando em hospital quase sem folga desde o início daquele pesadelo coletivo.

— Quando isso acabar, vou sumir por uns dois anos — disse a médica com um suspiro pesado.

Miguel se agachou, apoiando os antebraços nas pernas e entrelaçando as mãos.

— Mas avisa onde você tá, senão a minha mãe e a Marta vão entrar em pânico. Você sabe como elas são.

A dra. Bibiana assentiu com um sorriso cansado e começou a comer.

— Tomaram cuidado pra ninguém seguir vocês até aqui, né? — indagou. — Tô sem energia nenhuma pra lidar com essas coisas.

Tadashi assegurou que sim e Miguel confirmou o juízo.

Aproveitamos o sol fraco que apareceu enquanto ela comia. Nós a esperamos trazer meus exames, felizmente com o anúncio de que eu não sofrera nada sério. Fizemos o teste de covid antes de ir embora, só para desencargo de consciência. Não garantia que não pegáramos o vírus no hospital, especialmente eu, mas já era alguma coisa.

27

Dormi no banco de trás, grogue pela medicação, e escurecia quando os meninos me acordaram e me ajudaram a sair do carro. Pisei no chão de terra salpicado de mato, um estacionamento improvisado numa propriedade grande, com muros de altura média e um portão enferrujado de abertura manual. O velho carro azul de Miguel, recém-lavado, estava parado na frente do de Tadashi.

A casa em si tinha dois andares. Construída no terreno em desnível, a entrada ficava no de cima, enquanto o piso inferior parecia incrustado no barro e nas árvores aglomeradas na área em declive, que se estendia do portão até lá embaixo. Passarinhos cantavam em todo o entorno, vários bem-te-vis com pulmões saudáveis ocultos pela folhagem, além de joões-de-barro e sabiás-laranjeira. Vislumbrei certa movimentação nas copas, e ia perguntar dos abaobis, porém o surgimento de Tiago e Yoko na porta arrancou minha atenção de lá. Ante suas expressões alarmadas, tentei sorrir.

— Não se preocupem. Segundo os exames, vou viver.

Tadashi me ajudou a entrar e Miguel desceu para os fundos da propriedade com sua mochila esfarrapada às costas. O interior da casa era tão diferente do prometido pela simplicidade da fachada que olhei para a soleira como se houvesse cruzado um portal para outra dimensão. O sofá onde me sentaram era imenso e macio, coberto por um tecido aveludado azul que combinava com as cortinas. O teto tinha sancas de gesso com luz embutida, e não havia uma tomada ou fio aparente sequer.

Tiago se sentou ao meu lado, me fitando com uma expressão derrotada, os olhos inchados e avermelhados de choro. Apesar de querer abraçá-lo como não fazia com ninguém havia meses, me afastei na direção oposta.

— Eu fui no *hospital*, Ti! É melhor não chegar perto.

Ele torceu o nariz, mas recuou um pouco, balançando a cabeça repetidamente.

— Passei meses brigado com meu irmão, pra agora pagar a língua... — lamentou.

Abri a boca para objetar, mas o que poderia dizer? Eu insisti em saber a verdade e, cedo demais, ela voltou para me assombrar. Não devia ser coincidência que dias após meu reencontro com Miguel tivessem aparecido na minha casa. Mas, pensando bem, eu vira o Genérico no Ibirapuera em novembro. Como esse fato se relacionava aos recentes acontecimentos?

— ... tem certeza de que não te seguiram? — Yoko sussurrou ao irmão num canto da sala.

— A gente tomou cuidado — disse Tadashi. — Dei uma volta imensa de Guarulhos até aqui. Olha que foi chão, viu? O caminho direto dava quase oitenta quilômetros.

Ele chegou a abrir a boca para acrescentar alguma coisa, porém seus olhos correram para o sofá e nos apanharam os observando. Passou uma mão na nuca, provavelmente constrangido com a atenção.

— O Tadashi foi incrível, Yoko — falei.

Narrei a perseguição da Marginal e da Dutra como se a houvesse assistido num filme, e não a vivido. O dia longo deixara a experiência distante, embora seu gosto amargo persistisse. Meu cérebro parecia ter erguido um muro entre mim e aquilo.

Yoko assobiou várias vezes, zombando da minha admiração tanto pelas habilidades de direção defensiva quanto pela calma de Tadashi durante todo o episódio. Não caçoando *de mim*, mas da imagem que eu projetava do irmão dela.

— Ele tomou um cuidado que nem minha família toma — disse Miguel, de braços cruzados, com um ombro apoiado no batente. Sabia-se lá desde quando. — Agora, quem vai me ajudar com a janta hoje?

— O seu João também foi no hospital — disse Yoko. — Então acho melhor vocês cozinharem juntos.

Estreitando os olhos para a irmã, Tadashi se juntou a Miguel, e os dois desapareceram em outro cômodo que eu não conseguia ver do sofá.

— Ti, você tem se exercitado? — perguntei, me voltando para ele.

— Um pouco de manhã, outro tanto no fim da tarde. Por quê?

— Me ensina? — Lá veio o nó na garganta já tão dolorida. — Nem sei por onde começar...

— Claro. — O pouco de seu semblante fora da máscara ganhou contornos de preocupação. — Mas por que isso agora?

— Esse corpo *fraco*, sem força nem fôlego... — Apertei o maxilar. — É um milagre eu estar viva. — Arquejei, lutando contra as lágrimas. *Não aguentava mais chorar.* — Espero que nada parecido aconteça de novo... mas não dá pra garantir. E hoje eu passei a pior hora da minha vida. Fiquei o tempo inteiro achando que ia morrer...

— E no fim você tá aqui. — Yoko pegou minha mão, se sentando do meu outro lado, e apertou. Fiz menção de me desvencilhar, alarmada, porém ela continuou segurando, com uma força insuspeita para alguém de aparência tão frágil. — Já vou lavar, relaxa. — Ela sorriu e deu mais um apertão. Contato humano, uma alegria subestimada. — O que eu quero dizer é: vamos fazer exercício, sim. Mas não fica repetindo essa bobagem de ser fraca. O Tadashi disse que você escapou pela janela do seu prédio. Em qual mundo uma pessoa fraca conseguiria fazer isso? Na verdade, nem uma pessoa forte... — Estreitou olhos avaliadores sobre Tiago, como se o imaginasse em meu lugar naquela história.

Suspirei, estremecendo com a memória da brisa gélida, o concreto por baixo das pontas dos meus pés, o impacto da escada no Mackenzie na minha testa. O inchaço latejou, como se para me lembrar de que o episódio todo fora real, não o fruto de uma imaginação perturbada.

— Quer tomar um banho, trocar de roupa? — perguntou Tiago. — Vai te ajudar a relaxar.

O menor dos meus problemas era não ter o que vestir. Ele me levou até o banheiro da suíte, toda reformada como a sala, e Yoko me trouxe uma camiseta e uma calça de moletom enormes que deviam pertencer a algum dos meninos.

O chuveiro foi uma prova de resistência física. Meus analgésicos não eram páreo para a água nas mãos esfoladas, por exemplo. E tive de lavar o cabelo com a água mais morna do que preferiria em junho, pra não pôr nada quente na cabeça, conforme as instruções da dra. Bibiana. Me secar não foi tão ruim quanto me lavar, mas chegou perto. Quando saí, mancando, já de máscara, Yoko gesticulou para eu me sentar na cama e me ajudou a enxugar o cabelo.

— Entrei no site do seu colégio e vi os livros didáticos de história e pedi o PDF lá na editora — ela disse. — O Tiago vai te emprestar o notebook pra você dar as suas aulas.

A menção ao computador me arremessou de volta à quitinete e ao modo como eu apenas havia abaixado a tela sem nem desconectar a ligação com Mayara. Embora meu computador requisitasse senha depois de hibernar, não precisava ser nenhum hacker para derrubar isso.

E se houvessem levado o aparelho, com todas as minhas senhas salvas? Deveria ter pensado nisso antes! Peguei o celular e mudei cada uma, marcando a opção "sair de todos os dispositivos". Adiantaria, tantas horas depois? Pelo menos, não seria pior do que não tomar providência nenhuma.

— Tava conversando com a May quando ouvi os caras na minha porta — murmurei. — Devem ter roubado meu computador. Eu não devia avisar ela...?

— Fala que entraram na sua casa e te roubaram — sugeriu Yoko.

— E como explico que não fui correndo pra casa dos meus pais? Ela sabe por que parei de falar com vocês, e não dá pra contar como voltamos a ter contato.

— É, eu sei que ela sabe... Bloqueou a gente no mesmo dia que você.

Senti uma pontada de culpa, mas mantive em mente que não teria adivinhado a verdade nem em um milhão de anos.

— A Nati bloqueou até o Tadashi — comentei, com uma risada seca, uma tentativa mais ou menos bem-sucedida de bom humor. — Isso é que é lealdade fraternal. Se nem as selfies sem camisa seguraram a Nati no Instagram dele, ela deve me amar muito mesmo...

— Nossa, porque as selfies dele são *imperdíveis*.

Pelo espelho, vi Yoko revirar os olhos ao dizer isso.

— Você só menospreza os atrativos do seu irmão porque, além do fato óbvio de ser irmã dele, tem o seu próprio tanque pra lavar roupa — repliquei. — Não precisa viver de foto.

Houve um segundo de pausa, talvez de surpresa. Então Yoko soltou uma gargalhada, mais de alívio do que de divertimento, se curvou sobre mim e me abraçou, encostando a bochecha no alto do meu cabelo molhado um segundo, antes de se endireitar, piscando várias vezes com uma expressão chorosa. Eu nunca teria imaginado que ela pudesse ficar tão abalada por *minha* causa. Éramos conhecidas próximas, não exatamente amigas. Se bem que o segredo todo e aquela situação desesperadora uniria até as pessoas mais distantes.

— Como você lidou com tudo isso quando soube? — perguntei.

— Não lembro. — Ela passou a pentear meu cabelo, e agradeci com um suspiro cansado. Minhas mãos protestariam se eu segurasse o pente. — Achei muito legal saber que existia mágica de verdade no mundo. — Ela soltou uma risadinha autodepreciativa. — O Miguel ficou puto comigo. Resmungou que eu não tinha responsabilidade igual o Tiago.

Imaginei a figura aborrecida, anos mais jovem, já agindo como o adultão: perfeitamente coerente com a imagem que ele projetava ainda hoje. Visualizar a cena trouxe um sorriso aos meus lábios, o que gerou um reflexo estranho no espelho. Yoko fazia uma careta, tentando tirar os nós sem quebrar os fios. A cena doméstica parecia ainda mais surreal depois daquela manhã horrenda.

— O Tiago tá se culpando — sussurrou Yoko, depois de um tempo. — O Miguel também, talvez até mais.

— Eu sei. — Suspirei, fechando os olhos. Durante o banho, havia conseguido de certa forma conciliar os sentimentos em relação a isso. — Não culpo nenhum de vocês por hoje. E se quiser distribuir culpa, vai ser pra mim mesma. Sério. *Eu* odeio mal-entendidos, e ficaria muito mal se um amigo tivesse achado que enlouqueceu por causa de uma mentira minha. — Eu mal concebia o tamanho do remorso de Tiago. — E, apesar de tudo... prefiro saber a verdade do que passar o resto da vida me sentindo enganada. Isso ia interferir em todos os meus relacionamentos. Uma desconfiança ressentida ia me envenenar pra sempre. Agora eu sei o que tava em jogo. Senti literalmente na pele. — Soltei o ar numa expiração trêmula e sorri para ela pelo espelho. — Além do mais, não sou de atirar no mensageiro.

— Só se for um daqueles drones filhos da puta — volveu Yoko, com um sorrisinho que se traduzia no canto dos olhos e nas linhas da testa. Brigando com um nó particularmente chato, ficou séria: — Queria que tivessem descoberto alguma coisa com o número do dr. Rogério que você deu. Seria uma vantagem, pra variar.

— Ah, não rolou? — perguntei.

O pente hesitou no meio da tarefa. Yoko arriscou um olhar para mim através do reflexo.

— Pré-pago não registrado — respondeu com um suspiro resignado. — Valeu a tentativa. Se sabiam que você viu o Miguel ou foi na casa deles, certeza que se livraram da linha. Esses caras são espertos.

Ela estava inserida naquele contexto havia *anos*. Devia ser uma fonte confiável de histórias que talvez fossem difíceis para o resto da família discutir.

— Você sabe... o que aconteceu? — sussurrei. Ela franziu a testa. — O Miguel dividia a tarefa de cuidar dos abaobis com alguém, mas agora faz isso sozinho. Trouxe o bando pra São Paulo, que, você há de convir, tá longe de ser um bom lugar pra fauna nativa, mesmo no extremo da zona sul. E esse medo todo...

Yoko inclinou a cabeça e passou o pente mais algumas vezes pela extensão do meu cabelo antes de o abandonar na mesa de cabeceira e se sentar na cama. Bingo.

— No Paraná... o Miguel morava perto da reserva com o veterinário desse bando, além de uma botânica e uma zoóloga, todos pesquisadores. Eles iam pro habitat dos abaobis pra observar, acampavam lá com frequência. Bom, foram atacados por uns caras e o Caio morreu. No começo do ano passado. — Ela encolheu os ombros, de cabeça baixa e as mãos unidas entre os joelhos. — Mas, antes disso... alguém igual a eles virou cobaia e... essa é a principal origem das ansiedades que levaram os meninos a mentir pra você.

Eu teria conversado sobre esse assunto por horas, talvez dias. Ou meses. Tadashi, no entanto, apareceu à porta com um ar enjoado.

— Tá rolando uma DR de irmãos lá na cozinha. — Ele fez uma careta de desgosto. — A comida tá quase pronta e vim chamar vocês. Mas a gente não precisa subir *já*.

Eu e Yoko nos entreolhamos e caímos na gargalhada.

— Qual o seu problema com DRs? — indaguei. — Você tem uma alergia a elas desde que te conheço. É trauma?

Ele fingiu um calafrio quase cartunesco, depois estreitou os olhos para a irmã como se a desafiasse a falar o nome que ela estivera prestes a pronunciar, segundo me contou mais tarde: Benjamim, o famoso ex-atual-ex de Tadashi.

— As pessoas acham que conversar resolve problemas. — Ele cruzou braços e tornozelos ao se recostar à parede. — Mas só funciona se as partes envolvidas *quiserem* se entender. Na maioria das vezes, cada um só prefere estar certo. Desperdício de energia. Prefiro gastar o meu latim com algo útil.

— Acho que o Ti e o Miguel *querem* se entender — comentou Yoko, se levantando e se espreguiçando exatamente como o irmão costumava fazer. — Precisa de ajuda, Di?

Tadashi se aproximou, a postos. Em vez de aceitar a oferta silenciosa, quis tentar sozinha. Por mais que usar os amigos de muleta fosse cômodo, especialmente após tanto tempo sem contato físico com ninguém, eu precisava lidar com a rigidez nos músculos. O ácido lático tomara tudo, transformando o mínimo movimento em agonia. E com certeza acordaria pior, igual depois de um dia de exercício intenso, geralmente um esforço mais benévolo, tipo carregar peso durante duas horas em pé no ônibus lotado.

Ficar em pé foi a parte mais difícil, seguida pelo primeiro passo. A dor cedeu aos poucos ou me acostumei. Gemi ao me lembrar dos dois lances de escadas para o piso térreo, onde ficavam a sala e a cozinha. Devagar e sempre, venci a barreira.

Ofegava quando me sentei à mesa, posta só com três pratos. Yoko e Tiago comeriam na sala, embora nenhum dos dois se mostrasse preocupado com o distanciamento social. A julgar pela troca de olhares entre os irmãos Floresta, Miguel tinha insistido no arranjo.

— A gente pode conversar na sala depois de comer, quando todo mundo tiver de máscara de novo — este disse, confirmando minhas suspeitas.

O cardápio do dia era espaguete ao molho pesto, não o tradicional de manjericão, e sim uma variação com rúcula. Foi amor à primeira garfada. Devorei uma quantidade tão absurda que me admirei. Depois me ocorreu que não havia comido nada o dia inteiro.

Meu celular vibrou de repente. *Nati*. Na pressa, não vi que me chamava por vídeo e, só quando atendi e nossos rostos surgiram na tela e ela deu um berro, percebi o tamanho da burrada que tinha feito.

— O QUE ACONTECEU, DI?!

Recuei para o canto da cozinha, abaixando o volume do alto-falante. Desejei um fone; a cidade inteira devia ter escutado seu berro. Apanhada tão de surpresa, não consegui abrir a boca.

— Eita, onde você tá? — Nati logo emendou. — A parede da sua casa é amarela, não branca.

Meu olhar correu para Miguel e Tadashi, ainda à mesa, e em seguida para a porta onde Yoko e Tiago apareceram.

— Não tô gostando da sua cara — disse ela. — Que lugar é esse, Diana? Quem tá aí com você?

Torci o nariz.

— Os últimos dias... Hã... Esbarrei no Miguel quando tive que ir no colégio...

— AQUELE BOY LIXO?! Você tá com *ele*?!

Estremeci com a fúria em sua voz, lançando um olhar à mesa. Miguel apoiou o queixo na palma da mão com um ar autoirônico.

— Deixa eu falar, criatura — interrompi. — Combinei uma videochamada com os dois pra ontem... — Hesitei, incerta do melhor modo de continuar. — Bom, deixa eu começar do começo. Sabe o cara que te falei no Ibirapuera naquele dia do surto que não foi surto? Então, hoje de manhã eu tava falando com a May e ouvi um barulho na porta e tava ele e outro cara lá. Não queria te contar pra não te deixar preocupada, mas eu me machuquei fugindo. Quando falei pro Tiago por que queria cancelar o nosso papo, ele insistiu em me levar pro hospital. E daí me trouxe pra casa dele, enquanto meu prédio não resolve o problema de segurança. Não sei o que vou fazer depois...

Nati piscou várias vezes, estarrecida.

— Se eu não te ligasse hoje, você não ia me contar? Você foi pra casa daqueles dois mentirosos? Mesmo eles te tacando o terror pra não ligar pro cara que ia te dar dinheiro e explicar as coisas? E agora um cara que você viu *meses atrás* apareceu na sua casa? Tem alguma coisa estranha demais nessa história...

Ô se tem. Esfreguei o lado bom da testa, inspirando fundo para conservar a paciência.

— Olha, Nati, tô com muita dor de cabeça agora e os remédios me dão sono. Depois a gente conversa direito. Pra que você me ligou?

Ela fez um bico frustrado.

— Di, vem pra casa. Você não tem que ficar com *eles*.

— Aí não tem espaço pra eu ficar isolada. E se eu tiver com o corona, depois de passar *horas* no hospital? Não vale o risco, Nati.

Seus olhos percorreram a tela, agitados, como se à procura de algum argumento capaz de derrubar o meu. Esperei pacientemente.

— Mas então por que você não vai pra casa da Mayara?

Eu já esperava por essa sugestão.

— Ela trabalha com macacos no zoológico, Nati — lembrei. — Bugios, macacos-prego. Eles são suscetíveis ao novo vírus.

E, com isso, ela fechou a boca, comprimindo os lábios numa linha fina. Se eu contaminasse minha amiga, além de colocar sua saúde de ferro em risco, poderia virar a responsável por um massacre de símios neotropicais no Zoológico de São Paulo.

Dei um sorriso cansado para Tiago ao desligar, perpassando o olhar pelos outros.

— Só pra constar, não acho mais nenhum de vocês boy lixo. Mas como a verdade é segredo, ou vocês me emprestam um fone ou vão ter que ouvir esse tipo de coisa nas próximas ligações.

28

Despertei pensando estar atrasada para a aula, porém não levei meio segundo para perceber meus arredores e rigidez dolorida. Os passarinhos cantavam numa sinfonia descoordenada, mas agradável. Era domingo e, além disso, a dra. Bibiana tinha dado atestado para a semana inteira. Apesar de o relógio marcar 6h43, avisei à coordenadora pedagógica por mensagem. Embora fosse uma época ruim para permanecer afastada por tanto tempo, sob o risco de perder o emprego, não concebia a ideia de passar o dia na frente da câmera, como se nada houvesse mudado no mundo.

Nada mudara, pensando bem. Eu é que havia descoberto uma verdade oculta da maioria das pessoas. Se tal conhecimento não me marcasse, eu já estaria morta por dentro. Em certas épocas, achei que sim, sufocada pelo cansaço e pela monotonia. Agora já não tinha certeza. Talvez meu problema se resumisse à falta de propósito.

A porta, até então meramente encostada, se abriu devagar, não mais do que uma fresta. Espiei o corredor à procura do responsável pelo movimento, mas ninguém apareceu. O vento, então. Exceto por eu não ter sentido nem brisa. E algo silencioso se mexia no quarto.

Não foi fácil me sentar com a dor em todos os músculos dos braços, do peito e das costas. Meu ganido chamou a atenção do visitante, que subiu na cama com um pulo. Sua cabeça inclinada e os olhinhos brilhantes tinham um ar de curiosidade enternecedor; me peguei sorrindo em vez de morrer de susto.

— Bom dia. — Eu me ajeitei melhor na cama, devagar para não o assustar. — Queria acender a luz, pra te enxergar direito. Você vai ficar com medo se eu levantar?

O abaobi se ergueu sobre duas patas e de súbito saltou na direção da porta. Tocou o interruptor, rápido demais para eu ver, e caiu em pé no chão. Pisquei várias vezes, ofuscada pela repentina claridade.

— Obrigada — murmurei. — Engraçado você me entender. Não te entendo.

Ele inclinou a cabeça para o outro lado, me estudando, porém manteve distância, preferindo ficar na beirada da cama. O azulado de sua pelagem se revelava sob o esverdeado produzido pela iluminação amarela da lâmpada. Apenas a área dos olhos, narinas e boca não eram tomadas por pelos compridos. Sua cauda enorme parecia de pelúcia. A ponta estava enrolada para dentro, mas vislumbrei um palmo desprovido de pelos na parte interna, e me lembrei de Mayara me falando sobre a cauda preênsil de algumas espécies dos chamados primatas neotropicais: a sensibilidade daquela região se assemelhava à de uma mão, e ele podia tatear com ela e usá-la não só para se locomover como para procurar coisas, analisar o ambiente etc.

Não soube reagir: estender a mão, manter distância? Como ser amigável sem ameaçar seu espaço? Por via das dúvidas, continuei falando:

— E o resto do seu bando? Por que você não tá com eles? Lá fora tem plantas legais. Já escolheram uma árvore nova?

A figura hesitante de Miguel surgiu na soleira, um momento de alívio ante a visão do abaobi, seguido de apreensão ao voltar os olhos para mim. Exibia olheiras imensas e, ainda assim, demonstrava uma agilidade tal que sugeria estar de pé havia algum tempo. Antes das sete horas de um domingo.

— Bom dia, Diana. Desculpa. O Sabido me deu um baile e entrou. Ele te acordou?

— Não.

— Vem, Sabido — Miguel chamou. — Deixa a Diana descansar.

O abaobi se espichou, me encarando, e emitiu uma série de sons. Olhei para Miguel, aguardando seus serviços de intérprete, mas ele só balançou a cabeça. Sabido se virou em sua direção, vocalizando mais uma torrente de sons. Miguel pigarreou.

— Ele quer te mostrar a árvore. Uma falsa-seringueira, pra ser mais específico.

— Me dá um minuto.

— Não precisa ir, se não quiser.

— E fazer uma desfeita dessas? — retorqui, puxando as cobertas para o lado.

Miguel recuou para o corredor, fazendo menção de fechar a porta, então hesitou com a mão na maçaneta e chamou Sabido. Dessa vez, o abaobi saltou a distância da cama para seu pé e o escalou até o ombro com uma velocidade e uma naturalidade impressionantes.

O processo de me levantar da cama, usar o banheiro, lavar o rosto, escovar os dentes e trocar de roupa foi um exercício de perseverança. Quando os encontrei, já me mexia um pouco menos como um robô enferrujado. Miguel tinha um ar distante e as mãos cruzadas atrás do corpo.

— Não precisa subir — ele disse, ao me ver virando para as escadas. — Tem uma saída aqui embaixo.

— Graças a Deus. Ia morrer se tivesse que enfrentar um degrau sequer.

Ele arqueou uma sobrancelha, me olhando de esguelha.

— Considerando o seu dia ontem, acho que você sobreviveria.

O fim do corredor estava um pouco mais desgastado em relação à outra parte, as paredes sem pintura e as portas em mau estado, com batentes carcomidos pelo tempo e, talvez, por cupins.

— Meu pai tava reformando aos poucos, conforme dava — disse Miguel, notando meu olhar. Senti o rosto arder de embaraço. — Desse andar, só o quarto dele já tá pronto.

— E vocês me puseram justo lá?

Ele deu de ombros. Adiantou-se e abriu a porta, deixando uma lufada de ar gelado entrar. Perguntou se eu estava bem agasalhada. Sabido estava agitado; subia para seu ombro, depois descia para as costas e se pendurava em sua perna. Miguel não parecia se importar.

— Eu falei que queria acender a luz e ele foi lá e acendeu — contei. — Esperto demais!

— Você não viu um décimo do que ele é capaz. O gênero de macacos de que ele faz parte usa instrumentos com uma criatividade e uma autossuficiência incríveis.

Sabido pulou para o chão e correu pelo gramado até uma área florestada. Na luz matutina, sua pelagem se revelou de um cinza azulado mais vivo do que eu me lembrava.

Nunca reconheci muitas plantas, mas avistei alguns ipês, um pau-brasil e uma jabuticabeira de uns quatro metros, dando fruto mesmo no mês errado. Sabido a escalou com agilidade tanto nas pernas e braços quanto na cauda comprida, e desapareceu entre as folhagens do pau-brasil. Um joão-de-barro dava pulinhos ao longo de um galho fino demais para possibilitar a circulação dos abaobis.

Alcançando uma clareira enrodilhada por árvores de variadas alturas e espécies, avistei a escolhida. Tratava-se de uma das maiores falsa-seringueiras que eu já tinha visto, e isso porque São Paulo era cheia delas. Eram tantas raízes aéreas que para abraçar o tronco seriam necessárias umas quinze pessoas.

Alguns comiam frutas num galho, procuravam piolho uns nos outros pouco abaixo, e uma mãe amamentava um filhote minúsculo perto do chão. Ela era bem menor do que Sabido. Comparando os animais do entorno, dava para distinguir machos e fêmeas adultos pelo tamanho. O maior deles (Dengoso?) e uma fêmea concentravam-se em arrancar bromélias de um dos galhos, deixando as folhas e raízes despedaçadas caírem no chão.

— Parecem gostar daqui — comentei.

— Só vai dar pra saber direito depois do primeiro transbordamento em que estiverem nela. — Olhou para o alto com um ar crítico. Um abaobi desceu, falando alguma coisa. Miguel bufou um riso exasperado. — O que mais você queria, Sabido? Um riacho com pássaros e borboletas voando? Desculpa não poder ajudar nisso.

Havia zombaria na resposta do abaobi, na forma como exibiu os dentes com um ar risonho. Miguel revirou os olhos.

— Adivinha quem vai se virar pra encontrar aranhas pra comer? — perguntou, num tom falsamente doce.

O riso deixou a face do macaquinho num instante, uma mudança de atitude cômica por ser tão imediata. Soltei uma risada, que me rendeu um olhar indignado de Sabido e surpreso de Miguel. Até eu me espantei por ter rido de verdade.

Inspecionei os galhos de cima, a uns trinta metros de altura. Não conseguia achar mais de dez dos abaobis em meio às folhagens, e passarinhos pipocavam com movimentos ínfimos no meu campo de visão. O muro delimitando a propriedade ficava a cerca de quinhentos metros e, por cima dele, galhos de árvores dos dois lados se tocavam, criando uma rede de pontes. Um abaobi voltava de lá com algo nas presas, atraindo a atenção dos companheiros.

— O que ele tá trazendo? — perguntei.

— Um peixe, eu acho — respondeu Miguel, semicerrando os olhos para enxergar à distância.

— Não é perigoso eles ficarem saindo?

— Evito pensar nisso — murmurou, percorrendo o entorno com o olhar. — Eles tavam ilhados no laguinho e se comportaram bem por vários meses... Dei uma olhada na região e a minha mãe procurou na prefeitura as autorizações pra novos empreendimentos imobiliários; parece que tá tudo parado, por enquanto. Pra lá do muro é Mata Atlântica e, ao menos por enquanto, área protegida.

— Meu Deus, vocês acordaram de madrugada? — Tiago perguntou, logo atrás de nós.

Trazia uma caneca fumegante de onde vinha o maravilhoso cheiro de café, enquanto segurava a máscara pelo elástico na outra mão. Parou a uns dois metros, fitando a falsa-seringueira. Miguel coçou a nuca.

— Tava sem sono. Fiquei arrumando umas coisas.

— Vem tomar café logo — resmungou o irmão. — Depois te ajudo. Aliás, falta alguma coisa?

— Queria pôr uns arbustos. Talvez fazer as duas mangueiras darem frutos. Eles gostam.

Depois do café da manhã, Yoko e eu assistimos à mágica dos irmãos Floresta em ação. Não dava para descrever de outro modo as plantas se desenvolvendo em minutos o que normalmente levariam meses. Até os abaobis observavam.

Observando o milagre em tempo real, voltei meses nas profundezas da memória, para aquela noite escaldante na fila da Tia Bia, quando tinha uma obsessão e nenhuma pista de como a investigar. Névoas coloridas, a ponta do iceberg. Todo um universo sob a superfície daquelas ocorrências. Pontos antes desconexos de minha vida se encaixaram numa narrativa que fazia algum sentido, mesmo se ainda incompleta. Quanto mais haveria a descobrir?

— Enquanto eu tiver de atestado, pensei em ler os capítulos prontos do seu livro, Ti — falei. — Já que vou passar uns dias aqui.

Ele se virou para mim com os olhos reluzindo. Yoko riu, lendo alguma coisa no celular.

— *Dois* historiadores falando disso o dia todo — murmurou, balançando a cabeça. — E lá vou eu ler mais texto baseado em microfilme que você precisa fazer um pacto com o diabo pra conseguir na Biblioteca Nacional.

Eu me ericei inteira ao ouvir aquilo.

— Você estuda microfilmes da BN, Ti? A gente tá falando de qual época?

— A primeira menção a abaobis que encontrei foi no *Tratados da Terra e da Gente Brasileira*, do padre Fernão Cardim — disse Tiago. — Na primeira parte do documento, sobre animais e plantas, ele menciona homenzinhos azuis na beira da água, que não fazem mal. A cor ajuda, mas a chave é a referência ao rio. Os abaobis são uma das poucas espécies de macaco que pesca.

— Com a frequência deles, a única — acrescentou Miguel.

— De que ano é esse documento, Ti? — perguntei.

— 1582. — Todas as linhas da testa e dos olhos dele sorriam. — Se tiver energia, tô com quase cem cartas e diários do período colonial pra ler ainda, procurando referências do tipo.

Não havia força humana capaz de me impedir de ajudar. Achar a história oculta nas entrelinhas da História era uma arte — e agora eu sabia o que buscar. Foi difícil conter a onda de empolgação.

Tanto ele quanto Miguel tinham a mãos espalmadas no tronco de uma mangueira gigante, enquanto Yoko, sentada no chão ao meu lado, lia alguma mensagem do contato salvo como *Dra. Tânia Kurokawa Carneiro*. Sua mãe. Alguns abaobis circulavam pelo quintal, explorando reentrâncias.

— Eles não parecem incomodados com a Yoko — observei.

Ela balançou a cabeça, digitando uma resposta.

— Já se acostumaram comigo. Comprei a lealdade deles, roubando aranhas marcadas do estoque do Miguel.

Este lhe lançou um olhar risonho. Tadashi apareceu na porta, animadíssimo.

— Miguel, olha o que eu achei!

Ele mexia os braços de uma maneira engraçada, e percebi, quando avançou, que um bicho andava por eles. Uma aranha enorme. Miguel cruzou a distância, curioso.

— Que fofinha! — proclamou. Tadashi fez uma ponte de braços, de modo a permitir que a aranha passasse para a mão de Miguel como se caminhasse numa superfície contínua. Ele olhou para nós. — É uma aranha-da-grama. Ela tá carregando os filhotes nas costas, ó.

Yoko havia voado para o outro lado do jardim. Tiago, rindo, chegou mais perto para ver. Não senti necessidade de me afastar, mas também não me aproximei. *Fofinha* era meio forçado, embora tanto Tadashi quanto Miguel parecessem fascinados acompanhando o progresso dela: uma aranha do tamanho do meu dedo, daquele tipo mais rechonchuda com patinhas peludas.

— Essa não pica? — indaguei.

— Só se você tentar segurar ela — disse Tadashi. — Mas nenhuma vai pensar em picar a superfície onde ela tá andando.

Decidi dar uma espiada. Porém, antes de os alcançar, um vulto escalou Miguel, a agarrou num bote eficiente e a engoliu. O maior abaobi do bando.

— *Dengoso* — ralhou Miguel. — Eu te dei uma aranha-do-fio-de-ouro *ontem*.

O abaobi passou para seu outro ombro, fingindo que não era com ele.

— Essa tava marcada? — perguntei.

— Não — respondeu. — A aranha-da-grama não consome energia de transbordamentos. Isso é *gula*.

Dengoso olhava para o alto, coçando a cabeça. Se fosse humano, estaria assobiando. Tadashi deu de ombros.

— Bom, é o ciclo da vida. — E entrou para voltar ao trabalho.

Biólogo é um povo estranho.

29

Alguns dias depois, eu e Yoko fazíamos exercícios no quintal, supervisionadas por nosso impiedoso treinador, Tiago. Estávamos sem máscara, após o novo teste de covid ter dado negativo para todos nós que fomos ao hospital.

Miguel lia um artigo científico, de pernas cruzadas com o computador no colo, usando um óculos discreto, fino e retangular, de meia-armação prateada. Entre uma pausa e outra, eu arriscava um olhar para onde ele trabalhava. Achei-o absurdamente sexy todas as vezes. Botei a culpa no longo período de seca, trancada em casa sozinha com meus dedos, embora fosse exatamente a mesma sensação de antes de nos afastarmos.

Tadashi estava deitado numa rede, lendo um exemplar da revista *Pesquisa Fapesp* com um ar de concentração, as páginas dobradas para trás de um jeito que me dava vontade de parar o exercício, ir até lá, fechar a revista e alisar a capa até desamassá-la. Uma abaobi jovem o analisava do alto de um galho, sem se aproximar.

No meio da bateria de polichinelos, Mayara me ligou. Até havia demorado demais para minha irmã fofoqueira entrar em ação; eu já tinha me preparado para aquela conversa. Recuei para perto da casa, de costas para a parede, antes de atender a chamada de vídeo. Não deixei a presença dos outros completamente; não queria que desconfiassem do que eu tinha a dizer. Eles fingiram não prestar atenção.

— A Nati me falou que a sua cara tava horrível. Agora tá melhor do que ela me descreveu.

— Ainda tá inchado…

— Vai cuidando que, se a médica te mandou pra casa com um monte de remédio, é porque não tem risco. — Ela suspirou. Sem rodeios, minha amiga exigiu saber que história era aquela de eu estar na casa de Tiago, emendando: — Mas vem cá, o Miguel e o Tiago te *explicaram*, Diana? O que são aqueles fenômenos? Eles *sabem*?

Soava mais interessada do que indignada. Tendo esperado uma trovoada ao estilo da de Natália, a quebra de expectativa foi bem-vinda. Ao mesmo tempo, lamentei não poder lhe contar tudo. Ela simplesmente amaria os abaobis; ficaria fascinada com a inteligência e sociabilidade deles, tanto entre si quanto com outras espécies.

Os olhares inquietos de meus companheiros pinicavam minha pele.

— Não sabem. Na verdade, aquele fenômeno é o tema da atual pesquisa do Miguel. Eles mentiram porque, como não é algo que todo mundo vê bem... tem um pioneirismo que pode garantir... hã... uma patente? Mostrar o fenômeno e explicar como ele acontece é uma inovação científica... pelo que entendi. Mas não sei direito como funciona.

Mayara rosnou uma risada irritada.

— Sério que você perdooou o *gaslighting* só porque foi em nome da ciência? Nem parece a Diana que eu conheço.

Inspirei fundo e soltei o ar devagar. O que tinha para dizer a seguir era *verdade*, e isso, além de resolver a questão, tirava um peso das minhas costas.

— Quando o Tiago soube que eu tinha ficado mal, ele confessou que mentiu *na hora*. Nem pensou duas vezes. *Eu* fiquei com medo de contar meu diagnóstico provável. Eles tiveram culpa, mas tudo só chegou naquele ponto por minha causa, e preciso ser adulta e assumir isso.

Veio uma pausa longa.

— Di, os dois tão te fazendo acreditar que a culpada dessa história toda foi você? — Havia cautela em seu tom.

— *Não!* — exclamei com uma ênfase quase desesperada. Se ela terminasse a ligação com tal opinião, eu alimentaria uma inimizade irreconciliável. — Eles assumiram a culpa sozinhos. E não acho justo. Pensei muito nos últimos meses, mas tava brava demais pra admitir. E agora a gente tá conversando...

— Na *casa* deles.

— Isso nunca teria acontecido se não fosse o cara tentando invadir meu apê.

Mayara pareceu apaziguada, senão de todo convencida. Agradeci a preocupação e perguntei como andavam as coisas, só para não lhe dar corda. Ela com certeza me perguntaria mais sobre os transbordamentos, pediria para eu anotar as explicações e lhe passar.

— O zoológico tá às moscas — contou. — Minha chefe pegou covid. Soube agorinha. E como tá tudo tranquilo *eu* vou cuidar dos primatas neotropicais sozinha. Sem pressão.

Ela tinha mais em comum com Miguel do que supunha. E alguém que poderia passar horas observando o comportamento de animais diversos tentando entender seu universo interior adoraria a oportunidade de trabalhar com ele e conhecer os abaobis. Mesmo se não tivessem características inéditas em símios, como a tal regeneração superacelerada, ainda seriam fascinantes.

— Pelo menos assim é mais seguro para você — lembrei. — Já que não pode fazer home office é bom não conviver com os colegas. Vai que alguém é da turma das festas clandestinas e você nem sabe?

— Pois é. E tô com a cozinha dos funcionários praticamente só pra mim. A dona Maricota não vai entrar em sala agora?

— Atestado — respondi.

Ela tinha de trabalhar e por isso nos despedimos. Quando desliguei, percebi ser o centro das atenções.

— Genial o que você falou da minha pesquisa. — Miguel sorriu. — É a pura verdade, sem revelar nada comprometedor. — Sua expressão ensombreceu, então, e ele balançou a cabeça. — Nossa, se eu tivesse pensado nessa explicação meses atrás, quanta coisa seria diferente...

Tadashi deu um sorriso meio travesso, meio irritado.

— DR não, pelo amor de Deus. Ou me dá um minuto pra sumir.

— Pra ter DR precisa existir um relacionamento — rebateu Miguel. — Tava só... desabafando. Pensar nos erros faz a gente não cometer eles de novo.

Ainda sorrindo feito um felino, Tadashi se espreguiçou na rede.

— Se isso fosse verdade, eu não ia voltar pra cama do meu ex a cada seis meses.

— É que tem que pensar nos erros com a cabeça de cima — retorquiu Miguel.

Tadashi soltou uma gargalhada.

— Depois dessa quarentena, não garanto nada — declarou. Yoko bufou, revirando os olhos. — Você não tem *a menor* moral de me julgar, dona Maria. — Indicou Tiago. — A senhorita não tá na seca, né?

— Daí vou ser obrigado a concordar com ele — disse Miguel.

Eu *não queria* pensar na minha vida sexual, ou na ausência dela.

— Você trabalha *mesmo* com os abaobis? — perguntei.

— Você quer saber se eu recebo? — Ele inclinou a cabeça. — Sim. Deus me livre ter quase trinta anos nas costas e precisar pedir dinheiro pra minha mãe.

— Não é isso... — Estava curiosa o suficiente para sublimar a educação que meus pais haviam me dado. — Quem te paga? A sua pesquisa é extraoficial, então não tem bolsa... de uma instituição, né?

— Ah. — Ele sorriu. — Detalhes jurídicos, você pede pra minha mãe, que cuida desse assunto aqui em São Paulo. Mas, resumindo, existe uma fundação pra preservação da fauna silvestre e sou pesquisador dela. Quem mantém o dinheiro entrando é a minha gente do Brasil todo, dos que têm outro trabalho. Na família, a Marta e o Tiago contribuem. E o Tadashi e a Yoko também, membros honorários.

Eles tinham uma organização até bem sofisticada para quem não contava com internet ou linhas telefônicas.

— Quantos pesquisadores são?

— Uns vinte e poucos zoólogos e veterinários, eu acho, espalhados pelo país, além dos treze botânicos.

— E cada um é responsável por um bando de abaobis?

Ele balançou a cabeça.

— Não tem tanto bando assim. Os maiores ficam com dois ou até três pesquisadores. Os que vivem numa área maior precisam de mais gente monitorando.

Por um lado, eu queria pedir todos os detalhes, incluindo a distribuição geográfica dos bandos. Por outro, uma vozinha me sussurrou que era melhor não saber. E se me pegassem? Ninguém arrancaria de mim uma informação que eu não tinha para dar.

Sabido (eu aprendi a reconhecê-lo) subiu no ombro de Miguel, apontando algo na tela do computador e vocalizando alguma coisa, com os olhinhos brilhantes arregalados.

— Não, esses ficaram doentes e morreram — disse Miguel. — Foram picados por mosquitos.

O macaquinho respondeu uma sequência de sons. Percebi que não só eu assistia entretidíssima à interação, como também Yoko e Tadashi.

— Eles não são que nem vocês — Miguel continuou, alheio à nossa atenção.

Presumi que conversavam sobre os bugios vitimados pela febre amarela após o crime ambiental de Mariana. Provavelmente Miguel estava lendo a respeito e alguma figura chamara a atenção de Sabido. Era impressionante o abaobi ver uma imagem numa tela e entender que se tratava de uma representação; eu achava que só os grandes primatas fossem capazes disso.

— Como vocês se comunicam com animais? — indaguei.

Tiago olhou o cronômetro e gesticulou para voltarmos a pular corda. Eu tomava todo o cuidado do mundo com meu pé torcido. Curiosamente, o exercício vinha ajudando a melhorar as dores.

— Depende do animal — respondeu Tiago. — Aves e mamíferos entendem quando a gente fala. E a gente ouve eles como se usassem palavras, apesar de não usarem. Não faço ideia de como isso acontece.

— Pura magia — arfei.

Miguel resmungou um *tsc*, e o olhei por sobre o ombro bem a tempo de ver sua careta contrariada. Quase fui de cara no chão quando não pulei na hora certa e a corda bateu nos meus tornozelos.

— Não é porque a gente ainda não sabe a explicação que não existe uma — disse ele.

Cientificista, o moço. Mesmo sendo capaz de fazer plantas nascerem, morrerem e se mexerem e de se comunicar com animais verbalmente, a despeito das diferenças cognitivas de cada um. Talvez houvesse uma explicação para alguns aspectos daqueles poderes, mas nada no mundo me convenceria de que a ciência um dia entenderia *madeira* se tornando maleável e mudando de lugar. Não tinha lógica dentro das leis naturais como as conhecíamos.

— Claro que existe: magia — insisti. — E, considerando os seus poderes, sabe o que vocês são? *Fadas.*

Ele até tentou fazer uma cara blasé, mas um ronco de risada lhe escapou pelo nariz. Tadashi gargalhou. Tiago balançou a cabeça, talvez tentando se manter sério em benefício do irmão.

— Adorei! — disse Yoko. — Imagina, namoro uma fada!

— Você tem sonhos eróticos com a Sininho? — perguntou Tiago, estreitando os olhos e falhando em segurar o riso.

Yoko deu de ombros com um meio-sorriso provocante.

— Olha, eu leio livro com putaria feérica, né, então...

O humor não me distraiu da curiosidade. Eu me lembrei de como aquelas aves de rapina haviam atacado os drones como se não passassem de presas.

— Como se explica "drone" pros animais? — inquiri. — Ou qualquer tecnologia humana, aliás?

— Depende do animal — disse Miguel. — Aves costumam entender por associação. Quando pedi pros gaviões-carijós neutralizarem os drones, descrevi pássaros brilhantes que voam engraçado. Já nomes de pessoas, por exemplo, viram descrições de características marcantes.

— Qual é o seu? — perguntei.

— Alguns usam a mesma palavra pra *poste* — respondeu Tiago. — Em geral, chamam ele de algo tipo *poste que anda.*

Achei que fosse zoeira, mas Miguel confirmou com um meneio da cabeça, sem parecer incomodado.

— Se fosse numa sala de aula, isso se chamaria *bullying* — comentei.

— É, mas a gente também nomeia eles, então estamos em pé de igualdade — disse Tiago.

Não fora a intenção, mas me senti repreendida. Realmente, por que *nós* poderíamos nomear as coisas e os animais, não? Foi muito Complexo de Adão da minha parte não perceber isso sozinha, como se os seres humanos fossem o centro do mundo.

30

Passei quase um terço do tempo de aula na manhã seguinte respondendo às perguntas preocupadas dos meus alunos. Fingi não perceber que estavam tentando me enrolar para eu não adentrar muito a matéria. Mesmo assim, foi bom voltar ao trabalho; me dava um senso de ancoragem à realidade.

Na hora do almoço, ao abrir a porta do escritório onde Tiago me alocou pela manhã, por ser o melhor lugar para videoconferências — ainda não reformado, porém neutro o bastante —, encontrei Tadashi e Miguel conversando na sala, ambos com expressões desgostosas.

— Entendo seus medos, cara, de verdade, mas não dá pra deixar eles criarem uma vantagem dessas sobre vocês — disse aquele. — Devem ter o DNA da Diana. Foram na casa dela e ainda ficou um rastro de sangue no gradil do Mackenzie. *Alguém* recolheu uma amostra, certeza. Se ela for a ponte entre a gente e vocês...

— Qual é o assunto? — interrompi.

Ambos se sobressaltaram, se virando para mim com um ar culpado. Miguel parecia mais derrotado, na verdade, me evitando ao responder:

— Hoje o Tadashi vai no laboratório por causa do doutorado. Combinamos na outra semana que ele ia aproveitar pra estudar o nosso DNA, mas eu ia junto. Agora as circunstâncias mudaram e é melhor não deixar só o Ti aqui, se tiver opção... Os vizinhos são dos nossos e até poderiam socorrer, mas... — Encerrou a frase num muxoxo.

— E você precisa da ajuda dele, Tadashi? — perguntei. — Não pode fazer isso sozinho?

Ele deu um sorriso sarcástico e arqueou as sobrancelhas para Miguel, que encolheu os ombros, com o queixo colado ao peito.

— Poder, posso. — Tadashi encarava o amigo ao me responder. — O problema é que ele não confia em mim.

— *Oi?* — Eu me virei para Miguel, esperando um protesto contra aquela afirmação absurda. Ele, no entanto, continuou calado, de cabeça baixa. — Por quê?

Tadashi o olhou por mais um segundo com um misto de simpatia e exasperação antes de se voltar para mim.

— Publicar um estudo sobre eles me tornaria um geneticista célebre. Isso, é claro, se eu convencesse alguém da veracidade das habilidades deles, o que me parece inviável mesmo se eu gravar um vídeo. Vai todo mundo dizer que é montagem. *Eu* diria, se visse algo assim.

Miguel coçou a testa, soltando um suspiro resignado.

— Objetivamente, sei que...

— Como eu entro nessa história? — perguntei. — Não sou... mágica.

Tadashi inclinou a cabeça, ignorando o protesto de Miguel pela minha escolha vocabular.

— Tem certeza? Você vê os transbordamentos exatamente igual eles veem.

— Só que não consigo... — Indiquei Miguel, que passou a me fitar, como se meu gesto resumisse suas capacidades extraordinárias.

— Talvez alguma coisa tenha inibido um potencial existente em você — ele disse, contrariado, sem desviar o olhar de mim. — Tipo um indivíduo XY que por uma falha nasce com uma vagina.

Esse não era o enredo de um episódio de *House*?

— Não é a única possibilidade, lógico — disse Tadashi. — E por isso seria legal comparar o seu DNA com o dos meninos.

Yoko havia comentado que alguém já tinha sido cobaia no passado. Talvez no ataque que matou o tal Caio houvessem colhido saliva, cabelo ou sangue dele também. Ou seja, a equipe do dr. Rogério, Genérico e companhia limitada poderia já ter meses de estudo, no mínimo. Como Tadashi havia apontado, o *meu* DNA estaria em toda parte da minha casa.

— Você prefere cabelo ou saliva? — perguntei.

Tadashi olhou para Miguel como se aguardasse autorização. Espumei.

— O *meu* cabelo ou a *minha* saliva, que quem vai dar pra você estudar sou *eu*?

Miguel teve a decência de corar. Tadashi me agradeceu com um sorriso, mas recusou a oferta.

— Se eu fosse fazer qualquer coisa à revelia, seria fácil roubar um copo usado ou uma escova de cabelo deles — explicou. — Anda, vai, Miguel. Tenho horário pra sair.

O silêncio pesou. Tadashi suspirou, se levantando do sofá. Não parecia bravo ou ofendido, como eu estaria. Deu um tapinha no braço do amigo e foi para a porta, falando:

— Em algumas semanas, vou ter outro dia sozinho no laboratório, que a rotação vai voltar pra mim. Pensa nisso com carinho, tá?

Eu teria dado uns berros com Miguel logo que ficamos a sós, se ele não houvesse afundado a cabeça entre as mãos.

— Eu sou tão covarde...

O lamento me desmontou. Em vez de discutir, me sentei a seu lado. Seria fácil o rotular assim. Entretanto, se *eu* pensava no cadáver do seu Geraldo com frequência, imagina ele, que tinha levado os abaobis para o laguinho? Como eu ousava julgar as decisões de uma pessoa, sem sofrer o peso de suas responsabilidades e culpas?

— Um passo no escuro pode dar num abismo — falei. — Ou numa saída.

Ele se endireitou e me encarou, franzindo a testa. Por um instante, seus olhos desceram à minha boca, então se desviaram para a porta. O som do carro de Tadashi morria ao longe.

— Tem razão. Mas, se você tá no alto de uma chapada à noite ou numa saleta só com uma porta, tem noção de onde vai parar.

Sorri contra minha vontade.

— Não acredito que você virou a minha metáfora ótima contra mim! — resmunguei. — E na mesma hora! Que falta de respeito!

O canto de seus lábios se repuxou de leve.

— Só fiz isso tão rápido porque não paro de pensar. Queria sair da minha cabeça por umas horas pra conseguir descansar um pouco. — Engoliu em seco. — O Tadashi tá errado, sabe? Confio nele de olhos fechados. Tanto é que a gente dorme no mesmo quarto. Nem ele nem a Yoko tariam aqui se não confiasse, não importa o quanto o Ti fosse me odiar.

— Então por quê?

— Quanto mais alguém se envolve, mais vira alvo. E não posso proteger uma pessoa que não tá comigo. — Passou uma mão pelo rosto, bufando. — Mas se ele já tiver sido identificado, não vai fazer diferença pra segurança dele se sabe alguma coisa ou não. Inferno, não consigo tomar *uma decisão* direito.

Pousei uma mão em seu braço.

— Você não tem dormido, né? — sussurrei. Ele arqueou uma sobrancelha. — Não é um bom estado mental pra refletir sobre assuntos espinhosos. O estresse é o pior tipo de conselheiro.

Uma algazarra explodiu de súbito nos fundos da casa, nos separando no susto. Ao primeiro sinal da agitação, Miguel abriu um cronômetro no celular, mal olhando a tela como se condicionado pelo hábito, já a caminho de lá.

Desci atrás. Sua urgência emprestou força às minhas pernas; nem tive dificuldade de acompanhar suas passadas até o bosquedo dos fundos. A ausência de abaobis perambulando pelos galhos e investigando os arredores era notável.

— Qual o problema? — ofeguei, sem me deter.

— Nenhum; é um transbordamento — esclareceu. — Preciso ver se vão aceitar a árvore nova como moradia principal.

A clareira da falsa-seringueira surgiu adiante. Parei, sem ar, ou pelo exercício ou pela magnífica visão. A árvore inexplicável ficava mágica, mas não era imensa como aquela. O ar translúcido não tinha virado furta-cor, como no Ibirapuera, e sim uma cascata de verdes reluzentes, uma ondulação de vapor feito uma cortina de purpurina tão fina que só se via seu brilho, sem nenhuma partícula se destacar. Todos os trinta metros da falsa-seringueira emanavam aquela estranha aura, tornando o espetáculo mais impressionante do que qualquer coisa que eu tivesse visto ao vivo. Eu ficaria tão extasiada com a aurora boreal, se um dia recebesse a oportunidade de a assistir? Duvidava.

Em alguns pontos, névoas verdes pipocaram e de imediato algum dos maiores abaobis avançaram, apanharam algo dentro delas — aranhas recentemente marcadas! — e as devoraram ou as deram a outro. O único caso que testemunhei inteiro foi o de uma fêmea grande correndo para entregar o alimento a outra mais velha, cuja lentidão a teria impedido de vencer a distância antes dos demais.

— E aí? — sussurrou Tiago.

Miguel fitava alguma coisa no alto do tronco, no ponto onde este começava a se dividir em galhos para todo lado. Parecia tenso, com o maxilar apertado e os braços cruzados, e nem piscava.

Tentei enxergar o que cativava seu olhar, mas só entrevia movimentos de uma fêmea lá no meio, batendo um galho desnudo como se lancetasse algo. As névoas pararam de estourar e a cortina ondulada de vapor esvaneceu. O frenesi dos abaobis se acalmou. A fêmea que centralizava as atenções soltou um brado feroz, largando o galho espetado na vertical.

— A Gulosa escolheu ela — Miguel anunciou. — Estão seguros.

Yoko soltou o ar, aliviada; Tiago deu um tapinha nas costas do irmão. Só então me dei conta de haver testemunhado um momento crucial.

— Isso explica por que acabaram de sumir pra mim? — Yoko perguntou.

Miguel assentiu.

— A fêmea que decide? — indaguei. — Essa escolha... muda como os abaobis se ligam à árvore deles?

— A Gulosa é a fêmea dominante — explicou Miguel. — Selar a escolha de uma árvore-moradia cabe a ela. Agora essa é a casa deles. Vamos esperar que não precisem se mudar de novo. Eles investiram muito tempo e energia limpando os parasitas daqui.

Yoko mordeu o lábio inferior, fitando a copa com olhos dançantes, embora não acompanhasse nenhum abaobi. Ela os procurava, percebi, incapaz de os distinguir em meio à folhagem.

— É uma pena não poder contar pra May — murmurei. — Aqui tem tanta coisa que interessa ela... Evidências incontestáveis de cognição animal... — Os três se viraram para mim. — Não vou abrir o bico, juro. Só lamento. Ela ficaria feliz.

— Essa questão da cognição... — Miguel inclinou a cabeça, sorrindo. — Qual parte você chamou de "evidência incontestável"?

— Hã... eles adoram aranhas de todo tipo, né? — Hesitei. Ele aquiesceu com uma expressão encorajadora. — Mas a árvore tinha meia dúzia de teias intocadas, pelo que vi, e eles só pegaram as aranhas depois das nevoazinhas localizadas sumirem. Então foi um tipo de planejamento pro futuro, certo? Eles sabem quais aranhas ficam marcadas e guardaram elas pra depois. Já prevendo que um transbordamento ia acontecer.

Miguel sorria, assentindo.

— Pronto, se ele já tava apaixonado antes, agora não tem jeito — Yoko disparou com uma risadinha.

Ele se virou para a cunhada, indignado, e dois segundos se passaram num silêncio inquieto. Com o rosto quente, tentei dissipar aquele constrangimento:

— Só sei essas coisas por causa da May. Ela me contou muito de pesquisas sobre o comportamento de vários primatas. Quer fazer mestrado na área de... hum... é "etologia" o nome?

Recebi um olhar grato de Miguel, decerto por ter reconduzido o assunto ao fenômeno.

— Sim. É o que faço com os abaobis, uma forma bem pouco invasiva de estudar a espécie, sem desmontar a ordem social nem isolar ninguém do bando, o que seria cruel. Meus testes parecem brincadeiras e desafios pra eles... — Engoliu em seco, se voltando para a árvore. — Eu tava precisando de um veterinário, mas não teria coragem de envolver a sua amiga nem se a opinião dela a meu respeito fosse melhor. Você entende, né?

— Claro. Também não quero envolver ela. — Fitei a falsa-seringueira. — Que eu me lembre, esse tipo de inteligência só foi comprovado entre hominídeos... chimpanzés, orangotangos etc.? Mas os abaobis não parecem da mesma família. Eles têm rabo...

Miguel riu, trocando um olhar com o irmão.

— A verdadeira árvore inexplicável é a árvore evolutiva dos abaobis — declarou Tiago. — Eles são parentes dos macacos-prego? Parecem. Deram um passo além na evolução, se for o caso? Com certeza.

Aquela devia ser uma discussão frequente, a julgar pelo bom humor no olhar dos dois. Eu havia tropeçado num conhecimento ainda em construção, alicerçado em dúvidas e muitas hipóteses difíceis de confirmar.

Pela primeira vez na vida, eu sentia o fogo da verdadeira empolgação. Que privilégio fazer parte daquilo!

— Tá mandando mensagem pro grupo? — perguntou Yoko, espiando a tela do cunhado.

— Uhum. Não foi a figueira do Burle Marx que desencadeou esse transbordamento. — Ele virou a tela pra eu ver quando a curiosidade me atraiu. Todas as interações se restringiam a números; horários separados por hífen. — Só eu mandei a duração do transbordamento daqui hoje, tá vendo? Se fosse a do Ibira causando isso, teria mensagem de gente da cidade toda.

— Também foi mais longo e mais forte do que se fosse um transbordamento desencadeado pela figueira do Burle Marx — disse Tiago.

— Por que vocês ficam chamando aquela árvore assim se ela fica no Ibirapuera, e não no Parque Burle Marx?

— Ah, o Burle Marx foi o paisagista do parque — explicou Tiago. — A figueira tem aquela configuração interessante porque ele usou uma técnica de "plantar" os galhos maiores pra virarem troncos. Por isso a gente tem a impressão de que são várias árvores ao redor de uma e que elas se ligam magicamente. É um troço legal, e nem precisa dos nossos poderes pra fazer.

— Nossa... Nunca nem achei o jeito certo de procurar sobre essa árvore na internet. — Estreitei os olhos para Miguel. — Ei, você sabia de tudo isso quando a gente saiu e me deixou tagarelando um monte de asneira em vez de falar logo?

Ele se virou para mim, arregalando os olhos antes de os desviar.

— Eu ia falar, mas... hum... — Engoliu em seco. — Você tava fofa e não quis interromper, e daí... me distraí.

Fofa e sexy, ele tinha dito naquele dia. E então havíamos nos beijado. A julgar por sua reação, a memória de Miguel era tão boa quanto a minha. O silêncio constrangedor se alongou até Tiago vir em meu socorro:

— Ainda não tenho certeza se o Burle Marx era dos nossos ou um membro da equipe dele, mas alguém sim, por causa de umas marcas que ficam quando a gente manipula o crescimento de plantas — contou. Mal contive a surpresa. Ele sorriu. — Pois é. O capítulo do meu livro sobre a história dessa figueira tá quase pronto. Quer ler?

31

Estávamos na sala sob a cantoria de periquitos e joões-de-barro. Yoko, deitada no colo de Tiago, fazia anotações à mão num impresso, enquanto ele, de cenho franzido, lia algo no e-reader e deixava comentários ocasionais no arquivo, às vezes parando para escrever à mão em seu inseparável caderno. Eu dividia o outro sofá com Miguel, ambos sentados com mais rigidez, um em cada ponta, ele com óculos e o computador no colo, eu corrigindo trabalhos porcamente copiados do Brainly.

A banalidade do nosso cotidiano me trazia uma esquisita sensação de paz. Eu geralmente achava tudo monótono, mas ali estava confortável: havia um espaço onde me fechar para trabalhar, uma área para esticar as pernas e tomar sol quando sentia necessidade. Apesar dos pesares, era um privilégio.

A campainha tocou, quase me matando de susto. De testa enrugada, Tiago se esticou a fim de espiar o portão. Relaxou na mesma hora.

— A Aline — disse para o irmão, e ambos se levantaram e foram até lá.

Olhei Yoko, esperando uma elucidação.

— É da turma deles. Ela e os pais são vizinhos aqui da rua e ficam de olho nas coisas.

— Tem muitas pessoas assim em São Paulo?

— Umas cem, na capital? — Yoko deu de ombros. — Por aí. A maioria mora nas partes mais afastadas da zona sul. Tem uma galera na zona norte, perto do Parque Ecológico do Tietê e do Horto. E o pai dos meninos e a família inteira da Gabriela no Aricanduva.

Não levou muito tempo para Tiago e Miguel entrarem, conversando baixinho. Juntos assim, fazendo expressões idênticas, a semelhança física entre os dois se acentuava.

— O que ela queria? — Yoko se ergueu de um salto.

— Saber se tudo bem irem ajudar o pessoal do Jaraguá — disse Tiago. — Teve incêndio lá de madrugada, provavelmente obra da construtora. Um pessoal vai pra recuperar pelo menos um trecho da floresta.

— Vocês falaram pra eles irem, né? — Yoko ganhou um ar grave, quase bélico. Tive a impressão de que ficaria brava se eles houvessem pedido a Aline para sua família permanecer em casa. — A Rosa, a Marta e o resto do pessoal de Interlagos chegam aqui em vinte minutos, se a gente precisar.

— Sim, sim — Tiago respondeu. — E eles vão passar só uma semana fora. Nada demais.

— Não é perigoso vários de vocês se encontrarem? — murmurei. — Com o risco da gente ter sido exposto... por minha causa... não é ruim levar os nossos perseguidores misteriosos pra cima dos outros?

Tiago e Miguel se entreolharam. Meu amigo envolveu meus ombros com um braço, a expressão ganhando contornos de pesar.

— A gente tá tomando cuidado, Di — falou. — E não tem essa história de "por minha causa". Você não sabia a verdade e por isso deu bandeira durante o transbordamento do Ibira em novembro. A culpa é nossa, não sua.

— *Minha*, você quer dizer. — Miguel bufou, passando as duas mãos pelos cabelos.

— Não adianta ficar chorando o leite derramado — disse Yoko. — Quando eles vão?

— Amanhã cedo — disse Tiago, a abraçando. — Aliás, o Tadashi deu notícias? Tá meio tarde pra sair da USP, né?

— Ah, esqueci de avisar que ele me escreveu — lembrou Miguel, apanhando o celular.

— *Pra você?* — Yoko rangeu, pegando o próprio aparelho. — Não me disse nada. O que é? Ele vai encontrar o idiota do Ben?

Miguel a encarou com um ar de simpatia.

— Se vai, não me disse. — E passou a ler: — *Cara, alguém cagou minhas amostras. Tô fodido. Vou ter que refazer metade dos experimentos. Vou dormir embaixo dessa bancada até ano que vem.* — Ergueu o olhar para a cunhada. — Hum... não acho que ele foi literal aqui, mas não deve voltar por alguns dias. Deve dormir na casa do orientador, que mora lá do lado. Depois a gente vê como fica o isolamento social.

Yoko rosnou, pouco amigável. Então sua raiva se dissipou magicamente.

— Bom, passei o dia fechando prova de livro pra mandar pra gráfica e, como sabia que ia terminar no prazo, coloquei as cervejas que achei na despensa pra gelar.

A ideia de um mini-happy hour me agradou. Achava engraçado viver numa casa cheia de gente de fora da minha família e ainda compartilhar do trabalho em home office. Acaso os moradores de repúblicas estudantis se sentiam assim? Pelas histórias que ouvia por aí, desentendimentos eram comuns. Aqui, nem pareciam possíveis — decerto porque nossas preocupações suplantavam problemas ordinários. Talvez as desavenças surgissem se continuássemos vivendo em relativa calmaria.

Abrimos as primeiras cervejas. Tiago pôs uma playlist de músicas eletrônicas calminhas, do tipo que tocam em rádio de mãe.

— Nossa, que paz — comentou ele. — Só faltava o Tadashi pra ser igual àquela vez em casa...

A julgar pela súbita autointerrupção e o consequente vermelho de seu rosto, percebeu na mesma hora o quanto tal colocação fora infeliz. Miguel se encolheu, desviando o olhar. As coisas não tinham como ser iguais. Ele não havia se sentado ao meu lado, nem eu inventaria uma desculpa para o acompanhar até o lado de fora.

Mas por que não?

Reparei demais no movimento do seu pomo de adão subindo e descendo quando ele deu um gole na cerveja para continuar fingindo desinteresse. De novo, joguei a culpa na pandemia e no confinamento, mesmo sabendo que não era de todo verdade.

Yoko resmungou um "tsc", xingando Tadashi e o acusando de furar a quarentena para transar com Benjamim. Aquela história mal embasada não lhe deixava a mente.

— Por que tanta raiva? — indaguei, curiosa.

— O Tadashi é apaixonado pelo Ben — respondeu Tiago. — E os dois não conseguem se acertar. E daí ele vive na bad.

— O Ben não merece esse ressentimento todo — disse Miguel. — Tem muito que você não sabe, Yoko.

— Tipo o *quê*?

— Se ele quisesse te contar, você ia saber. — Deu de ombros. — Não é nada *grave*; é só coisa dos dois. Agora, se a minha palavra valer de alguma coisa, o Ben não tem culpa de não dar certo. Nem o Tadashi.

Um silêncio carregado de curiosidade se seguiu àquela afirmação. Miguel suspirou.

— Tô meio cansado pra bater papo e beber até tarde, gente — disse, depois de um tempo. — Vou dormir cedo.

— Aconteceu alguma coisa? — perguntei ao casal, depois de ele partir.

Yoko revirou os olhos, impaciente, voltando-os para o namorado como se pedisse uma autorização. Tiago fez uma careta.

— Di, se você ainda não percebeu, o Miguel é meio emo.

— *Drama queen* — acrescentou Yoko.

— E daí eu e a minha boca grande... caguei tudo — Tiago completou. — Já pensou no que foi aquela noite, do ponto de vista dele? O dia que te contou uma mentira que virou um *gaslighting* involuntário e depois te beijou? E como isso evoluiu, meses depois? Ele te falou a verdade sobre a gente, te arrastou pelo braço igual um troglodita, você quase morreu.

— A minha presença faz ele se sentir culpado, é?

Fiz uma careta irritada. Se *eu* podia perdoar a parte desagradável da relação, por que o bonito não deixava esse assunto de lado de uma vez?

— Com certeza, mas nem é esse o problema. — Tiago lançou um olhar de dúvida a Yoko, como se revertesse o pedido de autorização *para ela*, que deu de ombros. — Ó, você precisa continuar agindo normalmente, senão a convivência vai ficar difícil, tá? O Miguel gosta de você. Não deve estar fácil te ver todo dia, sabendo que estragou tudo. Mas não se preocupa, que ele não vai te incomodar. Se acontecer, me avisa, que eu faço ele parar.

Balancei a cabeça, de rosto quente. Com tanta coisa acontecendo, era moralmente errado sentir aquele friozinho na barriga ao escutar isso.

Tiago interpretou meu silêncio erroneamente, pois se apressou a mudar de assunto. Yoko pôs um RPG no console. Começamos uma maga do zero e decidimos que o controle trocaria de mãos quando o jogador da vez morresse.

Passamos umas quatro horas sem parar antes de meus bocejos começarem. Me despedi e fui tomar banho. Os dois continuaram jogando, mal se dando conta da minha ausência. Achei que cairia direto na cama, mas saí desperta do chuveiro. Decidi me juntar a eles outra vez, não querendo ficar a sós com meus pensamentos.

Da escada, avistei Miguel largado no sofá, assistindo a Yoko conduzindo nossa maga por uma masmorra. Meu coração deu uma cambalhota. Tiago veio da cozinha com duas cervejas, dando um gole numa.

— Di?

— O banho me tirou o sono. — Eu me sentei no mesmo sofá de Miguel, embora não perto demais. — Quem é o último da fila?

— Eu — disse Tiago. — Esse chato não quer jogar.

— Tô com insônia, mas sem vontade de fazer nada — o irmão esclareceu. — Se meu humor tiver incomodando, posso descer.

Ele até fez menção de se levantar. Estiquei a mão e toquei seu braço.

— Fica. Não tá incomodando, não.

Visivelmente surpreso, ele voltou a se recostar no sofá, me lançando um olhar incerto.

— Ah, *me chupa*, filho da puta! — Yoko gritou para a tela.

Olhamos o jogo. Ela havia acabado de matar o chefão e saído com um ponto de vida. 1 de *HP*, marcadinho na tela.

— Eita, Yoko, que ninja! — Tiago lhe entregou uma das cervejas. — Eu ia ter morrido nessa, certeza.

— Cada bola de fogo tava puxando *aggro* demais e meu *healer* é um inútil. — Yoko deu uma longa golada. — Vai você agora. Cansei.

Tiago assumiu o controle e foi fazer *quests*.

— Quer cerveja, Diana? Miguel?

Recusei; teria de me levantar mil vezes para fazer xixi de madrugada se bebesse mais àquela hora. Miguel negou também. Eu tinha consciência física de sua proximidade. Era duro querer puxar assunto e nada me vir à mente.

— Se você tava com insônia, por que não subiu antes? — perguntei.

— Primeiro tentei dormir um tempão. Depois vi um filme, achando que ia me dar sono. Daí ouvi uns xingamentos e vim ver o que era. Fiquei até aliviado quando encontrei os dois jogando.

Mais uma hora passou. Tiago e Yoko continuavam fissurados, com cara de quem viraria a noite na frente da tela. Eu não estava sonolenta, mas também cansei de assistir e esperar minha vez. Yoko simplesmente não morria; cansava e passava o controle adiante. A companhia de Miguel me deixava inquieta, e não dava para tomar uma iniciativa naquele cenário.

E eu planejava tomar uma iniciativa.

Ele resolveu a questão para mim, anunciando a intenção de tentar dormir outra vez. Aproveitei a deixa para me despedir também.

— Boa noite, Diana — ele sussurrou quando passamos diante de sua porta.

— Queria falar com você.

Um vinco surgiu entre suas sobrancelhas. Procurei as palavras certas. A abordagem de o beijar de surpresa não funcionaria sem um degrau por perto. Peguei sua mão, entrelaçando nossos dedos, e o encarei. Ele ficou boquiaberto.

— Não tô brava — eu disse. — Você sabia, né?

Seu olhar desceu para nossas mãos entrelaçadas. Ele apertou a minha de leve, quase num espasmo.

— Diana...?

Desvencilhei nossos dedos, tocando seu peito com uma mão e aproximando nossos corpos a fim de alcançar a maçaneta atrás dele com a outra. Voltei a encará--lo, arqueando uma sobrancelha num silencioso questionamento. Miguel piscou, então recuou para dentro do quarto, mantendo a porta aberta para mim. Entrei e, quando ele a fechou, eu o fiz se sentar na cama, montei em seu colo e o beijei.

Na mesma hora, seus braços envolveram minha cintura, puxando meus quadris de encontro aos seus. Já estava preparado para a ação, mas não parecia com pressa. Desceu os lábios pelo meu pescoço, ofegando.

— Até... até onde você quer ir?

Achei bonitinho ele não presumir que eu buscava sexo, mesmo não sendo uma conclusão disparatada, considerando minhas ações.

— Até onde você quiser.

Ele estremeceu, deixando a testa pender sobre meu ombro, suas mãos apertando minha cintura por reflexo.

— Olha o que você me fala... — arquejou, rouco. — Então... enquanto ainda tenho alguma capacidade cerebral, é melhor... ver se tem camisinha em algum lugar. Não trouxe nenhuma.

Acariciei suas costas com as unhas, aliviada por ele não ser um daqueles caras que fazia chantagem emocional para não usar. Ele me beijou e nos virou, me deitando na cama, então se endireitou.

— Um minuto.

Me perguntando se estava sendo atirada demais, tirei a roupa e entrei embaixo das cobertas. Se estivesse, não achava que Miguel objetaria. Ele logo reapareceu, de rosto corado e cabelos desgrenhados, e trancou a porta antes de avançar para a cama.

— Achou?

— A última. — Ele a deixou na mesa de cabeceira. — Queria ter trazido. Eu *nunca* imaginei que você ia me deixar encostar em você de novo... — Franziu o cenho. — Tem certeza?

Arqueei as duas sobrancelhas. Talvez Miguel imaginasse que se tratasse de um desejo temporário e que eu me arrependeria na manhã seguinte. Ele ainda estava pensando demais para o meu gosto.

— Vem cá — falei.

Voltou a me beijar. Adorei o som de sua respiração arranhada quando levantei sua camiseta para acariciar a pele de suas costas. Seus lábios percorreram meu pescoço e ombro, e foi só então que percebeu minha nudez. Ergueu-se sobre os cotovelos, estreitando os olhos para mim.

— *Ótimo*. Agora não vou mais conseguir deitar sem me lembrar de você aqui... *assim*.

— Poxa, que triste, né? — respondi com um sorriso.

Miguel se sentou e, sem tirar os olhos dos meus, foi puxando o cobertor devagar, revelando minha forma. E, sem mover mais um músculo, desceu o olhar pelo meu corpo.

— Eu tô *com frio*!

— Eu não.

Havia desespero em sua voz. Ele tirou a camiseta e se deitou, insinuando uma perna entre as minhas. Explorou minha pele devagar. Envolvi seus quadris e o puxei para mais perto, arranhando de leve suas costas e beijando seu pescoço. Miguel estremeceu, soltando um gemido.

— Sério, com uma camisinha só, vou fazer o que puder *antes* — ele sussurrou, cheirando meu cabelo. — E vai ser melhor pra você também.

— Medo de acabar rápido? Não ligo, se você compensar.

Ele estreitou os olhos outra vez.

— Bom saber. Mas eu bati uma no banho, então não vai ser sem graça.

Sorri, pegando sua mão esquerda e plantando um beijo na palma. Ele sorriu de lado e, com ela, tocou o meio das minhas pernas.

— Me ensina como você gosta.

Nunca tinham me pedido isso, mas não me acanhei. Ele se mostrou um excelente aluno; teve até de tampar minha boca para conter meus gritos no final. Depois alcancei a camisinha, dei um beijo nele e a coloquei.

— Você prefere por cima, por baixo? — perguntou.

— Hoje eu tô boazinha. O que *você* prefere?

Miguel desviou o olhar, corando. Li o rubor com facilidade. Tínhamos gostos compatíveis, então. Virei de bruços e fiquei de quatro, porque ele se provou merecedor da confiança. Soltou um arquejo surpreso, parou atrás de mim e beijou minha nuca.

— Muito boazinha mesmo — arquejou. — Depois te empresto meus ombros pra você descansar as pernas.

A piada morreu antes de eu ter tempo de rir. E então ele mostrou que sabia ser delicado e, minutos depois, com minhas palavras de incentivo, que também conseguia não ser *nada* delicado.

32

Tiago entrou na cozinha e se sentou à mesa com um ar infeliz, embora em nada denunciasse que havia passado a madrugada jogando. Não tinha nem olheiras, uma afronta à minha cara de acabada no espelho naquela manhã, que Miguel insistira em descrever como *linda*. Ele assobiava enquanto coava o café, acompanhando a melodia dos sabiás no quintal. Tiago devia estar preocupado mesmo, para não se mostrar intrigado com aquele súbito bom humor.

— A Yoko acordou com uma cólica horrível — murmurou. — Você acha que tudo bem ir na farmácia comprar remédio?

Miguel hesitou. Não abri a boca para não pôr interesses pessoais acima de uma questão de vida e morte. No entanto, era uma oportunidade perfeita demais para se repetir. Não podíamos desperdiçar.

— Acho que não tem problema... — Miguel arriscou um olhar para mim, então voltou a atenção ao café, pigarreando. — Mas como já vai sair, melhor ver primeiro o que tem em casa e comprar tudo que a gente pode precisar.

Tiago aquiesceu, sacando o celular para fazer anotações. Troquei alguns olhares com Miguel enquanto listávamos itens básicos, como analgésicos, antialérgicos e antitérmicos, então perguntei a Tiago se nas imediações da farmácia aonde pretendia ir havia alguma loja de roupas. Eu precisava de pelo menos meia dúzia de calcinhas para não ficar sem enquanto a minha secava. Os dois pediram infinitas desculpas por não terem pensado nisso.

Um pouco irritada por Miguel não tocar no *assunto*, tirei minha xícara da mesa e a levei para a pia, falando no tom mais casual do mundo:

— Ah, e traz camisinha.

Houve um segundo de pausa, e então:

— ... de qual tipo?

— Externa — respondeu Miguel, sem sombra de hesitação.

Escolheu marca, linha e tudo mais sem qualquer embaraço, enquanto eu lavava a louça. Eu havia tomado seu silêncio anterior por vergonha, mas tamanha mudança de atitude me levou a crer que talvez ele só tivesse esperado minha permissão para contar a Tiago.

Meu amigo pegou a chave do carro. Achei que o episódio fosse passar sem comentários, até ele parar e sorrir por sobre o ombro.

— Gostei da responsabilidade de vocês. É muito cedo pra eu ganhar um sobrinho.

E saiu antes de me dar a oportunidade de lhe atirar um copo. Miguel balançou a cabeça e se aproximou, me abraçando apertado e inalando meu cabelo tão profundamente que cheguei a imaginar alguns fios se desprendendo e se instalando em seus pulmões.

— Achei que você não quisesse contar pra ele. Eu ia entender.

E ficaria magoado. *Eu* ficaria, no lugar dele.

— O Ti é meu amigo. Se virar meu cunhado também, é mera coincidência.

Miguel estreitou os olhos, sem deixar de sorrir. Depois perguntou se eu tinha roupa para lavar; pretendia botar uma leva na máquina. Desci para pegar no quarto. No corredor no andar de baixo, a porta se abriu de súbito, e Sabido apareceu do outro lado. Devia ter passado a noite destrancada.

— Você sabe que não pode entrar em casa — falei. Então reparei em sua óbvia agitação. — Que foi?

Ele deu dois pulinhos no lugar, vocalizando algo num tom que eu não soube interpretar, e correu para as árvores. Segui-o, intrigada com o comportamento. Ele indicou o meio de um dos arbustos, de onde vinha um som de asas de mosca ou algo assim. Tentei enxergar melhor. Não se tratava de um inseto, e sim de um beija-flor assustado, com um pedaço de plástico preso no corpo. Eu não tinha jeito com animais, muito menos os selvagens. Enfiar a mão com cautela em meio aos galhos e folhagens foi um gesto incerto com muito mais boa vontade do que perícia.

Pensei em tirar o plástico enganchado, mas logo ficou claro que eu mais estava apavorando o bichinho do que o ajudando. Comecei a falar num tom calmo, buscando leveza nos movimentos. O som aflitivo das asas ia perdendo o vigor aos poucos.

Alcancei a forma pequenina, mas não a conseguiria libertar sem ver *como* o plástico ficara preso. Fechei a mão em si mesma, como uma gaiola, temendo segurá-lo diretamente. Era uma coisinha frágil de dar dó; nem tinha peso. As minúsculas asas nervosas pararam, cansadas ou feridas. Seu coração acelerado pulsava na minha palma. O plástico em questão era o resquício de uma sacola de supermercado, de algum modo enrolado nas patinhas finas.

Ergui o olhar para as árvores, de onde vários abaobis me assistiam, bem como vários passarinhos de espécies diferentes, cantando suas várias melodias.

— Sabido, chama o Miguel, por favor? Não sei o que fazer.

Houve um segundo de pausa antes de ele apontar para trás de mim. Olhei por sobre o ombro. A poucos metros, de braços cruzados, Miguel me observava. Senti o rosto arder.

— Tá aí há muito tempo?

— Você já tinha pegado o beija-flor quando cheguei e não quis te assustar. — Ele descruzou os braços e se aproximou em três passadas. — No susto, você podia esmagar ele. — Pôs as duas mãos delgadas em torno da minha e me instruiu a soltar. Em dois movimentos, segurou o corpo do passarinho. O pedaço de plástico estava amarrado com uma linha de pipa, cuja extremidade se enrolara numa das patinhas. Era difícil acreditar que dedos tão compridos tivessem tanta capacidade de manipular um ser frágil daqueles com tamanha destreza e delicadeza. — Parece que não machucou. Ele só tá cansado. Pega um copo d'água e mistura uma colher de açúcar, por favor?

Quando cheguei com o dito-cujo, Miguel já havia libertado o beija-flor, que resolvera repousar em seu ombro.

— Você veio pra fora bem na hora — comentei, enquanto ele oferecia a água ao passarinho.

— Pássaros são fofoqueiros. — Sorriu de lado. — Eles tavam comentando do coitado do beija-flor que ficou preso. Um bem-te-vi achou que a humana ia acabar matando ele, e outro concordou.

Estreitei os olhos para as árvores.

— Bichos de pouca fé.

Miguel soltou uma gargalhada alta. O beija-flor, aparentemente recuperado, voou na frente dele um segundo e partiu. Sabido se dependurou numa viga do telhado, ensaiando subir em mim. Parada, eu fingia não perceber suas intenções, conversando com Miguel sem fazer movimentos bruscos, conforme ele me instruiu. Com uma manhã tão gostosinha, o resto do dia prometia ser alegre.

Eu nunca errei *tanto*.

Nunca mesmo, em toda a minha vida.

Ainda estávamos no quintal quando eles chegaram.

33

Foi de repente.

Um motor de carro acelerou no nível da rua, mas só reparei tê-lo escutado e estranhado quando veio o estrondo metálico da colisão. O portão foi escancarado pelo impacto de um suv sólido, que não parou, e sim desceu o barranco da propriedade até atrás da casa. No susto, o primeiro impulso de Miguel foi assobiar de um jeito específico, que levou os abaobis a fugirem na direção da falsa-seringueira. Só Dengoso, o macho alfa do bando, e Sabido ignoraram a diretiva.

Ao mesmo tempo, o mato do chão e as trepadeiras dos muros ganharam volume, avançando sobre o carro. Um dos homens desceu com um lança-chamas já pronto a queimá-las, enquanto o Genérico e outro homem saíram de armas em riste.

Por sorte, Yoko ainda não havia aparecido. Seria coincidência terem aparecido justo na ausência de Tiago e da família vizinha? Enfrentar uma pessoa mágica isolada devia ser mais fácil do que um agrupamento delas. Nesse caso, estavam à espreita já havia tempos, aguardando a melhor oportunidade. *Talvez desde nossa chegada.*

E sem dúvida eu retrocedera para dentro da minha cabeça como forma de autodefesa. Homens armados, um *lança-chamas*! Essas coisas não aconteciam de verdade. Minha fuga da quitinete tinha o gosto de um pesadelo distante, mas ali estava eu com um machucado em processo de cicatrização na testa e uma dor contínua no pé para provar que fora tudo verdade.

Miguel ergueu as mãos em rendição.

— Vou com vocês — falou sobriamente. — Ela não tem nada a ver com isso.

Uma parte de mim quis xingá-lo, enquanto a outra começou a calcular como ganhar tempo. Ligar para Tiago, ver qual direção o suv tomaria? Não podia deixar Miguel desaparecer sem nenhuma pista de seu destino. Eu daria um jeito de jogar meu celular dentro do carro, daí poderia usar o localizador do dispositivo pelo computador...

Minha mente alucinada considerou tudo isso em frações de segundo, e o riso zombeteiro dos caras me trouxe de volta ao presente, àquele cenário horrível onde mais uma vez eu não tinha controle sobre nada.

— Calma aí, Romeu — disse o Genérico. — Quem disse que a gente tá aqui por sua causa?

Miguel empalideceu. Eu me encolhi sob o peso de todas as atenções.

— Vamos fazer isso do jeito fácil ou difícil? — perguntou o do lança-chamas.

— A Diana e um abaobi. É só isso que a gente quer, por enquanto.

A Diana e um abaobi.

Eu e um abaobi.

Eu?!

Dengoso se abateu sobre o cara do lança-chamas, exibindo as presas afiadas, e as trepadeiras incineradas recobraram a vida e envolveram o homem num aperto ofídico. Não antes de ele atirar o abaobi contra o estreito pilar metálico de uma antiga antena. Corri na direção de Dengoso ao escutar seu ganido dolorido. Um tiro e o grito de Miguel me estacaram. Eu me virei no susto. Ele jazia no chão, com uma poça de sangue vertendo da coxa esquerda. Meu coração parou. Se tivesse atingido a artéria femoral...

Um punho de ferro se cerrou em meu braço, me arrastando para a porta traseira do carro.

— *Vem!* — gritou o Genérico.

O colega avançou na direção de Dengoso.

— Esse vai morrer no caminho e daí não serve pra nada. Pega outro também.

Ele olhou ao redor. Sabido havia se aproximado de Miguel com um ar assustado e lhe falava com vocalizações agudas.

— Dá pra pegar esse bicho? — perguntou o do lança-chamas.

Miguel arfava, segurando a ferida da perna com uma careta, os olhos pesados passando de mim a Dengoso no chão. O Genérico o encarou e apontou a arma para minha cabeça.

— Manda o bicho vir com a gente ou ela morre.

Eu me debati, trincando os dentes e esmurrando seu peito.

— Morro nada! — gritei. — Vocês não vieram me buscar?

Ele desferiu um tapa no meu rosto que me derrubou e escureceu minha vista. Senti gosto de ferro na língua e os sons viraram uma cacofonia distante por vários segundos. Ele tateou meu bolso e, ao encontrar o celular, o atirou longe. Outro cara abriu o porta-malas e tirou dele uma gaiola de passarinho.

Um vulto avançou sobre o Genérico. Caninos afilados se cravaram em seu antebraço. O homem gritou e soltou a arma, mas, em vez de o atirar longe por reflexo, o agarrou pela nuca, enquanto os outros vieram soltá-lo, forçando suas mandíbulas. Eles o enfiaram na gaiola, a puseram no banco de trás do carro e me arrastaram para dentro. Alguém recebera via mensagem a notícia de que Tiago estava voltando, e a urgência foi tamanha que deixaram Dengoso para trás, embora, segundo alguém comentou, devesse valer muito.

Eu me debati com ferocidade até um golpe escurecer minha visão. A última coisa que ouvi foi o urro frustrado de Miguel e uma indistinta voz feminina.

34
Tiago

De manhã, Miguel e Diana desfrutavam de uma promissora atmosfera confortável, enquanto minha namorada permanecia encolhida na cama. Não pretendia demorar na rua, porque o efeito do remédio a aliviaria rápido da cólica. Fiquei fora uma hora.

Uma hora.

Quando voltei, Miguel esvaía-se em sangue, ao lado de Dengoso, arfante e quase tão pálido quanto meu irmão, apesar de não ter nenhuma ferida visível. A cena paralisou-me, trazendo lampejos tenebrosos à minha mente, como se o que meus olhos testemunhavam já não fosse horror o bastante.

— Yoko foi com eles — arquejou Miguel, rangendo os dentes, de olhos pesados e desfocados. Até naquele estado de choque apreendia meus anseios. — Não consegui fazer nada...

Tateava a própria perna, balbuciando continuamente, as lágrimas vertendo. Estancara o pior do sangramento com um torniquete improvisado a partir da camiseta. Segundo sua autoanálise, o fêmur escapara ileso e, se houvesse atingido a artéria, estaria morto antes de eu chegar. Esse modo clínico de falar era típico de meu irmão para tranquilizar alguém, o que, de certa forma, servia de consolo.

— Deve ter rompido o baço — arfou, mais atento a Dengoso do que a si mesmo. — Sem ele a gente não tem chance de achar a Diana e o Sabido...

Enquanto Miguel acalmava o abaobi com a voz em estilhaços e as mãos mais trêmulas que eu já vira nele, eu me forçava a inspirar fundo e expirar lentamente, para não permitir ao pânico se instalar por completo. Quando Tadashi me ensinou a fazer isso para o vestibular, anos antes, achei que fosse invenção. Mas de fato funcionava.

— Um veterinário pro Dengoso... — procurei raciocinar.

— O mais próximo dos nossos é o Lucas de Ribeirão Preto. — Miguel balançou a cabeça. Suas pálpebras pareciam suportar o peso do corpo inteiro. — Preciso de um hospital, e o Dengoso não aguenta uma viagem tão longa. E alguém tem que ficar aqui pro caso de voltarem pra sequestrar os outros abaobis... A Diana... *meu Deus...*

Meu irmão, sempre uma rocha, desmoronava. Eu tinha de manter a firmeza, sendo o único com alguma condição de fazê-lo. *Yoko ficaria bem.* Deviam tê-la levado para conter retaliações e, portanto, feri-la seria contraproducente. Era impossível rastreá-las sem nenhuma pista, com dois moribundos para salvar.

— Vou levar o Dengoso pra Mayara.

Miguel chegou a tomar ar para protestar, porém acabou fechando os lábios e assentindo com um gesto brusco. Seu olhar desfocou-se e a expressão afrouxou para uma de apatia. Toquei-lhe os ombros.

— A May vai gostar de ajudar.

— Não é isso. — Miguel engoliu em seco, mostrando-me como pegar Dengoso de maneira a usar o antebraço para imobilizá-lo. — Eu ia me entregar, Ti. Pedi pra deixarem a Diana em paz... mas tavam atrás *dela.*

Não achei que algo pudesse me surpreender depois da cena com que me deparei ao chegar em casa. Aquela informação fez subir um gosto acre ao fundo de minha garganta.

Miguel deu ordens mil antes de me permitir tirar Dengoso do chão e colocá-lo na manta sobre o banco do passageiro, onde eu conseguiria vigiá-lo enquanto dirigia.

— Vamos! — Passei o braço por baixo da axila de meu irmão a fim de ajudá-lo a se levantar. Ele resfolegou, travando a mandíbula e bufando pelas narinas. — Vou te deixar num pronto-socorro no caminho.

— Mas você não vai falar com a Mayara antes?

— Falo do carro. Ela tá em algum lugar bem pro norte daqui. Qualquer caminho é caminho. — Coloquei-o no banco de trás. — E os documentos?

Ele me orientou onde encontrá-los. Peguei tudo o que podia em seu quarto, incluindo o celular e algumas máscaras. Depois tomei o banco do motorista, dando a partida mesmo antes de bater a porta.

Eu tinha o contato de Mayara e a esperança de que ela me atenderia, senão por nenhum outro motivo, por imaginar que Diana estava comigo.

— O que você quer? — veio a voz séria, mas não rude, logo após o primeiro toque.

— Preciso de ajuda com um macaco ferido em estado grave — murmurei.

— Onde você mora?

— Tô no zoológico.

Sábado! Eu não sabia que uma estagiária iria lá no fim de semana, ainda mais em se tratando de trabalho voluntário. Talvez fosse uma exceção durante a pandemia.

— Graças a Deus! — arfei, engolindo o nó na garganta. Podíamos alimentar *alguma* esperança quanto a Dengoso. Se ela estivesse em Guarulhos, dificilmente haveria tempo suficiente. Só até o zoológico já daria uns bons trinta quilômetros, algo com potencial de levar mais de uma hora, atravessando quase toda a zona sul. — Tô indo aí.

Veio uma pausa, só a respiração na linha.

— Preciso saber o mínimo pra me preparar. A gente não aceita qualquer animal externo aqui; é perigoso pros outros.

Pedi a Miguel para delinear a situação. Apesar da voz rouca e ofegante e dos ocasionais gemidos de dor, ele descreveu o gênero dos abaobis, convenientemente furtando-se a mencionar a parte de não ser uma espécie listada, e passou a falar do estado de Dengoso. Em seguida, devolveu-me o celular e deixou o braço pender. Cada piscada sua alongava-se em relação à anterior, a ponto de eu temer que ele não acordasse mais.

Dirigir olhando praticamente só o retrovisor era irresponsável.

— Ti, não vem pra cá, não — disse Mayara. — Se for mesmo ruptura no baço com hemorragia interna, quanto mais demorar, menos chances de resistir ele tem. Faz assim: vou te passar o endereço de uma clínica de silvestres onde trabalhei ano passado, em Interlagos, na Avenida Atlântica. Tô indo pra lá. Se eu chegar depois de você, a dra. Gisela vai te atender sem mim. Ela manja tudo de neotropicais.

Desliguei o telefone, comprimindo os punhos no volante. Não contei para Miguel sobre o provável envolvimento da veterinária desconhecida; não havia razão para preocupá-lo a essa altura. Não tínhamos opções.

— E o hospital? — perguntou meu irmão. Mal abria os olhos agora e seus arquejos soavam mais sofridos. — A burocracia vai te prender lá... A gente precisa do Dengoso pra achar o Sabido e...

— Te deixo na porta. Você diz que uma pessoa qualquer te deu carona.

Largá-lo sozinho naquele estado soava como abandoná-lo à morte e, no entanto, esperar seu atendimento seria condenar Dengoso. E Diana, Yoko e Sabido por tabela, pelo que eu entendera de suas meias palavras. Não cobrei esclarecimentos, entretanto; ele não tinha condição de continuar falando.

35
Diana

Despertei num quarto branco, sem janelas, com as paredes cobertas de espuma, deitada num colchão de solteiro sem lençóis nem revestimento de tecido, a única "mobília", além de um penico. Uma câmera no canto superior da parede da porta me mirava, debochada. Parecia a ala psiquiátrica de filmes estadunidenses, aqueles de terror.

O tiro reverberava dentro de meu crânio, aprisionado no eco de minhas costelas, junto com a imagem de Miguel caído, sangrando. *Por minha causa*. Estavam atrás *de mim*. Como haviam me achado? E por que não me procuraram *antes*? Em qual momento virei o alvo?

Sabiam nossos nomes e paradeiro. O que mais? Que lugar era aquele?

Eu precisava de um plano.

Porém, nada me vinha à mente além das dúvidas, do medo, do estouro do tiro e da mancha de sangue crescendo rápido na perna de Miguel e no chão sob ela.

A porta se abriu devagar e um homem de jaleco entrou. Tinha um rosto agradável, apesar da palidez de quem vivia em ambiente fechado, sob iluminação elétrica e nunca solar, e um cabelo grisalho não condizente com o rosto relativamente jovem. Eu chutaria uma idade próxima aos quarenta ou um pouquinho mais. Tive calafrios ao ver aquele jaleco imaculado.

— Diana, até que enfim. — Seu tom era amigável. Eu me levantei, meio no automático. — A equipe tá ansiosa pra te conhecer. Você deve ter mil perguntas. Vou responder todas que puder. — Ele estreitou os olhos com um sorriso quase brincalhão e acrescentou: — Contanto que você colabore.

Devia ser psicopata.

— Onde a gente tá?

Ele inclinou a cabeça.

— Se fosse pra você saber, ninguém ia ter se dado ao trabalho de te apagar, né?

Gesticulou para eu sair primeiro e, após breve hesitação, obedeci. O Genérico, ainda sem máscara, estava parado do lado de fora, com cara de tédio, mas me deu um sorrisinho cretino quando seu olhar encontrou o meu. O bandido de jaleco o dispensou, chamando-o de "Wagner", e pousou a mão entre minhas escápulas para me conduzir pelo corredor branco.

Caminhamos por outros, iguaizinhos, até pararmos diante de uma porta branca e ele a abrir e acenar para eu entrar. Pela fresta, espiei o ambiente de tamanho médio com um espelho ocupando metade de uma das paredes, tal e qual uma sala de interrogatório de filme policial, embora clara, com o cheiro acético de alas de medicação em pronto-socorro de hospital. Hesitei, arriscando um olhar para ele.

— Você é o tal dr. Rogério? — perguntei.

Ele deu um sorriso condescendente.

— Dr. Luciano. O Rogério trabalha comigo. — Indicou a sala com um gesto mais impetuoso. — Se fosse você, colaborava por bem. Não quero ter que te amarrar numa cadeira. Seria chato pra todo mundo.

Acaso os meninos obedeceriam sem resistir? Yoko? Mayara? Nati? Como reagiriam a uma ordem dessas? Entrei. Para não desperdiçar a chance de os surpreender, passaria uma imagem de passividade enquanto descobria mais. Precisava entender onde estava, quem encabeçava aquela iniciativa criminosa e com qual finalidade. A maior chance de nos livrar da ameaça era identificar sua origem; Yoko tinha razão.

Luciano me mandou me sentar na única cadeira do recinto, afastada da mesa metálica onde repousavam alguns instrumentos de enfermagem. Um rapaz branco de máscara tirou minha pressão e temperatura, depois pegou uma seringa.

— Agora vou colher seu sangue — avisou.

— Pra quê?

O enfermeiro olhou para Luciano, que disse:

— Exame de rotina.

— Rotina de quê?

— A gente quer verificar como tá a sua saúde.

— Por quê?

— Porque vai mudar durante a sua estadia aqui. Se pra melhor ou pior, só depende de você.

Meus ouvidos zumbiram. A lembrança da conversa com Miguel voltou, ofuscante como um verão na praia ao meio-dia, mas sem a alegria correspondente. *Se soubessem quem somos, já estaríamos mortos. Ou num laboratório, servindo de cobaia.* Cobaia. Esse era meu destino, então.

O processo de tirar sangue foi rápido e pouco incômodo. O rapaz tinha a mão firme e gentil. Ou talvez o pavor do que o futuro me reservava houvesse atenuado a picada da agulha.

— Por que eu? — sussurrei, de voz embargada e olhos ardendo.

— Estudar o gene inativo é uma belíssima oportunidade. Além do mais, não é fácil controlar alguém com os poderes plenamente desenvolvidos. Sei disso por experiência, uma lição que me custou bem caro.

Luciano falava como se explicasse algo a um parente meio toupeira, não a uma prisioneira. Eu quis agarrar aqueles cabelos brilhantes e arrumados e bater sua cara no vidro até rachar. Quis gritar e sair correndo. Quis obter informações vitais enquanto não conseguia fugir. Eu teria cabeça para isso?

— Como... Que gene? — murmurei.

— O Wagner te viu no Ibirapuera há alguns meses — disse Luciano. — Você reagiu como se visse algo que mais ninguém enxergava, na figueira próxima da Serraria. Coincidentemente o Miguel foi embora logo em seguida.

Engoli em seco. Luciano dispensou o enfermeiro com um gesto displicente e o esperou sair com os vidrinhos de sangue e o tablet onde tinha anotado meus dados. Só então voltou a falar:

— E daí os abaobis chegaram perto de você no Parque Jacques Cousteau há... cerca de duas ou três semanas? Essa espécie costuma se afastar de humanos sem o gene. O consenso, por enquanto, é que identificam vocês pelo olfato. Aliás, foi uma sorte dois terem tentado proteger o Miguel, ou ia ser difícil capturar um sem o uso de tranquilizantes. A gente ia ter que esperar uns dias até o efeito passar totalmente, senão a carne ia ficar inadequada pra consumo. Mas tô me adiantando...

Arregalei os olhos. A imagem de Sabido engaiolado ganhou outro significado, de uma crueza perversa, um nó gelado no estômago que me causou ânsia. *Carne inadequada pra consumo?*

Atirei o corpo para a frente e vomitei.

36
Tiago

— Acabaram de me atender na Emergência.

Só voltei a respirar depois de ouvi-lo. Até Dengoso reagiu à voz de Miguel pelo alto-falante do celular. Os dez minutos entre abandoná-lo na porta do hospital, pálido e incapaz de permanecer em pé, e receber aquela ligação foram os mais longos de minha vida. Sua voz pesada, livre dos arquejos de dor, devia significar que já estava sendo medicado.

— Não tô em risco, mas me mandaram deixar a conversa pra depois. Me avisa sobre qualquer coisa. Pode ligar se a Mayara precisar de mais explicações.

Tadashi não me atendia. Marta, ao menos, não esperou o segundo toque. Contei-lhe sobre o ataque no tom mais calmo possível, a fim de que ela conseguisse reagir com tranquilidade caso estivesse na presença de minha mãe. Marta sabia dar más notícias, caso se preparasse devidamente.

Depois conversei com Dengoso para preencher o vazio do fim da ligação. Os minutos até a clínica veterinária duraram o suficiente para eu pensar uma miríade de desdobramentos ruins, além de questões de ordem prática que eu não podia resolver sozinho, muito menos sob tamanha pressão. Não sabia, por exemplo, qual o melhor momento de falar com a família de Diana, nem o que lhes dizer. Decerto desejariam chamar a polícia, para piorar tudo. E eu ainda não decidira qual parte da verdade contaria a Mayara. A cada momento, fazia um esforço consciente de não imaginar o que estava acontecendo com Yoko. Se me rendesse ao exercício fútil, perderia qualquer sombra de estabilidade e então todos que contavam comigo, inclusive ela, acabariam desamparados.

Mayara esperava-me na porta da clínica, um sobrado com um jardim arborizado no fundo, ao lado de um posto de gasolina, acompanhada de um homem de meia-idade baixo e atlético, de feições leste-asiáticas. Preparei-me para lidar com olhares curiosos e dúvidas que não pretendia elucidar. Quando abaixei o vidro da janela e acenei, os dois avançaram em minha direção com passos céleres.

Pensamentos caóticos ocorreram-me nos poucos segundos entre nós. Para salvar Dengoso e pela possibilidade de ele fornecer uma pista sobre o paradeiro de Diana, Yoko e Sabido (algo que Miguel não explicara), arriscávamos o anonimato de outros trezentos abaobis pelo país, que já não viviam em condições ideais. Embora fosse difícil um veterinário bater o olho em um animal e ter certeza de que sua espécie era desconhecida, eles decerto ficariam curiosos o suficiente para verificar a listagem dos primatas neotropicais em busca de um nome científico. E vibrariam ao não encontrar: uma descoberta desse nível lhes traria notoriedade.

E eu não teria o menor controle sobre isso.

Mayara tentou abrir a porta do passageiro. Destravei-a, engolindo o nó na garganta, e tirei o cinto. Ela e o homem congelaram ao pôr os olhos em Dengoso. O abaobi fervilhou na presença dos dois estranhos, exibindo os dentes numa imitação pálida de sua costumeira vitalidade.

— Essa espécie... — balbuciou Mayara, encarando-me com espanto.

Para evadir a necessidade de responder, saí do carro e contornei-o para o lado deles. O homem recobrou um pouco a compostura, nitidamente surpreso com o azulado da pelagem, e abaixou-se sobre Dengoso a fim de avaliá-lo. Sem demora, pegou o abaobi do modo que Miguel me instruíra a fazer, logo se encaminhando para dentro.

— Ainda bem que você conseguiu chegar em vinte minutos! — exclamou por sobre o ombro. — Ele é forte pra ter resistido tanto.

A urgência em sua voz não me tranquilizou, exatamente, mas aliviou a pior de minhas preocupações: esse veterinário, como Mayara, mostrava-se disposto a adiar a curiosidade em benefício da emergência.

A passos largos, cruzamos a recepção acolhedora para um curto corredor, que terminava numa saleta branca, onde já havia uma mesa e instrumentos a postos. Mayara fora minuciosa ao mobilizar aquele médico e o centro cirúrgico da clínica. O aspecto financeiro da coisa decerto viria, mas não entrou em questão naquele momento. Por mais medo que tivesse do futuro, também fiquei emocionado. Dengoso tinha uma chance real de sobreviver.

— O palpite do seu irmão biólogo foi certeiro — declarou o veterinário, pousando Dengoso na mesa. — Por que ele não veio? Poderia ter tentado cuidados paliativos no caminho...

— Porque tá no hospital — solucei.

Mayara arquejou no susto, lançando-me um olhar inquisidor. Eu não tinha cabeça para ponderar o melhor modo de explicar a situação, portanto permaneci calado.

— O que aconteceu? — Mayara inquiriu, lavando as mãos na pia.

— Invadiram o habitat deles pra capturar um — respondi. — Posso ficar junto do Dengoso?

— Meu nome é Hugo Huang — apresentou-se o veterinário. — A May vai ajudar a gente nos procedimentos, mas *você* não pode entrar no centro cirúrgico, tudo bem? Só ficaria no caminho. Vamos dar notícias assim que tivermos alguma.

Bufei, fechando as mãos em punhos. O abaobi agitou-se, as presas à mostra, farejando minha contrariedade. O mínimo movimento o fez urrar de dor, entretanto, e obriguei-me a relaxar. Uma mulher negra de jaleco branco e óculos de armação quadrada, que presumi ser a chefe de quem Mayara falara, cumprimentou-me ao entrar na saleta, franzindo o cenho quando avistou Dengoso. Os outros não tinham certeza, mas li em seu olhar, ao encontrar o meu, que ela *sabia* se tratar de uma espécie "nova". Não dava tempo de discutir o assunto ali; Mayara fechou a porta com um sorriso nervoso para mim.

Anestesiado, Dengoso seria uma forma minúscula na mesa da sala branca, sob a luz branca. O recinto, no entanto, não me parecera opressor à maneira de um hospitalar. Além disso, a clara disposição dos três em salvar o abaobi acalentou-me um pouco em meio àquele desespero infeccioso. Mesmo se pretendessem estudá-lo, trataram-no como um *indivíduo*, um ser com valor próprio, cujo sofrimento merecia alívio.

Enquanto o operavam, sentia-me claustrofóbico dentro de minha própria pele. Não podia ajudar ninguém: os veterinários, Dengoso, Miguel, Yoko... *Diana*. Não queria cogitar o que fariam com elas.

Desejava estar em vários lugares para resolver todos os problemas. Em vez disso, acabara do lado de fora de um centro cirúrgico numa clínica do bairro, tendo de esperar terceiros agirem por mim. Marta ligou no intervalo entre minha centésima e centésima primeira tentativas de contatar Tadashi.

— Sua mãe já sabe de tudo — falou. — Vamos cuidar dos abaobis, então quando sair daí, vai encontrar a gente. Ninguém pode ficar sozinho.

Sua voz tinha um toque irritadiço de pressa, geralmente sinal de preocupação e forçado autocontrole. Bom sinal. Se houvesse qualquer coisa errada com minha mãe, Marta viraria outra pessoa.

— Ainda não tenho novidades do Miguel — murmurei.

— Seu pai e a Gabi foram pro hospital — ela disse. — O Mimi precisa de transfusão e o banco tava com o B negativo em falta.

Mimi. Ninguém o chamava assim desde que eu tinha uns cinco anos. Ele odiava. Funguei, afastando as lágrimas e engolindo o muco alojado no fundo da garganta.

— Posso doar também...

— Não precisa. Não deixa o Dengoso sozinho. A Pati e o Alê vão ficar estacionados na frente da clínica, pra te manter em segurança. — Marta suspirou. — A sua mãe queria que eles fossem pra Parelheiros e *a gente* fosse praí, mas tô conseguindo segurar ela, por enquanto. Não deixa de atender nem de mandar mensagens, ou não vou ter o que fazer. Já foi foda convencer ela a não ir correndo pro hospital.

Ainda bem que meu pai fora. Não podia sonhar com minha mãe em um pronto-socorro no meio da pandemia.

Depois de desligar, recostei-me à parede e escorreguei por ela até me sentar no chão. Daria tudo para deitar a cabeça nas pernas de Yoko e receber carinho nos cabelos, um remédio infalível contra o pânico. Eu voltaria a ser capaz de pensar. Quase *sentia* o toque tranquilizante de seus dedos, o perfume de sua pele e seu cabelo, tanto que chegava a doer.

Ao menos estaria bem?

Meu celular tocou. *Tadashi*.

— Finalmente! — rosnei. — Tô te ligando sem parar!

— Eu vi — resmungou ele, com um bocejo, a voz exausta. — Não pega sinal de celular no meu laboratório nem com reza braba... Qual é o assunto urgente? Tem mais de cinquenta ligações suas... Você ficou em dúvida se eu ligaria de volta se fossem, sei lá, dez? *Vinte?*

— O Miguel levou um tiro. Tá no hospital e vai ficar bem, mas a Diana e a Yoko foram sequestradas. — Seu silêncio traduziu assombro com maior eloquência do que mil praguejares. — Desculpa despejar isso em você assim. Não tô bem...

Creio ter escutado movimentos apressados, seguidos pela partida do carro. Pediu o nome do hospital onde eu deixara meu irmão. Só não temi que dirigisse transtornado assim por sabê-lo exímio motorista.

37
(Conversa entre Miguel e Amaro, entreouvida por Tadashi)

AMARO: A Gabi foi buscar um café. Agora anda, vai. Conta logo o que você queria contar, que não quero deixar ela muito tempo sozinha.
MIGUEL: Pai, a Yoko vendeu a gente.
AMARO: A Yoko... o quê? Como assim?
(*silêncio*)
AMARO: Que história é essa, filho?
MIGUEL: Ela saiu bem na hora que apagaram a Diana... Tava com o caderno do Ti, insistiu que tinha que ir junto porque só ela ia entender as anotações em código dele... O que é verdade, do jeito que eles vivem grudados. Queria receber o dinheiro que devem pra ela... e os caras nem piscaram. Acho que... que conheciam ela.
AMARO: Será que dá pra rastrear o celular?
MIGUEL: Não. A Yoko deixou em casa. Até revistaram ela pra confirmar, às pressas porque o Ti tava chegando. Acho que seguiram ele o caminho todo...
(*silêncio*)
AMARO: Puta merda.
MIGUEL: Pois é.
AMARO: Puta merda... Ela sabe tudo! Conhece meia São Paulo e vários nomes pelo Brasil... Você não contou pro Ti...? Ele não falou nada sobre isso...
MIGUEL: Na hora eu não tava raciocinando direito... Falei que ela foi com eles e o Ti entendeu que tinha sido sequestrada. Não corrigi essa interpretação. Ele ia ter que dirigir! O estresse já era suficiente pra eu ter medo de entrar no carro.
(*silêncio*)
AMARO: Cacete... Queria que você tivesse falado antes.
MIGUEL: Desculpa, pai. Tava focado em não morrer.
AMARO: Tenho que dar um alerta pra todo mundo...

MIGUEL: Tem. E contar pro Ti. *Pessoalmente*. Nossa, ele vai ficar arrasado... Se *eu* fiquei sem chão...
AMARO: E o Tadashi?
MIGUEL: Não sei. Deve tá envolvido, né? Saiu pro laboratório há uns dias... Tava insistindo pra levar uma amostra do nosso DNA e da Diana, batendo na mesma tecla da Yoko de que a gente precisa se mexer pra descobrir a identidade dos nossos perseguidores... Tudo conversa pra gente se expor. Fui *tão burro* de confiar... e arrisquei a vida de todo mundo...! Meu Deus...
AMARO: Não é culpa sua. E você tá com remédio demais no organismo pra chegar a alguma conclusão brilhante agora. Descansa. Eu cuido do resto.

38
Diana

A duração do tempo triplicava naquele quarto estéril sem janelas. Descobri isso da pior maneira. Andei de um lado para o outro feito um felino enjaulado e, quando cansei, me sentei e deitei e sentei e deitei e sentei. Voltei a andar.

Até onde iriam com os testes? Em qual ponto se satisfariam? Quando julgariam já terem descoberto o suficiente? Por acaso *parariam*? Numa pesquisa oficial, com voluntários, haveria limites legais, se os éticos faltassem. *Ali?* Eu acabaria morta.

Não saber o horário me perturbava também. Como planejar uma reação sem nem ter ideia se era dia ou noite? Que horas me trariam comida? Era razoável supor que me alimentariam, pois, sendo uma cobaia, eu lhes tinha algum valor.

O repentino tilintar da tranca me deu taquicardia. Estava em silêncio havia algumas horas, com certeza, então o som teve o peso de uma sentença. Era só uma senhora trazendo uma marmita de isopor com uma colher de plástico. Quando ela foi embora, inspecionei a refeição, que consistia em arroz, feijão, couve e bife. Fitei o último item com desconfiança. Embora parecesse carne de boi da mais comum, não consegui afastar a imagem de Sabido da mente. *Carne inadequada pra consumo.* Separei-a na tampa e devorei o resto.

O tiro ainda reverberava dentro de mim, ecoando nos meus tímpanos feito uma cacofonia perene. E aquele sangue todo... Ao piscar, lágrimas escorreram pelo meu rosto. Os olhos vítreos do seu Geraldo se transmutavam nos de Miguel.

Eu me deitei e encarei o teto, ignorando a câmera tanto quanto ela se permitia ignorar. Era muito frustrante não poder fazer nada além de torcer, querer, esperar. E nem mesmo *adiantava* rezar; àquela hora, ou Tiago havia socorrido Miguel a tempo e ele estava vivo... ou *não*. Tive um calafrio.

Fazia sentido estarem atrás de mim. Seria difícil subjugar os meninos, Marta ou Rosa, ainda mais se estivessem juntos. Já eu... Lembrei-me de Tadashi mencionando o fato de eu ser uma *ponte* entre as pessoas mágicas e as comuns, condizente com as referências de Luciano a um gene misterioso.

Esfreguei o rosto e me virei de lado em posição fetal.

Quando a porta do meu cativeiro voltou a se abrir, Luciano vinha me buscar para conduzir mais testes.

— Esses são menos invasivos — disse, com aquele ar prestativo. — Vamos mapear sua atividade cerebral.

— Pra quê?

— Pra ver como ela muda — explicou. — Algumas áreas do seu cérebro devem aparecer inativas durante os primeiros testes, e vão ficar brilhantes depois.

— Como você sabe?

— Já fiz esse exame em alguém como os seus amigos e seu eu futuro. E sou neurologista; saber como é um cérebro normal faz parte do ramo.

Meus órgãos gelaram.

— E onde tá essa pessoa agora?

— Indisponível, infelizmente.

A forma como anunciou o fato me causou náusea. Imaginei alguém em estado vegetativo, ou numa camisa de força dentro de uma sala acolchoada, como minha cela. Ou um cadáver. *Meu eu futuro.*

Olhar para os lados não me dava pistas da localização da saída. Algumas direções tinham potencial, mas sem passar perto de janelas ficava difícil ter certeza. A contínua iluminação artificial não me permitia depreender o horário. Eu estava cansada, meio sonolenta. Sinal de já ter anoitecido ou impressão minha?

Luciano abriu uma porta e gesticulou para eu entrar. Outra sala sem janelas, esta na penumbra, com uma maca no meio, um monitor a um canto, de onde saíam eletrodos ou sabia-se lá como se chamavam aquelas coisinhas de grudar na cabeça que eu só vira em seriados médicos. Como na primeira enfermaria, um espelho ocupava uma das paredes quase inteira.

— Deita — disse Luciano, dando as costas num passo despreocupado e indo para o monitor.

Sua tranquilidade ameaçava mais do que uma arma. Fitei a porta, calculando minhas chances. Havia quantas pessoas naquele lugar? A que distância estariam os capangas abrutalhados?

Luciano soltou um suspiro impaciente.

— Poxa, Diana — ralhou como o pai bonzinho que nunca tive. — Se você não colaborar, vou ser obrigado a chamar os rapazes pra te amarrar. Até te sedar. Não quero isso. É chato, né? Você quer?

Minhas mãos se apertaram em punhos.

— Quero que você pare de falar comigo como se eu fosse uma criança birrenta, e não uma pessoa que os seus capangas sequestraram! — gritei.

Ele se virou com um ar entediado. Ajeitou os óculos, pôs as mãos na cintura.

— Você *prefere* ser amarrada? Pra mim, não muda nada.

Resmunguei uns palavrões e subi na mesa. Ele deu um sorriso frio e passou a colar no meu couro cabeludo aquelas coisinhas arredondadas de onde saíam os fios até o monitor, algo fácil de fazer por causa do meu cabelo fino e escasso. Engoli em seco.

— Não tem por que ficar nervosa — disse ele, tocando o monitor. — Você não vai sentir nada. — Encaminhou-se para a porta. — Tenta não se mexer muito nem se agitar, que daí a gente acaba rapidinho.

Saiu no mesmo passo despreocupado de antes, fechando a porta atrás de si sem fazer barulho. Minutos passaram.

E passaram.

Entrou outro cara de jaleco branco e máscara com viseira, trazendo Sabido.

— Não levanta — mandou, quando eu estava prestes a fazer justamente isso, e pousou a gaiola num aparador metálico a um canto, se recostando à parede e cruzando os braços. — Fala com ele.

Rosnei uma risada debochada, me fazendo de desentendida.

— Falar o quê?

O cara bufou como se eu não passasse de uma adolescente irritante resistindo a algo que me faria bem. Tirou um aparelho do bolso e o encostou em Sabido através da grade. O abaobi soltou um grunhido choroso, grudando o corpo do outro lado. Mesmo assim não lhe sobrava mais de cinco centímetros entre ele e aquele objeto.

Um *taser*.

Apertei o maxilar. Fantasiei com a possibilidade de enfiar aquela merda no rabo do cara. Jamais seria capaz de fazer isso, mas, ah, como eu quis!

— Sabido, que horas são? — murmurei, engolindo o nó na garganta. — Eu não sei. Isso me deixa nervosa.

O abaobi vocalizou, sacudindo as grades.

— Sabe dizer em gestos? — perguntei. — Não falo a sua língua.

Uma moça loira entreabriu a porta, trazendo um conjunto de tablet e eletrodos como os meus, e os entregou ao Cara do Taser.

— Põe nele. — Indicou o abaobi.

O maldito brandiu o aparelho quando Sabido apresentou resistência. Inspirei fundo e deixei a voz o mais calma possível, me sentando na maca hospitalar.

— Olha, tenho um igual — sussurrei. — Se você deixar ele pôr, não vai doer. E é fácil arrancar se você quiser.

Tirei um do meu cabelo para demonstrar, e em seguida pus de volta mais ou menos onde estivera. Sabido inclinou a cabeça, então parou de resistir. Voltei a me deitar. Embora não quisesse colaborar, de que serviria deixar torturarem o abaobi, quando no fim conseguiriam o que buscavam de qualquer modo?

39
Tiago

Já fazia quase um ano que Yoko insistia para investigarmos quem nos ameaçava. Não bastava ter uma ideia vaga, dizia; precisávamos "dar um nome e uma cara", nem que fosse um logo, a nossos inimigos. Sempre falou assim: *nossos*. O termo era uma declaração de amor pulsante, e ela devia saber.

E agora, tarde demais, sua lógica provava-se correta mais uma vez. Os piores cenários previstos por Miguel em nossas discussões ao longo dos meses anteriores concretizavam-se. E não era justo Diana passar por isso, depois de tudo a que a havíamos sujeitado.

Obriguei-me a parar de desbloquear a tela a cada dois minutos. Tinha de poupar a bateria ou ficaria incomunicável.

A porta do centro cirúrgico entreabriu-se. Mayara apareceu com um ar sombrio, ainda de touca, já sem luvas. Meus olhos marejaram, embaçando seu rosto.

— Ele morreu?

— Não, mas ainda não dá pra saber se vai sobreviver. — Ela fechou a porta atrás de si e deu um passinho hesitante para a frente. — A dra. Gisela e o dr. Hugo conseguiram resolver a hemorragia interna e tirar o baço, mas ele precisa de uma transfusão... Você pode trazer outro da... da espécie dele?

Ponderei. Dois membros de uma espécie desconhecida para ocultar e proteger. Duas criaturas vivas, com personalidade e vontade próprias, para convencer de que deveriam permanecer quietas durante *horas*.

— Vou ver se o Miguel pode falar com você. Eu não apito.

A testa de Mayara enrugou-se. Seu olhar transmitia compaixão, e ela estendeu a mão como se pretendesse tocar meu braço, antes de recolhê-la e juntar as duas atrás das costas.

— Como ele tá?

— Precisou de transfusão também — respondi.

— A Di tá com ele?

Havia cautela em sua voz. Foi demais para mim. Um soluço escapou-me, a primeira gota de uma represa rebentando. Tanto tempo segurando o choro deu-lhe ímpeto e, uma vez começado, não consegui parar.

Gisela e Hugo apareceram à porta. Cobri o rosto de vergonha. Não adiantava chorar, eu sabia. No entanto, o impulso (a *necessidade*) era mais forte do que eu.

— O quadro do Dengoso tá estável, por enquanto, mas não garanto nada, sem uma transfusão — disse Gisela. Assenti, resfolegando, e desabei de novo. — Pelo que você disse pra eles, os agressores machucaram seu irmão também, foi isso? O que tá no hospital? É o biólogo, certo?

Engoli em seco. Sentia-me incoerente por querer tanto escapar dali; Gisela parecia legitimamente preocupada com o bem-estar de Dengoso, e Hugo encarava-me com um ar paternal. Obviamente estavam interessados no que acontecera. Era natural. Não deviam atender muitos animais à beira da morte na clínica, pelo menos não por tamanha violência.

Eu estava hiperventilando. Retrocedi alguns passos, sem coragem de me afastar demais da saleta. Gisela passou por mim, retirando-se às pressas, enquanto Hugo se aproximou com um ar solícito.

— Tiago, respira fundo.

— *Como você sabe meu nome?!*

Ele ergueu as mãos e recuou, arregalando os olhos como se pego em flagrante. Mayara tocou meus ombros e balançou-os de leve, fixando o olhar no meu com firmeza.

— Ti. Eu contei. A gente conversou durante a cirurgia. Não fica com medo. Tem só amigo aqui.

Esfreguei o rosto, inspirando fundo e soltando o ar devagar várias vezes. Devia estar enlouquecendo. Acaso Diana se sentira assim quando mentimos para ela e, involuntariamente, fizemos com que acreditasse estar doente? Minha mente produzia imagens horríveis sobre o destino de Dengoso, Sabido e os abaobis como um todo. Isso porque metade de meu cérebro gastava energia esforçando-se em não imaginar Diana e Yoko.

Gisela reapareceu, entregando-me uma caneca fumegante. O vapor cheirava a camomila. Agradeci e provei a infusão, inalando o aroma reconfortante.

— Desculpa — sussurrei. — E obrigado pela paciência. Meu dia tá muito difícil.

— Não sei o que faria se algo ruim acontecesse com a minha irmã — disse Mayara. — Mas agora o Miguel tá bem, não tá?

— Não sei. Tava sendo atendido da última vez que falei com ele.

— E é com ele que você precisa falar pra ver se pode trazer outro desses macacos pra cá, né? — Mayara perguntou.

Assenti, pegando o celular. Ele ficaria possesso quando soubesse que mais gente além de Mayara sabia sobre Dengoso. Se bem que, considerando a especialidade de Gisela, fiz as pazes com o fato. Uma veterinária experiente nas espécies mais próximas dos abaobis devia ter feito toda a diferença.

Tocou repetidas vezes até cair na caixa postal, inflando minha ansiedade. Tornei a ligar. Achei que cairia de novo. Razões terríveis para isso pipocaram em vertiginosa sucessão, em lampejos de sangue que eu praticamente *enxergava*.

— Oi, filho — meu pai atendeu. — O Miguel tá dormindo agora. Tomou uma bomba de remédio. Como o Dengoso tá? Quero ter notícias quando ele acordar.

Contei sobre a cirurgia, a participação de dois veterinários, além de Mayara, e a necessidade de realizar uma transfusão. Meu pai não palpitou no assunto.

— E o Miguel... — murmurei, e os três outros presentes tomaram distância, uma desajeitada concessão de privacidade. Dei-lhes as costas discretamente. — Teve que fazer cirurgia? Vai ficar quanto tempo no hospital?

— Parece que a bala não era de calibre grosso e fez uma trajetória sem desvios pela perna dele — meu pai contou. — Os médicos pareceram surpresos. Causou menos danos do que era de esperar, nessas condições. Mas quando um tiro atravessa, sai queimando e destruindo o tecido no caminho, então ele tá com muita dor e deve precisar de fisioterapia depois de receber alta. A transfusão foi rápida. Ele ficou meio tonto, mas nada grave.

Seu tom, algo entre nervoso e resignado, refletia aflição. Se séries médicas fossem alguma referência, salvo a dramaticidade exagerada, a ferida da saída era muito pior do que a da entrada. Alguém teria de tomar uma decisão quanto à transfusão de Dengoso, e não seria Miguel, pelo visto. Engoli em seco, comprimindo os dedos ao redor do celular.

— Quer saber mais alguma coisa, filho?

— Como a Gabi tá com isso tudo?

— Relativamente bem. — A voz de meu pai estremeceu, como se ele mesmo não acreditasse. — A medicação é eficaz e, fora uns tremores, nem parece que o ataque abalou ela. Mas vou ver se alguém troca de lugar com a gente pra acompanhar o Miguel. Continuar aqui não faz bem pra ela. Tava pensando em passar aí e te ver...

Neguei com veemência. Só faltava encher a clínica de gente. Perguntei se pretendiam ir a Parelheiros e meu pai confirmou. Por mais que eu odiasse a ideia de todo mundo se juntar e se expor dessa maneira a quem quer que nos vigiava, havia a força numérica a considerar. Minha mãe, Marta, meu pai, Gabi e, quando voltasse do Jaraguá, a família de Aline, seriam um grupo coeso que os malditos, por mais bem equipados que fossem, não ousariam enfrentar. Todos eles e os abaobis permaneceriam em segurança.

Os problemas rondando minha mente ganharam um reforço: meu pai fora ao hospital e compartilharia o mesmo ambiente de minha mãe. A covid pairava sobre nossas cabeças, uma sentença que poderia ser executada de surpresa. E a imunidade de Miguel sofrera um golpe.

Encarei o celular por um longo tempo após nossa despedida, procurando concentrar-me nas boas notícias: meu irmão estava medicado e fora de perigo. Gabriela continuava bem, apesar do gatilho.

Inspirei fundo, meditando. Miguel parecera preocupado em salvar Dengoso a qualquer preço e, mesmo não me explicando o mecanismo, tinha certeza de que ele localizaria Sabido. Estava tão determinado a proteger a vida do abaobi que improvisara um torniquete mal-ajambrado para sua própria perna e o socorrera. *Concordara em envolver Mayara.* Não tínhamos nenhuma outra pista do paradeiro das meninas.

Liguei para Marta, que me atendeu no primeiro toque.

— Oi, traz o Grande pra clínica? O Dengoso precisa de transfusão.

— É urgente? — ela perguntou. — A gente tá tentando se organizar.

— Pelo que entendi, sim. Vê aí e me avisa, por favor.

Nem Mayara demonstrou tanta avidez quanto Gisela quando me virei para eles.

— Vão trazer o segundo maior que a gente conhece. Não sei quando ainda. — Passei as mãos nos cabelos, a perna tremelicando. — Vocês querem me metralhar de perguntas, né? Não tô em condições...

— Pelo que entendi, a sua família tá agindo de forma independente dos órgãos oficiais — disse Gisela. — O Dengoso é seu? Como vocês descobriram ele? Não sei se você sabe, mas essa espécie não tá listada. Acabei de conferir.

Ainda não decidira como responder à última pergunta; mentir não nos protegeria para sempre e parecia injusto nas circunstâncias. Decidi ignorar essa questão, por ora.

— Ele é um animal livre, tanto quanto dá pra ser, com cada vez mais áreas desmatadas nessa bosta de país. — Bufei, desviando o olhar. — Eles têm o instinto de se esconder de quase todos os humanos. Ficam deprimidos em cativeiro. Sei disso porque o meu irmão cuida deles e uma vez precisou manter preso um que tinha se machucado. O espaço era enorme e arborizado, e mesmo assim ele começou a se automutilar.

— Como alguns bugios fazem... — Gisela comentou, pensativa.

Mayara encolheu os ombros, abaixando a cabeça. Seus olhos lacrimejaram.

— A gente precisa listar essa espécie... — Hugo dirigia-se a Gisela.

Ouvindo o *entusiasmo* naquelas palavras, percebi que a decisão sobre qual parte da verdade contar fora arrancada de minhas mãos.

— Com todo o respeito — cortei, friamente —, agradeço a ajuda. O Dengoso só tem chance de sobreviver por causa de vocês, e reconheço o valor disso. — Engoli em seco. — Mas minha família mantém essa espécie em segredo *de propósito*, como outros fizeram antes. Eu acredito nas suas boas intenções. Mas um grupo grande de gente envolvida... Vão fazer merda em nome de uma preservação que nem querem promover. Separar bandos. Vender casais pra zoológicos gringos. Listar a espécie é colocar ela na mira de gente mau caráter. Se vocês tiverem preocupados com alguma coisa além da possibilidade de uma publicação bombástica na *Nature*, queria pedir pra deixar o Dengoso e os companheiros dele em paz.

Ninguém respondeu. Evitei olhar Mayara, embora pudesse sentir uma repreensão silenciosa vinda dela. Uma fisgada de remorso avisava-me de que eu fora grosseiro.

— Fiz a residência no Zoo de São Paulo — disse Hugo. — Os zoológicos têm programas de reprodução e preservação...

— E expõem os animais! — acusei. — A espécie do Dengoso é avessa a seres humanos! Tem mecanismos pra desaparecer de vista, bem literalmente. — Mayara alarmou-se ante a última frase, mas não me detive: — Virar atração destruiria eles.

— A exposição se reverte em educação e conscientização... — o veterinário rebateu.

— ... que não adiantam *NADA*! — rugi. — É proibido ter animais silvestres brasileiros em casa, a não ser que você tenha grana pra pagar a licença! Ou um contrabandista, que não deve sair barato, mas é sem burocracia.

— Entendo sua frustração — disse Gisela serenamente. — É justa. Mas o Dengoso tá à beira da morte. Então dá pra gente concordar que a situação saiu do controle e agora vocês precisam de ajuda? Esse grande segredo tá ameaçado por pessoas de índole duvidosa, não?

Balancei a cabeça, cerrando o maxilar. Com Miguel internado e desacordado, e Yoko e Diana incomunicáveis numa localização desconhecida, eu não tinha a menor condição emocional de decidir o futuro dos abaobis. Era inadmissível uma palavra *minha* tornar-se um divisor de águas na história de uma espécie inteira. Já dera passos sem volta: trouxera Dengoso para Mayara e expusera-o a outras duas pessoas, concordando em providenciar outro abaobi para a transfusão...

— Não quero te pressionar — Gisela continuou, com aquela sensatez tranquila. — Só tenta enxergar o nosso lado: agora tamos envolvidos. Saber torna a gente um pouquinho responsável pelo que acontecer daqui pra frente. Você não pode esfregar um milagre na nossa cara e achar que vamos simplesmente esquecer.

Mayara fitou-me um instante com um ar indecifrável.

— Por que a gente não vai lá fora tomar um pouco de ar? — sugeriu.

— Não tem chance de me tirar de perto do Dengoso.

Eu *não queria* ser hostil. Só era difícil ter boas maneiras enfrentando tanto medo.

— Hugo, vamos tomar um café? — Gisela perguntou e, sem esperar resposta, encaminhou-se para a recepção. — Me avisa quando souber que horas o outro abaobi chega, May.

40

Mayara e eu nos entreolhamos. Mesmo ao me repreender com as sobrancelhas unidas e a testa franzida, mostrava-se preocupada.

— Por isso a Di perdoou a mentirada... — sussurrou. — É um segredo *de verdade*. Maior. Importante. Uma *espécie*. — Alisou a testa, suspirando. — Quando perguntei se ela tava com o Miguel, você desatou a chorar. Me conta por quê. Ninguém vai te obrigar a confiar na dra. Gisela e no dr. Hugo, mesmo eu garantindo que eles são boas pessoas. Agora, se essa história tem a ver com a Diana, *eu preciso saber*.

Procurando controlar o tom de voz, relatei o que ocorrera naquela manhã durante minha ausência. Os olhos de Mayara arregalaram-se e marejaram, isso porque não me detive em nenhum detalhe. Mas não mencionei nossas habilidades peculiares.

— E por que levaram a Diana? O que você tá escondendo? — Torceu o nariz. — É aquele fenômeno que ela enxerga, né? Vocês explicaram isso também. De algum modo, tem a ver com essa espécie nova...

Ao menos alguém ali continuava com a mente afiada. Lamentável que não fosse eu, o responsável interino pelas decisões.

— Não vou falar mais sobre isso. — Afundei as mãos nos bolsos e abaixei a cabeça. — Já envolvi gente demais.

Mayara piscou várias vezes, ainda lacrimejando. Passei os dedos pelos cabelos. O elástico da máscara parecia prestes a cortar minha orelha, após tantas horas de uso.

— Você me aparece *do nada* com um macaco de uma espécie desconhecida e uma história mal contada e não quer esclarecer?

— Sério, eu agradeço. Nunca teria recorrido a você se tivesse opção. — Ergui as mãos ao perceber o que acabara de falar, buscando apaziguar o lampejo de ódio resultante daquelas palavras mal articuladas. — Eu quis dizer: *porque não é seguro pra você*. A mesma razão da gente ter mentido pra Diana...

— Deu muito certo, né? — Ela cruzou os braços. — Olha, entendi que você quer proteger esse segredo. Mas se alguém pode convencer a dra. Gisela e o dr. Hugo a não listar os abaobis como nova espécie descoberta, *sou eu*. E não vou ajudar se não tiver convencida da necessidade de fazer isso, tão óbvia pra você. Pra mim, até agora parece só que a sua família quer deter o monopólio de uma informação, e vá saber com qual finalidade... Essa confusão resultou no sequestro de duas pessoas! Aliás, a família dela já tá sabendo?

Engoli em seco.

— Você só acreditaria na minha história se eu provasse, e algumas coisas precisam ficar claras primeiro... Eu achava meu irmão paranoico, mas depois do tiro...

Fiz uma pausa. Se não a persuadisse, ela poderia chamar a polícia. Ou o Ibama. Eu ainda preferia não lidar com sua reação à verdade, mas seu apoio era imprescindível.

Espiei o corredor e recuei para dentro do centro cirúrgico. Em vez de protestar, Mayara seguiu-me e estacionou na porta fechada, de braços cruzados, com ar de expectativa.

— Minha família tem algumas habilidades, dentre elas a capacidade de enxergar certos fenômenos — sussurrei. — A gente não sabe como, mas a Diana parece ser uma intermediária entre gente como eu e como você. Por algum motivo relacionado, levaram um dos abaobis quando sequestraram ela e atiraram no Miguel hoje de manhã.

Gostei de ter resumido bem a questão; o olhar de Mayara pareceu mais preocupado do que incrédulo. Ao mesmo tempo, era estranho minhas palavras e meu tom permanecerem tão neutros, quando internamente eu urrava e me sentia puxado em centenas de direções.

— Que habilidades são essas? O que é a névoa colorida que a Di vê, esses tais transbordamentos?

— A segunda é difícil explicar, porque não é muito a minha praia. E a primeira... Você só vai acreditar se eu mostrar. — Olhei ao redor, evitando a silhueta de Dengoso na mesa, agora limpa. — Hum... tem um vasinho de flores em algum lugar?

Ela franziu a testa, mas assentiu e foi buscar sem delongas. Enquanto esperava, arrisquei um olhar para o abaobi. De face mais pálida do que a cor habitual, ele dormia, decerto por efeito dos remédios; sua barriga, enfaixada, não apresentava sinal de sangramento. Não havia nada de potencial cortante à vista. Não o tinham amarrado nem restringido seus movimentos de forma alguma; a dose da anestesia devia ter sido calculada para derrubá-lo. Uma vez que estivesse fora de perigo, eu lhe daria algumas aranhas marcadas e o devolveria a seu bando e sua árvore. Com sorte, a figueira do Burle Marx não demoraria muito a transbordar de novo, provocando o transbordamento da falsa-seringueira de Parelheiros e curando-o completamente.

Quando a porta se abriu, afastei-me da mesa com um pulo. Mayara, sozinha, trazia um pote com um rododendro seco. Não devia ver água havia um mês, o coitado.

— Serve essa?

— É perfeita — respondi, pegando o vaso. Uma vez fechada a porta, recostei-me a ela para garantir que não se abriria em um momento inoportuno. — Depois de eu te contar, promete conversar com o dr. Hugo e a dra. Gisela?

— Vamos ver se você merece.

Arrisquei um olhar em sua direção e segurei o vaso plástico com as duas mãos, as palmas suadas. Segundo contou na ocasião, Miguel mostrara algo em escala reduzida a Diana, e ela acreditara logo diante de uma prova tão incisiva. Torci para essa abordagem funcionar com Mayara.

Certificando-me que tinha sua atenção, fiz o rododendro murcho espreguiçar-se, esticar as folhas, novamente de um intenso verde-escuro, e readquirir o viço original, brotando na maior velocidade de que eu era capaz. Mayara arregalou os bonitos olhos castanhos. Temi que começasse a gritar. Contudo, passado o susto, avançou de mão estendida e pegou o vaso. Virou-o de um lado para o outro, analisando a planta. Estudou uma folha entre o indicador e o polegar, acariciando a superfície.

A princípio, imaginei-a esconjurando-me dali como se eu fosse um demônio. Mayara, entretanto, nunca reagia como eu previa. Foi assim quando tirei a camisa suada depois de ajudá-la a carregar dúzias de caixas pesadas e ela viu as cicatrizes da mastectomia (deu de ombros e comprou uma água para mim) e quando mencionei de passagem o então namorado de Tadashi ("se Deus odeia gays, por que eles continuam vencendo?", perguntou com uma risada). Dessa vez, abriu um sorriso maravilhoso.

— Caramba, Ti. Agora faz muito mais sentido a Diana ter perdoado vocês! — Sua expressão ensombreceu à menção de nossa amiga. — Ai, Jesus. A Di tem esse potencial...?

— A gente não sabe.

— E por que sequestraram um abaobi? O que ele tem a ver com isso?

— Deve ser por causa da capacidade regenerativa deles. É espetacular, vocês vão ver.

— O que você acha que querem com ela, então? Não seria mais fácil levar um de vocês, que têm essas... aptidões desenvolvidas?

Encolhi os ombros. Depois de incapacitar Miguel, arrastá-lo junto não lhes causaria grandes transtornos, então eu não sabia por que preferiram deixá-lo. Anos antes, um dos nossos foi descoberto, preso em um laboratório e tornado cobaia de estudos escusos. Sua família seguira na esteira. Um enfermeiro, acometido por dó e culpa, ajudou-o a escapar. Assim soubemos que nosso segredo estava ameaçado e o tipo de coisas ao qual nos sujeitariam, caso nos apanhassem. Sempre tememos pelos abaobis, mas nunca por nós mesmos, até aquele momento.

— O que aconteceu com esse moço e a família dele? — Mayara perguntou.

— Se matou. — Cerrei os olhos com força ao dar a resposta crua. Era pequeno na época, porém o impacto da notícia fora inesquecível. — Do restante da família, não sei direito. Ele tinha pesadelos, não dormia, se assustava com cada barulhinho... Estresse pós-traumático, segundo minha madrasta. — Engoli em seco novamente. — Talvez com eles tenham obtido a maior parte das informações que têm sobre nós.

Mayara tocou meu braço, cravando os olhos nos meus.

— Ti, a gente precisa achar as meninas e tirar elas de lá.

Um frio na barriga repuxou algo atrás de meu umbigo. Travei o maxilar. Imaginar cenários ruins não mudaria nada, repeti a mim mesmo.

Gisela e Hugo estavam no corredor quando deixamos a saleta.

— Uma parte da história é coisa de filme — disse-lhes Mayara, calmamente, como se não houvesse acabado de testemunhar algo que desafiava qualquer noção de realidade. — Mas dá pra resumir em poucas palavras: roubaram um membro do bando do Dengoso pra fazer experimentos; por isso o Tiago surtou com a ideia de trazer a espécie a público. Isso pode atrair mais atenção indesejada.

O olhar de Hugo correu para mim, e seus lábios contraíram-se numa linha fina.

— Se te consola, pra propor que encontramos uma espécie nova, tem um monte de passos, e um deles é apresentar espécimes pra provar que são diferentes das já conhecidas. — Ele balançou a cabeça. — Por que você não vai tomar um ar e comer alguma coisa?

Eu não tinha apetite algum, apesar dos roncos de meu estômago. Não queria sair da frente daquela porta; para levá-lo, teriam de passar por mim. Depois do que acontecera a Miguel, eu estava decidido a mostrar que não seria possível. Não falei nada, pois eles não mereciam minha beligerância, e sentei-me no chão, sem impedir a passagem. Gisela suspirou e pediu para conversar com Mayara, conduzindo-a para a recepção.

Engoli em seco. Era isso: teria de confiar em Mayara. Não deveria ser tão difícil, especialmente considerando que eu *sabia* de sua lealdade; *eu* decidira levar Dengoso para ela. No desespero, foi a primeira pessoa em quem pensei, e existiam inúmeros motivos para isso.

Hugo sentou-se no chão também, a uns bons dois metros de distância, fitando-me.

— A Gisela é uma das melhores profissionais que já conheci — disse. — O Dengoso vai resistir. Não vou te pressionar pra apresentar a espécie pro mundo, porque agora parece um momento difícil. Mas, quando as coisas tiverem melhores, traz seu irmão e quem mais cuida desses animais pra conversar com a gente. Até lá, nem eu nem a Gisela vamos falar nada, tá bom?

Meus olhos queimaram e transbordaram de repente. Assenti bruscamente, travando o maxilar.

— Obrigado — forcei-me a dizer. — Obrigado por tudo, dr. Hugo.

As linhas marcadas de sua testa e do canto de seus olhos sorriram.

— Já que você não vai sair daqui, me fala o que você come. Vou buscar um lanche pra Gisela e pra May na padaria e te trago alguma coisa também.

Ficou difícil segurar o choro. Com a voz embargada, pedi qualquer coisa vegetariana e um suco de laranja. A ideia de comer causava até repulsa, mas precisava de energia. Se estivessem vigiando a clínica e passassem pela Pati e o Alê, nossos vizinhos de Interlagos, eu seria a última linha de defesa. Não precisava ser um gênio para deduzir que, se Dengoso podia localizar Sabido, seria capaz de fazer o mesmo em relação ao restante do bando, e *isso* era preocupante. Eu não arredaria o pé dali.

41
Diana

O teste da vez era ao ar livre — descobri isso ao sentir o débil solzinho matutino e a brisa fresca no corpo. Tiraram o saco preto que me puseram na cabeça para eu não ver o caminho; havíamos virado em muitos corredores e subido alguns lances de escadas, o que me levava a concluir que tanto minha cela quanto os laboratórios onde conduziam boa parte dos experimentos ficavam no subterrâneo. Olhando de fora, o lugar só parecia um elegante casarão térreo.

— Colocamos a comida lá do outro lado pra não ter chance de nenhum pássaro aparecer pra cá, doutor — informou algum novo Genérico, guardando um rádio no cinto. Eu não via Wagner havia um tempinho. — Eles são os bichos mais fofoqueiros, né?

Luciano assentiu e gesticulou para eu o acompanhar. Uma mulher loira de jaleco branco levava a gaiola de Sabido. Era a mesma que trouxera o tablet e os eletrodos para colocar nele no outro exame. Uma senhora baixinha de cabelo preto liso, branca feito arroz, trazia uma volumosa sacola preta que, no entanto, parecia leve.

Levei um instante para perceber, ao contornar a casa, que ladeávamos fileiras e mais fileiras de árvores, uniformes demais para serem naturais. Uma plantação. Só então tomei consciência daquela informação já anunciada pelo meu olfato: o perfume cítrico, cada vez mais marcado. *Laranjas*. Provavelmente eu continuava no estado de São Paulo! E isso dava uma pista quanto ao misterioso financiador da pesquisa antiética.

A comitiva se dirigia ao outro lado da casa, onde havia uma grande árvore antiga, eu não sabia de qual espécie, circundada de pessoas de jaleco branco. Duas notáveis exceções se destacavam: um homem calvo e atarracado de terno — e *Yoko*.

Soltei um berro indistinto de reconhecimento — e alívio? Ou pena por ela também estar naquela situação? Qualquer sentimento empático morreu esmagado quando ela me olhou com uma indiferença cortante. Então reparei em sua postura casual, no caderninho de Tiago em sua mão, no ar preguiçoso ao se voltar para o homem de terno e assentir, continuando a conversa como se minha chegada em nada a surpreendesse ou incomodasse.

Uma palmadinha condescendente no ombro me despertou do choque da compreensão: Yoko estava ali porque *queria*.

— Nem todo mundo é burro de recusar dinheiro bom — disse Luciano, e se voltou para o interlocutor de Yoko. — Aliás, Rogério, e aí?

O cara sorriu.

— Caiu na conta. Os contratos já tão prontos.

Dr. Rogério Costa. Não médico, não pesquisador. *Advogado*.

O cara do Ibirapuera em março o tinha mesclado com Luciano, o neurologista, talvez de propósito para a internet não me trazer nada relevante a respeito de nenhum dos dois. Em cada mínimo detalhe, estavam um passo à frente. Mas, considerando terem uma infiltrada, como seria diferente? Desde quando Yoko lhes passava informações?

Enquanto eu tentava me recuperar daquele murro na cara, a Loira pôs Sabido perto da árvore, ainda dentro da gaiola, e lhe enfiou uma coleira, escapando por pouco de suas presas vingativas. Amarrou a extremidade da correia numa argola metálica no chão e o soltou. Então a Morena passou a tirar invólucros cilíndricos da sacola. O abaobi se retesou, observando seus movimentos.

Aranhas.

Ele se aproximou dela, hesitante. A Morena lhe mostrou um invólucro; ele não reagiu. Seus olhinhos pareciam capturados por um específico. Percebi logo o intuito daquele exercício: descobrir qual — se — alguma das aranhas estava marcada, através do interesse de Sabido. Eles não tinham como as distinguir. Tão logo ela conseguiu determinar para onde ele olhava tão atento, levou aquele espécime embora com grande animação, seguida de perto por um rapaz igualmente empolgado. Com uma aranha marcada em mãos, poderiam estudar como a energia da névoa as afetava.

— Uma pena você não ter conseguido os estudos do Miguel sobre as aranhas e a relação delas com os abaobis — comentou Luciano, encarando Yoko. — Começar isso do zero...

— Não foi por falta de tentativa — retrucou ela. — Ele é o cara mais paranoico que já conheci.

Como Yoko conseguia falar assim com tamanha cara de paisagem? Ela não tinha *visto* o estado de Miguel?

A Loira fitava Sabido de mãos na cintura.

— Por que ele não sobe na árvore? — sussurrou, entre curiosa e exasperada.

— A Tatiana disse que essa tem quase duzentos anos. É o tipo que eles gostam, né?

Olhou para uma mulher magricela de meia-idade, bronzeada de sol. A Vara-Pau cavava a terra com as mãos enluvadas, mais interessada na raiz do que no entorno. Yoko rosnou uma risada incrédula pelo nariz.

— Nossa, vocês não tavam zoando que não sabem nada dos abaobis.

— Foi o primeiro vivo que a gente conseguiu capturar — retrucou a Loira entre dentes.

Aquela frase ecoou mil vezes nos meus ouvidos, alternando as ênfases em "primeiro" e "vivo" à medida que meu cérebro absorvia a informação como raízes irrigadas pouco a pouco.

— Ele tá sozinho. — Yoko revirou os olhos. — A vida social é importante pros abaobis. E não é um macho qualquer que escolhe a moradia principal, e sim a fêmea dominante. Essa árvore pra ele não é diferente de qualquer outra e nem vai ser.

A Loira bufou.

— Ok, mas por que ele não *sobe*? — Indicou a ponta da cauda preênsil enrolada. — A espécie é adaptada pra viver no estrato arbóreo alto.

Yoko fez uma careta de nojo. Não dava para interpretar de outro jeito, mesmo a máscara ocultando meio rosto. Apontou a coleira como se falasse com uma criança estúpida:

— Dois metros de correia não são o bastante pra ele chegar lá em cima, né, querida?

— Mas ele não sabe!

— Quem falou que não? — Yoko bateu na testa. — Mano do céu, cês são burros demais. Eu devia ter cobrado adicional de insalubridade. Até o fim do dia, meu cérebro vai ter escorrido pela orelha. Falou pra vocês.

Com isso, afastou-se.

— Doutor, quando for a hora, *eu* quero dar um tiro nela — resmungou um dos caras de jaleco.

Luciano o ignorou.

— É melhor não deixar o que você sabe de macacos neotropicais virar dogma estudando esses. Talvez eles tenham capacidade de projeção espacial, igual os grandes primatas. — A Loira aquiesceu, fitando Sabido com maior apreciação. Luciano se virou para mim. — Diana, a gente vai te monitorar e você vai passar o resto do dia atenta àquela teia ali, combinado?

42
Mayara

Tinha de haver um dedo divino no milagre que era a existência dos abaobis. E no quanto a cirurgia de Dengoso terminara bem, apesar das muitas complicações. E no quanto a transfusão foi tranquila, mesmo nenhum dos animais nos permitindo uma fácil manipulação de seus corpos. Os abaobis eram uma espécie geniosa, se aqueles dois servissem de referência. Bem arisca, também, exceto na presença daquela família de poderes inconcebíveis. Tiago estava certo; eu nunca teria acreditado nele sem receber uma demonstração ao vivo. Patrícia, a moça que o substituiu quando a mãe dele ligou e disse que viria se ele não fosse dormir em casa, era calma e calada. Disse que passaria a noite na clínica com o marido e, como lá tinha atendimento 24 horas, não houve discussão. Ela havia até trazido um pequinês para tomar vacinas e fazer exames, uma desculpa sólida para olhos externos.

De manhã, cheguei cedo. Quem trouxe Grande, o abaobi quase do tamanho de Dengoso, para fazer a transfusão dos 100 ml de sangue, foram Rosa e Marta. Eram uma família engraçada, diferente de todas as que conheci. Algumas pessoas da minha igreja se afastariam deles e me aconselhariam a fazer a mesma coisa. Eu só nunca daria ouvidos a conselhos assim porque não sou Deus para julgar ninguém, e cada um sabe de si. E não sei se Deus concederia um dom sobrenatural tão interessante a quem não fosse merecedor de alguma maneira. A proximidade daquelas pessoas com os abaobis era um sinal. A dra. Gisela e o dr. Hugo assistiram com um ar cético enquanto Rosa *explicava* aos dois animais o que aconteceria, com palavras simples, falando do procedimento semelhante pelo qual Miguel passara no dia anterior. O mais fascinante, para mim, foi ver certo brilho de entendimento no olhar deles. *Estavam prestando atenção.* Ali, bem diante de mim, estava um elo nessa longa cadeia, unindo partes até então consideradas incompatíveis. Porque não só Rosa falava com os abaobis. *Eles a entendiam.* Tanto o dr. Hugo quanto a dra. Gisela perceberam essa capacidade extraordinária. De todos os procedimentos envolvendo símios de que já participei, aquele foi o mais fácil. O dr. Hugo só nos observou o tempo inteiro. Ele merecia uma estrelinha de bom comportamento; nem começou a interrogar Rosa, como claramente estava ansioso para fazer. Ela, por sua vez, declarou que não deixaria a presença dos abaobis e, quando a dra. Gisela lhe falou, um tanto friamente, que não podia permanecer no centro cirúrgico, a primeira tirou o cartão da bolsa e disse que os levaria para casa. E as duas se entenderam com a sugestão do dr. Hugo de transferi-los para a sala do andar de cima. De todo modo, deixar os dois abaobis na sala de cirurgia também era inviável: animais que se agitavam com qualquer nova presença poderiam causar um estrago se não fossem dopados — e fazer isso sem necessidade médica seria um crime. Permaneci com as duas. Eu me senti parte de um clube privativo, feliz por confiarem em mim. Tiago me revelou um segredo daquela dimensão e não dei nada em troca. Ajudar Dengoso nem era uma compensação: eu teria feito o mesmo por qualquer animal naquele estado — e o fiz antes de saber o que a família escondia, além dos abaobis. Já era um segredo e tanto.

Precisávamos salvar Diana de virar um rato de laboratório. Eu já lamentava a sina destes, quanto mais a dela. Nenhum experimento científico que não respeitasse as regras éticas e a legislação na hora de obter uma cobaia respeitaria os limites legais (ou os direitos humanos) quando chegasse o momento dos testes. Evitei alarmá-las, mas estava *com pressa*.

Lá pela hora do almoço, desci com Marta, que ia comprar a comida para nós, e fui ao banheiro. Ouvi vozes estranhas ao sair. Dois homens com um tom autoritário alternavam-se, inquirindo o dr. Hugo sobre um macaco ferido que dera entrada no dia anterior. Primeiro, ele se fez de desentendido. Então um dos homens engrossou, falando: "Sem mentira, doutor. A gente sabe que tem um abaobi aqui e veio pegar ele. Abre o bico, senão te meto uma bala na cara". Meus pés já corriam de volta para o andar de cima antes de eu digerir o teor daquela ameaça. O dr. Hugo insistiu na mentira, e sua voz esvaneceu à distância. Mergulhei na saleta onde Rosa parecia meditar, com as pernas cruzadas sobre o assento da cadeira. Avisei dos homens e peguei Dengoso no colo, fazendo o possível para imobilizá-lo contra movimentos bruscos, enquanto Grande agarrou-se na cintura dela. Ambos os animais estavam em alerta e nos fitaram de olhos arregalados e brilhantes, cheios daquela perspicácia que gritava consciência. Fiquei agradecida pela presença de Rosa, ou eles poderiam se tornar agressivos e chamar atenção. Desci as escadas e virei a cozinha, onde havia uma saída para o estacionamento. Bem quando virei no fim do corredor, as vozes rudes se manifestaram atrás de mim, avançando para o centro cirúrgico. Orei para o dr. Hugo estar bem. A agitação ininteligível mais para trás acelerou meus passos. Deviam ter me visto no último segundo. Rosa ficara para trás. Eu teria voltado, se não me lembrasse de que ela tinha como se defender. Havia uma saída de pedestres que dava para a ruela dos fundos. Só precisava cruzar as árvores do jardim abandonado que a clínica acabara de comprar para se expandir.

Aqueles homens deviam saber onde estava Diana. Seria bom poder lhes perguntar ou ter como barganhar uma resposta. A única coisa que eu sabia desejarem estava comigo — não em minha posse ou meu poder. *Comigo*. Em minha companhia. Sob meu cuidado, sob minha guarda. Ainda que eu não me considerasse responsável pelo animal, seria ingênuo querer negociar. Ninguém que se julga capaz de tomar à força aceita conversar. Não se as posições não pudessem ser revertidas, e não podiam. Não haveria escapatória para Dengoso se eu falhasse em tirá-lo dali. No parque, não muito longe, ele teria como se esconder. Uma das minhas partes preferidas de trabalhar naquele bairro, tão distante de minha casa, era justamente ele ser bem arborizado. Mesmo nos dias mais quentes, havia sombras para me proteger do sol. Não formava ilhas de calor como o asfalto ininterrupto da maior parte da cidade. Agora, além dos benefícios climáticos, o lugar trazia uma vantagem de ordem prática. E Rosa ajudaria, se descobrisse para qual direção eu fugira.

Um brado ressoou vários metros atrás de mim, me mandando parar. Eu estava no meio do jardim. Apertei Dengoso contra o peito por reflexo. Desobedeci. Parar seria uma escolha de rendição, de entregar um vulnerável nas mãos de alguém disposto a abusar dessa vulnerabilidade. Não foi para isso que me matei de estudar para o vestibular, e cada dia depois de ter passado. Não foi por isso que estendi meu estágio no zoológico mesmo tendo cumprido o número de horas obrigatórias para me formar. Eu só queria aprender mais. Repeti isso para mim mesma ao ouvir o estouro reverberante e algo explodir ao meu lado, a pouco mais de um metro. *Um tiro!* A explosão seguinte levantou concreto do chão bem ao lado do meu pé. Saltei para trás da árvore mais próxima. Apoiei uma mão no tronco, tentando recobrar o fôlego enquanto calculava como chegaria àquele portãozinho. Os passos se aproximaram demais, e me preparei para correr, verificando o estado dos pontos na barriga de Dengoso. Um som de tropeço, um tiro e um praguejar me detiveram. Esperei. Rosa perguntou-me se eu estava bem. Espiei a situação de trás do tronco: um homem jazia no chão, com uma face colada ao solo, preso pelo dorso e ombros, de bruços, por uma raiz suja de terra empedrada que só poderia ter vindo do subterrâneo. O outro continuava de pé, mas retido por galhos e raízes enrolados nos membros superiores e inferiores. Pouco atrás, Rosa vinha andando devagar, com uma bombinha de asma na mão. O cara que estava no chão tentava alcançar a arma a poucos centímetros de seus dedos. Pulei para fora do abrigo e a chutei para longe, depois voltei a inspecionar Dengoso. A fuga não parecia ter causado nenhum estrago. Ergui o olhar para encontrar o de

Rosa, um sorriso leve em seus lábios logo ocultos pela máscara. Ela guardou a bombinha no bolso do casaco e, passando direto pelos homens, veio até mim. Só após me vistoriar como minha mãe teria feito, olhou Dengoso e apontou nossos perseguidores sem se virar para eles:

— Foi algum dos dois que machucou o Miguel?

De novo, aquele brilho de entendimento incendiou o olhar do abaobi. Ele se endireitou no meu colo e examinou primeiro um e depois o outro, farejando o ar. Levou um minuto nisso, até apontar o homem de pé. Rosa fez um carinho no alto da cabeça dele, então se sentou no chão, na beirada da mureta de concreto, e tirou uma cigarrilha caseira e um isqueiro no bolso. Acendeu-a e tragou profundamente, soltando uma espessa fumaça de cheiro doce enjoativo. Ignorando os homens, Rosa preferiu centrar a atenção em mim.

— Sabe — mostrou o cigarro —, não fumo desde antes dos meninos nascerem. Lá se vão quase trinta anos. Mas eu preciso ficar zen e é difícil fazer isso quando você tá a três metros do cara que deu uma porra dum tiro no seu filho.

Rosa sorriu e tragou de novo, fechando as pálpebras um segundo. Soltou a fumaça bem devagar, com ar de quem suspirava. Eu quase podia imaginá-la com permanente e bota de cano alto na garupa de alguma moto nos anos 80. Não saberia definir sua idade: possuía um aspecto jovial e poucas marcas de expressão, e os cabelos negros tinham poucos fios brancos espalhados. O mais estranho de tudo era seu ar bem-humorado, até mesmo leve, a postura casual sentada no chão fumando maconha. Eu só não diria que numa atitude adolescente por lhe faltar aquele ar contraventor, aspirante a revolucionário. Tamanha *despreocupação* — demorei a entender — era a origem de meu desconforto. Parecia deslocada naquele cenário; o modo como tragava, ignorando os homens presos por plantas como vinhas. Ela soprou a baforada seguinte para o lado oposto, a favor do vento, para não vir em cima de mim.

— Criei meus filhos pra serem bons moços — disse, com o olhar distante. — A gente tem uma habilidade muito desproporcional em relação às outras pessoas, né? Ensinei pra eles a respeitar essa diferença. A não usar esse poder de forma violenta. Não que eles não possam ou não saibam fazer isso. Só tentei incutir neles um senso de justiça. São meninos muito conscientes, desde cedo. E, sabe, em geral, tenho muito orgulho de como criei meus filhos. — Ela sorriu. — Entende, May? Então acho que a minha terapeuta ia ficar curiosa se eu contasse pra ela que de repente parei e me perguntei se eduquei eles da melhor maneira!

Embora seu tom continuasse casual, algo mudou. O ar vibrava com a fúria silenciosa que emanava dela. Os homens reconheceram isso; suas posturas enrijeceram. Rosa deu o último trago, apagando a ponta do cigarro na mureta. Levantou-se e, calmamente, andou até o lixo, onde a jogou, e retornou. Eu a observava, certa de estar prestes a testemunhar alguma grande virada. Rosa pôs as mãos na cintura, pela primeira vez dirigindo o olhar aos homens. Deteve-se mais naquele em pé, o quase-assassino de Miguel. Mesmo a três metros, vi-o estremecer. Ela suspirou, distante.

— Minhas lições anti-hostilidade deixaram os dois mais propensos à defesa do que ao ataque. Nos últimos anos, quando vocês começaram a perseguir aqueles iguais a nós, a gente optou por se esconder e evitar confrontos. A gente é da paz, sabe? Isso gerou uma falha de comunicação. A sua laia entendeu que a gente é fraco, não sei. Tamos quietos no nosso canto, sem querer encrenca. E daí vocês vêm encher o saco. Tentar medir força. É foda, né?

Rosa usou a digital do cara no chão para desbloquear o celular deste e passou a inspecionar seu conteúdo. O cara em pé não tinha desbloqueio por digital e se recusou a dar a senha. Ela lhe perguntou quem o contratou; o homem em pé travou o maxilar e permaneceu calado. Rosa sorriu, guardando os celulares nos bolsos.

— May, daqui a pouco vamos pra casa. Arruma por favor alguma coisa pra esconder o Dengoso, pra gente poder ir até o carro com ele. A Marta tá lá na frente com o Grande, garantindo que ninguém vem para cá.

Apesar da contínua serenidade e da voz melódica, Rosa claramente não estava para brincadeiras. Eu suspeitava do que ela faria e uma parte de mim desejou ser boa e correta o suficiente para impedir. Quis falar para ela não descer ao nível deles — palavras esvaziadas de sentido mesmo antes de tocarem minha língua. Quis dizer que eles não valiam a alma dela — mas o que significava isso para quem não acreditava nem em Deus? Avançando com Dengoso no colo, ignorei os estalos e rangidos de madeira e os gritos às minhas costas, somados à voz sempre serena de Rosa. A sonoplastia grotesca me fez arriscar um olhar para trás, como Ayla durante a destruição de Sodoma e Gomorra. Não virei estátua de sal; apenas vi um corpo inerte arrastado pela movimentação de raízes ser dragado para o espaço deixado por elas sob a terra, e então soterrado. Relva cresceu e de repente nada parecia fora do lugar. Lembrei-me de minhas longas conversas com Cleiton, sobre os mistérios entre o céu e a terra e nossa vã filosofia. Tínhamos uma discussão recorrente sobre fazer algo errado para tentar fazer a coisa certa, em parte motivada por filmes de heróis. Eu ainda não sabia o que pensar disso.

43
Diana

Quantos dias passei diante daquela árvore, monitorada com eletrodos e outros medidores pelo corpo? De alguma forma, conseguiam manter qualquer pássaro afastado da plantação, o que criava ondas aterrorizantes de silêncio antinatural quando os pesquisadores atentavam demais a seus tablets e paravam de papear.

Duas vezes assisti a aplicações de agrotóxicos ao longe, entre as fileiras a perder de vista. A aranha que eu observava devia ser a única sortuda a ter escolhido um local mais ou menos seguro.

Numa dessas ocasiões de aparente tédio — com parte da equipe fumando e conversando e Yoko os escutando e fazendo comentários ocasionais que eu não ouvia —, Sabido se empertigou de repente e olhou a teia. A Loira se sobressaltou e grudou no monitor, arregalando os olhos. Um segundo depois, uma névoa alaranjada se espalhou feito gelo seco perto do galho mais encorpado. A aranha residente pareceu a alisar, mas não enxerguei direito à distância em que me encontrava.

Através do burburinho agitado de Luciano com outro cara, ambos vidrados no meu monitor, percebi que meus indicadores sinalizaram alguma mudança. Eles se reuniram, empolgados, se felicitando pela sorte de um transbordamento ter acontecido "tão rápido". Alguém parabenizou a Vara-Pau pela sugestão de não cortarem aquela árvore (*dois anos antes!*) quando construíam o casarão.

Captei pouco da confusão que se seguiu; Sabido olhava a aranha na teia sem piscar, dando puxões irritados na correia que o mantinha prisioneiro junto ao solo. A Morena recolheu a aranha num invólucro, aos pulos, e correu de volta para o laboratório. A Vara-Pau trepou na árvore e se pôs a estudar os galhos próximos. Quando me perguntou qual tinha sido a região da névoa, apontei errado. O resto da equipe se dividia entre a Loira e Luciano, falando em termos técnicos cujo sentido eu só apreendia em partes.

Não pareciam ter consciência de que Sabido havia percebido o transbordamento *antes* de acontecer e eu não esclareceria a questão. Como não viam nada, aqueles farsantes se guiavam por nossas reações.

Fiquei me perguntando se Miguel e companhia limitada sabiam. Talvez desse para contar com os abaobis para descobrir mais sobre a misteriosa energia das árvores, aquela cujo excedente transbordava periodicamente; eles deviam ter uma percepção superior à nossa. Teria eu a oportunidade de compartilhar tais descobertas?

Talvez Miguel estivesse morto. Engoli em seco, o lábio inferior tremendo pelo empenho em represar o choro. Imaginei Tiago se deparando com o cadáver do irmão naquela poça de sangue, sem ninguém por perto para o amparar. A alegria dos pesquisadores ao meu redor lançava tudo em sombras.

Sozinha a um canto, Yoko fitava Sabido de olhos estreitados.

Queria ter tido mais tempo de observar seu rosto e tentar deduzir seus pensamentos, mas me levaram para fazer uma ressonância magnética, a primeira de tantas. Se ela houvesse notado que eu retinha informações ou deduzido o mesmo que eu sobre a percepção superior de Sabido, nossos segredos não durariam muito tempo.

44
Tiago

Alisei a barba por fazer no queixo. Yoko odiava o atrito áspero no rosto e outras partes sensíveis do corpo dela, então eu costumava tirar tudo. No entanto, não queria uma gilete perto de meu pescoço enquanto imaginava onde ela vinha dormindo. Já fazia cinco dias, quatro horas e cerca de dez minutos que não nos falávamos. Parecia um mês.

Sentei-me sob o pau-brasil e fitei os abaobis, dando-lhes a atenção que Miguel não podia e esperando distrair-me o suficiente para não ceder ao crescente ímpeto de esmurrar um espelho ou a parede até quebrar os dedos. Decerto doeria menos, mas minha mãe e Marta ficariam chateadas.

— Eles parecem ter uma organização social sofisticada — comentou Mayara, sem desviar o olhar dos poucos abaobis que não haviam se escondido de vista na falsa-seringueira quando ela viera observar.

Adaptara-se bem na convivência conosco. Bibiana providenciara um atestado médico para ela, mas, enquanto solução, só funcionava a curtíssimo prazo. O medo de voltar para casa ou ao trabalho não poderia governá-la para sempre. Na verdade, desconfio que ela só havia concordado em passar um tempo conosco para ter acesso às notícias de Diana e aos abaobis.

Uma dessas duas coisas ela conseguiu, embora de longe.

Já a outra — bem, ninguém obtivera pista alguma. Nossa gente pelo Brasil estava alerta, à procura de anomalias em suas respectivas regiões. Infelizmente, éramos poucos. Até então, nem sinal.

Meu pai só viera na noite anterior com Gabriela. Olhava-me de modo estranhíssimo e, quando o curioso comportamento contagiou minha mãe e Marta naquela manhã, tive um interesse súbito nas brincadeiras dos abaobis. Não havia como negar o pânico que essa atitude despertou em mim; prenunciava algo ruim. Faltou-me coragem de perguntar-lhes se Miguel de fato estava bem.

— E o Tadashi? — indagou Mayara. — Achei que ele vinha pra cá...

— Nada. Celular fora de área desde aquele dia na clínica. Tô com um medo de ele ter batido o carro! Mas cadê a coragem de entrar em contato com o seu Satoshi ou a dra. Tânia ou, sei lá, o Benjamim? O que eu digo? Meu Deus, sou um fiasco...

Mayara tocou meu braço com um suspiro melancólico.

Sentia-me incapaz. Faltava-me estrutura emocional para lidar com uma situação insustentável daquelas. À parte de minhas habilidades e do recente convívio com aquele bando de abaobis, tinha uma vida corriqueira, não muito distinta da de outros universitários de classe média.

Uma discussão na garagem chamou-nos a atenção. Meu pai e minha mãe desentendiam-se. Demorei a compreender o cerne da desavença: Miguel, naquele momento, assinava a própria alta à revelia da recomendação médica, e meu pai iria buscá-lo. Minha mãe era contra. Não que tivesse algum poder quanto a isso.

Eu queria distrair a mente com trabalho, porém não encontrava meu caderno de anotações em lugar algum. Yoko saberia onde eu o deixara. Faria excelentes perguntas e eu me enterraria em documentos à procura de respostas, como de hábito. Ou, juntos, traçaríamos algum plano de ação eficaz, que envolvesse esperar menos e agir mais.

Meu celular tocou, um número desconhecido na tela.

— Oi, Ti?

— Tadashi! Até que enfim! Onde você se enfiou? Por que trocou de número? Acabou não indo no hospital, no fim? O que aconteceu? Tudo bem?

— Hã... mais ou menos. — A hesitação, tão deslocada em sua voz habitualmente segura, inquietou-me. — Ti, você... olhou o celular da Yoko?

— Não, por quê?

— Ele tá fora de área. Achei estranho...

— Ela não levou o celular. — Esse fato, na verdade, era muito perturbador. Yoko não largava o aparelho para nada, um verdadeiro ciborgue, para usar a terminologia da Donna Haraway. E quando digo "nada", não é exagero. Ela não comia, dormia ou ia ao banheiro sem ele, e havia piorado recentemente. — Engraçado. Achei o da Diana quebrado no chão, mas o dela tava na mesa de cabeceira. Ela deve ter saído pra ver qual era o problema e... O Miguel tá vindo pra cá. A gente pergunta os detalhes de como foi... Você vai...?

Tive a impressão de ouvi-lo praguejar.

— Já? — Sua nova hesitação trouxe-me um gosto acre à boca. — Hum... você olha pra mim? Tipo, *agora*?

Mayara, que me observava durante a ligação, franziu o cenho e murmurou um "tudo bem?" apreensivo.

— O que é pra eu procurar? — perguntei com cautela.

— Não sei.

Sem nenhum comando consciente, meu corpo avançou lentamente para a casa, o corredor, meu quarto, onde eu entrava o mínimo possível. A cama vazia e o cheiro de Yoko no travesseiro eram insuportáveis.

Minha mão tremia ao apanhar o celular dela e desbloqueá-lo com sua senha padrão para tudo. Marta já lhe dissera inúmeras vezes para trocar e, pelo visto, fora ignorada. Nossa foto na praia antes da pandemia surgiu no fundo da tela de boas-vindas, despida dos ícones costumeiros, exceto por um arquivo de texto intitulado "migalhas". Quase enxerguei a avidez de Tadashi quando lhe descrevi esse fato.

— O que tem no arquivo? — perguntou.

Abri-o para ver.

— Uma sequência de oito números, provavelmente uma senha. Na verdade, ela só repetiu duas vezes a de sempre: 86208620. — Franzi o cenho. — Isso te diz alguma coisa?

— Não muito.

Meu dedo ansioso esbarrou no comando de alternância de janelas, passando pelo app do Banco do Brasil e o Instagram, e abriu uma troca de mensagens que estivera em segundo plano. Se eu não houvesse perpassado os olhos por uma frase absurda, talvez o comportamento perturbador de Tadashi continuasse a capturar minha atenção.

O Tiago tá saindo agora. É a melhor oportunidade que vocês vão ter.

Esqueci meu cunhado na linha, Mayara na porta, meu nome. Meus joelhos fraquejaram, largando-me na cama vazia, desarrumada, com o perfume e um longo fio de cabelo negro entre os lençóis. Abri o app onde ela registrava a menstruação. No dia do ataque, fazia só três semanas desde a última. Ela não podia estar com cólica; seu ciclo era regular e durava 32 dias.

Meu coração parou. Comprimiu-se até atingir o tamanho de uma azeitona.

O Tiago tá saindo agora. É a melhor oportunidade que vocês vão ter.

Travando o maxilar, retornei àquela (maldita) troca de mensagens e rolei a barra para lê-la desde o princípio.

45
Diana

Dormi e acordei e dormi. Fizeram todo o tipo de exames; até me puseram na esteira para correr feito um rato de laboratório. Cada vez que eu deixava aquele quarto branco e voltava, o peso da minha própria passividade me esmagava. Uma velha história não me saía da cabeça: se você põe um sapo numa panela fervendo ele pula para fora, mas se você o põe na água fria e leva a panela ao fogo, ele fica lá dentro até morrer cozido. Eu não sabia se isso era verdade, ou quem fora o sádico a pensar num experimento horrível desses. Porém, não podia evitar me comparar ao anfíbio anedótico. Não estava eu ali no cativeiro só esperando algum acontecimento drástico para fugir? Não continuava complacente sob a desculpa, dada a mim mesma, de aguardar o melhor momento e obter informações?

MAS QUE INFORMAÇÕES?

Que raio de informação eu havia conseguido? Não tinha descoberto nem o caminho da saída. Deus do céu, eu era patética.

Quando vieram me buscar de novo, fiquei dividida entre perguntar qual a programação daquele dia e prolongar a ignorância ao máximo. O cara era o mesmo que usara o taser em Sabido. Seu nítido bom humor, embora silencioso, me deu arrepios até a nuca.

Fui conduzida a uma sala ampla, sem janelas, como as outras, mas a única até então sem um espelho na parede. Ali estavam cerca de dez ou quinze pessoas: aquele advogado chamado Rogério e os pesquisadores com quem eu havia convivido durante alguns dos momentos de maior impotência da minha vida, além de Yoko, cuja expressão dura pressagiava alguma monstruosidade.

Aquela assembleia me causou um enjoo tão forte que precisei fechar os olhos e respirar fundo várias vezes. Não havia nada sobre a mesa à qual me obrigaram a me sentar.

Luciano se destacou da equipe, me saudando com aquele seu sorriso afável de quem tem tudo nas mãos e pode se dar ao trabalho de ser simpático. Fechei a boca com força, a ponto de o maxilar doer e os músculos das minhas têmporas se moverem.

— Hoje é o grande dia! — anunciou Luciano, colocando eletrodos na minha cabeça. — Tem um momento meio desagradável separando você do seu novo eu extraordinário, mas é só um instantezinho no meio de um futuro brilhante.

Não respondi. Arrisquei um olhar para a porta, onde o Cara do Taser montava guarda. Ou talvez estivesse esperando algo.

— Você não percebe a sorte que tem? — Luciano continuou. — A gente tá te ajudando a alcançar o seu pleno potencial. Você nunca teria essa oportunidade com os seus amigos.

Sorte. Pleno potencial. Oportunidade. Em nenhuma ocasião haviam me perguntado se *eu* queria o que quer que fosse. O discurso paz-e-amor, coach de autoestima, era uma mentira que ele escolhera contar a si mesmo, talvez esperando me convencer.

— Você quer que eu te agradeça? — vociferei.

— Não — tornou ele com a mesma serenidade fria. — Só que você se comporte e me obedeça.

— Você não pode me obrigar a fazer nada.

— *Diana.* — Ele abriu os braços, sorrindo. — Olha onde eu tô. Aonde cheguei. As suas frescuras não vão me atrapalhar. E você tá fazendo as perguntas erradas. Já falei que tô disposto a te contar as coisas, mas você precisa me ajudar. A sua falsa rebeldia é só muito chata.

Engoli em seco, sentindo todos os olhares em mim, uma atenção pegajosa e sufocante. Yoko estar no meio era a cereja do bolo, ou melhor, a larva de varejeira numa pilha de bosta.

— O que vocês vão fazer comigo?

Luciano pôs as mãos na cintura com um pretenso ar reprovador.

— Pergunta mal formulada. — Deu de ombros. — Dá pra trabalhar com ela, pelo menos. Então, há alguns anos conheci um rapaz como a família do seu amigo. Depois de ver algo que ele preferia que eu não tivesse visto… mais de uma vez, pra eu ter certeza de que não tava drogado… um fio de cabelo dele bastou pra eu descobrir um propósito pra minha vida, porque encontrei uma sequência genética anômala. Um tipo de mutação?, você me pergunta. Parecia. — Seus olhos se desfocaram, voltando ao tempo narrado. — As habilidades extraordinárias dele com plantas de todo tipo precisavam ser explicadas por aquele gene inédito, certo? Vou pular os anos de trabalho solitário e minha descoberta sobre os tipos de transbordamentos e os abaobis, que aconteceram com muita persistência minha, abrindo mão de muita coisa ao longo da minha carreira. Ele tinha uma irmã e um pai sem essas habilidades, mas o DNA da irmã e do pai era diferente.

— Luciano me sorriu com condescendência. — Você tem cara de quem não sabe nada de genética.

— Sei que olho azul é recessivo — eu disse, com ar de desentendida.

Ele soltou uma gargalhada e tocou meu ombro, quase amigável.

— Adoro seu senso de humor. — Puxou uma cadeira e se sentou à minha frente, batucando na mesa. — A sua inteligência limitada não tem condições de apreciar o quanto era incrível dois parentes *sem* as habilidades terem essa diferença genética. O pai tinha um DNA comum. A irmã tinha esse gene extraordinário. — Ele inclinou a cabeça, sorrindo para mim com dois olhos brilhantes de maníaco. Foi difícil não me retrair. — Igual você, Diana.

Fitei-o.

— Eu tenho o mesmo gene que...

— Que os seus amigos, sim. — Luciano apoiou o queixo na palma da mão. — Só que tá inativo. Não completamente, ou você não veria os transbordamentos. A moça não via, até onde eu saiba, ou talvez não reparasse. Seus amigos não sabem, mas essa família conhecia um modo de ativar esse gene.

— Dá... pra ativar um gene? — balbuciei, procurando Yoko com o olhar, contra minha vontade. Ela continuava impassível, sem nem piscar.

— Alguns. Por meio de mecanismos epigenéticos... — ele torceu o nariz — que você nem imagina o que são. Não importa. O que importa é que eles não divulgaram como ativar o gene pras outras famílias porque tinham medo de alguém querer fazer isso. Eles mesmos nunca fizeram... e escaparam por entre meus dedos antes de eu conseguir.

Seu percurso criminoso devia ter começado cedo, para ele ter obtido esses segredos assim.

Bateram à porta. O Cara do Taser abriu. Uma mão com um prato e outra com uma garrafa de refrigerante e um copo surgiram antes do resto. Isso por si só já seria ruim — mas não foi *nada*, perto do que senti ao suspeitar o que estava para acontecer quando vi o conteúdo do prato: vários pedacinhos de carne crua.

Carne imprópria pra consumo.

— Antes de inventar de fazer gracinha — Luciano disse, sem dar sinais de perceber meu pânico nascente —, vou te explicar umas coisas. Se você não comer, ou se comer e vomitar, a gente só vai providenciar outro pedaço. E isso vai continuar até você ter ingerido a quantidade certa. Se o Sabido não for suficiente, *eu sei onde conseguir outros abaobis.*

Encarei-o, boquiaberta. Olhei Yoko, que fitava o prato, o rosto ainda imóvel. Tanto cuidado com a localização do bando, tanta parcimônia na hora de escolher a quem revelar o segredo, tanta atenção durante os deslocamentos de um lado para o outro — tudo em vão. Aquele tempo todo, só precisavam de alguém disposto a revelar o segredo e ganhar algo com isso. Por quanto ela tinha se vendido?

— *Como você teve coragem?!* — gritei ou grunhi, não saberia dizer.

Yoko revirou os olhos.

revirou. os. olhos. Eu queria arrancá-los com uma colher.

Luciano se aproximou com o prato.

— Segura o drama um minuto — resmungou. — Você entendeu o que te expliquei?

Sacudi a cabeça, incapaz de aceitar. Luciano suspirou um "tsc" aborrecido.

— Acho que ela precisa de incentivo.

O Cara do Taser saiu e retornou pouco depois com Sabido na gaiola. *Vivo!* Estava tão abatido, com um ar tão doente, que mal o reconheci. Sua cauda longa, presa para fora, tinha um curativo na ponta.

— Explica pra Diana como foi extrair esse pedacinho de carne que ela tá desprezando — disse Luciano, com toda a calma, à Loira.

— Coloquei a gaiola dele numa bancada e imobilizei a cauda, assim, para fora. Preparei de antemão um garrote e deixei a postos pouco antes da altura onde eu ia cortar, pra interromper o sangramento na mesma hora. Então usei um cutelo pra tirar a ponta num corte rápido e limpo e poupar ele de uma dor muito prolongada.

Estremeci.

— ... sem anestesia?

— Quando se anestesia um animal, o sedativo fica na carne — explicou a Loira. *Imprópria para consumo.* — Daí quando você comesse, acabaria sedada, e o dr. Luciano precisa de você alerta. — Ela inclinou a cabeça. — Não quero torturar o Sabido mais do que o estritamente necessário. Você pode poupar ele de mais sofrimento.

Pisquei várias vezes para limpar a visão embaçada, voltando os olhos para o abaobi enjaulado. Lágrimas grossas escorreram pelo meu rosto. Funguei, e o cheiro de carne crua corroeu minhas narinas até os pulmões.

Luciano colocou o prato na minha frente e pousou o copo e o refrigerante na mesa. Havia uma colher de plástico como as fornecidas para as refeições na cela. A náusea me dominava.

— A cozinheira limpou o sangue todo, tirou a pele e pôs até um salzinho. E, como mesmo assim provavelmente não tá gostoso, tem uma Coquinha gelada pra te ajudar a engolir.

Sabido me fitava de olhos baços. Acaso compreendia o que estava acontecendo? A monstruosidade que me forçavam a fazer? Apesar de não querer chorar, não contive as lágrimas. Comer um pedaço de Sabido! Ele poderia voltar a subir nas árvores, na falsa-seringueira que tinha acabado de virar sua casa? Olhei Yoko. Não, aquele viveiro teria de ser abandonado. Depois de todo o trabalho que tiveram...

Se eu me recusasse a comer, continuariam a mutilar Sabido membro a membro. Eu não tinha a menor dúvida disso. Não duvidava de nada, na verdade. Aquelas pessoas se dispunham a qualquer coisa, e ainda teriam a pachorra de dizer que era em nome da ciência. Podia até haver uma curiosidade científica por trás de tudo, mas não sem uma boa dose de sadismo.

— A gente pode conversar pra te distrair — ofereceu Luciano, decerto se sentindo muito magnânimo.

— Como vocês me acharam? — perguntei no mesmo instante. Qualquer coisa para não ter de encarar *aquilo*. — Quando virei o alvo?

Fingi expectativa. Ele gesticulou na direção da mesa. Prendendo a respiração e segurando as lágrimas, peguei o primeiro pedaço na colher e, fechando os olhos, enfiei na boca. O asco foi imediato. A textura da carne não diferia muito das que eu já preparara na cozinha, mas, em contato com minha língua, produziu uma quantidade imensa de saliva — não do tipo de quando comemos algo delicioso ou sentimos um cheiro apetitoso, e sim o de quando a comida volta no refluxo, com gosto de estragado. Eu não conseguia mastigar, e não por ser dura e fibrosa. Na verdade, tinha repulsa da noção de estar sendo meio canibal.

Sabido se agitou na gaiola e quase cuspi tudo. Luciano me serviu um copo. Dei uma boa golada, tentando engolir sem mastigar. A coisa entalou na minha garganta e precisei beber mais para descer. A dor da matéria se locomovendo no diminuto espaço disponível não parou quando aquilo assentou no meu estômago. Luciano deu um tapinha encorajador no meu ombro. Eu queria ter uma faca para enfiar no olho dele *e girar*.

— O Wagner te fotografou no Ibirapuera — disse, todo benevolente. Eu havia *obedecido*, então *merecia* uma resposta. Era isso o que seu tom e postura bradavam. Então ele sorriu. — Descobrir seu paradeiro deu trabalho, acho. A gente tava decidindo quem era melhor trazer pra cá. O Miguel era difícil restringir, e ele matou um dos nossos quando tentamos o acampamento onde ele morava no ano passado. O Tiago talvez fosse um alvo mais fácil, porque não tá acostumado a usar as habilidades pra ações hostis, mas Miguel quase não deixava ele sozinho. Você foi uma oportunidade esplêndida para acompanhar as transformações durante a ativação do gene.

Evitei o quanto pude, embora soubesse ser em vão: fui obrigada a comer mais um pedaço. E outro. A cada vez, tinha de engolir de volta o vômito subindo pela garganta. Arrotei alto, lutando contra a náusea. Aquele fedor de carne crua, de suco gástrico. Precisava me esforçar. Como estava, talvez Sabido tivesse chances de se recuperar, mesmo se não totalmente.

— E te trazer fazia sentido: alguém com potencial de desenvolver as habilidades que nos interessam, mas incapaz de nos causar problemas fora de um ambiente controlado. — Luciano riu. — A sua fuga do prédio surpreendeu a gente. Foi até divertida. O que você tinha de energia pra revidar, gastou naquele dia, né? Melhor assim, já que é inútil.

Engolir aquelas palavras era ainda mais doloroso do que a carne. Luciano indicava o prato sempre que alguns segundos se passavam sem eu comer.

— Quando a Yoko...? — Não consegui terminar a frase. Sua traição entalou na garganta junto com aquela mutilação de Sabido.

— Insisti pra você dar o telefone do dr. Rogério pra Marta procurar informações da linha, né? Só que *o Ti* que anotou. — Ela revirou os olhos, suspirando com um ar impaciente. — *Voilà*. Foi quando peguei.

Nem fazia muito tempo! Perguntei-lhe o porquê repetidas vezes; ela só deu de ombros com um sorriso de escárnio.

— Se o Miguel tiver morrido é culpa sua — rosnei.

— Pro seu governo, ele tá no hospital — anunciou Luciano. Eu me virei para ele, arregalando os olhos, de coração disparado. — Recebeu transfusão de sangue, nem precisou operar.

Meu alívio momentâneo com a boa notícia, se escolhesse acreditar nela, logo cedeu lugar ao pavor: continuavam vigiando cada passo dos Floresta.

26
Tiago

— Ti?

Emergi de meus pensamentos com a violência de um tranco, a alma realinhando-se com o corpo. Mayara estava parada à porta com o celular de Yoko à mão, a testa enrugada. Miguel trouxera-me de volta. Parecia um fantasma com as olheiras roxas de uma personagem do Tim Burton. Em outra ocasião, eu zombaria do fato.

— Já chegou? — ouvi-me murmurar.

— *Já*. A gente levou cinquenta minutos do hospital pra cá. Trânsito do inferno.

Pisquei algumas vezes e olhei Mayara, que confirmou. Não perguntei a ele a razão de não ter dito a verdade sobre Yoko logo quando cheguei naquela manhã; era óbvia.

— Tá com ódio de mim? — solucei, incapaz de encará-lo.

Com um suspiro, Miguel puxou-me para um abraço. Resfoleguei, segurando o choro.

— Pelas mensagens, o Tadashi não sabia de nada — contei. — Mas ele me ligou e foi tão esquisito...

— A Gabi esbarrou nele no hospital — Miguel disse. — Disse que tava transtornado... Ele deve ter me ouvido contando tudo pro pai. Eu... suspeitei dele. Mas a Mayara acabou de me mostrar as mensagens e... talvez o Tadashi só teja com medo da gente.

— Por que ninguém me contou? — rangi, cerrando os punhos. — O pai ontem... tava me evitando...

Miguel deu de ombros. Abaixei a cabeça, suspirando. Não estava triste, revoltado ou preocupado. Estava morto.

— Preciso ver o Dengoso — falou, ajeitando muletas que eu não notara antes para levantar-se. — Como tá a recuperação, Mayara?

— Mais rápida do que qualquer coisa que já vi, mas ele ainda tá muito debilitado. — Escondeu o celular de Yoko no bolso do casaco. — *Como* ele pode ajudar a localizar o Sabido?

— É difícil precisar. — Miguel juntou-se a ela no corredor com alguma dificuldade. — Só descobri há poucos meses e ainda tô estudando. Tem a ver com o olfato, quando a distância é relativamente pequena.

— Defina "pequena".

— Até uns dois quilômetros.

Mayara assobiou.

— Mas o Dengoso já encontrou uma fêmea que se afastou do bando a quase dez quilômetros. Não tava rastreando só pelo cheiro, sabe? Correu direto pra ela... como um ímã.

As perguntas de Mayara morreram à distância, conforme os dois cruzavam o quintal na direção da árvore-moradia. Uma parte de mim quase os seguiu, a fim de ser útil. A outra pesou, fez-me permanecer, olhar ao redor e evocar memórias felizes. Lembranças e mais lembranças, uma vida delas. Na madrugada anterior, rimos, jogamos, bebemos, transamos, rejuramos amor eterno igual aos filmes mais bregas do mundo, dormimos abraçados.

Ela já havia combinado que conseguiria um modo de me tirar de casa, aproveitando a ausência de Tadashi.

Meu irmão só não morreu por um triz.

A preocupação com Diana, com os abaobis... Julgar conhecer uma pessoa melhor do que a si mesmo e nunca desconfiar que tudo fosse puro fingimento... Passávamos o dia inteiro grudados havia *meses*. Conversávamos o tempo todo havia quase *dez anos*.

Não, estávamos em um universo alternativo criado por um daqueles super-heróis que se acham acima do bem e do mal. Tinha de ser, porque era mais plausível se fosse.

Eu soube o exato momento em que os abaobis perceberam o retorno de Miguel: gritos alegres tomaram a chácara, assustaram revoadas de pássaros indignados, provocaram até mesmo risos dos demais ocupantes da casa.

Sentia-me excluído daquilo. Responsável pelo acúmulo de desgraças. Fracassado, insuficiente. De algum modo, eu falhara com Yoko. Qual montante a persuadira a trocar tudo o que vínhamos construindo?

47
Mayara

Todos pusemos as máscaras para receber Miguel quando Amaro ligou para anunciar a iminência de sua chegada. Estava com uma barba desgrenhada por fazer, que crescia até no pescoço, ao estilo de mato tomando espaços não designados para plantas. Em vez de sério, como minha memória fixara sua imagem, parecia infeliz, cansado e com dor — coisas que, sem dúvida, estava. Dispensou qualquer ajuda para sair do carro, e o fez devagar, com dificuldade e o auxílio de muletas. Não era bom com elas. O chão de terra também não colaborava. Ainda assim, depois de ver Tiago, recusou-se a descansar; repetiu que estava bem e desceu em direção à árvore-moradia, perguntando por Dengoso. Eu o acompanhei, contando sobre a cirurgia, os cuidados posteriores e o excelente progresso da recuperação. Ele me fuzilou com perguntas técnicas e, depois de eu responder a todas, lembrou-se de que tinha educação e me agradeceu. Sabia que eu tinha pedido para ficar com eles, temendo levar seus perseguidores à minha casa. Pessoas desapareciam todos os dias e algumas nunca eram encontradas. Isso significava que parentes e amigos passavam anos, *décadas* à espera — hora a hora, dia a dia —, perdendo ou alimentando a esperança do regresso. Eu não imaginava uma vida inteira corroída assim por essa ferida sempre aberta.

Dengoso apareceu antes de alcançarmos a falsa-seringueira, aproximando-se devagar pelo chão. Não só ele: *todos* os abaobis correram ao seu encontro, saltando galhos, descendo árvores e cruzando o resto da distância pelo chão. Miguel sorriu. Eu também; nunca vira o bando de tão perto. Dengoso começou a escalá-lo, e ele se abaixou e o pegou para poupá-lo do esforço. Foi um movimento engessado, com a perna direita esticada e rígida, e mesmo assim um grunhido de dor escapou-lhe. Os analgésicos não deviam bastar, fato que logo se dissolveu na comoção. Os abaobis vocalizavam combinações agitadas de sons, alguns inspecionando suas roupas; uma fêmea, seus cabelos. Ele respondia baixo a perguntas indedutíveis: "não sei", "fiquei doente", "vou melhorar", "é que ainda não tomei banho hoje".

Quando a abaobi em seu ombro passou a mão em seu rosto, ele declarou que tiraria os pelos. Eu assistia à interação sem piscar; pareciam considerar Miguel um dos seus como não faziam com mais ninguém. O mais interessante dessa relação era testemunhar o incontido entusiasmo dos animais com seu retorno, e, ainda assim, seu comportamento não diferir do esperado naquela classe de primatas. Miguel não os humanizava ou infantilizava, como em geral se fazia com bichos de estimação. A capacidade de compreendê-los era um instrumento maravilhoso para os respeitar *enquanto animais*. Criaturas com uma inteligência própria, desenvolvida de acordo com suas próprias necessidades evolutivas. Isso me recordava da primeira vez que escutei um cientista afirmar que o ser humano não é o auge da evolução — está ao lado de todos os que chegaram até aqui conosco, ou teriam sido extintos. Sim, estamos no mesmo patamar evolutivo dos corais, dos insetos. Aquilo soou tão sacrílego na ocasião. Eu estava acostumada a pensar no ser humano como o centro do universo, e seria fácil culpar minha religião por isso — mas acaso não é essa a filosofia de todas as culturas ocidentais? O ser humano está no topo da cadeia até cair em mar aberto. Daí entende empiricamente que cada espécie evoluiu conforme seu ambiente exigia.

Invejei Miguel um pouquinho por ter uma chave para tantos mistérios que outros cientistas passavam a vida inteira tentando resolver. Em vez de me ressentir, puxei assunto. Ele foi mais atencioso do que eu tinha direito de esperar. Bateu um arrependimento por tê-lo tachado de boy lixo com tanta firmeza. Eis o perigo de uma história só. Ainda não achava certo terem mentido para Diana, mas ficava mais fácil relevar uma escolha ruim frente a provas tão indiscutíveis de que o desejo de não a envolver nascera de uma preocupação legítima. Ou talvez eu estivesse apenas passando pano para homem. Não tinha distanciamento suficiente para analisar a questão imparcialmente.

Iniciei a bateria de perguntas sondando a origem daquele bando (um trecho extenso de Mata Atlântica no norte do Paraná) e passei a indagações mais específicas sobre a vida social daquela espécie: 1) machos jovens deixariam o bando de origem? (em geral, sim); 2) como Miguel evitaria endogamia, então? (Ele vinha trabalhando com colegas de outras partes do Brasil para encontrar a melhor solução para esse problema); 3) algum dos colegas dele era professor universitário? (não); 4) quantos veterinários havia dentre eles? (nem de longe o suficiente — resposta dada com um bico imenso). Também pedi explicações sobre os transbordamentos. Foram insuficientes e, por isso mesmo, empolgantes. Nem chegava a ser uma ciência em desenvolvimento; era *nascente*. Quase como voltar ao início do universo e assistir ao Big Bang. Ele achou curioso o meu interesse no fenômeno que eu sequer enxergava.

— Você já ouviu a Diana falando disso? Faz parecer que um portal se abriu e a magia inundou o mundo.

Ele sorriu, sem querer, e seus olhos marejaram. Os meus também.

— A gente vai achar ela, tá? — garantiu, solene. — Se ninguém conseguir uma pista, vou entrar em contato com eles e negociar. As minhas habilidades me transformam em alvo, mas a minha relação com os abaobis e com a pesquisa sobre todos esses fenômenos pode me poupar do pior... Atiraram na minha perna, não na minha cabeça, como seria mais lógico. Acho que me queriam vivo. Não prestaram socorro, e eu *podia* ter morrido... mas, se quisessem mesmo me matar, dava tempo de terminar o serviço antes do Ti chegar...

— Fazer uma aposta assim, às cegas, é idiota.

— Bom, a Diana vê os transbordamentos a vida toda. Só chegaram nela depois da gente se conhecer. Ou seja, *eu* fui descuidado. Então vou ser idiota o quanto for preciso. Idiota com estratégia, claro. Mas tenho que assumir esse risco... e, cá entre nós, você só tá com essa cara de desagrado porque acha certo, até cristão, discordar dessa ideia suicida. — Ele sorriu de lado ante meus olhos arregalados de culpa. — Mas você também acha que tenho a obrigação de tirar a Diana de onde ela tá, custe o que custar. A gente tá na mesma página.

Dei de ombros. Miguel parecia satisfeito com minha concordância relutante.

— Ano passado, matei um homem — confessou, segundos depois. — Foi um acidente. Legítima defesa... Atacaram meu acampamento e mataram um colega. Isso fodeu com a minha cabeça. Minha terapeuta ouve a mesma ladainha *toda santa vez*. Tenho tanta vergonha que, além dela, só o Tadashi sabe...

— Por que você tá me contando...?

— Sei lá. Necessidade de aprovação. Ou de absolvição.

— Amigo, você tá me confundindo com um padre. E não sou nem católica. — Ponderei a melhor maneira de lidar com aquela bomba de informação não solicitada. — Você devia conversar com a sua mãe.

— A minha...?

— Na clínica, a gente foi atacada. O Dengoso identificou o cara que atirou em você.

— Ninguém me disse nada desse encontro...

— Acho que a Rosa compartilha da sua vergonha, sabe? Ela não deve ter contado nada porque ele não é mais um problema, se é que você me entende. — Balancei a cabeça. Miguel piscou, talvez estupefato demais para falar. — Mas isso não é da minha conta. Agora, tem uma coisa que é.

— O quê?

— Vocês precisam entender que os abaobis são um segredo, os poderes de vocês são outro e a energia misteriosa das árvores é um terceiro. — Encarei-o com firmeza, indecisa quanto ao melhor momento para abordar a questão que eu vinha matutando. — Só um desses precisa continuar guardado pra segurança de vocês.

— Lá vem você querendo expor os abaobis — resmungou Miguel. — Eu *sabia* que envolver gente de fora...

— Segura o protesto, amigo — interrompi. — Você não tá em condições de racionar agora; só me ouve e pensa. Tem uma *espécie* altamente inteligente, com uma capacidade regenerativa só vista em invertebrados, demonstrando uma *cultura*, e você vem me dizer que ela precisa ficar escondida nesse raio de país. Enquanto ninguém sabia, Ok. Agora que tem gente antiética na jogada? Vocês têm obrigação moral de angariar apoio de quem vai se importar em fazer alguma coisa. Cientistas. Pesquisadores de verdade, não essa laia vendida. Professores universitários, a galera dos centros de pesquisa. O povo que tira dinheiro do bolso pra pagar conserto de janela enquanto a verba pública tá empacada, tipo a dra. Eneida fez outro dia. Essas são as pessoas que vão te ajudar, e elas não precisam saber que vocês são mágicos ou... abençoados... ou sei lá.

Miguel não parecia somente aguardar sua vez de falar; escutava. Senti-me encorajada.

— Você contou que virou aracnólogo pra entender melhor as aranhas e ajudar a sua pesquisa autônoma sobre os abaobis — continuei. — Porque é mais fácil se comunicar com mamíferos e aves do que com artrópodes. Certo? Dá pra te considerar nerd, né?

— Por que a pergunta?

— Pra você apitar alguma coisa na forma como os abaobis vão vir a público... e eles *vão*, mais dia menos dia... você tem que ser um figurão da primatologia. Não adianta ser mais ou menos. Tem que virar uma referência, entende? Você e mais gente que trabalhe com eles. Então, por que você ainda não tá no doutorado com algum dos maiores primatólogos brasileiros? Você precisa de uma bolsa *pública*, contatos. Tem que ir em congressos. Publicar um monte de artigos. Fazer doutorado sanduíche em algum grande centro de pesquisa nessa área, talvez dos Estados Unidos ou do Japão. Fazer pós-doutorado. De preferência virar professor. Isso é plano pra dez, quinze anos, no mínimo. Minha pergunta é: *você aguenta*? Tô disposta a seguir esse mesmo caminho. Trabalhar junto. Entrar nessa com vocês. Chama seus companheiros, discute esse assunto com eles. Esperar e torcer não vai adiantar no longo prazo, e acho que você já percebeu.

Miguel abaixou a cabeça e não falou por um longo tempo. Por fim, aquiesceu e começou a falar de sua experiência de estudo. A conversa durou horas, comeu parte da madrugada, varou a manhã seguinte. Ele respondia tudo com uma eficiência febril, mas bastava um olhar para ver que mergulhava no mistério científico como forma de escapar daquela espera interminável. Será que lia o mesmo desespero em mim?

48
Tiago

Um baque despertou-me no susto. Levantei-me depressa do colchão de Tadashi, onde eu dormia, qual meu eu-criança invadindo o quarto de Miguel no meio da madrugada após um pesadelo. Percebi de passagem meu irmão procurando desvencilhar-se das cobertas, mas logo alcancei meu quarto, de onde viera o som.

Uma silhueta ficara presa na janela antiga, provavelmente por causa da dobradiça em péssimo estado, que devia ter cedido, prendendo o invasor a meio caminho.

Miguel acendeu a luz. Embora ofuscado pela súbita claridade, reconheci Tadashi.

— Eu posso explicar! — exclamou depressa, hesitando entre erguer as mãos em rendição e segurar o peso da janela.

— Acho bom! — sibilou meu irmão. — O que você pensa que tá fazendo?

Ergui a janela com uma mão e puxei Tadashi pela camiseta com a outra. Ele veio sem resistência. Ou dignidade. Obriguei-o a sentar-se na cama e cruzei os braços.

— Pode começar a falar.

Tadashi engoliu em seco.

— Desculpa. Tava esperando hostilidade. — Esfregou o rosto macilento, coçando os cabelos sujos e ajeitando as roupas amarrotadas. — Eu te ouvi no hospital...

— Imaginei — Miguel disse secamente. — E saiu correndo, segundo a Gabriela. Você nem percebeu que esbarrou nela na saída, né?

— Desculpa. Fiquei sem chão. Passei os últimos dias nos locais mais comuns dos transbordamentos pra ver se achava um dos capangas que a Diana falou... Queria alguma pista da minha irmã, qualquer uma. — Escondeu o rosto nas mãos. — Sei lá o que tava pensando em fazer se encontrasse algum. Seguir ele, acho. Queria falar com vocês, mas... Cara, tava com medo de morrer.

Olhou Miguel de relance. Rosnei uma risada, irritado pelo disparate, porém o escárnio morreu quando percebi meu irmão empalidecer com uma expressão nauseada. Tadashi abaixou a cabeça.

— Desculpa, cara. Não acho que você ia fazer isso de propósito. Mas o gatilho...

— O gatilho. — Miguel bufou. — É muito coerente invadir a minha casa no meio da noite em vez de *ligar e se explicar* e ainda por cima botar a culpa na chance de engatilhar meu estresse pós-traumático.

Tadashi encolheu-se mais. E eu quis enforcá-lo por nenhum outro motivo além de ele claramente ser confidente de meu irmão em um assunto delicado do qual eu nada sabia. A morte de seu colega veterinário causara-lhe um trauma desse nível e eu nem ouvira nada sobre o assunto?

— Não tô muito bem... — Meu cunhado esfregou os olhos pesados. — Falando assim, é óbvio que você tá certo, mas eu mal penso em outra coisa além da Yoko... aquela idiota.

Eu entendia isso com cada célula. Com uma careta de dor, Miguel deixou o corpo pender contra a parede, nitidamente enfraquecido pelo esforço de manter-se de pé por tanto tempo.

— Onde você dormiu esses dias? — perguntei.

— No carro... — Tadashi friccionou outra vez a testa, com dedos inquietos. — Não sabia pra onde ir, onde procurar... Te liguei no desespero, Ti. Nem acreditei que você ainda não tava sabendo, e foi uma sorte... — Empertigou-se como se subitamente eletrocutado. — Cadê o celular da Yoko?

Franzi o cenho, olhando em torno.

— Aqui. — Mayara entrou no quarto, acenando com o aparelho. Não devia ter dormido nada. — Mals pela bisbilhotagem, gente. Acordei com o barulho e vim ver o que era, daí não quis interromper... — Estendeu o celular para Tadashi. — Escondi isso porque, se fosse comigo em vez do Ti, eu ia ter espatifado ele na parede. E achei que podia achar alguma informação importante aqui.

Tadashi agarrou-se ao aparelho qual a uma tábua de salvação. Sentei-me a seu lado a fim de olhar a tela enquanto ele mexia, esperançoso e ansioso em iguais medidas. Miguel e Mayara também se aproximaram, curvando o corpo para enxergar melhor. Finalmente Tadashi abriu o arquivo "migalhas" e fitou os números.

— Quando a Yoko tinha uns cinco, seis anos e eu era uma praga que só queria saber de atazanar a vida dela... a gente falava muito do conto "João e Maria", por causa dos nossos nomes. Ela repetia que a Maria era mais velha e gostava da ideia de mandar em mim. — Tadashi fungou. — Então eu respondia que a Maria era uma bela de uma toupeira, porque tinha que ser muito burra pra fazer uma trilha de migalhas na floresta. Quando eu tinha saco, brincava com ela de pensar em coisas melhores pra deixar de pista. — Clicou no aplicativo do Banco do Brasil e digitou os números. — Eu sabia que esses dígitos eram a senha de alguma coisa, mas não exatamente do quê. Só tinha que ser algo que desse pra gente seguir... Daí recebi a grana da bolsa e lembrei que a senha digital do BB são oito números e daí me veio na cabeça as nossas últimas conversas...

A tela inicial do app exibia um saldo absurdo. O último depósito, de dois dias antes, era no valor de 50 mil reais. Tadashi resfolegou, virando-nos a tela, de olhos marejados. Na descrição do depósito constava: "migalhas, parc. 01/02".

— Minha irmã não é traidora. É uma mártir idiota.

49
Diana

Junto dos pesquisadores conduzindo os testes, passaram a ficar a postos um brutamontes com uma arma e um enfermeiro com uma seringa contendo tranquilizante. Aquela seita de lunáticos acreditava *mesmo* que eu ganharia poderes mágicos a qualquer momento.

De novo a sala branca, exames de sangue, outra ressonância magnética. Eu tentava entreouvir conversas, mas não discutiam assuntos relevantes durante os procedimentos, para não me agitar e comprometer os resultados. Às vezes comentavam entre si algo sobre suas expectativas ou meu desempenho, e eu desejava ter meios de anotar tudo. A vontade de passar as informações adiante era indício de esperança — de que eu sairia dali, de que por algum milagre voltaria a encontrar todo mundo.

Ouvindo os sons do escaneamento, o pessimismo voltou. No subterrâneo, sempre cercada de capangas armados e jalecos sádicos, sob a vigilância de câmeras a cada canto, como escaparia? E se conseguisse tal façanha, para onde correria? Por quanto tempo? Nas vezes em que estive do lado de fora, nunca vi os limites do laranjal.

Quando me livrei do aparelho de ressonância, me levaram à enfermaria que parecia uma sala de interrogatórios, sem dúvida para mais algum teste cognitivo.

— Cadê o Sabido? — perguntei.

— Ah, voltou a falar. — Luciano tocava a tela do tablet, sem se interromper. — Descansando. É só o que ele faz.

Lembrei-me do finado bugio Chico e sua depressão, mesmo num lugar repleto de profissionais preocupados com seu bem-estar. Eu não só precisava arrumar um modo de sair dali, como de levar Sabido comigo.

A porta se escancarou de repente, atraindo todos os olhos para lá. A Vara-Pau arfava, alarmada.

— Pássaros! — ofegou. — Tá parecendo um filme do Hitchcock lá fora! Nem consegui chegar perto do cedro, de tantos que tem!

O alvoroço foi imediato; a voz habitualmente calma de Luciano subiu três oitavas ao pedir esclarecimentos. A Vara-Pau temia que o lugar estivesse sob ataque: o entorno da árvore atrás da casa e outro ponto no meio do laranjal haviam de algum modo atraído bandos enormes de pardais, quero-queros, sabiás e muitas outras espécies e, com estes, vieram os gaviões que os predavam.

A explosão de pânico me trouxe um sorriso feliz, o primeiro desde aquela manhã horrível. Luciano soltou uma impressionante torrente de palavrões. Parecia não saber se saía ou permanecia, claramente despreparado para tal eventualidade. Mandou o capanga armado que me mantinha sob a mira reunir os outros e investigar, enquanto ele mesmo vinha verificar meus dados nos múltiplos sistemas de monitoramento.

— Sua atividade cerebral continua igual antes...

Parecia perplexo; desconfiava de que *eu* houvesse de algum modo provocado aquilo. Dei de ombros com descaso, não querendo negar. Quanto mais confuso, melhor; compraria tempo para quem quer que tivesse causado a desordem. Ele arregalou os olhos e se abateu sobre mim, agarrando meu rosto com os dedos em pinça.

— Foi você que fez isso?

Era um temor e uma esperança, percebi.

— Como? — indaguei, sorrindo.

Não racionalizei direito minha resposta; queria apenas o manter desestabilizado e atrapalhar seus esforços. A possibilidade de eu ter atraído pássaros magicamente e isso não haver alterado nada nos meus sinais, por mais absurda que me soasse, o distrairia por algum tempo, como um quebra-cabeças faltando peças.

Sua agitação inquietou os demais. No meio daquele caos, a Morena apareceu, possessa. Fiquei tentada a pedir pipoca, tipo o gif do Michael Jackson comendo pipoca no clipe de *Thriller*, enquanto aguardava o clímax da cena.

— Quem mandou pegarem minhas aranhas? — guinchou ela.

Luciano se retesou.

— Como assim?

— Desde cedo meus resultados saíram muito discrepantes dos anteriores. Acabei de perceber que trocaram os espécimes. Eu só tinha duas marcadas! Deve ter sido aquela vaca querendo ver a regeneração do macaco.

Luciano a fitou por alguns instantes, estreitando os olhos, então se virou para o Cara do Taser à porta.

— Não vi a Yoko hoje.

Meu coração disparou com a desconfiança em sua voz. Este último pareceu aturdido. Luciano suspirou, balançando a cabeça, e se adiantou para a porta com passos firmes, de onde gritou para alguém no corredor:

— Todas as unidades atrás da Yoko. *Agora!* Viva, de preferência.

50
Tiago

Marta já estava no telefone havia horas, com todos os nerds de TI num chat estilo MS-DOS que parecia saído de *Matrix*. Eu resistia à vontade de pedir novidades a cada cinco minutos para não ser banido do escritório.

Miguel fora falar com os abaobis na falsa-seringueira, acompanhado de Mayara, que assistia a cada interação nossa com algum como quem encontrara a resposta para a vida, o universo e tudo mais (e fosse mais elaborada e mais apaixonante do que "42").

Minha mãe convencera Tadashi a tomar banho e enchera-o de suco de maracujá para que dormisse um pouco.

— A conta que fez o depósito foi aberta numa agência de Campinas — disse Marta, de repente. — Tamo investigando a empresa agora.

Tanto andava eu de um lado para o outro que dentro em breve as solas de meus tênis estariam lisas. Já me aprontara para sair a qualquer momento, no instante em que me fornecessem um endereço.

— Não gasta energia assim — disse meu pai, também pronto. — Talvez ainda demore pra encontrar o lugar. O dono da conta pode ser só um laranja. Não põe todas as esperanças nessa pista. Você tem que...

O toque esganiçado de seu celular interrompeu-o. Seus olhos iluminaram-se de expectativa ao ver a tela.

— Nanda? — atendeu, no viva-voz.

— Amaro, metade das aves de Botucatu tá rondando um laranjal. Captei referências a pão, mas tá difícil ter certeza nessa algazarra. Nunca tinha visto nada parecido... Acho difícil ser coincidência.

Meu pai olhou para mim. *Pão*. Uma literal trilha de migalhas.

Enquanto nascia uma discussão sobre quem iria e quem ficaria, fui com Tadashi chamar nossos vizinhos da rua. Apesar da companhia não garantir segurança alguma, minha mãe não admitia a possibilidade de alguém sozinho pisar fora de casa.

Reparei em um SUV preto filmado, estacionado na esquina de nossa rua com uma ladeira mal capeada que mergulhava quase verticalmente em um matagal. O veículo em si chamava menos atenção do que as duas silhuetas que vislumbrei em seu interior.

Procurando preservar a casualidade de meu caminhar, puxei Tadashi pelo braço, a fim de mantê-lo avançando comigo, ignorando o portão da casa de Aline. Ele apenas me lançou um olhar inquisidor, sem grande manifestação de incompreensão. Ótimo, parecíamos dois pobres desaviados em uma rua deserta.

— É o mesmo modelo que seguiu a gente no dia que busquei a Diana, caso você tenha dúvida — declarou, o rosto impassível. Ele entendera sem precisar de esclarecimento. — E agora?

Eu não sabia se Aline e sua família haviam sido expostas. Ocorreu-me, contudo, que as pessoas naquele carro poderiam fornecer essa informação, caso persuadidas. E talvez conhecessem o paradeiro *exato* de Yoko e Diana.

— Melhor voltar e avisar os outros — disse ele.

— Vão perceber que foram vistos se a gente der uma bandeira dessas — retruquei. — Vem comigo praquele matão.

Senti seu olhar curioso, mas procurei demonstrar interesse nas árvores para onde nos dirigíamos. Viramos na ruela, passando direto pelo SUV, e descemos a ladeira até o mato à beira do córrego lá embaixo.

— A gente saiu — continuei, depois de alguns passos. — Vamos arrumar uma razão visível.

— O que você tá pensando em fazer?

Embora buscasse um tom despreocupado, notei seu receio. Coloquei as mãos nos bolsos, chutando umas pedrinhas pelo caminho.

— Não sei direito. Me dá um minuto.

Alcancei o relvado desordenado primeiro e abaixei-me para apanhar um galho, uma ideia ganhando forma. Catei vários com zelo, como se houvesse saído precisamente com essa intenção. Se me observassem, imaginariam que a coleta motivara minha saída.

— Seus vizinhos devem já ser conhecidos desses cretinos — comentou Tadashi.

— Não vou arriscar.

— Você vai terminar com a Yoko? — perguntou de supetão.

Arrisquei um olhar para ele por sobre o ombro, aproveitando para espiar o carro, ainda parado. Eu não sabia a resposta e, de todo modo, isso era assunto para quando a encontrássemos, viva e inteira. Até o dia anterior, parecera uma esperança vã. Então veio a dilaceração em forma de traição, seguida de certo alívio que eu ainda não me permitia saborear.

— Se a gente sai em carreata debaixo do nariz deles, vão avisar o povo que tá no esconderijo, e daí vão perceber que recebemos a mensagem dos pássaros no laranjal e fugir antes de dar tempo de chegar lá — falei, levantando-me com um feixe nos braços. — Vai na frente. Avisa em casa.

— E te deixar sozinho?

Inclinei a cabeça.

— De que jeito você vai me proteger?

Estreitando os olhos, Tadashi aceitou o monte de galhos e virou-se para subir a rua sem responder, provavelmente ofendido. Recolhi rápido mais uns galhos e um cipó que viria a calhar. Tadashi já sumia na esquina. Apertei o passo, olhando os joões-de-barro em um fio. Discutiam sobre um casal de carcarás rondando a região, que pouco me importava, mas eu precisava de uma distração convincente para quem me observava.

Esbarrei com força no carro, derrubando tudo — exceto o cipó — e caindo no chão. Soltei alguns palavrões e inspecionei a lataria com um ar de culpado, considerando que, talvez, não fossem espiões, mas pessoas normais. A possibilidade paralisou-me. Um veículo estacionado não provava nada, afinal. Recolhendo os galhos, de repente me ocorreu que pessoas *inocentes* teriam descido na hora para brigar, ou no mínimo para verificar se eu não estragara a pintura. Apanhei uma pedra discretamente, o coração disparado. Inspirei fundo.

Ergui-me de um salto, estourando o vidro com a pedra e já usando o cipó qual uma corda para agarrar os dois homens surpresos, prendendo seus pescoços ao apoio do banco para cabeça. Eles agitaram-se no susto, debatendo-se, mas não pareceram espantados com meu método.

— Quietos — ordenei, inspecionando o painel e o interior do carro. Tirei a chave da ignição e guardei-a no bolso. Estendi a mão para dentro. — Celulares.

Ambos me obedeceram, um tanto desajeitados sem poder abaixar a cabeça, tateando os bolsos com mãos trêmulas.

— *Ti!* — Marta veio correndo até mim, com meu pai em seu encalço.

Eles me deram suas senhas sem resistir. Abri as mensagens e mal precisei lê-las para descobrir que de fato nos vigiavam, bem como a família de Aline. Lá se foi o anonimato de nossos vizinhos.

— Presentinho. — Ofereci-os a Marta.

Ela espiou o interior do carro ao alcançar-me, então voltou a atenção ao que eu lhe ofertava.

— Podem ir que eu cuido deles — falou.

— Seria conveniente chegar com um carro conhecido — considerou meu pai.

No fim, fui no carro de Tadashi, com Miguel — que nem Deus faria ficar em casa — e Mayara — que vencera a discussão ao alegar que tanto ele quanto Dengoso poderiam precisar de cuidados emergenciais.

Meu pai saiu pouco depois de nós, com a família de Aline, no SUV roubado. Marta ficou com minha mãe e Gabriela, em poder dos dois homens, para revirarem os dois celulares em busca de informações úteis.

Finalmente, déramos alguma sorte.

51
Diana

Um capanga entrou com uma cara assustada de quem estava prestes a ter o couro comido. Luciano devia ter notado a hesitação do cara, pois o fulminou com o olhar, latindo ordens para que desembuchasse logo. A cada três passos, me olhava como se quisesse rasgar meu pescoço com uma navalha.

— Hã... então, doutor... A gente tá fazendo uma varredura na propriedade... A Yoko não pode ter ido longe.

Ou seja, ainda não a haviam encontrado. Eu deveria ter imaginado que ela não se venderia àquela gente asquerosa, nem ficaria *realmente* indiferente às atrocidades daquele lugar. Não depois do modo que tinha me abraçado quando cheguei a Parelheiros, destruída pela fuga do meu apartamento.

— Se não acharam a garota por que cargas-d'água você tá aqui?

— Hum... a gente descobriu umas coisas revendo o circuito de vigilância. — O cara engoliu em seco, afrouxando a gola suada da camiseta. — Foi ela que roubou as aranhas da dra. Camila, igual o senhor suspeitou...

— E como não viram isso antes?! — grunhiu Luciano, com os olhos vermelhos saltando das órbitas.

Seria gostoso vê-lo perdendo as estribeiras, se eu não recebesse olhares calculistas a cada fim de frase. O que quer que planejasse, acabaria mal para mim.

— No vídeo parece que ela tá falando com alguém no corredor enquanto pega as caixinhas. Não teve nenhuma atitude suspeita. Entrou num passo calmo, falando por cima do ombro, foi direto na bancada e pegou... o tempo todo tagarelando. — O cara engoliu em seco. — Só que, revendo os vídeos e comparando, a gente percebeu que no horário o corredor tava vazio. Era tipo um teatro...

Luciano bufou. O cara, meio metro mais alto e uns trinta quilos de puro músculo mais forte, estremeceu.

— E de onde veio tanto pássaro? Tem alguém no laranjal? Algum dos Floresta? Desde que pegaram o Wagner e o Tavares...

A última frase me fez espichar na cadeira. Por isso o Genérico-mor tinha sumido! Miguel vivo, a família avançando contra eles... *Havia* esperança. Meu peito doeu e lágrimas encheram meus olhos, produzindo um nó denso na minha garganta.

— Não, ninguém. Foi um monte de farelo de pão que atraiu eles, doutor.
— Oi?
— A gente acha que ela espalhou migalha numa área enorme do laranjal e mais outro tanto perto do cedro-rosa... Ainda tem uns restos... No último vídeo que a gente achou da Yoko, ela saiu pelos fundos com duas caixas enormes, e tava carregando muito fácil. Deviam ser leves. A Dona Joana da cozinha tava guardando as sobras de pão dos últimos dias pra fazer almôndega...

Luciano praguejou. Quaisquer que tivessem sido seus planos, Yoko os havia executado a contento o suficiente para desestabilizar aquela megaoperação tão sigilosa. Parecia ter conseguido remover a pedra angular de uma edificação aparentemente impenetrável.

— Sabia que vocês trazerem ela pra cá ia dar merda.
— Mas o senhor concordou que não tinha problema porque era só apagar ela quando as anotações do Tiago tivessem traduzidas...
— Bom, deixar ela incomunicável fora do mapa ia ser efetivo se a filha da puta tivesse virado a casaca. Não foi o caso, pelo visto.

Eles deram *um* passo em falso. Um só. E todo o seu precioso esquema parecia prestes a desabar. O olhar de Luciano se desfocou por um longo minuto. Talvez digerisse a ironia de se ver caça em vez de caçador, com sua localização denunciada por um estratagema tão simples, apesar de tantos cuidados, do bloqueio dos sinais de celular na propriedade, da internet limitada somente à própria sala, sempre trancada.

— Fala pro Rogério providenciar um helicóptero *PRA ONTEM* — ordenou, por fim. — A gente precisa se certificar que aqui ainda é seguro. Vocês ficam pro caso deles aparecerem. Seria bom capturar ao menos um vivo.

Luciano já retomava as rédeas da situação. Mesmo parecendo abalado com a possível perda daquelas instalações ideais, não hesitava em acionar um plano B. *Que ódio.*

Ele se dirigiu à porta da sala.

— Levem todos os computadores, tablets e os equipamentos que der pra carregar. A equipe sai de carro e vai pro laboratório reserva. Eu vou...
— Doutor...! — Um segurança atônito gritou do fim do corredor. — A Yoko roubou seu laptop!
— *COMO?* — vociferou Luciano, dessa vez com os olhos explodindo nas órbitas. — Eu deixei a sala trancada...!

— Ela tava com a chave, doutor! Não sei como... Ela ajudou as empregadas na limpeza dos laboratórios nos últimos dias... Deve ter conseguido a chave com elas...

Palavrões e passos apressados morreram à distância.

Bravo, Yoko.

52
Tiago

Batemos rápido 180 km/h na faixa da esquerda. Tadashi não tirava os olhos da estrada, e nenhum de nós tinha coragem de abrir a boca, exceto ocasionalmente Miguel, no banco do passageiro, responsável pela navegação. Os carros abriam passagem, decerto xingando o playboyzinho mimado que punha a vida dos outros em risco com aquele comportamento.

Em pouco mais de uma hora alcançamos Botucatu, tomando a direção indicada por nossas colegas.

Mayara prendeu a respiração ao meu lado. Gaviões mergulhavam em meio a quero-queros, pardais, cambacicas, sabiás. Debrucei-me sobre a janela, tentando escutar algo útil em meio à algazarra. Preponderava o assunto da abundância de comida na zona proibida. Pelo visto, costumavam manter os pássaros afastados do local. Promissor.

Achei que a ansiedade me devoraria na iminência da chegada. Uma frieza dominou-me, entretanto. Cada minuto naquele carro distenderia as incertezas, se eu me deixasse levar, e então eu viraria um peso morto nas costas de meu irmão já tão debilitado.

Nossa velocidade caíra bastante; trocáramos a rodovia por uma rua, que logo estreitou, tornou-se cada vez mais acidentada e desembocou em uma estradinha de terra. Mais devagar, identifiquei as plantas enfileiradas a perder de vista no horizonte. Laranjeiras. Milhares delas.

— Não tenho certeza de onde é a casa — disse Tadashi. — Vou seguir esse caminho...

Dengoso espichou-se ao nosso lado, grunhindo. Não se tratava de um som de dor, mas de um chamado: aquele que os abaobis usavam para se referir a Sabido. Suas orelhas moveram-se e suas narinas inflaram. Miguel perguntou-lhe onde. Dengoso agitou-se.

— O carro tá rápido demais — disse meu irmão. — Tá confundindo ele.

Tadashi embicou diante de um portão automático. O abaobi enrijeceu.

— Só pode ser aqui, né? — Espiei o trilho onde o portão corria e o muro no qual estava preso, sentindo a vegetação do entorno. — A embaúba vermelha ali pra trás. Que acha?

— Serve — Miguel respondeu.

Juntos, estudamos a árvore situada a cerca de três metros do muro para a direita. Era imensa, o tronco engrossado pelo tempo. Alguns dos galhos que se arreganhavam para todos os lados pareciam resistentes o suficiente. Escolhi o maior e mais próximo para cravar no chão e desenvolver em raiz, transformando--a em tronco com raízes próprias (estilo a figueira do Burle Marx que a Diana amava, diga-se de passagem). Enquanto isso, Miguel redirecionava as da árvore original para o portão, e esses membros de madeira expandidos, novos e antigos, empurraram-no com facilidade. Não sei quanto a meu irmão, mas o esforço rendeu-me uma pontada aguda na têmpora e margens pretas na periferia de meu campo de visão.

A guarita da entrada encontrava-se vazia.

— E agora? — rosnou Tadashi, no limite.

Hélices ensurdecedoras passaram sobre nossas cabeças, dirigindo-se a algum ponto no meio da plantação. Ele não pensou duas vezes; virou o carro e acelerou, fazendo uma pista automotiva da fileira de terra delineada por laranjeiras dos dois lados.

— Tem pouco espaço num helicóptero comercial — resmungou. — Quem vai? O tal Rogério, um ou outro pesquisador e a Diana. E a Yokiko?

Embora Tadashi desse seu melhor, o helicóptero alçou voo antes de sequer avistarmos a construção. Dengoso gritou, apontando para o alto e falando *Sabido, Sabido, Sabido*. Meu cunhado bateu no volante, soltando um rugido feroz.

— Um segurança! — Mayara alertou.

Tadashi freou e pude sentir meu irmão jogando a concentração para as árvores ao lado do cara. Miguel sempre teve excelentes reflexos para essas coisas, mesmo antes de serem ossos de ofício. Em um segundo, o homem estava imobilizado por galhos e raízes. Se *eu* houvesse tentado algo assim num veículo em movimento, o moço teria sido trespassado.

Desci do carro. Tadashi já o alcançara.

— *Onde tá a minha irmã?*

— N-não sei...

O cara parecia em choque. Tadashi agarrou-lhe a camisa.

— Vou perguntar de novo.

— Não sei mesmo! Ela sumiu! Ninguém viu pra onde foi! A gente tá procurando!

Assobiei, pedindo ajuda a quem quer que se dispusesse. Falei apenas que gostaria de localizar uma fêmea humana no laranjal. Algumas das aves que me sobrevoavam redirecionaram suas rotas.

— Quantos na propriedade? — perguntei.

— Doze seguranças terceirizados, uns dez particulares — o homem respondeu, olhando assustado para Tadashi.

— Você é o quê? — indagou meu cunhado.

— T-terceirizado...

Miguel olhava na direção de onde o helicóptero partira como se quisesse ir para lá. Provavelmente teria sugerido isso, se Dengoso não houvesse se esticado de repente, farejando o ar.

— Mas o Sabido não tava no helicóptero? — perguntei.

Dengoso vocalizou, impaciente: *fome*. Eles falavam assim para referir-se a aranhas marcadas. Não pediam comida quando famintos; eram autossuficientes. Troquei um olhar questionador com Miguel, que franziu a testa, voltando-se para onde Dengoso avançava com uma cautela investigativa.

Mayara perguntou o que cativara nossa atenção, e expliquei brevemente. Tadashi parecia disposto a rondar todos os hectares do laranjal se preciso fosse, indiferente ao abaobi. Algo, no entanto, levava-me a seguir o animal. Abaobis não costumavam se guiar somente pelo olfato, como Dengoso ora fazia.

— Todas as unidades, de volta à casa — uma voz metálica, cheia de estalidos, anunciou-se no rádio do segurança.

Tadashi tomou o aparelho e a arma dele, gesticulando para nos afastarmos. O moço ficou para trás, ainda preso para não nos causar problemas. Havíamos manipulado coisas grandiosas rápido demais para o estado de Miguel permitir-lhe a agilidade rotineira. De longe já se notava seu suor febril. Apressei o passo; ele não aguentaria muito.

— Você sabe usar isso? — perguntei a meu cunhado, indicando a arma de fogo.

— Não, mas eles não sabem.

Dengoso repetiu sua vocalização anterior e adiantou-se mais alguns passos, pelo chão mesmo, rumo ao ponto para onde todos acabavam de ser convocados. Os quero-queros soltavam berros em pleno voo, àquela altura quase todos envolvidos na busca. *Sem humana*, anunciavam em cascata. Miguel inclinou a cabeça como quem apura os ouvidos para discernir melhor os sons.

— Tem migalhas espalhadas em dois pontos diferentes — disse ele. — Por que dividir os pássaros?

Fitei os bandos que rondavam um trecho do laranjal e outro local, próximo à casa. Realmente, produzir esse efeito teria dado trabalho; devia significar alguma coisa. Talvez fosse mera manobra para não conseguirem limpar tudo de uma vez e pelo menos um dos lugares atrair aves o suficiente para chamar atenção. No entanto, valia a pena verificar se não havia algo além. Com bloqueadores de sinal na propriedade, Yoko tivera de ser criativa para comunicar-se conosco. E torcer para não desconsiderarmos suas pistas — para alguém ter preservado a fé nela, apesar das evidências contrárias. Essa pessoa não fora eu, para minha vergonha.

— Vamos ver o laranjal primeiro? — sugeriu Tadashi.

— Não, perto da casa, porque é melhor chegar lá antes de voltar todo mundo que se espalhou pra procurar a Yoko — racionalizei. — E talvez tenham levado ela pra lá.

FOME, Dengoso rangeu, exibindo um dos caninos num esgar de impaciência. Miguel ajudou-o a subir em seu colo e aqueles dois, os seres no pior estado, tomaram a frente de nossa pequena comitiva. Continuei achando uma ideia ruim, mesmo concordando com a essência de seu argumento: se o avistassem, talvez o julgassem inofensivo.

Eu, Mayara e Tadashi seguimos pouco atrás, com o cuidado de não os perder de vista, mantendo-nos ocultos pelas laranjeiras — uma tarefa desafiadora por si só. Os pássaros agitados concentravam-se sobre a área para onde Dengoso apontava, uma feliz coincidência. Ou não.

Miguel agarrava a perna ferida, porém mantinha o abaobi estável no colo. Mayara preferiria ir à frente com eles e apenas o receio de perturbar Dengoso com sua proximidade a detinha.

Escutamos certa movimentação e vozes antes de partes da construção delinearem-se à distância. Miguel optou por contorná-la de longe, escondendo-se em meio à folhagem, sempre fora dos trajetos regulares de terra batida. Enquanto seguíamos em seu encalço, eu me certificava de que a fina relva onde pisávamos voltasse ao anterior estado imaculado. O exercício não dispendia tanta energia assim, tinha a vantagem de manter nossa posição em segredo e ainda concentrava minha mente no presente, em que eu tinha o poder de agir para resolver os problemas, em vez da impotência brutal de minha imaginação.

Durante o caminho, não deixei de atentar à algazarra dos céus, na expectativa de pescar referências a Yoko.

As migalhas daquela seção faziam os passarinhos circularem um belíssimo cedro rosa, provavelmente o único sobrevivente de uma época anterior ao agronegócio predatório. Dengoso desvencilhou-se de Miguel quando nos aproximamos e correu, um tanto torto, para o pé da árvore.

A terra ali parecia recentemente remexida.

O abaobi cavoucou um pouco, revelando algo vítreo ou acrílico, difícil para ele puxar. Para meu irmão não inventar de se abaixar, atirei-me de joelhos e ajudei. Não estivera inteiramente enterrado, percebi então, ou teria sufocado as duas aranhas-do-fio-de-ouro encerradas no invólucro cilíndrico cheio de furinhos.

Dengoso agitou-se mais, e deixei-o descobrir por si como abri-lo, minha curiosidade atraída pelo fitilho improvisado entrando e saindo pelos furos da base do objeto qual uma costura, de modo a prendê-lo a algo sob a terra. Ao espiar o buraco, identifiquei um tipo de plástico. Busquei trazê-lo à superfície com os dedos em piça, mas não veio.

— O que é? — Miguel perguntou.

— A Yoko escondeu alguma coisa — sussurrei, cavando.

Mayara ajudou-me enquanto Tadashi vigiava o entorno com meu irmão. Logo desenterramos um espesso saco plástico que continha outro, muito bem vedado com fita adesiva a toda volta. Miguel emprestou-me seu canivete para eu desmontar o pacote mais rápido.

— Atenção todas as unidades — o rádio chamou. — O Amarante foi detido perto do veículo identificado como propriedade de João Tadashi Carneiro Shimura. Todas as unidades, repito: presença de hostis.

— Puta que pariu — sibilou meu cunhado. — E agora? A gente precisa do carro pra ir embora daqui.

Dentro do embrulho, havia um computador fino e leve, meu caderno de anotações e uma folha dobrada, escrita à mão:

> *Espero que esses escritos sejam supérfluos, mas, caso não forem:*
> *1) esse pc é do Luciano Castagnolli de Britto, neurocirurgião que chefia a pesquisa;*
> *2) são doze membros na equipe dele — as fichas estão no pc (não descobri a senha);*
> *3) todos os resultados obtidos até agora estão reunidos aqui, como backup fora da nuvem;*
> *4) anotei no verso as coisas que revelei pra eles, incluindo as partes do caderno do Ti que "traduzi" (desculpem, não tinha jeito);*
> *5) identificaram na Di o mesmo gene de vocês e fizeram ela comer um pedaço do rabo de Sabido pra "ativar" os poderes dela. Não sei até onde isso faz sentido. Até a presente data ela ainda não manifestou as habilidades de "fada";*
> *6) esse laranjal é de um deputado, não sei o nome;*
> *7) as faxineiras são terceirizadas e não sabiam da ilegalidade da pesquisa, e me ajudaram, então sejam bonzinhos com elas;*
> *8) não sabem porra nenhuma dos abaobis enquanto espécie, só que eles se curam rápido e têm uma proteína ou sei lá o quê capaz de ativar esse tal gene;*

9) sabem a relação entre transbordamentos e aranhas, e um pouco de como afetam os abaobis, mas não a cadeia completa;

10) não machucaram a Diana ainda, mas o Luciano quer <u>VER</u> o cérebro dela ao vivo, e logo.

22/06/2020

A letra de Yoko, deteriorada ao longo do bilhete, revelava uma urgência desencadeada por alguma descoberta. O último item, provavelmente: estava escrito em uma cor diferente. Talvez ela houvesse escutado algo a respeito e decidido tomar uma iniciativa.

— Ti, anda logo — resmungou Tadashi, afastando-se a passadas largas e mergulhando na orla da plantação. — Depois a gente vê isso direito.

Yoko fora engenhosa ao esconder aqueles itens e conceber um mecanismo para os localizarmos em sua ausência. A única coisa que os abaobis se importavam em procurar de longe eram aranhas marcadas, e só obtinham sucesso rápido na empreitada quando feridos, pois isso aguçava algum de seus sentidos. Contudo, ela não teria meios de saber que traríamos Dengoso, então contava com Sabido. Como obviamente os captores não podiam ter acesso àquilo de jeito nenhum, devia imaginar que àquela altura o haveríamos libertado — e que ele, precisando ingerir aranhas por conta da laceração da cauda, seria capaz de encontrá-las.

Ela fugira *sem* aqueles itens valiosíssimos. Fora um risco calculado abandoná-los. Portanto, colocara na conta a séria probabilidade de ser pega.

De não a acharmos.

Ou de ainda a supormos uma traidora e não lhe darmos uma oportunidade para explicar-se. Talvez esperasse o pior de nós, como Tadashi.

Esta última hipótese causou-me arrepios. O que eu já fizera para suscitar uma desconfiança dessas?

Os pássaros circundantes voaram de súbito, todos ao mesmo tempo. Tarde demais para seu alerta ser de alguma valia.

— DE JOELHOS!

A ordem viera de um homem empunhando uma arma apontada para nós. Dengoso exibiu os caninos, e Mayara recuou devagar para perto dele, colocando-se mais ou menos à sua frente. Miguel e eu nos ajoelhamos, erguendo as mãos. Procurei me posicionar de maneira a usar o corpo para ocultar nossos achados de vista.

Outros homens aproximaram-se pelas laterais, cerca de meia dúzia, todos armados.

— Você não morre, né — o primeiro disse, mirando meu irmão. — O doutor te queria vivo, pro caso da gente precisar de informações dos macacos se não conseguissem nada...

— Vocês tiveram sorte que o tiro não pegou a artéria, então — Miguel respondeu secamente.

Olhei-o de esguelha. Ele planejava alguma coisa; eu o sentia buscando as raízes do cedro e das laranjeiras, preparando-as. Porém, suando de olhos semicerrados como estava, não teria forças para muito mais do que uma reação. Teria de calculá-la bem.

— Essa moça é a veterinária. — disse um rapaz, apontando Mayara. — Ela pode ser útil pro doutor; passou uns dias em Parelheiros.

Mal retesei os músculos ao ouvir aquilo e duas miras voltaram-se para mim de imediato.

— Cara, sério, tô me rendendo — soou a voz grave de Miguel. — Mas não encosta nela.

— E o que você vai fazer, hein? — veio a réplica escarrada de um desconhecido, avançando para Mayara e estendendo a mão para agarrar-lhe o pescoço.

A resposta foi um berro e sons dignos de um filme gore. Meu irmão não movera um dedo e, por isso, uma dezena de armas voltaram-se para minha cabeça ao mesmo tempo que todos recuavam dois ou três passos. A relva salpicada de sangue pouco à minha direita e *a coisa* responsável por sujá-la assim estavam a quase dois metros e, ainda assim, o fedor de ferro tomou minhas narinas de assalto. Não precisei olhar a bizarra escultura de tripas e madeira retorcida para deduzi-la.

— Como falei — rangeu Miguel com frieza. — A gente tá no meio de uma plantação. Aproveita que tô me rendendo.

Laranjas voam de trás de uma árvore numa direção contrária a nós, ao mesmo tempo que soou um assobio longo. Pareceria o de um pássaro para os ouvidos da maior parte das pessoas ali, mas, desprovido de significado, eu e Miguel sabíamos pertencer a um ser humano. O movimento das frutas caindo atraiu as miras para lá.

Miguel atirou-se para a frente, pousando as mãos na terra. Meus galhos e raízes misturaram-se aos de meu irmão, agarrando pernas e braços em uma velocidade tamanha que me causou vertigem e uma queda brusca de pressão. A julgar por um ou outro berro, calculei mal e machuquei alguém, mas ao menos todos pareciam vivos e inteiros.

Tadashi surgiu do meio das árvores e passou arrancando as armas dos homens imobilizados. Virei-me para Mayara, que recolhia o computador e meu caderno de anotações, abraçando-os contra o peito, de costas para a vítima fatal daquele confronto infeliz. Pálido, meu irmão arfava sem conseguir erguer-se. Agarrei-lhe o braço e ajudei-o, incapaz de falar. Sua expressão contorceu-se inteira de dor.

— Celular sem sinal... — sussurrou Mayara.

— Meu pai e a turma da Aline devem estar em algum lugar — Miguel disse, engolindo em seco, evitando meu olhar. — Não podem ter ficado tanto pra trás.

Tadashi indicou o lado de onde viera.

— Peguei o carro, gente — avisou. — Desculpem sumir do nada, mas eu tava com medo de esvaziarem as rodas. Felizmente, tavam mais preocupados em procurar vocês.

— A gente precisa levar o computador pra Marta — disse Miguel. — Ela vai conseguir acessar ele. Quem sabe tem alguma pista de pra onde levaram a Diana...

Ele mal parava em pé. Tadashi ajudou-me a levá-lo até o carro, e Dengoso seguiu-nos devagar, ladeado por Mayara, que nos acompanhava lançando olhares atônitos por sobre o ombro.

— Desculpa — Miguel murmurou, de cabeça baixa. — Não queria que você visse isso.

Falava comigo.

— Eu não vi nada — respondi. — Mas se isso tiver a ver com o seu estresse pós-traumático, que o Tadashi mencionou ontem, quero ouvir a história toda, outra hora.

Ele aquiesceu com ar de derrota, gemendo ao ser acomodado no banco de trás. Mayara entrou ao seu lado e fui para a frente, promovido a navegador de Tadashi por estar um pouco mais lúcido.

53
Diana

Mesmo dopada, identifiquei São Paulo logo que a alcançamos. Do alto, o caos contínuo era inconfundível, aquela massa cinzenta de fumaça, asfalto e prédios, onde circulavam mais carros do que deveria haver no meio da pandemia.

Ainda não acreditava no último vislumbre que tive de meu cativeiro: o carro esporte de Tadashi chegando numa velocidade insana em meio às laranjeiras. De algum modo, Yoko os havia trazido até nós. *E agora não me encontrariam mais.* A consciência disso não me permitia a menor satisfação com a fúria de Luciano.

Rogério não parava de mandar mensagens de texto.

— Tanto cuidado... — Luciano resmungou. — Impressionante como trabalhar com imbecis põe tudo a perder. Não dá pra delegar uma coisinha.

— Os meninos vão conter o problema — disse Rogério.

— Vão? — Luciano esfregou a testa. — Não quero ter que falar pra ele que descobriram a propriedade. E essa gente à solta lá, com raiva... Não consigo calcular o tamanho do prejuízo.

Rogério estremeceu. Um calafrio de verdade, não mera descrição pseudopoética de uma reação a um pensamento incômodo. Eu entendera direito? Os dois se referiam ao *dono* do laranjal?

Pensando bem, tinha de haver um, alguém por trás das terras, do casarão com seus múltiplos laboratórios e equipamentos caros, dos pesquisadores e funcionários. E fazer ciência nesse país não dá dinheiro. Na verdade, a maior parte dos cientistas são professores, mestrandos e doutorandos — e estes últimos grupos, quando bolsistas, em geral ganham tão pouco que não têm como bancar uma casa sozinhos, não em São Paulo. Menos ainda um latifúndio daqueles.

Tudo bem que nas Biológicas normalmente podem pedir financiamento para as instalações junto às bolsas dos pesquisadores envolvidos num projeto. Agora, eu não imaginava Luciano entrando no SAGE — ou mandando um estagiário fazer isso — para submeter à Fapesp um projeto de pesquisa para descobrir a fonte de magia em alguns seres humanos.

Mesmo se usasse termos mais respeitáveis na comunidade científica, era disso que se tratava: *magia*. A capacidade de fazer madeira se comportar como os tentáculos flexíveis de um polvo. Poder sobre o ciclo vital de plantas. Comunicação *verbal* com animais. Qualquer comitê avaliador que se prezasse entenderia uma proposta de pesquisa dessas como um trote, obra de algum pós-graduando surtado querendo se vingar do orientador.

Também não conseguiriam apoio financeiro da Capes ou do CNPq pelo mesmo motivo, não importava em quantos editais se inscrevessem, mesmo se Luciano fosse professor em alguma universidade pública. Eu esperava que não. Imagina só o tipo de alunos que ele formaria? E, mesmo se conseguissem maquiar o projeto com termos aceitáveis na comunidade científica, uma pesquisa financiada com verba pública teria de ser disponibilizada abertamente. Eles não iriam querer isso. E se nenhuma das agências de fomento federais ou estaduais os havia financiado, alguma empresa o fizera, alguém interessado diretamente nos benefícios que aquelas habilidades tinham potencial de trazer. O dono de um laranjal era o perfil exato de gente que teria os meios e os fins para se envolver numa empreitada dessas.

— Quem deu a ideia, você ou o seu financiador? — perguntei.

Luciano estreitou os olhos.

— Você já me causou problemas o suficiente.

A erupção repentina de minha risada o interrompeu.

— *Eu* te causei problemas? Nossa, queria enxergar dentro da sua cabeça como funciona essa dissociação da realidade. Você me sequestrou, me sujeitou a testes e me forçou a comer... — Encarei-o, séria, comprimindo os lábios. — Você queria que eu reagisse ainda *menos*. A sua pesquisa não é em baratas.

Luciano revirou os olhos, voltando-os para a janela, e se recusou a responder. Não que eu esperasse um súbito reconhecimento da incoerência.

— Os pesquisadores escaparam. — Rogério anunciou, com uma careta. — Mas ainda não tenho notícia dos rapazes. Ainda devem estar na propriedade, procurando os Floresta.

— Só conseguiram vencer o Miguel antes porque chegaram preparados e pegaram ele de surpresa, sozinho. — Luciano suspirou, irritado, balançando a cabeça. — Agora foi o contrário. E provavelmente tem mais deles, pensando bem. A vigia de Parelheiros não falou nada?

— Não me responderam ainda.

— Eles já eram. O Miguel e o Tiago claramente não estão mais lá, e não recebemos *um* aviso. — Luciano comprimiu os lábios numa linha. — Que horas o resto chega?

— Já mandei mensagem. Ainda sem estimativa.

— Vamos ter que ficar quietos um tempo. — Luciano cruzou os braços, recostando-se melhor no assento, numa postura pretensamente relaxada. — Decidiram reagir.

Sabido choramingou ao meu lado, ainda dentro da gaiola. O curativo na ponta da cauda comprida fez um nó latejar na minha garganta, o choro entalado. Ele estava com dor. Pelo que dava para ver, havia perdido metade da área tátil, aquela parte sem pelos, como a palma da mão, que usava para apalpar as coisas e segurar galhos a fim de se locomover ou se equilibrar, dentre outras funções que meus parcos conhecimentos não me permitiam adivinhar. Mesmo se ficasse bem, teria dificuldade de locomoção.

Descemos no heliponto de um prédio em Moema. Não reconheci muito bem os arredores, exceto o shopping a algumas quadras. Tentei guardar aquela imagem.

Uma picada no meu braço me assustou. Só tive tempo de identificar a seringa na mão de Luciano antes de tudo escurecer. Moema, a algumas quadras do shopping. Um prédio em meio a outros. Eu não podia esquecer.

54
Tiago

Uma das faxineiras do lugar, uma senhorinha gorda chamada Joana, aguardava na entrada da casa quando paramos, tendo nos visto de uma janela. Não tirava os olhos de Tadashi.

— O seu nome é João? — inquiriu.

Demonstrando surpresa com a abordagem, ele assentiu.

— A Maria não tá aqui — disse a senhora, arriscando um olhar para trás de nós. — Coloquei ela pra fora com o lixo. Mas vocês não ouviram isso de mim.

— Claro que não. — Tadashi engoliu em seco. — Tem alguém armado aí dentro?

A senhora balançou a cabeça, escrutando-me com desconfiança antes de se virar outra vez para meu cunhado.

— Saíram faz uns minutos. — Voltou a vasculhar os arredores da casa, o mesmo receio estampado no rosto. — Vários foram embora. — Encarou Dengoso, sonolento e encolhido no colo de Mayara, e franziu a testa, aparentemente intrigada com a cauda que pendia. — Esse... é outro? — Fez uma careta. — Gente ruim, esses cientistas... Um bichinho tão bonzinho, coitado...

— *A gente* é cientista — Mayara retrucou severamente, estendendo o braço a fim de nos englobar a todos. — Os que tavam aqui eram farsantes de mau caráter, na melhor das hipóteses. — Entregou Dengoso a Tadashi e virou-se para a dona Joana. — Posso dar uma olhada nos laboratórios?

A mulher voltou a espiar o lado de fora e deu de ombros, dizendo que estava de saída também. Fui com elas, enquanto Tadashi retornava ao carro para falar com Miguel. Apesar da pressa de encontrar Yoko e levar o computador para Marta, era importante fazer uma varredura no lugar. Provavelmente não voltaríamos ali.

Dona Joana indicou que seguíssemos pelas escadas para um andar inferior, ocultas por uma porta que parecia dar num porão. Hesitei em descer e deixá-la ali no patamar, mas, como lá embaixo era bem iluminado e Mayara correu degraus abaixo, segui-a depressa. O labirinto de corredores ocupava uma área superior à do casarão acima, cuja função primária parecia ser a de fachada. As salas bem equipadas lembravam hospitais de filme de terror, por terem tão nitidamente sido abandonadas às pressas.

Mayara fotografou as instalações, enquanto eu atentava aos sons e buscava as plantas do entorno, todas muito mais distantes do que seria natural. Haviam construído aquele lugar para nos conter, cada detalhe pensado sob medida para enfrentar nossas habilidades.

Em um dos últimos corredores, havia uma sequência de celas acolchoadas. Apenas uma fora usada recentemente, a julgar pelo cheiro abafado de urina. Não quis imaginar Diana trancafiada por todos aqueles dias. A mão de Mayara tremia ao fotografar aquele recinto.

— Quanto tempo será que aqueles caras vão levar pra se soltar? — perguntou, baixo.

— A gente vai devolver a madeira pra uma posição natural antes de ir embora — expliquei. — Senão eles iam precisar da ajuda de alguém que tá livre.

Mayara engoliu em seco.

— Você... já tinha feito aquilo antes?

Sem dúvida, referia-se ao assassinato brutal de seu quase-agressor. Levei uns segundos para deduzir por que Mayara imaginava ter sido culpa minha, até me lembrar de que eu reagira fisicamente quando os homens manifestaram interesse nela — e meu irmão sequer piscara.

— Não fui eu.

Mayara franziu a testa, mas não comentou. Antes de subirmos, arranjou uma sacola de pano e apossou-se de alguns itens de uma enfermaria, depois lavou as mãos com esmero. Dona Joana continuava no patamar, coçando a nuca com ar de curiosidade.

— Só não entendi por que todo mundo fugiu correndo... Vocês nem armados tão...

Abaixei a cabeça. No meio de uma plantação, eu tinha maior potencial destrutivo do que uma tropa. Preferia que ela não soubesse. E que eu nunca precisasse voltar a ter consciência desse fato.

Voltando ao carro, encontramos Miguel desacordado e Tadashi à beira de um ataque.

— Ele acabou de soltar aqueles bandidos e desmaiou — explicou. — Disse que vocês já tavam vindo. Vamos logo.

Cerrei os punhos. O idiota *tinha* de fazer alguma idiotice.

— Por quê?

— Pra poupar tempo. Tava com medo de algum drone aparecer e filmar eles presos daquele jeito. Sei lá. Essas noias do Miguel.

Considerando tudo o que acontecera nas semanas anteriores, eu andava muito mais leniente com os anseios de meu irmão. Chamá-los de "paranoia" era absurdamente impreciso, para dizer o mínimo. Mayara acomodou-se no banco de trás e tocou a testa dele.

— Ardendo de febre. — Tateou-lhe o bolso sem cerimônia, pegando o canivete, e passou a cortar a perna da calça. Na altura da coxa, uma mancha de sangue fresco abria-se sobre outra, mais seca. Eu nem imaginava quando a lesão se abrira, embora parecesse óbvio que aconteceria em meio àqueles embates. — Tenho que limpar essa lambança, senão vai dar ruim. — Remexeu o conteúdo da recém-adquirida sacola de pano, tirando o tecido do caminho com agilidade depois de guardar a lâmina. Declarou ser seguro partirmos; poderia ministrar os demais cuidados no carro em movimento sem arriscar-se a feri-lo. — *O mínimo que se espera de uma pessoa que assinou termo de responsabilidade pela própria alta, igual uma imbecil, é respeitar o tempo de repouso.*

Virei-me para trás ao ouvir um gemido de Miguel. Fora desperto na marra, pelo visto.

— Tá bom já — resmungou, afastando a gaze de cheiro acético que Mayara passava na ferida de aspecto repulsivo. — Chega!

Ela estapeou sua mão.

— Para quieto! — rugiu. — "Chega" coisa nenhuma. Você não morreu com o tiro por pouco. Agora, se continuar se esforçando assim, vai conseguir.

— Deixa que eu faço isso — Miguel volveu, emburrado, tomando a gaze com impaciência. Então amansou: — Mas obrigado. O Dengoso tá bem?

— Tá. Só dormindo. Acho que fica mais cansado durante a recuperação, não?

A diligência de Mayara com os abaobis não permitiria a meu irmão ressentir-se de nada que ela fizesse, mesmo se sua preocupação com aquela perna fosse infundada.

Mal deixamos a propriedade e todos os celulares apitaram com notificações.

— O dono do laranjal é o deputado Flávio Macedo — Miguel leu, enquanto eu brigava com meu celular ancião. — Nada da produção é destinado ao mercado interno.

— Esse é aquele cretino que propôs o projeto de lei pra reduzir as áreas de reserva ambiental em mais de cinquenta por cento — lembrei na hora. — Se a gente não tivesse com pressa, eu ia lá acabar com o investimento dele.

Meu celular velho demorava a carregar as novas mensagens. Passei o bilhete de Yoko para Miguel fotografar e enviar a Marta.

— Ativar um gene... existe isso mesmo, Tadashi? — perguntei, procurando redirecionar a ansiedade para questões práticas.

— Uhum... tem uns mecanismos capazes de fazer um gene inativo ficar ativo diante de algum fator externo. — Ele mantinha a atenção na estrada de terra. — Olha meu celular, por favor.

Como o meu resolvera atualizar, conferi o seu enquanto esperava. Havia incontáveis ligações de "Dra. T." (sua mãe), além de mensagens de texto, das quais apareceu uma no menu suspenso:

Dra. T:

> JT QUE HISTÓRIA É ESSA DA SUA IRMÃ ESTAR EM BOTUCATU?!

Só havia um modo de a notícia ter chegado até a dona Tânia: Yoko entrara em contato. Abri a conversa com avidez.

Dra. T:

> ME DÁ UMA NOTÍCIA CARAMBA ATÉ PARECE QUE NASCEU DE CHOCADEIRA

— Liga pra ela — Tadashi pediu.
— Tem certeza?
Tadashi estreitou os olhos, sem desviá-los da rua à frente.
— Se tem uma coisa que eu sei é lidar com a minha mãe.
A chamada mal deu o primeiro toque e a voz da dona Tânia estourou os alto-falantes:
— CADÊ VOCÊ?
— Tava sem sinal — respondeu meu cunhado calmamente. — Como assim, a Yoko foi pra Botucatu no meio da pandemia? O que deu naquela cabeça oca?
Breve hesitação seguiu-se.
— Você não sabia?
— Não, ué. Tive que ir na USP essa semana e fiquei na casa do Ben. Vou lá buscar a dona Maria pelos cabelos. — Ele fungou de leve, mas isso não transpareceu em sua voz. — Onde ela tá?
— No hospital da Unesp — dona Tânia disse, e seu tom fisgou um gancho em meu peito. — Uma colega me ligou. A Yoko chegou lá desidratada, com as roupas esfarrapadas e cheia de arranhões. Tá tudo bem, a Mari falou, mas *o que aconteceu*? Ela me ligou sem contar pra sua irmã, então não sei de nada. Outra filha que acha que nasceu de chocadeira. O Ti não me atende. Nem ninguém da

família dele, aliás. E a Yoko tá sem celular! Já viu ela sem celular? Será que foi assaltada? Ou foi sequestro relâmpago...?

A voz da dona Tânia esvaneceu nas últimas palavras, interrompida por soluços. Tadashi engoliu em seco, mas sorria de leve.

— Vou buscar ela, mãe — avisou, no mesmo tom anterior. — Te ligo quando descobrir o que rolou.

— Atende quando eu te ligar! Já não me basta o plantão eterno no HC, ainda não consigo uma notícia e me ligam com uma bomba dessas...!

— Te amo, mãe. Até já! — Tadashi esperou-me encerrar a ligação para falar conosco: — Olha, vocês precisam admitir que a Yokiko é genial. Ela soube pra onde correr. Minha mãe conhece gente em qualquer hospital de São Paulo.

Busquei relaxar os punhos, cerrados com força ao longo da conversa. Em nenhum momento Yoko entrara em contato comigo, a julgar pelas mensagens ainda a carregar.

— O pai viu o helicóptero e deu meia-volta pra seguir ele — Miguel contou, o tom penosamente tingido de esperança. — Disse que perdeu o rastro logo, mas foi na direção de São Paulo.

Eu já não discernia meus sentimentos atropelados. Era incapaz de expressar qualquer coisa em voz alta desde que pousei os olhos na primeira mensagem da dona Tânia. Depois de perder Diana de novo, ao menos tínhamos pistas às quais nos agarrar. Tudo por causa de Yoko.

De quem eu desconfiara.

A pessoa que passara os últimos tempos insistindo para minha família procurar perseguidores até então anônimos.

— A Marta achou a empresa que pagou o pagador da Yoko — Miguel anunciou e pausou, correndo os olhos por sua tela. — Tinha seis contas fantasmas no meio, mas chegou numa que é do sobrinho desse deputado. Empreiteiro. Olha o tanto de peixe grande...

Naquele carro a uma velocidade insensata, meu irmão ainda meio febril atrás de mim, Mayara exalando compaixão atrás de meu cunhado e Dengoso dormindo pesadamente, senti estar em uma daquelas encruzilhadas da História, quando ninguém conhece ao certo todos os fatores que construíram o caminho escolhido, mas os atores enxergam a direção a seguir com uma convicção inexorável.

Estávamos calados quando Tadashi estacionou no Hospital das Clínicas de Botucatu. Alguém tinha de ficar com Dengoso no carro e, embora Miguel expressasse o desejo de assumir o posto, não foi necessário insistir que Mayara era mais indicada... *comigo*, para o caso de algum indesejável aparecer. Meu irmão precisava de cuidados médicos e, por mais que cada célula minha me puxasse para Yoko, eu esperaria.

Acompanhei com o olhar Tadashi ajudando Miguel até o pronto-socorro, atraindo a atenção dos transeuntes para as calças tornadas shorts em uma das pernas. A ferida de saída, tive a oportunidade de conferir, *era* pior do que a da entrada. Encontrá-lo consciente *e lúcido* fora um milagre.

— O que você vai falar? — Mayara fitava-me, acariciando o notebook do tal Luciano.

Tantas explicações quase a nosso alcance... Evoquei a imagem de Yoko escrevendo o bilhete, escondida em alguma sala vazia, talvez no banheiro, depois reunindo os elementos de seu plano para encontrarmos o computador, caso fosse impossibilitada de entregar-nos em mãos. Sozinha em um ambiente hostil, preparara-se para morrer e não deixar suas descobertas se perderem.

Cobri o rosto com as mãos. Como eu queria abraçá-la e, ao mesmo tempo, como ressentia-me por ela nos ter posto naquela situação! Não respondi à pergunta de Mayara porque não sabia. Minha mente calculava palavras de repreensão àquela traição bem-intencionada, ao muro de segredos erguido onde eu acreditava haver — não pontes, mas um campo aberto, sem fronteiras nem obstáculos de outra natureza.

Semanas de conversa com aquela gente pelas minhas costas, escolhendo sozinha quais dos nossos segredos revelar e por quais cobrar um preço mais alto, criando condições ideais para aqueles homens sequestrarem Diana e Sabido e quase matarem meu irmão. Talvez achasse que as circunstâncias atenuassem o peso de suas decisões; obtivera dados importantes, afinal.

— Espero que você tenha pensado o suficiente — disse Mayara. Franzi o cenho. Ela indicou a frente do carro com a cabeça.

Yoko.

Parada à entrada do pronto-socorro, de olhos vermelhos e inchados, arregalados ao encontrar os meus, olheiras arroxeadas que sumiam detrás da máscara, descabelada, esfarrapada. Minha mão abriu a porta, meu pé pisou para fora do carro. Alcancei-a em poucos passos, encarando os olhos marejados que não evitavam os meus. Caí de joelhos à sua frente, abraçando sua cintura e apoiando a testa em sua barriga. Quente. *Viva.*

Dedos hesitantes tatearam meus ombros, depois se entrelaçaram em meus cabelos. Expirei pesadamente, apertando-a mais. Tremi a ponto de bater os dentes.

— Achei... que você nunca mais ia olhar na minha cara — ela murmurou, a voz embargada. — Ou que ia brigar comigo...

— Eu vou... daqui a pouco — sussurrei. — Vou gritar até ficar rouco. Com certeza vou. Já, já.

Ela beijou o alto de minha cabeça. Seu corpo também tremia em contato com o meu.

— *Vamos!* — A voz de Tadashi arrancou-nos de nossa realidade particular. — A gente precisa achar a Diana. Não quero saber de DR no meu carro, senão vou chutar vocês dois na estrada.

Joguei o peso do corpo para trás, sentando-me nos calcanhares e erguendo-me no mesmo movimento. Miguel seguia Tadashi, mancando de perna enfaixada, e foi direto para o banco da frente. Yoko entrou no carro primeiro e eu em seguida.

— Em quanto tempo será que a Marta destrava o computador? — perguntou, encarando o aparelho oculto seguramente aos pés de Mayara.

— Minutos, mas tem que ver se os arquivos em si não tão protegidos também — respondi. — Será que vai ter alguma indicação do paradeiro da Diana? O laboratório do laranjal era muito bem equipado; não vai ter outro desses em qualquer lugar. Yoko... você... o que...?

Tadashi chiou, mais manteiga em chapa fervendo do que gente. Um aviso. Yoko estreitou os olhos para ele.

— O que é terapia genética? — perguntou.

Ele trocou um olhar preocupado com Miguel.

— Onde você escutou isso? — meu cunhado indagou.

— Na lua. Onde você acha? Querem tentar replicar os poderes de vocês. Dá pra fazer isso?

— Eu teria que ver. — Tadashi balançou a cabeça. — Geneterapia não é mágica. Não é coisa que se desenvolve do dia pra noite. E eles não têm amostras do gene há muito tempo, né? Acho difícil já saberem o que causa o quê.

— Bom, felizmente *alguém* conseguiu roubar os resultados parciais deles — disse Yoko secamente.

Tadashi apertou o volante, soltando um rugido gutural, e reduziu ao passar para a faixa da direita. Entrou no acostamento e parou de vez. Soltou o cinto e voltou-se para trás, fulminando-a com o olhar.

— Eu vou falar *uma vez*. Sei que por sua causa a gente agora tem acesso a várias informações importantes, que de outro jeito não ia conseguir. Todo mundo aqui tá ciente disso. Agora, o Miguel quase *morreu* e a Diana tá passando por um trauma incalculável.

Tomei ar para defendê-la por puro instinto, apesar de concordar com ele.

— Ti, não se mete — cortou, antes que eu emitisse meia palavra. — *Eu* não vou entrar no assunto de vocês dois, então fica quieto enquanto eu falo com a minha irmã. — Mordi o lábio, cerrando a mandíbula. Ele a encarou outra vez. — Mesmo que tudo saia bem, essas vidas não eram suas pra apostar.

— Eu sei... — miou Yoko. — Eu só...

— E mesmo se esse sacrifício só arriscasse a *sua* vida, quanta gente a sua morte ia destruir no caminho... Você *acha* que pesou as consequências e tava preparada pra lidar com elas, mas essa decisão não cabia a você. O povo dos Floresta decide as coisas *em conjunto*. Você não tinha direito de atropelar eles assim.

— Mas...

— Então você *não vai* se vangloriar de nada positivo que saiu dessa merda, não na minha frente, tá me ouvindo?

— Você não gosta de DR porque é um ditador de bosta que só quer falar, falar e não ouvir nada! — gritou Yoko. — Não é à toa que nunca dá certo com ninguém!

Tadashi travou o maxilar e respirou fundo. Ele falara controladamente coisas que eu decerto bradaria e, com isso, expurgou uma parte de meu ressentimento. Relações entre irmãos eram esquisitas; podiam desmanchar-se e reconstituir-se várias vezes e sobreviver a catástrofes, mas também romper-se definitivamente por motivos os mais estúpidos. Ele assumira o posto de *bad cop*, o que me poupava da tarefa, e senti-me na obrigação de defendê-lo.

Especialmente por Yoko parecer tão horrorizada com o próprio contra-ataque, golpe baixíssimo. Toquei-lhe a mão.

— O Tadashi foi o único a não perder a fé em você — revelei, para minha vergonha.

— *Eu sabia!* — ela gritou, desfazendo-se em lágrimas e coriza. — Se eu encontrasse o idiota do meu irmão à beira da morte eu *nunca* ia te perdoar! Por que você acha que fiquei tão chocada quando você me abraçou? Eu sabia... Por isso deixei recados pra *ele*.

Tadashi pigarreou, virando-se depressa para a frente e engolindo em seco várias vezes. Eu nunca o vira chorar.

— E eu queria dizer que a Maria era uma gênia incompreendida e a trilha de migalhas, a coisa mais inteligente já inventada!

Ele rosnou uma risada contrariada, fungando, e deu a partida no carro. Yoko esfregou os olhos e limpou o nariz. Abracei-a contra o peito, os sentimentos conflituosos em ebulição. Em meio à mágoa e à desilusão, era impossível não a admirar e lhe agradecer. Admirar porque só se arrepende de uma decisão ruim quem toma alguma. Agradecer porque ela previra que eu não manteria minha fé nela frente às evidências e já se preparara para me perdoar por isso. E para entender se eu não a perdoasse.

Os berros haviam despertado Dengoso, mas ele se acalmou rápido ao ver Miguel, que lhe estendeu a mão para trás.

— Se isso não foi uma DR, não sei o que foi — comentou Miguel, um tanto cínico, na minha opinião.

Passamos alguns minutos em silêncio.

— Eles me mandaram uma foto da casa de vocês e outra de Parelheiros quando eu quis negociar — murmurou Yoko. — Tipo, sabiam *tudo*. Não dava mais pra se esconder... Tava todo mundo em negação e... Olha, entendo vocês ficarem pra sempre com raiva. Acho que eu também ficaria. Eu... não sabia que iam atirar no Miguel nem levar a Diana. Mas achei que seria bom alguém ter algum controle sobre o que tava acontecendo... Desculpa, gente.

O silêncio alongou-se. Quem o quebrou foi Miguel, lançando um olhar melancólico por sobre o ombro:

— Olha, vou te contar uma lição que aprendi na marra. O problema de ter controle de tudo é que, quando as coisas dão errado, você é o único culpado. — Ele deu um sorriso triste. — Por mim, não guardo rancor de você. Agora, a Diana... não sei como ela tá.

— Surpreendentemente calma — Yoko murmurou, soluçando. — Os exames não foram muito invasivos até agora. A pior parte foi... — Ela engoliu em seco, esfregando o rosto. — Meu Deus, o que fizeram com o Sabido... Se te consola, *eu* nunca vou me perdoar.

— Conta o que você sabe — disse Mayara. — Que exames fizeram? O que descobriram?

Na viagem de volta a São Paulo, só Yoko falou.

56

Estávamos esgotados e famintos ao chegar, Miguel e eu beirando a inconsciência após dispender quantidades imensas de energia naquele laranjal. Gabriela deu-nos uma Tupperware cheia de torta de palmito no instante em que descemos do carro, Mayara já entregando o notebook a Marta.

— No celular de um deles se referiam a uma *transferência* em Moema — disse minha mãe — Usam uma linguagem muito codificada pra gente entender sem ajuda, e não dá pra confiar que falaram a verdade...

— Tem o endereço? — perguntei, de repente alerta de novo.

— Os dois não sabem nem quem chegou — respondeu ela. — Um ponto de encontro deles fica num prédio na Aratãs, mas não têm ideia se levaram a Diana pra lá. Seu pai e o Marcelo foram ver.

Miguel, abraçado à Tupperware, voltou para o carro, mastigando um pedaço de torta.

— Quem vai dirigir? — perguntou, acomodando-se no banco do passageiro.

Tadashi já até abrira a porta, assim como eu, numa sincronia automática. Quando Mayara fez menção de vir junto, meu irmão opôs-se com firmeza. E, ante seus protestos de que Dengoso poderia precisar dela, Miguel ajuntou:

— Se alguma coisa der errado, Moema fica perto o suficiente pra gente chegar pelo menos na clínica da Gisela. E você *sabe* que vou tomar cuidado com ele. — Desviou o olhar. — Você foi muito além do que precisava fazer pela gente, May, e quase se machucou por isso. Desculpa, mas não vou te levar pro meio de um monte de cara armado de novo.

Ela poderia discutir o quanto quisesse; dessa vez meu irmão não cederia. Eu conhecia aquele tom. E, na verdade, se ele cedesse, *eu* teria de objetar. Havia um limite para arriscar a vida das pessoas. Olhei para Yoko, encolhida a um canto, deslocada onde antes estava em casa. Não pediu para ir, decerto consciente de que não a levaríamos. Gabriela abriu o portão para nós, e Tadashi partiu com uma buzina de agradecimento.

— Você tá bem? — perguntei a Miguel.

— Pra enfrentar gente armada, não. Mas tô acostumado a lidar com o Dengoso e ele vai saber apontar uma direção. A gente não vai fazer nada precipitado, prometo. Só não dá pra desperdiçar a chance de achar a Diana. Vai saber se pretendem levar ela pra algum outro lugar.

Pensando bem, Tadashi deveria ter ficado em casa com elas. Percebi, pela tensão em seus ombros, pescoço e mandíbula, e sua concentração na rua, que aquilo tudo significava mais para ele: salvar Diana era salvar todos nós. A única chance de uma vitória *real* estava em resgatar nossa amiga com saúde. Redimiria uma parte de nossas culpas, tanto as de minha família pela hesitação em tomar providências *antes*, quanto a de Yoko, por sua coragem excessiva. Remorsos para uma vida inteira, mesmo se Diana ficasse bem.

E existia a possibilidade de falharmos.

Dengoso despertou ao meu lado e resolveu catar meu cabelo.

— Você não vai achar piolho aí, lindo — falei, sem fazer menção de interrompê-lo.

— A catação é uma forma de estabelecer laços — disse Miguel, espiando-nos. — E já era hora dos abaobis se aproximarem mais de você.

Decerto preferiram manter-se afastados por causa de Yoko. Estávamos sempre juntos.

Engoli em seco. *Alguma coisa* haveria de mudar entre nós. Era impensável dormir e acordar ao lado de uma pessoa capaz de agir normalmente durante semanas enquanto tramava às minhas costas, ainda que com boas intenções. E, apesar disso, tudo em mim queria perdoá-la. Uma ação mal concebida não tinha o direito de arruinar *anos* de coisas boas em cada minúcia cotidiana. Ou, quem sabe, eu estivesse desnorteado demais ao imaginar-me sem ela.

— Você não vai decidir nada agora, Ti — Miguel murmurou. — Os últimos tempos foram ruins. Ninguém tem dormido. Você enfrentou muitos estresses, de ordens diferentes. A gente foi acuado...

Eu não queria continuar a discutir esse assunto e não conseguia pensar em outro. O peso de cada passo em sedimentar o percurso de uma pessoa chegava a ser obsceno. Acho que a melhor metáfora quanto a esse assunto é o jardim do Destino, em *Sandman*, do Neil Gaiman: se olharmos para a frente, vemos uma infinidade de caminhos ramificados; para trás, apenas a linha reta daquele que já trilhamos, as possibilidades do passado podadas por nossas escolhas. Visto de cima, *é uma árvore*, a cuja forma completa jamais teremos acesso.

Dengoso parou de catar meu cabelo de repente. A princípio, julguei que estivesse cansado de não encontrar nada, porém logo me dei conta de que já havíamos alcançado a Avenida Ibirapuera.

— Miguel...

Dengoso vocalizou. *Sabido*.

— Para o carro — meu irmão pediu.

Tadashi encostou e ligou o pisca-alerta. Dengoso espichou-se.

— Vai ser estranho fazer isso num carro em plena São Paulo — comentou Miguel. — Na floresta, ele ia poder sair pulando de uma árvore pra outra...

— Difícil acompanhar. — Tadashi cruzou os braços, observando o trânsito pelos espelhos retrovisores. — Como você fazia?

Miguel deu um sorriso tenso, à guisa de bom humor.

— Um processo complexo envolvendo pé torcido, roupas rasgadas, gravetos e folhas no cabelo e uns arranhões pelo corpo...

— Mas isso é sinal de que o Sabido tá perto, não? — perguntei, esperançoso.

— Não faço ideia do alcance do Dengoso na cidade — disse Miguel. — É de se supor que seja muito menor, mas meu único embasamento pra achar isso são as vozes na minha cabeça.

— *Anos* de estudo e trabalho com os abaobis — corrigiu Tadashi, ríspido, tamborilando os dedos no volante. — Notícias do seu pai?

— Conseguiu ajuda de uns pássaros pra procurar — disse Miguel. — Parece que o tal apartamento da Aratãs tá vazio...

Para dar evidências em favor da lei da atração, nossos celulares apitaram com o aviso de mensagem.

Marta:

> Uma casa em nome do pai do Luciano. Inventário ainda correndo em justiça.

Abri o endereço contido na mensagem seguinte pelo Google Street View.

— Será que foram praí? — perguntou Tadashi. — O Dengoso tá olhando nessa direção, não tá? Perto do Ibira... Tem alguma coisa errada. Lá é arborizado demais pra se arriscarem assim.

— Na verdade, foi estratégico — retruquei, avaliando o entorno do mapa. — Olha isso. É a rua que dá de cara pro parque. Só tem casa de milionário lá. Tudo com câmera e sistema de alarme. Eles sabem que a gente não quer se expor. Se a Diana tiver lá mesmo, vai ser mais difícil tirar ela de lá do que do laranjal.

Miguel resmungou um "tsc", endireitando-se no banco.

— Eles não aprendem mesmo. Vou avisar o pai. — Olhou Dengoso, franzindo a testa. — E, sim, ele tá parecendo ansioso pra escapar nessa direção.

57
Mayara

Fomos direto ao escritório, onde Marta tinha uma bela operação investigativa em andamento, de fazer inveja naquelas da Polícia Federal com nomes engraçados. Batendo o olho na tela, vi que ela havia divulgado o nome completo de Luciano. Não acreditava que ele nos levaria direto a Diana, mas suas intenções levavam em conta o longo prazo, depois que ninguém estivesse em poder daquela equipe de cretinos. Aquela família não queria guerra. Agora, se a guerra chutava a porta e invadia a casa, não havia escapatória; insistir no tom pacifista era render-se à própria aniquilação. Não refleti sobre meu papel em meio àquilo. Apenas continuei sendo arrastada para o olho do furacão com um senso de urgência regado a adrenalina. Yoko observava a um canto, esperando calada, até Gabriela surpreendê-la com uma caneca de chá e um sorriso. Yoko lacrimejou. Talvez se sentisse como um polvo fora d'água. Rosa começou a inquiri-la sobre quais coisas ela revelara aos inimigos. Mesmo já tendo respondido a um interrogatório, Yoko falou com energia. Devia estar aflita para provar que sua aposta de risco tinha compensado. Se Diana ficasse bem, provavelmente sim. As consequências seriam pequenas perto dos ganhos.

Marta conseguiu acessar o computador de Luciano em dois tempos, e todas nos amontoamos para ver a tela. *Milhares* de dados distribuíam-se em centenas de arquivos, ali, diante de nossos olhos. Rosa parecia especialista em questões administrativas. Pediu primeiro para a esposa buscar pastas relacionadas a pessoal e financeiro. Os minutos alongaram-se durante a procura, interrompida por uma mensagem em outro monitor. Alguém chamado *lordofchaos06* mandou prints do Tribunal de Justiça de São Paulo. Um imóvel inventariado num processo de quase dois anos que valeria a pena averiguar. Situava-se nas imediações do Parque Ibirapuera. Enquanto Marta mandava mensagem aos meninos, Rosa virou o notebook para si e vasculhou as pastas do Outlook. Quando Gabriela perguntou-lhe o que procurava, Rosa contou sombriamente que Luciano e companhia pareciam saber mais do que deveriam a princípio. O fato de a pesquisa clandestina já ter anos também acendia muitas luzes de emergência. Ela acabou encontrando uma planilha com cerca de cinquenta nomes, dentre os quais:

>Miguel Floresta de Oliveira
>Tiago Floresta de Oliveira
>Rosa Nogueira Floresta
>Marta da Silva Verde
>Amaro Rocha de Oliveira
>Gabriela Pedroso Serra
>Diana Machado Sodré
>Bibiana Stein Silvestre

Constavam também os nomes de membros das famílias de Gabriela, da dra. Bibiana e da vizinha Aline. O problema maior, no entanto, era que essa lista continha certas legendas e três nomes vinham acompanhados de dados de contato e valores pagos. Três traidores: duas pessoas de São Paulo — vizinhos de Interlagos que se revezavam para vigiar a clínica quando Dengoso estava lá — e uma do Rio. Nenhum destes era responsável pelas pesquisas com abaobis ou com transbordamentos. Isso, porém, não garantia que os vendidos não houvessem repassado as parcas informações às quais tinham acesso. As três mulheres mais velhas ficaram sem chão. Tudo no segredo de sua família dependia da confiança entre seus iguais. Troquei um olhar com Yoko. Pedindo licença, apanhei o notebook e passei a olhar os arquivos contendo resultados de exames e outros experimentos.

— Você entende de neurologia e genética humana? — indagou Yoko.

— Mais do que o suficiente pra resumir isso aqui e pôr numa linguagem acessível pra vocês — respondi. Fiquei estarrecida. — Jesus, como deixaram um computador desses dando sopa?

Meu assombro devia ser compartilhado por Rosa, Marta e Gabriela, pois as três também se viraram para Yoko, que deu de ombros, em um misto de modéstia e irritação.

— Pro seu governo, não tava *dando sopa* — respondeu ela, plácida, de mãos no bolso, trocando o peso de perna como se de repente desconfortável com a atenção. — É que eles tinham um bando de capangas grandes e fortes rondando, circuito interno de câmeras, vários pesquisadores... e tratavam as faxineiras como cenário. — Ela brincou com um fio solto na manga do casaco. — E todo mundo me olha e vê que sou pequena e magrinha, e minha cara redonda e meus olhos grandes me dão aparência de mais nova. Pareço indefesa, e daí confundem isso com ser burra. Ninguém ia deixar o Miguel andando pra cima e pra baixo. Menos ainda o Ti. Ou alguma de vocês. É impressionante quanta coisa dá pra fazer quando te subestimam.

Gabriela foi a primeira a sorrir e se aproximar, acariciando suas costas com um ar maternal. Chamou-a para conversar no quarto, e Yoko seguiu-a sem protestar. Na verdade, parecia aliviada. Rosa e Marta entreolharam-se quando as duas estavam na porta, então foram atrás. Entreouvi-as agradecendo as informações e não pude deixar de sorrir; às vezes o cotidiano trazia momentos de luz divina através de quem menos se esperaria. Voltei a fitar a tela do computador e armei-me de um bloco de papel e uma caneta. Organizaria as três frentes da pesquisa clandestina. Então, quando todos chegassem, nós nos reuniríamos para discutir nossos passos seguintes. O trabalho levaria *horas*, no mínimo, tempo o bastante para eu parar de tiritar por causa das incertezas quanto ao destino de Diana. Tempo o bastante para eu me dedicar a algo em que faria a diferença.

58
Diana

Acordei enregelada no piso frio de um quarto vazio. A janela antiga, de madeira com duas folhas móveis que abriam para os lados, encontrava-se fechada a tábuas por fora do gradeado. Calculei estar num segundo andar; eu vislumbrava o topo do muro e a cerca elétrica sobre ele através das frestas.

Parecia fim de tarde. Eu havia dormido várias horas, então. Inspecionei o teto do quarto: sem câmeras. A porta, de aparência robusta, tinha maçaneta redonda e fechadura do tipo mais banal. Com meu corpo tão pesado devido à injeção, quanto tempo eu precisaria chutar para ela ceder? Provavelmente muito, mais do que eu teria até alguém aparecer. Talvez nem cedesse, mesmo se me abandonassem naquele lugar por dias. E, sem grampo ou clipe, não adiantava tentar a fechadura.

Ainda assim, escapar dali parecia mais possível. A atmosfera de improviso me encorajava. Grudei na porta para escutar. Nada de vozes, passos ou movimentos; só me chegava o ruído da cidade ao fundo, pela janela. Carros distantes. Uma ambulância numa pressa nervosa.

Mas também passarinhos. Vários, numa cantoria alegre não condizente com o clima. Perto de onde meus pais e Nati moravam, eu costumava ouvir pardais de manhãzinha. Agora, àquele horário, tal música contínua era privilégio dos bairros mais deslocados, como Interlagos ou Parelheiros. Estaria eu tão perto? Havia os parques a considerar. Os mais centrais não abrigariam aquela sinfonia tagarela; a poluição não os convidaria a aparecer no horário de pico, quando tudo ficava pior. A exceção talvez fossem os bem-te-vis do Ibirapuera. E seu canto alongado, tão conhecido, integrava o coro. *Bem-te-viiiii, bem-te-viiiii...*

O som de chaves tilintando chegou pelo corredor. Eu me larguei no chão, recostada na parede, e fiz cara de sono.

Entrou um brutamontes, depois outro, e então o Cara do Taser, com os olhos brilhando de expectativa. Mau sinal. A malinha de couro em sua mão atraiu meus olhos como um ímã. Parecia conter um peso maior do que o tablet de costume.

— O dr. Luciano bem imaginou que você teria acabado de acordar — comentou este último.

Quando os dois capangas avançaram sobre mim, me atirei para o lado e corri para a porta. Agarraram minha roupa e me imobilizaram, um me segurando pelos braços e me pressionando de cara na parede, o outro de punho cerrado nos meus cabelos. Não consegui me mexer nem um milímetro. *Não haviam me prendido assim antes.*

Atrás de mim, o Cara do Taser revirava a malinha. Coisas se chocaram dentro dela: plástico, talvez algo metálico. Ele se aproximou às minhas costas e algo roçou a gola da minha blusa. Ouvi um *tic-tic-tic* que demorei a compreender. Foi só quando uma brisa fria me atingiu na nuca de um modo ao qual eu não estava acostumada que veio o estalo do entendimento, impresso naquele trecho de pele desabituado à exposição: estava cortando o meu cabelo!

— Pra... pra que isso? — balbuciei, incapaz de mover a boca direito, porque metade dela estava prestes a integrar a parede.

— Pra tirar do caminho.

Do caminho de quê? Os eletrodos funcionaram bem durante os testes, não foi? *Tic-tic-tic*, continuava a tesoura. O cara segurando minha cabeça passou a mão para a nuca, ainda me mantendo imóvel. Quase sufoquei com a mudança de ângulo. O do taser passou *a máquina* em toda a lateral do meu crânio, que o capanga virou para o outro lado. Resfoleguei, tossindo sem tossir, o rosto ardendo. Na parte nua, uma sensação de cabelo molhado, como se eu tivesse saído à rua depois de um banho quente sem o secar nem ao menos o enrolar numa toalha. Comecei a tiritar. Frio, nervosismo, medo. Tudo junto. Meus dentes rangeram, batendo cada vez mais forte.

Esse era o preço da passividade frente a agressores. Eles não param, apenas pioram. Repassei mentalmente cada exame e teste, cada escolha de não lutar naquele momento, esperando um melhor que nunca vinha. Esperando a oportunidade ideal, aquela que só existia na minha imaginação. Em qual instante eu poderia ter feito diferente? E isso teria me levado a outro lugar? Ou eu teria acabado aqui do mesmo jeito?

Reflexões inúteis.

O aperto afrouxou. Escorreguei para o chão, ofegando e tossindo, a garganta arranhada depois de ter sido pressionada, a cabeça estranhamente leve e gelada. Eles se foram e me trancaram lá dentro sem me dirigir mais uma palavra. Passei as mãos pela careca. *Eu tinha de sair dali.*

Avancei para a janela. Estudei as tábuas pregadas uma na outra do lado de fora. Abri as folhas de madeira, agarrei as grades para me apoiar e subi no parapeito. Eu me posicionei, firmando o pé esquerdo e chutei a tábua com o calcanhar e toda a força do meu ódio.

Vê-la cedendo me encorajou. O som apressado de chaves na fechadura não me fez parar. Chutei com mais força, mais raiva. Uma tábua se soltou e caiu. Gritei para a rua, a plenos pulmões, primeiro "socorro", depois "fogo", lembrando que as pessoas tendem a acudir mais a este último chamado.

A porta se escancarou. Sentindo o capanga avançar, tomei impulso e me atirei sobre ele. Por estar mais alto e o apanhar de surpresa, consegui desequilibrá-lo. Ele tentou agarrar meu braço, mas aterrissei com o joelho em seu estômago. Eu me levantei cambaleando e, aproveitando que ele arfava, pisei com tudo em sua fuça. Teria sido mais efetivo se eu calçasse um tênis ou uma bota, mas descalça já não era pouca coisa. Corri para fora sem analisar o estrago, o tranquei lá dentro e puxei a chave. Havia outra, menor e cor de chumbo, no mesmo molho. Quanto mais, melhor. Uma chave é uma arma em potencial, toda mulher sabe.

Outro homem surgiu no corredor, vindo das escadas. Ao dar de cara comigo, avançou gritando "ela fugiu!" por sobre o ombro. Houve comoção no andar de baixo, mas àquela altura eu já corria na direção oposta.

O corredor terminava num quarto, também vazio, este com uma chave antiga na fechadura. Entrei e a tranquei. A janela dali não tinha tábua, mas sim grades fixas. Era o preço de um bairro caro numa cidade tão desigual: fechar-se dentro de casa como numa cadeia.

Parei ao lado da porta, me abaixei e apoiei as mãos e um joelho no chão. O cara se atirou contra ela, arrombando na mesma hora. Dei um coice feroz em seu joelho. O estalo soou com seu grito. Pulei com o corpo encolhido para o corredor, de onde mais dois vinham. Eles me renderam rapidamente, sem perceber as chaves em meu punho, e me arrastaram para o andar inferior.

Cortarem meu cabelo foi um alerta de perigo imediato. Algo selvagem dentro de mim gritava *reaja reaja*, e o desespero de ter sido ameaçada assim apurava minha percepção. Quase do mesmo jeito que aconteceu quando fugi do meu prédio, mas com maior desvario. Eu não me via tão perto da morte naquele dia, por incrível que pareça.

Eles me trouxeram pela sala, igualmente desprovida de móveis, para a cozinha, onde Luciano tomava café com a Loira. Havia uma cafeteira elétrica no balcão americano, onde também repousava a gaiola de Sabido. Fiquei de coração partido ao vê-lo com um aspecto ainda mais doente.

O olhar de Luciano passou preguiçosamente para mim. Não parecia irritado. Sua calma me corroeu. Ele voltara a se sentir senhor da situação e devia haver um motivo para isso. Um motivo hediondo.

— Enquanto você dormia, a gente conseguiu um meio de garantir a sua cooperação. Se comporta pra não se arrepender.

Engoli em seco. Intimidação vazia destinada a me acovardar.

Luciano bebericou o café.

— Queria te estudar com mais calma, mas seus amigos me fizeram perder equipamentos, equipe... *tempo*. Preciso adiantar etapas. — Ele pousou o copo no balcão. — Pelos seus exames, deu pra ver uma diferença no seu cérebro em relação ao normal. Não é nada expressivo, e passaria despercebido mesmo entre especialistas que não tivessem procurando o que eu tô. Talvez considerassem uma variação inofensiva, mas você compartilha essa anomalia com o primeiro de vocês que eu peguei. — Ele sorriu de lado. — Sobre a sua pergunta mais cedo, *eu* encontrei financiadores. Você acha que ligo pro agronegócio? Pra demarcação de terra indígena? Isso é com eles. Só quero entender como funciona. — Ele gesticulou para mim e Sabido. — Eu preciso. Não é nada pessoal, Diana. É só que aqui dentro — ele tocou minha testa com o indicador — tem explicações. Coisas que você e o resto da sua gente não sabe e nem tentou aprender.

— Deduções tiradas da bunda, né — rosnei.

Luciano suspirou.

— Não importa. — Ele deu de ombros. — Agora eu posso abrir e olhar. Ver esse milagre acontecendo.

Abrir e olhar. Ele estava falando da minha cabeça como se fosse uma caixa e não precisasse fazer mais do que levantar a tampa. O motor de um portão automático, muito baixo, atraiu minha atenção.

— Até que enfim! — disse a mulher.

Os dois genéricos tinham afrouxado a mão em meus braços. A chegada de quem quer que fosse os distraíra. Não haveria outra oportunidade. Eu me atirei para a frente, agarrei a alça do bule de café quente e a puxei com força, aproveitando o impulso para girar e jogar o líquido neles.

Empurrei Luciano em cima da Loira, peguei a gaiola de Sabido e corri. A sala continuava vazia. Destranquei a porta, já puxei comigo a chave, a enfiei na fechadura pelo lado de fora e a tranquei no instante em que o primeiro capanga a alcançou e trombou nela com tudo.

Não olhei o carro, nem a porta se abrindo. O portão se fechava. Corri a distância da garagem e escorreguei por baixo dele, sem soltar a gaiola. Não parei pra ver quem vinha atrás de mim. Fiquei em pé de um salto, vi o gradil do Parque Ibirapuera e corri em sua direção. Com sorte, algum dos seguranças me ajudaria.

Coloquei a gaiola de Sabido no chão diante da grade. A fechadura cor de chumbo combinava com uma chavezinha no molho que eu tinha pegado no andar de cima.

— Se eu não conseguir, você precisa fugir — falei, enquanto lutava com o tremor das mãos. — Se eu souber que você tá bem, vou ficar bem. Se esconde no parque.

Apesar de meio emperrada, a portinhola abriu. Passos ecoaram atrás de mim na rua vazia.

— Vai! — gritei.

Sabido saiu da gaiola devagar demais para seu passo normal, e entrou no Ibirapuera por entre as grades, pelo chão mesmo. Na pandemia, o parque estava fechado ao público, então não havia alternativa. Subi na gaiola para tomar impulso e me dependurei na cerca, que não tinha ponto de apoio para o pé, e meus bracinhos delgados não me içariam sozinhos.

Uma mão agarrou meu tornozelo. Coiceei com o outro calcanhar, mas o cara não me largou. Um grito. A mão afrouxou e algo puxou minhas roupas. Subi no ombro dele como um degrau e pulei para o outro lado, onde caí que nem um saco de lixo.

Arrisquei um olhar por sobre o ombro. A mão do cara sangrava. O peso extra em minhas roupas era Sabido, dependurado pelas mãos e pés não muito firmes. Ele me soltou, caiu e ficou, em vez de correr comigo. Parei e voltei, apesar dos dois homens se articulando para pular o portão. Eu o peguei no colo e corri, fazendo um caminho errático para a árvore inexplicável. O bambuzal próximo seria um bom esconderijo. Se eu os despistasse, daria um jeito de contatar Mayara, cujo celular eu sabia de cor. E talvez um dos seguranças do parque aparecesse para me ajudar.

59

O estado de Sabido beirava o desfalecimento quando alcancei a antiga Serraria, ao lado de onde ficava a Praça Burle Marx, cujo astro era a figueira que eu preferia continuar chamando de árvore inexplicável. Ante nossa aproximação, ele se espichou um pouco. Olhei-a. Fazia tanto tempo desde minha última visita àquele lugar.

— Eu queria tanto saber a verdade... — murmurei, soluçando. — Mas não a esse preço.

Passei a mão pela cabeça nua. Cabelo cresce. O pedaço decepado de uma cauda, não.

Sabido se sentou no meu colo, se esticando mais. Segui seu olhar. Já tinha visto esse comportamento antes, e não fazia muito tempo. Sem dúvida, o que atraía sua atenção era a imensa teia entre dois galhos do tronco central da figueira. Eu procurava enxergar a aranha tecedeira ao longe, quando meus ouvidos captaram algo fantástico.

Fome.

Encarei-o. Sua garganta havia emitido um guincho, mas eu tinha escutado *uma palavra*. Poderia ser tão simples? Sabido ficou indiferente ao meu maravilhamento. Minha audição havia se aberto, como a primeira vez que identificamos um termo no meio de uma frase num idioma que ainda não dominamos.

Incerta, eu o levei até a árvore e o coloquei onde o tronco se dividia. Ele se aprumou. Com uma sombra de sua agilidade habitual, apanhou uma aranha mais distante e comeu, ignorando a mais próxima, e arriscou subir num galho encorpado. Enquanto ele buscava algo de seu interesse, vasculhei os arredores. Estava meio exposta, e não exatamente num local improvável de me encontrar. Luciano e companhia limitada sabiam disso. Talvez pensassem que eu não seria estúpida de vir ali, se eu tivesse sorte. Precisava encontrar algum guarda do parque e pedir o celular emprestado, e fazer isso sem deixar os brutamontes me acharem primeiro. Apurei os ouvidos, tentando identificar sons de vozes e passos e determinar a direção de onde vinham.

Por que, de todos os esconderijos possíveis, deixei minhas pernas bambas me conduzirem até o mais óbvio? Por um instante, alimentei a ideia de me esconder entre os bambus. Porém, os trechos onde eu passaria com facilidade não me ocultariam de vista, e naqueles onde a densidade das plantas aumentava eu acabaria encurralada, sem conseguir fugir caso me encontrassem.

Sabido parecia entretido com a árvore, atento à aranha que havia poupado de sua "fome". Contemplei a possibilidade de deixá-lo a fim de procurar um segurança e, se não o fiz, foi porque um macaco saudável não teria problemas de usar aquela copa emaranhada em seu benefício — mas ele não se enquadrava nessa definição. Seus movimentos estavam mais lentos do que eu tinha me acostumado a ver, e bastante incertos. Fiz menção de pegá-lo no colo. Ele subiu pelo galho.

— Vem, Sabido! — chamei. — A gente tem que ir!

Ele se afastou apenas o suficiente para permanecer fora do meu alcance, olhando de mim para a aranha na teia. *Olha*, apontou. Franzi a testa e balancei a cabeça, ainda incrédula com minha recém-adquirida capacidade de discernir uma palavra em sua vocalização. Fitei a teia com um misto de expectativa e mal-estar, uma ebulição no estômago, me lembrando de como havia *comido* o pedaço do corpo de Sabido que lhe teria permitido escapar com maior eficácia. Reprimi a memória com a violência de quem mata uma pessoa a sufocando com o travesseiro. Não era hora de vomitar e me render à autopiedade.

Brados distantes retesaram cada um de meus músculos, a reação de um cervo ao farejar o primeiro sinal de leoas o cercando. Minha percepção do entorno mudou. Havia *algo* dentro de mim, uma sensação esquisita que me puxava para a figueira. Parecia que meus dedos mergulhavam sob a terra, se estendiam para baixo em busca de água. Eu estava com sede? Engoli em seco.

Olha. Sabido apontava a teia outra vez. Aquela curiosa ebulição em meu estômago parecia mais forte agora. Não era náusea; se aproximava mais daquela felicidade borbulhante de encontrar uma pessoa amada depois de muitos desencontros. Minhas mãos tremiam.

Algo vibrou dentro de mim de repente: uma espécie de frio na barriga compassado, um puxão vindo de dentro. Apoiei as palmas das mãos no tronco, a casca áspera sob os dedos. A árvore não vibrava, não exatamente, mas aquele contato me fez entender que havia ali dentro a pressão de um gêiser prestes a explodir cem metros no ar. Meu coração disparou como se quisesse escalar minha garganta e se juntar à explosão.

Sabido se agitou, descendo depressa até a teia. A aranha remanescente parecia alerta, tateando o ar com as duas patas dianteiras. Estava acontecendo? O abaobi guinchou, sacudindo o corpo. Todos os seus pelos se eriçaram.

— Tudo bem? — perguntei.

Dói.

— O quê? A sua cauda?

Também. Ele pulou e bateu as palmas na árvore. *Dói.* Ele gritou, um som agudo e torturado que alcançaria nossos perseguidores, caso estivessem nas imediações. Eu me dependurei na figueira e subi atrás dele. Queria ver o transbordamento, se fosse mesmo acontecer, mas tínhamos de fugir. Os brados ao longe haviam parado de repente, um péssimo sinal.

Outro grito, igual mas distante, fez meu coração saltar. Congelando, me virei na direção do som.

Dengoso! Sabido passou por mim zunindo e voltou a circundar a teia, urrando daquele jeito dolorido. O berro de Dengoso soou um pouco mais próximo, mil vezes pior. Eles de fato percebiam a iminência de um transbordamento *e eu também*. Qual era o significado disso?

Então aconteceu. O ar ferveu, não quente de verdade, e sim formando aquelas ondas de vapor que eu vira outras vezes, espessas a ponto de distorcer a imagem do galho a um metro de mim. Vendo de dentro, essas ondulações tinham um brilho furta-cor que se movia conforme o balanço, talvez ao sabor do vento ou de alguma outra força física.

O frio na barriga se espalhou pelo meu corpo, me dando a sensação de bem-estar de respirar um ar puro após horas soterrada por fumaça de caminhão e pneu queimado em asfalto quente na Marginal. A aranha interagia com a névoa daquele jeito intrigante que tinha originado minha obsessão.

O fenômeno não era um tipo de luz, não apenas. Tinha som também, ou uma onda de vibração que meus sentidos captaram mesmo sem saber interpretar. Era como ter ganhado a possibilidade de enxergar cores do espectro infravermelho ou ultravioleta. Aquela mágica era só mais um fenômeno da natureza. Só mais um milagre fantástico que, mesmo se inteiramente mapeado e explicado, não seria menos fascinante. O fogo não é menos mágico ao descobrirmos como funciona. O transbordamento continuaria a exercer esse encantamento, eu não tinha dúvida.

E quem tinha nomeado o fenômeno assim havia acertado em cheio. A figueira respirava, então produzia gás carbônico. Fazia fotossíntese, então produzia oxigênio. Ambos eram subprodutos de seus ciclos de produção e consumo de energia para viver. E algum outro processo, ainda desconhecido, resultava nesse derramamento de energia de tempos em tempos.

Vá saber por que alguns humanos evoluíram para enxergar isso, para manipular madeira sólida como matéria maleável e brincar com seu ciclo de vida. Outro mistério da inexplicável árvore evolutiva, para o qual talvez a ciência encontrasse uma resposta. Ou quem sabe os humanos não fossem a espécie dominante do planeta, tão móveis e efêmeros; talvez algum deus das plantas nos houvesse criado para cuidar delas.

Ri da ideia absurda e do alívio de ter compreendido uma verdade fundamental, embora sem receber nenhuma resposta contundente. As respostas não se apresentam assim; precisamos procurar.

Sabido pegou a aranha e desceu a árvore em disparada, feito um dardo teleguiado. Eu o segui com o olhar, surpresa pela repentina agilidade. Momentos antes, ele estivera doente, provavelmente sofrendo de um processo inflamatório. Dengoso o encontrou a meio caminho e Sabido lhe deu a aranha, que ele engoliu sem demora. Os gritos do primeiro cessaram. Ainda nervosos, ambos os abaobis vieram em minha direção com uma urgência instintiva.

Meu próprio corpo tremia, mas não de cansaço. Naquele instante, me sentia capaz de correr uma maratona nos morros infindáveis de Guarulhos. Na verdade, estava ansiosa para fazer isso, para *correr*, pular.

O som de passos velozes me despertou daquele estupor sensorial, daquela aguda consciência corpórea que de algum modo se estendia para todo o ambiente ao meu redor. Eu me voltei depressa, já preparada para saltar da árvore e dar vazão àquela bomba de energia. Congelei, no entanto, soluçando.

Tiago e Miguel vinham correndo, no encalço de Dengoso, ficou claro, e se agitaram ao reconhecer Sabido com ele, ambos os abaobis no chão. Os dois os alcançaram antes de me ver. Outro transbordamento aconteceu: nos meus olhos. Funguei, sentindo o corpo desmontar de alívio. No susto, os humanos ergueram o olhar ao mesmo tempo.

— Diana! — Tiago exclamou, e pude ler a dor em seus olhos ao perpassarem minha cabeça.

Mal acreditei na minha sorte. Devia estar presa em algum lugar, sonhando sob o efeito de sedantes. Não queria acordar e me descobrir sozinha no chão de outra sala vazia. Preferia essa ilusão.

Fiz menção de descer. Miguel se aproximou para me ajudar, com os olhos saltando as órbitas, os lábios se movendo sem articular nenhum som. Sua mão quente em minha cintura era *real*, assim como o solo sob meus pés. Tiago deu a volta em mim, analisando a pele esticada sobre meu crânio.

— Você *tá bem*? Te machucaram?

Balancei a cabeça. Toquei seu braço e segurei a mão de Miguel. *Real*. Aquilo estava mesmo acontecendo.

— Como... como vocês me acharam?

— Longa história — sussurrou Tiago, me abraçando tão apertado que me faltou ar. E gostei. Apertei-o de volta, aos prantos. — A gente te conta no caminho.

— Estão atrás de mim — funguei, piscando várias vezes. — Em algum lugar do parque...

— A gente sabe. — Miguel espiou Dengoso e Sabido, franzindo a testa. — A May vai precisar tirar os pontos com urgência.

— A Mayara? — perguntei. Tanto Tiago quanto Miguel me olharam com um ar culpado. — Ela tá com vocês? Que pontos...?

Reparei então na barriga de Dengoso, onde havia um corte quase cicatrizado. Tiago se abaixou e, com cuidado, desenfaixou a cauda de Sabido, sob o olhar atento de Miguel. Comprimi os olhos e lhes dei as costas.

— Desculpa... — Desatei a chorar, dessa vez de nojo de mim mesma. — Eu não queria! Iam machucar ele mais se eu não comesse, senão nunca ia ter comido, juro...!

As mãos de Miguel me viraram e seus braços me envolveram devagar.

— Shh, eu sei, Diana. Ele vai ficar bem. Olha.

Ao se desvencilhar de mim, Sabido estava em seu ombro. Miguel me mostrou a ponta da cauda. Embora amputada, a ferida parecia fazer *meses*. Tiago tateou meu braço, me avaliando com um ar curioso.

— Di, você tá... estranha.

Engoli em seco, olhando para ele, então seu irmão, depois os abaobis e a árvore inexplicável.

— Eu... acho que... eu acho que ela ajudou a ativar o gene — balbuciei. Minha mente confusa produzia frases atropeladas, uma corrente de deduções que eu não entendia de todo. — Vim pra cá direto e não devia ter vindo... Eu não tava entendendo o Sabido antes. Nem tava sentindo... — Gesticulei para o chão, engolindo em seco, tentando ganhar tempo para explicar. *O que* sentia, exatamente? Uma consciência de elementos que antes passavam despercebidos. — Aí veio uma coisa... durou uns minutos essa... — Toquei meu estômago, como se isso descrevesse o que as palavras pareciam insuficientes para transmitir. Tanto Miguel quanto Tiago prestavam atenção, apesar de não ser o momento para ficarmos num lugar tão exposto. — Ela transbordou. — Pousei a palma no casco da figueira. A seiva correndo conversava com o sangue em minhas veias. — Ela transbordou, e o Sabido percebeu isso muito antes de acontecer e... eu percebi depois dele, mas um pouco antes também...

Movimentações próximas me interromperam. Olhamos em volta.

— A conversa tem que esperar uns minutos — Miguel disse, estreitando os olhos para a direção de onde vinha uma voz. — Vamos pra casa.

Só quando ele dobrou o corpo numa espécie de reverência, assobiando para chamar a atenção dos dois abaobis, percebi sua rigidez e a forma como ele segurava a perna enfaixada. A gaze exibia manchas úmidas de sangue. Tiago praguejou, pegando um animal em cada braço.

Eu queria perguntar sobre todo mundo, contar sobre o que tinha vivido e descoberto, mas meu corpo urrava com a urgência de sair dali. Sabido guinchou e saltou para o ombro de Miguel, e Dengoso subiu no de Tiago, e nenhum dos irmãos diminuiu o passo.

— O Tadashi tá esperando a gente — esclareceu Tiago.

Andamos rápido pelo mato, mas com cautela, investigando o entorno à procura de capangas. Amaro e um vizinho, além de um dos guardas do povo deles (nosso?), também estavam pelo parque, atrás de quem me perseguia. Tão perto da liberdade, dava até para sentir o frescor de seu sopro em meu rosto.

Não muito longe, um grito agudo ecoou, nos congelando no lugar. Meu coração parou, mesmo enquanto eu gritava:

— NATI!

Um meio de me fazer cooperar, Luciano dissera. Estava falando da minha irmã. Minha irmãzinha. Aquela que saiu na mesma hora de Guarulhos para vir me buscar ali, na zona sul da capital, quando acreditei estar surtando. Minha companheira desde neném.

Minha irmãzinha.

Nunca corri tão rápido. Alcancei um trecho arborizado perto do lago, onde Luciano esperava de braços cruzados, o maldito, na beira da água. No instante seguinte, meus olhos localizaram Nati, segurando o pulso com a mão torta num ângulo impossível. Um capanga com o rosto vermelho de queimadura — *café, filho da puta?* — mantinha o cano de uma arma dentro de sua boca.

— Você machucou a minha irmã...

Eu não conseguia acreditar, embora ela estivesse bem diante de mim.

— Ela não queria gritar — disse Luciano. Sua voz indiferente arranhou meus nervos igual palha de aço. Ele ia *mastigar* aquela língua. — Não gritou nem na mira da arma, nem quando levou um tapa, nem um soco. Eu tava disposto a mandar o Jair tomar medidas mais drásticas se ela não gritasse quando ele quebrasse a mão dela. E aqui está você agora.

Eu venci, sua voz parecia dizer. Enquanto ele cumprimentava Miguel e Tiago com um meio-sorriso sarcástico, eu a encarava e ela me olhava de volta. Havia dor e medo em seu rosto, e um incêndio de ódio. Ali, a enxerguei com metade da idade, encolhida na porta da cozinha da nossa casa com a luz cortada, enquanto meu pai avançava sobre ela, supostamente por não ter lavado a louça. A entrevista de emprego não havia dado certo.

Meu pai nunca nos deixou hematomas nem quebrou nenhum osso, nada que fosse chamar a atenção dos adultos na escola. Ele ficava nervoso e descontava em nós, mas, como nunca bebeu uma gota de álcool, não perdia completamente o controle. Isso era o que mais me magoava, eu acho. Não tinha um pai bêbado como vários de meus colegas, e sim um que batia em mim e na minha irmã estando em posse de todas as faculdades mentais. Eu não entendia isso na época. Esse sentimento de traição. Para mim, ele era um monstro vermelho de raiva que nos odiava. Deveria nos proteger, e era de quem tínhamos mais medo. E isso não importava nada, porque naquele dia quando abri a porta, voltando da escola, e vi Natália encolhida sem ter para onde correr, meu corpo se moveu sem eu pensar e se colocou no meio, entre ele e minha irmã.

A raiva do meu pai só precisava de uma válvula de escape, qualquer que fosse, desde que incapaz de reagir e explodir na sua cara. Virei o alvo e apanhei no lugar dela. Nati, porém, não era uma irmãzinha *normal*; não correu para se esconder embaixo da cama. Não, em vez disso, arremessou um tênis nele. Fosse outro dia, teríamos apanhado mais. Naquele, minha mãe chegou e a briga explodiu na sonoplastia tradicional de berros e coisas quebradas.

Agora, eu via Nati pela primeira vez em três meses por causa da pandemia. Percebi que a vida adulta mudava muita coisa; a ameaça era maior do que a da infância, com a possibilidade de causar efeitos mais duradouros. Olhei para Luciano.

— Vou com você.

Avancei devagar em sua direção. Luciano sorriu de lado, vitorioso. Senti os meninos se retesando às minhas costas e madeira rangendo em todo o entorno. Eu *sentia* essas coisas acontecendo, membros fantasmas deles se estendendo e se ligando a galhos e raízes quase como pilotos de robôs em filmes de ficção científica.

Uma parte grande de mim tinha medo da sala branca e vazia, do que Luciano pretendia fazer comigo num laboratório. A outra reconhecia o tremor voraz dentro de mim. Ele despertou alguma coisa. Aquele maldito tinha cara de quem ficaria ótimo servindo de adubo, alimentando a terra, os fungos, toda a vida que se espreguiçava por quilômetros abaixo de meus pés. Era um desperdício de nutrientes ele andar por aí assim, inteiro. Ele ficaria *lindo* em milhões de pedaços.

Miguel, Tiago, Sabido e Dengoso recuaram.

— Diana, não! — Nati bradou. De algum modo, havia afastado a arma e conseguido falar. — Ele quer te *operar*! Ver seu cérebro!

Por isso ela não havia gritado, então. Não gritar era o tênis da vez. A vida adulta mudava muitas coisas. Outras, não.

O tal Jair a segurava pelos cabelos, grudando a arma em sua têmpora. Pedacinhos saborosos de carne, milhões deles, alimentando sociedades inteiras sob a terra. Adubo, nutriente. *Útil*.

Dengoso e Sabido estavam no topo de uma árvore. Miguel e Tiago recuaram outro passo. Sabiam manipular aquela força estranha; só precisavam de uma oportunidade. Encarei os brutamontes armados, e Luciano com aquele jaleco idiota, agora encardido. Ele havia calculado mal. Se tivesse me ameaçado com Tiago ou Miguel, eu estaria chorando, apavorada. Imploraria, acovardada e impotente. Mas...

— Sabe, você não devia ter machucado a minha irmã — falei, me sentindo distante, como se de fora de meu corpo. Eu estava ali e não estava. Ocupava aquela forma humana e me espalhava por *toda a parte*.

— Ah, é? — Luciano me olhou de viés, ainda com aquele sorriso triunfante. — A culpa é sua. Era só me obedecer e ficar quieta. Mas você *tinha* que desperdiçar meu tempo com essa fuga *inútil*.

A terra vibrava sob meus pés com a força de *milhões*. Armas estalaram ao meu redor, talvez sendo destravadas. Eu reconhecia o som por causa dos filmes.

— Sei que você normalmente planeja as coisas direito. — Engoli em seco. Tinha *tanta vida* ao meu redor. Claro que sempre percebi isso em parques, mas agora era diferente. Eu *sentia* o pulso de tudo o que não era eu, inclusive os sentidos de Miguel e de Tiago, tateando aquele movimento sob a terra. Fitei Natália e suas lágrimas e mão quebrada. Meus olhos se focavam nela e, no entanto, eu enxergava *tanto mais*. Meu corpo vibrava, à beira de uma explosão que não era nem um ataque de pânico nem um orgasmo, e sim uma mistura das duas coisas. — Mas, sério, você errou feio hoje...

61
Tiago

Cerca de dez homens tinham-nos sob a mira, formando uma meia-lua com cinco metros de raio, imersos em um mar onde eu e meu irmão ditávamos as regras. Bom, e agora Diana também, embora ela claramente não tivesse noção alguma do que estava despertando. Eu mesmo sentia seu chamado instintivo de socorro e, apesar disso, fiquei embasbacado.

A comunicação com mamíferos e aves não suscitava qualquer dificuldade; éramos suficientemente aparentados na árvore evolutiva para possibilitar a compreensão entre nossas diferentes formas de enunciação. Miguel passara *anos* para aprender, por tentativa e erro, a estabelecer contato com algumas espécies de aranhas, e seus resultados deixavam a desejar. Excessivamente unilaterais.

O que Diana estava fazendo agora beirava o visceral. Foram-me necessários autocontrole e consciência do perigo para não me permitir hipnotizar por minha amiga como ela parecia pela irmã. Eu sabia que as duas eram próximas, mas não assim. A apática aquiescência de Diana em juntar-se àquele médico cheio de si não passava de um engodo. Se ele não estivesse tão ocupado com sua satisfação, decerto haveria reparado no tremor da terra sob nossos pés, uma marcha dirigindo-se para ela. Nem eu nem Miguel teríamos poder de parar aquelas tropas. Apenas recuamos para escapar de sua fúria. A qualquer momento...

Vários buracos abriram-se, corredores subterrâneos de formigueiros em semicolapso. Estávamos cercados deles.

Diana parou a um palmo de Luciano, assustado com a erupção. Impávida, empurrou-o com força e ele se desequilibrou e caiu no chão, aos tropeços. Tanto quanto bastou para o exército de formigas ganhar terreno sobre seu corpo, vencer seus tapas alucinados no ar e fechar o cerco. Elas cobriram-no com voracidade, tomando sua forma e reduzindo-a. Fechei os olhos, torcendo o nariz. Levou bem mais tempo do que a cena famosa com os escaravelhos de *A Múmia*, mas em essência estava caminhando para acabar bem parecido.

O homem chamado Jair, que quebrara a mão de Natália, virou o alvo de uma parcela daquelas soldadas. Disparou *no chão*, no desespero de ver montanhas de formigas emergindo e avançando. Um galho envolveu a mão da arma e a puxou — a oportunidade que Miguel vinha esperando. Raízes moveram-se muito rápido à nossa volta, algumas por obra minha, outras segundo os desígnios de meu irmão.

Natália gritou. Saltei para seu lado, agarrando um ramo do pau-ferro com uma mão e envolvendo sua cintura com o outro braço. Não sei como me concentrei o suficiente para isso, porém consegui fazê-lo alçar-nos até o topo do tronco. A menina gemeu, de olhos arregalados, a mão machucada contra o peito. Assentei-a o mais seguramente possível e avaliei a situação.

Os tiros voltaram-se para Miguel, que se jogou atrás do espesso tronco de um umbuzeiro, na direção oposta à de Diana — imóvel em uma espécie de transe, os olhos fitos naquela imagem de horror que eram os movimentos cada vez mais pesados de Luciano, reflexo de um corpo moribundo, devorado vivo. Já não se ouviam seus gritos. Aquela fome coletiva devorara-os também.

Alguns galhos do umbuzeiro que abrigava Miguel estremeceram. Raízes espreguiçaram-se sem chegar a partir a terra. Ele atingira seu limite. Um homem recarregava a arma. Outro avançava com a sua em riste. E mais outro.

Concentrei cada um de meus sentidos no ipê vizinho, fazendo seus galhos estalarem. Quanto maior e mais velha a árvore, mais difícil movê-la. Ainda assim, a perturbação atraiu todas as miras para lá e o pobre tronco do ipê recebeu uma saraivada de tiros.

Enquanto eles desperdiçavam munição, joguei minha atenção para as raízes. Senti a força de Miguel unir-se à minha para acordá-las, infinitamente mais teimosas do que momentos antes. Percebi minha visão dupla, as margens pretas, as cores de repente insaturadas.

Algumas raízes agarraram pés e os puxaram para baixo. Vários afundaram na terra, que cedia em diversos pontos, onde os túneis ocos das formigas haviam desabado.

Um vulto azul cortou meu campo de visão. Tarde demais notei um dos capangas mirando Diana, ainda presa ao desvario que causara. Sabido aterrissou no antebraço do homem, seu peso baixando-lhe a mão no último instante e desviando a bala. Diana despertou no susto e olhou-o. Não me parecia de todo presente; reagia como uma presa ao ver-se diante do predador. E tal reconhecimento enviou as hordas de formigas direto para seu agressor.

Sabido arrancou a arma do homem e arremessou-se sobre outro, que o viu a tempo e lhe apontou a arma. Dengoso bradou um grito de desafio, abatendo-se sobre o atirador com as presas à mostra. Este último acionou o gatilho no meio do movimento de debater-se, errando a cabeça de Natália por centímetros. Dengoso mordeu o pescoço do homem, arrancando um naco, o sangue jorrando de um modo tarantinesco. Todos os outros três descarregaram seu medo em forma de tiros no abaobi, em questão de segundos reduzido a uma massa disforme e vermelha.

Meu grito misturou-se ao rugido de Miguel e ao guincho de Diana, que cobriu as orelhas, cerrando os olhos. Sabido aterrissou ao lado do cadáver de seu líder, com uma careta de choro. Dengoso não costumava defender humanos, nem mesmo Miguel. Só o fizera em casa e ali agora porque *Sabido* se arriscara, e um alfa abaobi protegia os membros de seu bando ou não continuava na posição por muito tempo.

— POR QUE VOCÊS NÃO PARAM? — Diana urrou, um lamento cortante de banshee.

Seus sentidos tateavam as mesmas raízes que eu e meu irmão havíamos tentado manipular, porém ela não sabia o que fazer. Alguns miraram em sua cabeça, outros em Sabido. Inspirei fundo e joguei naquelas raízes tudo o que tinha em mim. Logo abaixo, Miguel rastejou até o cadáver mais próximo e tocou a ponta da que lhe agarrara o tornozelo, impulsionando o movimento que eu guiava.

Diana jogou-se no chão e fez o mesmo, imitando-o. Foi sua a energia transbordante que deu o impulso final necessário. As raízes do ipê, do pau-ferro, do umbuzeiro e da seringueira mais próxima emergiram da terra qual golfinhos rompendo a superfície com suas coordenadas acrobacias protetivas. Minha visão escureceu de vez, meu corpo amolecendo e tombando. Uma mão agarrou-me a camiseta e puxou-me e eu desmontei sobre o corpinho magricela de Natália, que soltou um ganido. Meu peso pressionara sua mão ferida.

Os gritos cessaram. Não vieram mais tiros. Sirenes soavam ao longe. Endireitei-me e esfreguei o rosto, clareando a visão.

— A gente precisa ir — falei, a voz rouca.

Em meio à terra revirada banhada em sangue, algumas formigas atarefadas ainda circulavam, embora em uma quantidade mais ordinária de se ver por aí. Diana cobria o rosto com as mãos, chorando, sentada sobre os calcanhares. Miguel, que se arrastava até ela, ficou de joelhos e abraçou-a contra o peito, acariciando a parte de trás da careca e beijando-lhe o alto da cabeça repetidamente.

— Shh. Acabou.

Diana soluçava alto, os ombros dando solavancos.

— Tá tudo bem, Diana — Miguel repetiu, a voz em estilhaços. — Não é culpa sua.

— Não tô chorando porque me arrependi. — Ela afastou o rosto da blusa encharcada de lágrimas e encarou-o com ar de quem se prepara para enxergar rejeição em seu rosto. Só havia pena e compreensão, emanando de meu irmão com solidez. — Sou *um monstro*, Miguel. Tô me sentindo *ótima*!

— Eu sei — meu irmão respondeu baixo, engolindo em seco. Sua expressão destruída criou-me um nó na garganta e embaçou meus olhos. — Eu sei, Di. — Ele acariciava suas costas em círculos reconfortantes. — Você tava apavorada. Só queria que essa violência acabasse. Sentiu que não importava pra onde corresse, eles iam te seguir e te matar, e matar todo mundo. E você tinha como impedir eles, e impediu, mas isso doeu, porque é um tipo de morte. E você tá aliviada, feliz de ter vencido, mas tá triste pelo que perdeu no processo... e aterrorizada com o que vão pensar de você. Não vai dormir lembrando de hoje, às vezes nem comer, e vai te parecer injusto ter sobrevivido. E não vai se sentir bem, mas vai ter uma voz gritando que isso é melhor do que estar morta. E cada vez que a sua irmã te olhar com raiva, quando você tá acostumada a ver nos olhos dela amor e admiração, ou aquela irritação natural que é um tipo de afeto, você vai se sentir pior, mas pelo menos você tá ali. Ela ia achar pior se não tivesse, e você vai saber disso, mas ainda vai se sentir indigna, às vezes.

Miguel resfolegou. Àquela altura eu nem respirava, minhas lágrimas correndo livremente. Diana olhava-o sem piscar, com uma compreensão ferida, e pousou uma mão em seu rosto, assentindo e chorando também.

— Não vai ser fácil, mas... tô aqui pro que você precisar — ele concluiu.

Diana abraçou-o. Desci da árvore, cambaleante, e avancei para os dois. Ela me olhou e desvencilhou-se, e eu ergui Miguel pelo braço e apertei-o. O nó em minha garganta não desapareceria em nenhum futuro próximo, mas diminuiu quando ele retribuiu. Apesar da fraqueza, abraçou-me do jeito que fazíamos quando adolescentes para medir forças de quem estalava mais ossos. Também era o abraço que costumávamos dar quando minha mãe nos obrigava, depois de uma briga. Ele nunca ganhou nos abraços ou nas brigas, nem mesmo antes de eu entrar na terapia hormonal. Depois só nunca tentou.

— Desculpa, Ti — Miguel fungou. — Eu queria te contar. Só não sabia como...

— Você é muito trouxa — respondi.

Ele riu e eu ri e nós choramos.

Passos apressados sobressaltaram-nos. Eu não tinha mais condições nem de continuar em pé, quanto menos de lutar. Felizmente, era Tadashi. Vinha correndo até nós com um ar aflito.

— Os seguranças do parque chamaram a polícia — arfou. — A gente precisa correr.

Não se deteve estudando o cenário; identificou Natália buscando descer do pau-ferro e, em duas passadas, cruzou a distância e ajudou-a.

— *Vamos* — mandou.

Diana pegou Sabido no colo. Suas roupas ficaram com marcas de sangue das patas dele. Miguel tirou a camiseta e envolveu o corpo de Dengoso nela. Não poderíamos abandoná-lo. Arrastamo-nos atrás de Tadashi, carregando o peso de uma imensa derrota, apesar de termos vencido, ao menos aquela batalha.

Natália estendeu a mão para Diana, que a pegou, franzindo a testa.

— Te amo, Di.

62
Diana

Sabido, isolado dos demais abaobis, se dependurava num galho, testando o apoio da cauda. Ele não era mais tão rápido quanto os outros lá em cima e fazia menos estripulias, mas estava se adaptando. Tiago se sentou ao meu lado, vindo de dentro, tão silencioso que só o percebi quando já se acomodava. Seu rosto, vermelho e inchado de choro, espelhava o meu uma hora antes e o de Miguel em uma hora, após nossas respectivas sessões de terapia com Gabriela. Sua agenda de trabalho era inteira nossa agora, incluindo Natália, Mayara, Tadashi e Yoko. Não era a coisa mais indicada do mundo uma só psicóloga para um grupo de amigos e parentes, mas não havia alternativa. O outro psicólogo do povo deles morava em Manaus, e Marta ainda não garantia segurança numa sessão on-line.

Tiago cruzou as pernas, sorrindo para mim e balançando a cabeça, e me perguntou se eu já tinha decidido o que fazer. Voltar a meu apartamento ainda não era seguro; a equipe do Luciano havia escapado e sabia muito a nosso respeito. Era questão de tempo até reconstruírem a operação com outra pessoa à frente. O tal deputado não deixaria de financiar, a menos que fizéssemos algo drástico contra ele, ou suas plantações, o que bem poderia estourar na nossa cara. No máximo, esperariam uns anos antes de montar outro laboratório com uma fachada respeitável.

Agora, continuar com eles em Parelheiros não seria viável no longo prazo; mesmo que um atestado da dra. Bibiana tivesse garantido meu emprego, o colégio havia me tirado algumas turmas, após os dias que passei incomunicável. E talvez eu rodasse nos próximos meses. Curiosamente, não era a isso que minha mente se atinha, no momento. Ponderei um instante sobre o melhor modo de dar voz àquilo que vinha ruminando desde o dia do Ibirapuera.

— Então, Ti... Não sei se vocês têm uma... regra de conduta pra usar esses poderes, mas... tô pensando em fazer alguma coisa com eles. Não sei o quê. — Olhei Sabido, agora saltando de um galho para outro próximo. Apesar do equilíbrio prejudicado, conseguiu. — Preciso *devolver* de alguma forma, entende? Você me acha boba?

— Nem um pouco.

Tiago pigarreou, desviando o olhar para o outro lado. Eu o observei com mais atenção. Sentimentos diversos desfilavam por seu rosto, nenhum ruim. Isso me surpreendeu. Analisando friamente, vários de nós éramos criminosos. Eu tinha matado Luciano e alguns de seus capangas. Ainda não acreditava, mas tinha. Miguel havia passado por uma experiência traumática do tipo, que o levou a voltar a São Paulo, trazendo consigo o bando, agora liderado por um abaobi chamado Grande. Eu me perguntava como era a terapia *dele* e se Gabriela lhe dizia as mesmas coisas que a mim.

Na primeira sessão, eu mal conseguia falar. Então ela explicou: me sentir um monstro por ter gostado de ver alguém morto era uma forma de culpa. O alívio de me livrar de uma ameaça à minha vida e à de quem eu amava não era o mesmo que sentir prazer no ato de matar, como eu vinha interpretando meus sentimentos. E nas sessões seguintes concluímos que eu não queria fazer isso de novo.

Ainda não havia decidido nada sobre o futuro. Mudaria de casa? Deixaria Natália voltar para a de meus pais? Ela havia sido sequestrada de uma praça, onde fora estudar depois de os dois terem passado *horas* discutindo. As bibliotecas públicas e as salas da universidade não eram uma opção durante a crise sanitária. E quanto tempo os Floresta ainda permaneceriam ali ou em Interlagos? Para onde levariam os abaobis? Gabriela e Amaro voltariam à sua casa no Aricanduva? Vivíamos uma calmaria e temíamos voltar à "vida normal" de antes, que nos deixaria vulneráveis a novos ataques. Passaríamos o resto da vida assim?

Mayara caminhava nos fundos da casa, de um lado para o outro, com o celular na orelha e um sorriso nos lábios. Tiago e eu a observamos durante algum tempo, até ela desligar — *tchau, Clei, te amo* — e se dar conta de nossa atenção. Veio até nós, espiando o alto das árvores por onde os abaobis escapuliam.

— Conversei com o Miguel mais cedo, enquanto você tava com a Gabi — Mayara contou. — Ele deixou eu me especializar nos abaobis. Falou até que me consegue com a fundação deles um salário pra eu virar a veterinária do grupo! E, se você concordar, a Nati pode ser minha estagiária.

Parabenizei-a com um abraço apertado. Aquele seria seu primeiro trabalho remunerado, depois de anos fazendo estágios voluntários. E o fato de Natália se interessar em tomar parte naquela história toda não me assustava como deveria. Eu temia mais sua rejeição pelo que eu fizera e por ter virado o que virei do que a possibilidade de a capturarem outra vez. Só o fariam sobre o meu cadáver.

— Os abaobis vão ser sempre meio ressabiados comigo, de um jeito que não são com vocês, mas todo animal selvagem tem limites. — Mayara os fitava no alto com olhos reluzentes. — E com a Nati também. Parece que ela não tem o gene! É a opinião do Miguel e do Tadashi, pelo menos, porque os abaobis preferem ficar longe dela. — Mayara se recostou no tronco do pau-brasil e se acomodou no chão. — Mas acho que eles são espertos e aprendem quem não é uma ameaça; nem tudo é instinto. O Dengoso me reconhecia... Sabia que cuidei dele. — Pousou a testa no joelho, abraçando as pernas dobradas contra o corpo. — Mais pra frente, se eu fizer um bom trabalho, vou convencer o Miguel e os outros pesquisadores a deixarem a dra. Gisela e o dr. Hugo ajudarem. Eles me escrevem muito perguntando como tá a recuperação do Dengoso e tal. Ainda não tive coragem de contar pra eles o que aconteceu...

— Tudo tem hora — disse Tiago. — E a de envolver eles não vai demorar tanto. A sua ideia prevaleceu, sabe? O Miguel tá escrevendo pros nossos pesquisadores do Brasil todo. E já entrou em contato com um primatologista da USP. Vai prestar o processo seletivo do doutorado no próximo semestre.

Mayara sorriu, sem surpresa. Já devia ter ouvido a notícia da boca de Miguel. Ela e Tadashi haviam discutido por *dias* sobre as implicações dos experimentos genéticos da equipe de Luciano. Ele achava impossível fazer alguém sem o gene manifestar nossas habilidades *feéricas*. E, depois de me interrogarem exaustivamente, ocasião da qual Yoko não havia participado, e me fazerem falar de cada sensação desde que comi um pedaço da cauda de Sabido até o mais recente transbordamento na árvore inexplicável, parecia ponto pacífico que, de fato, a figueira havia participado da ativação do gene em mim, de alguma maneira. A carne, no entanto, integrara o processo, senão as vezes que presenciei o fenômeno *antes* teriam feito isso.

Não era uma conclusão inquestionável, mas era a melhor que tínhamos no momento.

Mayara desdobrou um fluxograma, onde seu esquema se sobrepunha à letra de Miguel e a algumas anotações de Tadashi nas margens. Nomes de pessoas. E quais partes da pesquisa cada uma assumiria. Ela abriu um caderno de anotações e nos mostrou.

— Planos de dominação mundial — declarou.

— Caramba, May, você é boa nisso! — comentou Tiago, espiando o conteúdo, classificado por sistema de cor do jeito que ele fazia.

— Claro — concordou ela, sem afetação, ainda fitando seu diagrama. — Planejar ações coletivas de longo prazo é meu segundo trabalho desde que entrei na faculdade.

63
Tiago

Ninguém excluíra Yoko das refeições ou das conversas em grupo e, entretanto, ela procurava isolar-se voluntariamente. Dividia o escritório com Mayara e Natália à noite, as três em colchões infláveis. *Eu* não a expulsara de meu quarto. Na verdade, sentia o distanciamento como uma punição. Sozinho, com o colchão de Tadashi em pé contra a parede, agora que Miguel e Diana dormiam juntos, sentia-me descolado da realidade.

Brinquei com um post-it usado, contendo lembretes diversos, enrolando-o até formar uma tirinha, cujas pontas uni e enrolei. Parecia um anel. Meu dedo até caberia, se fosse mais fino. Engoli em seco, pensando nas vezes em que eu e Yoko havíamos discutido sobre alianças. Tudo parecia distante, como um sonho bom ou a memória de um livro querido que não lemos há anos.

Estávamos planejando nossos passos seguintes, uma grande operação digna de agências secretas, tudo com base em informações que Yoko obtivera a um grande custo pessoal. Cada vez que eu a buscava, mesmo através de uma conversa inócua, ela se retesava e recuava. Ninguém falou, porém eu sabia: não ousariam mandar embora alguém com tantos conhecimentos a nosso respeito, especialmente considerando que seu irmão fazia parte de nossos esforços. Os outros moradores da casa, como eu, mostravam-se divididos em relação a ela.

Quem eu tentava enganar? Não estava dividido, e sim *infeliz*. Havíamos perdido algo precioso, um companheirismo do qual eu só lera em livros os mais ingênuos. Yoko parecia lamentar essa perda tanto quanto eu. Minhas tentativas de reaproximação resultavam em olhos marejados que se recusavam a me encarar. Para resolver aquela situação, seria preciso conversar, mas ela não parecia pronta. Nem para me perdoar nem para me permitir perdoá-la.

Remexendo o anel de post-it usado entre os dedos, a ideia de uma abordagem mais drástica delineou-se em minha mente. Levantei-me em um ímpeto e fui procurá-la. Miguel e Diana cozinhavam às gargalhadas quando passei pela cozinha, e minha mãe e Marta liam no sofá da sala, esta com a cabeça no colo daquela. Saí pela porta da frente e contornei a casa depois de me certificar que Yoko não estava no escritório. Parei ao lado da parede, antes de virar para a parte dos fundos, ao captar a musicalidade de sua voz.

— Ok, Maria *é* a melhor... — Tadashi riu. — Pão é *ótimo* pra fazer uma trilha... Satisfeita? Essa história ainda ia te render uma bronca furiosa da batchan, igual aquela vez no quintal dela, lembra?

Yoko riu, então suspirou. Eu deveria ter entrado na brincadeira; era um ótimo momento. No entanto, apreendi pelo riso que ela chorava e meus pés plantaram-se no lugar.

— Sabia que um dia eu tava xingando o Ben, logo que você foi pra USP e avisou só o Miguel que não ia voltar? — Yoko perguntou. — Você foi pra casa dele, não foi?

— Não é da sua conta, dona Maria — resmungou Tadashi, mas de bom humor.

— Por que... O Miguel disse que ele não é ruim... — sussurrou Yoko. — Que ele não tem culpa. Não quis explicar essa história de jeito nenhum. Por que você não me conta?

Houve certa hesitação, então um suspiro pretensamente dramático de Tadashi.

— Ele quer ter filhos e eu não — respondeu, por fim. — É uma diferença irreconciliável. Mas a gente se gosta. Muito mesmo.

Yoko rosnou, inconformada. Eu quase *enxergava* sua expressão de indignação.

— Você me deixou passar anos xingando seu ex porque você é uma biscate?!

Tadashi riu, então pigarreou.

— Falando sério agora... — Ele bufou, soando-me desconfortável com a seriedade do assunto. — Mesmo se eu cedesse e descobrisse que ter filho é a melhor coisa do mundo, o que *duvido*... Como ia ser? Tô terminando o doutorado e não abre um concurso. Minha expectativa de emprego não é das melhores, isso porque tô numa área que tá *bem*. Vou trabalhar em laboratório farmacêutico? — Ele fez um som de asco, como se mastigasse chiclete de bile. — Laboratório de diagnósticos, talvez? E aí? Criar filho com o mundo acabando? Não sou da turma dos otimistas, Yokiko. E nem sou bom com criança. Imagina se eu... sei lá... viro o cara que grita e bate...? Daí a criatura cresce e me odeia pra sempre e então o casamento acaba. O que vai ter adiantado?

Yoko não respondeu imediatamente. Eu imaginava seu olhar perspicaz, fitando o irmão sem resquício da zombaria anterior. Encostei a testa na parede, pensando que deveria parar de escutar a conversa alheia, porém fixo ali como se houvesse fincado raízes.

— Sabe, as suas considerações têm mérito — falou, por fim. — O Ben sabe que você se sente assim? O que ele acha?

— Que sou exagerado e fatalista. — Tadashi soltou uma risada, mas sem humor. — *Eu* acho egoísta não pensar no futuro dessa criança que talvez nem tenha nascido ainda.

— Bom, parece que vocês dois já discutiram esse assunto. Eu te apoio em qualquer decisão sua, viu? Só fique sabendo que a sua autoimagem tá bem distante da realidade. — Tadashi devia ter feito uma expressão surpresa, pois ela emendou: — Você é uma pessoa com quem dá pra contar. Tipo, mesmo se tá puto… você fica calmo e conversa. E quando dá bronca nunca ofende *a gente*, só vai direto ao ponto e fica no assunto, não volta pro passado pra reclamar de coisa de cem anos atrás. Quantas pessoas você conhece que são assim? Se você não quer ter filho porque não gosta de criança, é uma coisa. Agora, se é por medo de não ser *bom*, é uma decisão idiota, porque você vai ser o melhor.

Yoko pigarreou. Tadashi forçou uma risada desdenhosa, mas soou meio chorosa.

— Pera, deixa eu gravar isso. Vai que daqui a uns dias você resolve me chamar de *ditador de bosta* de novo.

— Imbecil.

— Você adora me dar lição de moral, mas tá se escondendo igual uma covarde.

— Vai cagar.

— Você é muito corajosa na hora de se enfiar num antro de leões, mas na de olhar na cara de quem você ama e conversar, foge que nem um rato. Depois vem reclamar de mim.

Um silêncio desconfortável seguiu-se. Eu tomava ar para anunciar minha presença, quando ela respondeu, baixo:

— É mais fácil lidar com gente que não te importa.

Engoli em seco. Então saí de meu esconderijo improvisado com o maior ar de casualidade que consegui manifestar. Os dois viraram-se para mim com expressões surpresas, como se pegos no meio de algum ato ilícito.

— Tô atrapalhando? — perguntei.

— Não. — Tadashi ergueu-se de um salto e desapareceu de vista em três passadas.

Dirigi a Yoko um meio-sorriso conciliador, o anel de papel ainda entre meus dedos. Ela se retesou, como se pronta para fugir. Sentei-me no banquinho onde seu irmão estivera até segundos antes.

— Acho que o problema de não dialogar uma vez é que a gente desaprende a fazer isso — murmurei. Como ela não respondeu, olhei-a de esguelha, então voltei a revirar o papel. — Vou direto ao ponto, tá? Não tô acostumado a pisar em ovos pra falar com você. Isso é estranho e dói muito. O que você quer fazer? — Outra vez, o silêncio alongou-se. Encarei-a. — Yoko, não dá pra resolver as coisas se você não colabora.

Ela encolheu os ombros, abaixando a cabeça.

— É que a sua abordagem é muito bizarra, Ti — sussurrou ela, fungando. — Você fala como se a decisão fosse *minha*.

Fitei-a mais um instante.

— Como assim?

Yoko suspirou, levantando-se e dando-me as costas. Achei que fosse fugir outra vez, porém ela fez o indicador e o dedo médio de perninhas, a dona aranha subindo pela parede. Evitava-me.

— Eu agi pelas suas costas. O Miguel levou um tiro. A Diana passou por vários dias de tortura psicológica e agressões. O Dengoso morreu. O Sabido foi mutilado e não vai voltar a ser como era antes. — Ela arriscou um olhar para mim, franzindo o cenho com simpatia e um sorriso triste. — Ti, o que *você* quer fazer?

— Você não podia ter impedido nenhuma dessas coisas.

— Também não precisava ter participado delas.

— Você tá arrependida?

— Não. — Yoko engoliu em seco. Virou-se para mim, olhando-me de alto a baixo. — Se pra me perdoar você precisa achar que fui uma criançona inconsequente que não pensou muito antes de agir, desculpa. Os resultados daqueles exames são de vocês por direito. E o dinheiro que eu ganhei... vai todinho pra fundação e pra pesquisa, que não quero um centavo daquilo. A gente sabe quem tá por trás de tudo e, se tiver mais pessoas envolvidas, agora tem caminhos pra procurar. Não tô me vangloriando, como o Tadashi me acusou de fazer. As coisas são o que são. Eu... queria não ter feito nada sem te contar... e se eu tivesse conseguido pensar numa alternativa... — Ela se interrompeu, estremecendo. — Mas não me arrependo. Se eu tivesse te falado minhas ideias mais do que falei antes... porque eu *sugeri* abertamente e vocês recusaram... você ia me parar. E talvez tivesse sido melhor, vá saber.

Era o tipo de discussão mais fútil; não havia meio de adivinhar como os acontecimentos se desenrolariam em uma realidade alternativa.

— Yoko... — Hesitei. — Eu só sei que te amo. E que você se arriscou porque me ama. Eu te quero na minha vida mais do que fiquei magoado com as suas escolhas. Tô disposto a resolver os problemas na base da conversa, do tempo e da terapia. Perguntei o que você acha porque, no fim, tudo se resume a isso.

Ela grudou o queixo no peito. Seus ombros deram solavancos de choro reprimido. Qualquer hesitação evaporou; cruzei a distância entre nós e abracei-a contra o peito. Suas mãos envolveram-me, as unhas cravando-se nas minhas costas. Relaxei pela primeira vez em semanas.

64
Diana

Miguel beijou o alto da minha cabeça, agora coberta por uma penugem. Ele não havia deixado eu me sentir feia, mesmo nos momentos em que o espelho insistia em me acusar disso como se fosse um crime. Eu não enxergava nada; passava da meia-noite e estávamos num casulo de edredom sob a falsa-seringueira dos abaobis.

— Vou ficar por aqui — falei, enrolando no indicador uma mecha de seu cabelo, mais comprido do que nunca. Seus braços se apertaram ao meu redor. — Tava pensando em me bandear pra área de historiografia da ciência... Peguei uns e-books sobre isso e achei interessantes. Conversa com história cultural, que sempre foi minha área preferida. E... quero entender mais sobre essa continuidade entre as nossas habilidades, os transbordamentos das árvores, as aranhas, os abaobis. Gosto de ter uma desculpa pra pentelhar todos os pesquisadores com perguntas infinitas que ninguém vai saber me responder.

— Bom, pesquisa é isso, né? — Miguel acariciava minhas costas, com o brilho dos olhos voltado para a imensa copa da falsa-seringueira. — A gente sabe a ponta do iceberg. Tem um continente embaixo pra descobrir. Dá pra chegar até em Atlântida. Mas nada garante que a gente vai *conseguir* chegar até lá. Na maior parte do tempo, é mais frustração e incertezas.

— Isso é desestimulante pra muita gente, mas não pra você.

Divisei seu meio-sorriso no escuro.

— Não pra mim. Você não vai cansar dessa vida?

— Hum... não. Agora que sou uma fada, preciso aceitar minhas responsabilidades.

Ele rangeu, irritado com o termo. O que começou como piada virou mais ou menos o modo como nos referíamos a nós no dia a dia — exceto Miguel, claro, que precisava protestar sobre o quanto isso não era nada científico. Vá explicar para o moço que nem tudo *tem* de ser científico na vida. Agora, era engraçado pensar em fadas da floresta se organizando com cientistas e hackers para enfrentar o agronegócio.

Talvez fosse meio infantil acreditar na possibilidade de mudar o país — mas a minha geração não era constantemente acusada de infantilidade, e por motivos tão menos nobres? Eu não sabia como seria, ou se daria certo. Porém, estava disposta a trabalhar, entregando tudo o que tinha a oferecer. Não se faz uma mudança sozinha, nem do dia para a noite. Dez anos de progresso não faziam tão bem quanto dois de retrocesso faziam mal.

Então, vamos lá dar murro em ponta de faca. Não existe outro modo de ser brasileiro, eu acho.

— Eu te avisei que se você insistisse em falar assim ia ter consequências — resmungou Miguel.

O bom humor do momento, naquele refúgio noturno, me aqueceu de um jeito que eu não me permitia em muito tempo. Ele me deitou e me atacou com cócegas, sem misericórdia, e quando eu ia gritar, me debatendo que nem uma sardinha, tapou minha boca.

— Shh, tá todo mundo dormindo.

Um galho próximo agarrou seu braço e o puxou, o que me permitiu escapar. Ele parou e bufou uma risada contrariada, inclinando a cabeça para a amarra improvisada.

— Sério? Você vai mesmo querer entrar nessa disputa *comigo*, Diana?

— Não, não. — Montei em seu colo e um galho do lado oposto agarrou-lhe o outro pulso, efetivamente abrindo seus braços em forma de cruz. — Você vai ficar quietinho, porque eu tenho *créditos*.

Ele sorriu.

— Justo.

Nota da autora

Quando comecei a frequentar o laguinho de Interlagos, há quase dez anos, os moradores já reclamavam que o nível de água havia caído, que antigamente era maior e mais cheio. Quando escrevi este livro, eu o descrevi como era naquela época, lá pelo fim de 2012, porque hoje em dia caiu ainda mais. Ainda assim, continua abrigando alguns jacarés-de-papo-amarelo e um monte de espécies de aves.

Assim como a história do laguinho, muitas outras coisas neste romance têm um embasamento na vida — e não vou enumerar todas, mas gostaria de apontar que as menções à destruição dos ecossistemas e a forma como isso resultou num descontrole da febre amarela (e como afetou os bugios) são comprovadas através de estudos científicos desenvolvidos por pesquisadores do Instituto Adolfo Lutz, dentre os quais minha amiga Natália Couto Azevedo, com quem tive a honra de contar como consultora durante a escrita da presente obra.

Os abaobis, é claro, não existem, mas em agosto de 2021, quando já tinha lido meu livro, Natália me enviou uma divulgação de que descobriram uma espécie nova de macacos na Amazônia, da família dos micos! Quem sabe o que mais existe por descobrir?

O documento histórico que Tiago menciona, *Tratados da Terra e da Gente Brasileira*, do padre Fernão Cardim, de fato existe, mas ficou inédito em português até 1847, tendo trechos publicados anteriormente em inglês. Segundo a edição da Hedra, que li há alguns anos, o manuscrito ficou desaparecido um tempo. No subitem "Dos Lobos de água", o texto menciona uma espécie chamada "baéapina", com a seguinte descrição: "estes são certo gênero de homens marinhos do tamanho de meninos, porque nenhuma diferença têm deles; destes há muitos, não fazem mal" (2009, p. 166). Li a obra há muitos anos como fonte de pesquisa para outro romance, e, com o passar do tempo, a memória reconstruiu a passagem acrescentando que esses seres fantásticos eram azuis. Pois bem; daí veio a inspiração inicial para os abaobis.

Em relação à Covid-19, tentei me ater aos conhecimentos e posturas adotados no período de junho de 2020, quando a maior parte da história se passa, e por esse motivo algumas coisas que mais tarde se provaram incorretas constam como certas aqui. Por exemplo, acreditava-se que a asma tornaria uma pessoa mais suscetível aos efeitos do vírus, o que depois foi contestado nos casos mais leves da doença. As máscaras N95/PFF2, embora já adotadas pelos profissionais da área de saúde, ainda não estavam difundidas na mídia, e por isso as personagens de fora das áreas de biológicas usam outros tipos.

Agradecimentos

Escrever, em geral, é uma atividade solitária, mas publicar um livro, não. Por esse motivo, eu gostaria de agradecer à editora que contratou esta obra, Beatriz d'Oliveira, pelo entusiasmo e pelo interesse na minha escrita, e por embarcar comigo nessa jornada a partir de um punhado de fios que ainda não teciam nada sólido. Escrevi este livro para ela e não poderia ser mais grata pela oportunidade de compartilhá-lo com o mundo.

Agradeço também a meus editores Fernanda Dias e Marcelo Ferroni, pelo carinho com que me receberam e me fizeram sentir a Suma como minha casa, e pela dedicação ao meu livro. Esta obra é melhor por ter passado por suas mãos, e nossas conversas foram muito inspiradoras para este e futuros trabalhos. Também sou grata a Luara França pelo apoio e pela torcida, desde antes de tudo isso começar.

Gostaria de agradecer a Sérgio Motta, preparador, pelo cuidado e pelas excelentes observações, assim como a Luíza Côrtes, pelo trabalho primoroso, vital para a forma final do texto, Juliana Boas, estagiária do editorial da Suma, Olívia Tavares e Tatiana Custódio, pela dedicação na produção, e Marise Leal e Márcia Moura, pela revisão tão minuciosa. Além dessas pessoas, meu mais profundo agradecimento a Bruno Romão pela arte da capa e pelo mapa, e a Alceu Nunes, Mariana Matidieri e Ale Kalko, do setor de arte na editora. E a todos os outros profissionais que trabalharam no livro depois de o texto ter sido fechado.

Como a "Nota da Autora" deve ter sinalizado, devo muito à minha amiga Natália Couto Azevedo, leitora beta e consultora durante a escrita deste livro. Ela não apenas me ajudou a criar coerência interna nos fatos biológicos, como teve participação na construção dos abaobis como uma espécie crível de primatas neotropicais, na forma como os genes mágicos atuariam em alguns humanos e em como uma pessoa aparentemente comum poderia vir a ter as habilidades especiais, sem me deixar cair numa explicação lamarckista. Natália também me ajudou em vários momentos, como quando cheguei com questionamentos do tipo: "o que um macaco pode sofrer que seja grave, com risco de morte, mas que ele aguente meia hora até ser socorrido, sobreviva à cirurgia e tenha chance de recuperação?". Além de tudo isso, ainda me pôs em contato com sua amiga Robertta Nogueira, que conversou comigo pacientemente e me explicou muito a respeito da estrutura do Zoológico de São Paulo e dos profissionais de lá, inclusive o regime de estágios. Meus infinitos agradecimentos à Robertta. O que eu tiver escrito de incoerente em relação a esses assuntos é culpa minha, a autora distorcendo fatos para caberem na ficção.

Não poderia deixar de agradecer a Thaís Priolli, que me explicou um pouco sobre segurança de software há muito tempo, e o fez tão bem que lembrei mesmo anos depois. Nas especificidades tecnológicas mais práticas, agradeço a meu irmão Pierluigi pela paciência com minhas dezenas de perguntas sobre o que um hacker conseguiria ou não fazer.

À minha querida amiga Marcela Monteiro, agradeço por duas coisas bem diferentes: a primeira é ter retomado seus estudos de tupi antigo da graduação para me ajudar com o termo "abaobi". Minhas pesquisas independentes haviam produzido uma palavra parecida, mas com um erro gramatical imperdoável. Eu também não sabia que a palavra para as cores azul, verde e roxo era a mesma. A segunda coisa é por ter me explicado em detalhes o pensamento de sua religião a respeito dos animais, especialmente a ideia de não terem alma e como isso estabelece o relacionamento entre eles e os seres humanos.

Sou grata também ao querido escritor Alex Fernandes, que veio em meu socorro quando pedi ajuda para entender como a terapia de adequação hormonal afeta a menstruação de homens transgênero.

Agradeço ainda à linda da Giu Yukari Murakami por conversar comigo sobre os nomes japoneses. Eu havia achado que minhas escolhas tinham um problema em relação à idade das personagens e ela me tranquilizou nesse sentido, além de me dar explicações fundamentais sobre a importância dos nomes e o fato de as tentativas de apagamento da cultura nipônica terem sido promovidas por um pensamento colonialista, a partir da política de embranquecimento no Brasil. Ela também me ajudou com questões técnicas de Direito Penal, nomeadamente: como a polícia deveria proceder quando duas testemunhas encontram um corpo.

Mariana Fonseca teve uma paciência infinita com minhas perguntas médicas, e eu acabei reorganizando o tempo dos acontecimentos para as coisas ficarem um pouco mais críveis, especialmente em relação ao tiro em Miguel. Mesmo assim, devo ter tomado liberdades imperdoáveis com fatos médicos. Obrigada pela ajuda, Mariana!

Quando eu não fazia ideia de como procurar a "árvore inexplicável" na internet e, na pandemia, não poderia ir ao parque e simplesmente sair perguntando até achar alguém que soubesse, pedi ajuda no Twitter, e minha leitora Ana Laura Correa foi a primeira a palpitar que pudesse se tratar de uma figueira. Você arrasou, Ana. Obrigada pela ajuda.

A proeminência das árvores nesta história não seria a mesma se não fosse pela minha amizade com Danielle Howarth e minha profunda admiração por sua pesquisa de doutorado na Universidade de Edimburgo, que tive o privilégio de conhecer antes de concluída sua tese.

Devo a Adriana, Andréia, Pierluigi, Ana Cristina e Giovana a capacidade de escrever relações simbióticas entre irmãos. Vocês sabem onde estão neste livro e nos outros. Adriana e Giovana também foram leitoras-beta, e seus comentários me ajudaram a desenvolver a história, além de me encorajar a continuar durante momentos de incerteza.

Também leu este livro minha querida amiga Deborah Mondadori Simionatto, sempre encorajadora em seus apontamentos. Agradeço por tudo em nossa amizade.

Não poderia deixar de mencionar o apoio constante de Eric Novello, Giovana Bomentre e Felipe Castilho, que sempre estão disponíveis para me ouvir. Às vezes, não acredito no tamanho da minha sorte. E agradeço ao Felipe também por ser uma fonte direta de inspiração: sua série juvenil *Legado Folclórico* é pioneira em muitas coisas, e adoro o modo como ele trata questões ambientais no meio da aventura de fantasia urbana, com um vilão empresário.

Agradeço ao querido amigo Samir Machado de Machado por, além de ser um escritor inspirador, ser um amigo com conselhos contundentes sobre carreira.

Bruno, meu marido, passou dois anos me ouvindo falar do livro, leu o começo em algumas versões diferentes e fez a última leitura beta antes de eu enviar o original à editora, o que me permitiu apresentar um rascunho três em vez de um rascunho zero. Sua leitura minuciosa e suas observações foram, como sempre, muito preciosas para que este romance chegasse da melhor forma possível a quem o lê. Além disso, suas obsessões com uma infinidade de assuntos diferentes me levaram a conhecer o youtuber francês Yvan Kereun Appa, do canal *Animaux: mode d'emploi*, um zoologista que trabalha pela conscientização da importância das criaturas menos benquistas deste mundo, como insetos e aracnídeos. Este agradecimento provavelmente não chegará a seus ouvidos, mas lhe devo alguns conhecimentos sobre aranhas. Também por causa do Bru conheci alguns teóricos sobre cognição animal, dentre os quais Frans de Waal, cuja recente publicação pela Zahar, *Somos inteligentes o bastante para saber quão inteligentes são os animais?*, minha editora me enviou enquanto eu editava *Árvore Inexplicável*. A leitura orientou melhor as reflexões de Mayara e as interações de Miguel com os abaobis.

Por fim, gostaria de agradecer, de todo o coração, aos leitores de *Porém Bruxa* e *Senciente Nível 5*. O seu apoio, carinho e entusiasmo têm sido meu combustível e meu espaço seguro. Obrigada a todos que tiram um tempo para postar resenhas nos sites e redes sociais especializados, em texto ou vídeos, levando meu trabalho a mais pessoas. Agradeço também por todas as mensagens afetuosas que tenho recebido diariamente desde a publicação do primeiro livro, em 2019. Elas tornam mais fáceis mesmo os dias mais difíceis. Não exagero ao dizer que jamais teria chegado aqui sem cada um de vocês.

ESTA OBRA FOI COMPOSTA PELA ABREU'S SYSTEM EM CAPITOLINA REGULAR
E IMPRESSA EM OFSETE PELA LIS GRÁFICA SOBRE PAPEL PÓLEN SOFT
DA SUZANO S.A. PARA A EDITORA SCHWARCZ EM AGOSTO DE 2022

A marca FSC® é a garantia de que a madeira utilizada na fabricação do papel deste livro provém de florestas que foram gerenciadas de maneira ambientalmente correta, socialmente justa e economicamente viável, além de outras fontes de origem controlada.